ハヤカワ文庫 SF

〈SF1337〉

祈りの海

グレッグ・イーガン

山岸　真編・訳

4673

OCEANIC AND OTHER STORIES

by

Greg Egan

Edited and translated by
Makoto Yamagishi
First published 2000 in Japan by
HAYAKAWA PUBLISHING, INC.
This book is published in Japan by
arrangement with
CURTIS BROWN GROUP LTD.
through THE ENGLISH AGENCY (JAPAN) LTD.

目次

祈りの海

貸金庫

The Safe-Deposit Box

ありふれた夢を見た。わたしに名前がある、という夢を。ひとつの名前が、変わることなく、死ぬまで自分のものでありつづける。それがなんという名前かはわからないが、そんなことは問題ではない。名前があるとわかれば、それだけでじゅうぶんだ。

目がさめたのは（いつものように）目ざましが鳴る直前で、時計が金切り声をあげようとする瞬間に、手をのばして黙らせることができた。隣の女性は身じろぎもしない。この目ざましで、彼女もいっしょに起きることになっているのでなければいいが。凍てつくほど寒く、あたりは漆黒の闇。その中で赤く光る枕もとのデジタル時計の数字が、ゆっくりと焦点を結んだ。

四時十分前！

声を押し殺してうめく。わたしは何者なんだ。ゴミの収集人か？　牛乳配達か？　この体はぼろぼろに疲れ果てているが、だからといって、なにがわかるわけでもない。最近では、職業やライフスタイルに関係なく、だれもがぼろぼろに疲れ果てているからだ。きのうのわたしは、宝石商だった。大富豪ではないが、それに近かった。おとといは煉瓦職人で、その前の日は紳士服を売った。ぬくぬくしたベッドから這いだすときに味わう気分は、毎日まったくいっしょだが。

自分の手が反射的に、ベッドの自分側の脇にある読書灯のスイッチにのびていくのを感じた。明かりがつくと、女が身じろぎして、「ジョニイ……」とこもった声でつぶやいたが、目は閉じたままだ。わたしは、宿主(ホスト)の記憶に意識的にアクセスする試みを開始した。これで、使用頻度の高い名前が引っかかってくることがある。

リンダ……。たぶんこれだ。リンダ。声に出さずにその名前を形作りながら、彼女の寝顔をほとんど隠している、もつれたやわらかい茶色の髪を眺める。

この場の状況の——この宿主の、ではないにせよ——なじみ深さにほっとする。妻の、いや、いい、いや、をやさしく見守る男。わたしはリンダにささやいた。

「愛してるよ」

この言葉に嘘はない。わたしは、この女(わたしがちらりとのぞき見るはずの過去と、わかちあう術(すべ)のない未来をもつ女)をではないが、きょうはこの女がその一部をなす、集合体としての女性を愛しているからだ——炎のようにまたたき、うつろうわが伴侶を。わが恋人を作りあげているのは、ほとんど無作為に選ばれた何万という言葉や仕草。わが恋人にかたちをあたえるのは、わたしが見つめているという事実のみ。わが恋人の全貌を知るのは、わたしひとり。

夢見がちだった若いころには、こんな考えをもてあそんだものだ――わたしみたいな人間が、ほかにもいないはずはない。よそにもわたしのような人がいて、ただしその人は毎朝、女性の体の中で目ざめているのではないか？　わたしの宿主を決めている神秘的な力は、彼女にも同時に作用していて、ふたりをいっしょに引っぱり、毎日いっしょにいさせて、宿主夫婦から次の宿主夫婦へといっしょに移送しているのではないか？

こんな想像はありそうにない話であるばかりか、そもそも事実ではなかった。いちばん最近（もう十二年近く前だが）わたしの心の糸が切れて、信じがたい真実をまくしたてはじめたとき、そのときの宿主の妻は、安堵と理解のあまりに叫びだしたり、自分の側の同様の告白をはじめたりして、話を中断させはしなかった（じつのところ、その女性の反応はぬかに釘だった。わたしの予想では、相手はわめき散らすわたしに仰天して深いショックをうけるか、即、わたしが発狂して手がつけられなくなったと判断するはずだった。かわりに、その女性は少し耳を傾けると、退屈だか理解不能だかと思ったらしく、なんとも賢いことに、その日一日わたしを放ったらかしにした）。

そんな想像は事実でないばかりか、そもそもたいした問題でもなかった。わが恋人に千の顔があるのはたしかだし、千組の目からのぞいているのがそれぞれ別の魂であるのもたしかだけれど、それでもわたしは記憶の中のわが恋人に、さまざまな同一のパターンを見出す

（あるいは見えると思いこむ）ことができる。ほかのあらゆる男たちや女たちが、かれらのもっとも忠実な生涯の伴侶の姿を思いおこすときに見出す（あるいは見えると思いこむ）のと同じように。

妻の寝顔をやさしく見守る男。

毛布から床に足をおろして立ちあがり、しばらくそのままで震えながら、部屋を見まわした。温もりを逃がさないために動きまわろうと思うのだが、最初になにをすべきかが決断できない。と、整理だんすにのった財布が目にとまった。

わたしはジョン・フランシス・オリアリーだ——と免許証からわかった。生年月日は一九五一年十一月十五日——床に就いたときより一週間だけ年上になっている。いまでも、目ざめたら二十歳若返っているという空想にふけることはあるけれど、そんなことが起こりそうもないのは、ほかの人々とご同様だ。この三十九年間、わかっているかぎりでは、宿主が一九五一年の十一月か十二月生まれ以外だったことはない。宿主の出生地と、訪問時の居住地が、この街以外の土地だったこともない。

どうやって宿主から次の宿主へ移っているのかはわからないけれど、いかなる作用にも有効範囲があるのは当然だから、宿主に地理的限定があることは驚くにあたらない。街の東は砂漠、西は海で、北と南には不毛の海岸が延々とつづいている。よその街とは容易に行き来できる距離ではない。じつのところ、わたしはこの街の周縁部に近寄ったこともないようだが、よく考えれば、それも意外ではなかった。たとえば、宿主になりうる人間が西に百人、東に五人いるとしたら、宿主をランダムに選んで移っても、移動する方角はランダムにはならない。人口集中地域の統計的重力というべきものが、わたしを引きよせるからだ。

宿主の年齢や出生地が限定されている件については、二日かそこらをこえて信じていられるほど、もっともらしい理屈を考えついたことはない。十二、三歳のころは気楽なものだった。自分が異星の王子であり、宇宙規模の相続権を争う邪悪なライバルの手で、地球人の体に閉じこめられていると思いこめた。あるいは、一九五一年が終わるころ、悪いやつらが街の水道になにかを混ぜて、それを妊婦たちが飲み、そして、知らぬ間にわたしの看守となる運命の胎児たちが準備されたにちがいない、とか。最近では、答えがわかることは決してないという可能性を甘受している。

けれども、ひとつのことは確実にいえると思う。年齢と土地の限定があったからこそ、現在のわたしは正気と呼べる状態でいられるのだ。もし、年齢的にまったくばらばらな体の中で、あるいは宿主が世界じゅうに散らばっていて、毎日異なる言語や文化を相手に〝成長〟していたなら、そもそもわたしが存在したかどうかは疑わしい――そんな不協和音を奏でる環境からは、いかなる人格も形成されえないだろう（一方、ふつうの人々は、まだしも安定しているわたしの出自についても、同じように考えるだろう）。

過去にジョン・オリアリーになった記憶はなく、これはめずらしいことだった。この街に住む三十九歳の男性はわずか六千人で、そのうち十一月ないし十二月生まれは、およそ千人と見ていい。三十九年イコール一万四千日強だから、現在では初の宿主に当たる確率はきわめて小さく、じっさい、物心ついてからだけでも大半の宿主のもとを何回となく訪問している。

我流ながら、統計学は少しかじってみた。宿主になりうる人間はだれしも、平均で千日すなわち三年間隔でわたしの訪問をうけるはずだ。けれど、わたしの側がどの宿主にも繰りかえし当たることなく送れる期間の平均は、わずか四十日である（現在までの平均は、じっさいにはもっと短くて二十七日だが、これはほかの人より当たりやすい宿主が何人かいるためと思われる）。はじめてこの数値をはじきだしたときには、つじつまがあわないように思ったが、それは平均値がすべてではないというだけの話。再訪問はどれも、数年間隔ではなく数週間隔で起こり、中には異常に短い期間での再訪問があって、それがわたし側の平均値に影響していた。

街の繁華街にある貸金庫（ダイヤル錠式）の中に、過去二十二年分の記録をしまってある。八百人を超える宿主についての、名前、住所、生年月日、一九六八年以来の訪問日のすべて。近いうちに、時間をやりくりできる宿主に当たったら、なんとしてもデータベース・プログラムつきのコンピュータをレンタルして、このがらくた全部をディスクに移さなくてはならない。そうすれば、統計調査が何千倍も楽になる。仰天するような真実が明かされるなどとは思っていない。データになんらかの偏り（かたよ）やパターンが見つかったとして、だから、なんだというのだ？　それでなにかがわかるのか？　なにかが変わるとでもいうのか？　それでも、やってみる価値はありそうだった。

財布の脇に積まれた硬貨の下に一部が隠れているのは──助かった！──写真つきのIDバッジだ。ジョン・オリアリーは、パールマン精神医学研究所の看護士だった。写真にはライトブルーの制服の一部が写っていて、洋服だんすをあけると、そこに制服がかかっていた。だが、この体はシャワーをあびる必要があると感じられたので、着がえるのはあとにした。この家は小さくて、家具類も質素だが、とても清潔で手入れが行きとどいていた。子ども部屋とおぼしき部屋の前を通ったが、ドアが閉じていたので、なにもせずにおいた。だれにせよ、起こすような真似はしたくない。居間にはいって、電話帳でパールマン研究所を探し、それから住宅地図で所在地をたしかめる。この家の住所は免許証から記憶しておいた。研究所はここから遠くはない。朝のこの時間なら二十分以上はかからないだろう。自分の勤務時間がいつはじまるかは、まだわかっていない。五時前でないことはたしかだが。

浴室でひげを剃り、しばし自分の新しい茶色の目に見いりながら、ジョン・オリアリーは決して悪くない顔だちをしていると思わずにいられなかった。そこから思考が発展することはない。変動する自分の容姿を比較的平静にうけいれるようになってから、ありがたいことに、もうずいぶんになる。だが、つねにそうだったわけではない。十代から二十代はじめにかけては、神経症に陥ったことも何度かあった。その時どきの体をどう感じるかによって、気分が躁と鬱のあいだを激しく揺れ動いたのだ。すばらしい美貌の宿主を去ったあとの数週間は（もちろん、そのときが来るのを可能なかぎり遅らせようとして、わたしは連日連夜眠らなかった）、その体に戻り、願わくばとどまれないかと、憑かれたように夢想することもしばしばだった。これがノイローゼにかかったごくふつうの青年だったら、もって生まれた体で納得するほかに道はないと、いずれは気づく。わたしにはそんななぐさめはなかった。最近のわたしは、自分の健康を心配することが多いが、それも無益なことでは、容姿に思い悩むのと変わらない。わたしが運動したり、食事に気を配ったところで、なんの意味もないのだ。そんな行為の効果はなんであれ、かんたんに千分の一に希釈されてしまう。〝わたしたちの〟体重や、〝わたしたちの〟健康状態や、〝わたしたちの〟アルコールや煙草の消費量は、わたしひとりがその気になっても変わりはしない――そういったものは健康に関する世間全体の統計数字であって、それをわずかでも変化させるには、巨費を投じた宣伝活動が必要なのだ。

シャワーをあびてから、IDバッジの写真に似せて髪を整えた。写真があまり古くなければいいが。

裸のまま寝室に戻ると、リンダが目をひらいて、のびをした。その姿を目にして、たちまち勃起する。もう何カ月もセックスをしていなかった。最近の宿主たちはほぼ例外なく、わたしがおとずれる前の晩に見さかいなくやりまくることにしていて、その後は二週間でもその気にならないらしいのだ。あきらかに、ツキが変わったと見える。リンダが手をのばして、わたしをつかまえた。

「仕事に遅れる」わたしは異議を唱えた。

リンダは首をまわして時計を見た。

「嘘つき。六時にならなきゃ出かけないくせに。例のぎとぎとしたドライヴィンじゃなくて、うちで食べてけば、一時間は余裕があるじゃない」

リンダの爪の鋭さが心地よい。されるがままにベッドに引きよせられ、それから上にのしかかって、ささやいた。

「いいことをいうね、ほんとうに」

わたしのいちばん古い記憶は、母親が泣き叫ぶ赤んぼうをだいじそうにかかえ、それをさしだしながら、こういっているところだ。

「ほら、クリス。この赤ちゃんがおまえの弟なの。名前はポールよ。かわいいでしょう」

わたしには、その大騒ぎがなんのことやらさっぱりだった。兄弟姉妹は、ペットやおもちゃと同様に人数や歳や性別や名前が脈絡なく変化しつづけ、その点で家具や壁紙と似たようなものだったから。

両親はあきらかに、より上級の存在だった——容姿やふるまいは変化するけれど、最低限、名前は変わらずにいたからだ。わたしは当然のように、自分も大人になったら〈パパ〉という名前になるのだと思いこんでいて、それを口にするたびに、笑いか面白げな同意が返ってきた。わたしは両親のことを、基本的に自分の同類だと考えていたと思う。かれらの容姿などの変化は自分のよりも極端だが、かれらはほかの点でもすべて自分より大きいのだから、それですじが通っているのだと。毎々日々の両親がいわば同一人物であることを、疑いもしなかった。定義づけるならば、父と母とは、特定のふるまいをするふたりの大人のことだった。わたしを叱り、だきしめ、ベッドにいれてふとんをかけ、きらいな野菜を無理に食べさせ、などなど。かれらが両親であることは一目瞭然で、まちがえようがない。ときどき、父か母がいないことがあったが、その状態が一日以上つづくことはなかった。

過去や未来は問題にはならなかった。それがじっさいなにであるかについて、わたしは漠然とした考えしかもたずに成長した。〝きのう〟や〝あす〟は、〝昔むかしあるところに〟と同じことだった——ごちそうしてもらう約束が果たされなかったといってがっかりしたり、前にこういうことがあったといわれてとまどったことは、いちどもない。そういう話はすべて、意図的な作り話だと思うことにしていたからだ。わたしはしばしば〈嘘〉をつくといって叱られ、嘘というのは、いまひとつ面白くないお話に貼られるラベルだとばかり思っていた。前日やそれ以前のできごとの記憶が面白くない〈嘘〉なのは明白だったから、忘れるように努力した。

しあわせだったことはたしかだ。世界は万華鏡だった。来る日も来る日も、探検すべき新しい家が、違うおもちゃが、違う遊び友だちが、違う食事があらわれた。肌の色が変化することもあった（両親や兄弟姉妹もほぼ例外なく同じ色の肌を選ぶのには、ぞくぞくした）。ときたま、目ざめると女の子になっていたこともあるが、ある時点で（四歳くらいだと思う）それが悩みの種になりかけると、まったく起こらなくなった。

自分が家から家へ、体から体へと移動しているのだとは思いもしなかった。自分が変化するように、住んでいる家も変化し、よその家や街並みや店や公園などの周辺も変化するのだと思っていた。親といっしょに繁華街へ出かけたことも何度かあるが、(行くたびに違う道を通ったので)繁華街を同じ位置にあるひとつの場所としてではなく、空や太陽のような、世界に欠かせない要素として考えていた。

学校にはいると同時に、困惑と精神的苦痛だらけの長い期間がはじまった。校舎や教室や先生やほかの生徒たちが変化するのは、身辺のほかのすべてと同じだったが、そのレパートリーはあきらかに、家や家族の場合ほど幅広くなかった。同じ学校へ通っているのに、違う道を通り、違う名前と顔をしているのは、混乱する体験だった。さらに、わたしが前に使った顔や名前をクラスメートが複製(コピー)していることが——なお悪いのは、かれらの使った顔や名前をわたしが押しつけられていることが——だんだんとわかってくると、腹がたった。

最近では、真実と立証された世界の見かたを身につけてから長いことたつので、なぜ、学校に通った最初の一年ですべてがあますことなく明白にならなかったのか、自分でも理解しがたいことがある——やがて、同じ教室を目にするのはだいたい数週間ごとだったことや、百以上の学校をでたらめに行き来していたことを思いだすのだが。わたしは日記もなにかの記録もつけなかったし、クラスの名簿も暗記しておらず、わが身になにが起こっているかを考えてみる手段さえなかった——科学的思考の方法を教わっていなかったのだ。アインシュタインですら、自力で相対性理論を考えついたときには、六歳よりはるかに大きかったではないか。

わたしは親たちにも不安な思いを黙っていたが、自分の記憶を〈嘘〉のひとことで片づけられるのには、うんざりしていた。そこで、ほかの子どもたちと記憶について話しあおうとしたが、返ってくるのはあざけりや反発ばかり。ひとしきり喧嘩をし、癇癪玉を破裂させてからは、内向的になった。親たちは連日、「きょうはおとなしいのね！」などといい、おかげで、かれらがいかにまぬけかわかった。

わたしがなにかを学ぶことができたのは、奇跡である。いまでさえ、読書能力のうちどれだけが自分のもので、どれだけが宿主に由来するのか、わかっていない。ボキャブラリーもいっしょに移動しているのはたしかだが、ページに目を走らせたり、じっさいに文字や単語を認識するといった低レベルの作業からは、その日によってまったく違った感じをうける（車の運転も同様だ。宿主のほぼ全員が免許証をもっているが、わたし自身はいちどたりとも教習をうけたことがない。交通規則は知っているし、ギアとかペダルもわかるが、宿主に運転経験がないときに、道路に出てみたことはない――面白い実験だとは思うが、そういう宿主はたいてい車をもっていないのだ）。

わたしは読むことを学んだ。速読を即座に身につけた――ある本を読みはじめた日に読み終えなかったら、その本を次に手にするのが何週間も何カ月も先になるとわかったからだ。何百という冒険物語を読み、どの物語のヒーローやヒロインにも、毎日をいっしょに送る友だちや兄弟姉妹や、ときにはペットがいた。本を読めば読むほど心が痛んだが、読書をやめることはできなかった。次にひらいた本こそ、こんな文章ではじまるんじゃないかという期待を捨てられなかったからだ。

『ある晴れた朝、少年は目ざめると、きょうの自分はなんという名前だろうと思った』

ある日のこと、父が住宅地図を調べているのを見て、引っこみ思案ものかは、それはなんなのとたずねた。地球儀や全国地図は学校で見たことがあるが、そういうものは覚えがなかった。父はわたしたちの家を、わたしの学校を、自分の勤務先を、詳細な街路図と、表紙裏の都市全図の両方とで指さしてみせた。

当時、住宅地図は事実上一社の独占市場だった。どこの家でも一冊備えていて、わたしはそれからの数週間、毎日毎日、父や母を脅すようにして、さまざまな場所を都市全図の上で教えさせた。そして、その多くを首尾よく記憶におさめた（いちど、鉛筆で地図にしるしをつけたこともある。地図のもつ魔法のような不変性が、しるしにもなんらかのかたちでおよぶのではと思ったのだ。だが、しるしは学校で書いたり描いたりする文章や絵と同じで、そのとき限りのものだと判明した）。自分が根源的ななにかにせまっていると気づいてはいたが、不変の街のある地点から別の地点へ、わたし自身が移動しているという考えは、まだはっきりしたかたちをとらなかった。

それからほどなくして、ダニー・フォスターという名前だったとき（現在は映写技師で、ケイトという美しい妻がいる。わたしはケイトを相手に童貞を失ったが、ダニーはそうではないらしい）、友だちの八歳の誕生パーティに出かけた。誕生日というものは、ちっとも理解できなかった。わたしにはそれが全然来ない年もあれば、年に二、三回来ることもあったからだ。そのとき誕生日だった少年、チャーリー・マクブライドは、わたしにとっては友だちでもなんでもなかったが、プレゼントにもっていくようにと、プラスチック製のおもちゃのマシンガンを両親から買いあたえられたうえ、マクブライド家まで車でつれていかれた。その間、わたしはひとことも口をきかなかった。家に戻ってから、父をせがみ倒して、わたしが行った場所と車が走った道すじを、住宅地図の上で正確に教えさせた。

一週間後、目ざめたわたしはチャーリー・マクブライドの顔をしていた。プラス、家と両親と弟と姉とおもちゃ。すべてが、あの日の誕生パーティで見たのとそっくり同じだった。朝食を食べるのを拒みつづけたあげく、母にその家の場所を住宅地図の上で教えさせたけれど、どこを指さすかは、すでにわかっていた。

わたしは学校へ行くふりをして家を出た。弟はまだ学校へ通う歳ではなかったし、姉はもう大きかったので、わたしといっしょのところを見られるのをいやがった。ふつうそういう場合には、道々を見まちがえようもなく流れていくほかの子どもたちについていくのだが、その日は目もくれなかった。

パーティに出かけたときの目印は、まだ覚えていた。二、三度道に迷いかけたが、見覚えのある道ぞいにとぼとぼと歩きつづけた。わたしの世界の何十という断片が結びつきはじめる。わくわくするのと同時におそろしくなった。自分はいま巨大な陰謀を暴いているのだと思った。だれもがわざと世界の秘密を隠してきたが、いまやそのみんなを出し抜こうとしているのだ。

けれど、ダニーの家に着いたときには、勝ち誇った気分ではなく、ひとりぼっちで、だまされていて、わけがわからないと感じるばかりだった。陰謀が暴露されようがされまいが、わたしはまだ子どもだった。玄関前の階段にすわりこんで泣きじゃくる。びっくりして出てきたフォスター夫人は、わたしをチャーリーと呼び、お母さんはどこにいるのとか、どうやってここまで来たのとか、どうして学校に行ってないのとかたずねた。わたしはこの薄汚い〈嘘つき〉に、罵詈雑言をあびせた。こいつもほかの連中も、母親のふりをしていた〈嘘つき〉だ。電話がかけられて車でつれもどされるあいだも、わたしはわめきつづけ、その日は自分の部屋に閉じこもった。食事も、話すことも、言語道断なふるまいを弁解することも拒んで。

その夜、〈両親〉がわたしのことを話しあい、なにかの予約をするのが洩れきこえたが、あれはいま思えば、児童心理学者の診察を予約していたのだ。

わたしは、結局その診察はうけなかった。

過去十一年間、昼間は宿主の職場ですごしている。それは、かならずしも宿主のためを思ってのことではない。わたしが職場で大ドジを踏んで宿主をクビにしてしまう可能性のほうが、三年ごとに一日の休暇をとらせてそうなる可能性よりも、はるかに大きいではないか。それは、なんというか、最近のわたしの仕事であり、身上なのだ。人はだれも、自分をなんらかのかたちで定義づける必要がある。わたしはプロの物真似役者だ。給料や境遇は一定しないが、天職を拒否することはできない。

わたしは自分自身の独立した生活を築こうとしてきたが、うまくいったためしがない。もっと若くて、たいていは未婚だったころ、勉強すべき項目を自らに課した。はじめて貸金庫を借りたのはそのときで、そこにノートをしまっておいた。数学を、化学を、物理学を、市の中央図書館で勉強したが、どの科目もちょっとむずかしくなると、がんばって先へ進む意欲は、とてもではないがわかなかった。こんなことをしてなんになる？　本職の科学者になれるわけでもない。わが運命の本質をあきらかにするといっても、その答えが図書館にある神経生理学の本のどこにも見つからないことも、わかりきっている。眠気をもよおすエアコンのうなりだけがきこえる、すずしくて静かな閲覧室で、目の前の単語や方程式がかんたんに意味のわかるものでなくなったとたん、わたしは白昼夢に落ちこむのだった。

通信教育で学部レベルの物理学コースをとったこともあった。私書箱を借り、その鍵は貸金庫にしまった。コースを修了し、成績も非常によかったが、そのことを自慢できる相手はどこにもいなかった。

それからしばらくして、スイスの女性と文通をはじめた。相手は音楽科に在学中のヴァイオリニストで、一方わたしは、地元の大学で物理学を学んでいると手紙に書いた。彼女は写真を送ってよこし、こちらも、いちばん見映えのする宿主のひとりがまわってくるのを待って、同じことをした。手紙のやりとりは、一年以上にわたって毎週欠かさずにつづいた。あるとき彼女は、会いにくるつもりなので、待ちあわせの日時と場所を決めてほしいと書いてよこした。そのときほど孤独な思いをしたことはない。写真を送ってさえいなければ、一日だけは彼女と会えたのに。ただひとりのほんとうの友だちと、宿主をではなくわたしをほんとうに知っている世界で唯一の相手と、その日の午後いっぱい面とむかって話すことができたのに。わたしは即座に手紙を出すのをやめ、私書箱も解約した。

自殺を考えたこともいちどならずあるが、それは殺人にほかならず、しかも現実問題、わたし自身はほかの宿主に移動して終わりだろうと考えると、一発でその気が失せた。

混乱と悲痛に満ちた子ども時代が完全に過去のものとなってからは、宿主に対してなるべくフェアになろうとつとめてきた。ときには自制心を失って、宿主が迷惑をこうむったり、まごつきそうな真似をしたこともある（金に余裕のある宿主からは、現金を少々、貸金庫にしまわさせていただいている）。けれど、意図してだれかに害をおよぼそうとしたことは、いっさいない。宿主たちがわたしの存在に気づいており、気にもかけているのではと感じることもあるが、それが事実でないことは、短い間隔で同じ宿主を訪問した際に、妻や友人に質問して得た間接的な証拠が示唆している。欠落した日々は、ありがちな健忘症の一例として片づけられていた——宿主たちは、自分に意識がなかったと気づくことさえなく、ましてや、その理由を想像することなどありはしない。では、わたしがかれらをどれほど知っているかといえば、宿主の家族や同僚の目に愛や敬意を見てとることもあるし、物質としてかたちになった業績に感嘆することもある——たとえば、小説を書いた宿主がいる。本人のベトナムでの体験を描いたブラック・コメディで、面白い作品だった。あるアマチュアの望遠鏡製作者が造ったみごとな仕上がりのニュートン式三十センチ反射望遠鏡で、ハレー彗星を観測したこともあった――けれど、とにかく宿主が多すぎる。わたしは一生のあいだに、各宿主について、全人生に脈絡なく分散した二、三十日をのぞき見するのがやっとなのだ。

パールマン研究所のまわりを車で走って、明かりのついている窓を、ひらいているドアを、目に見える活動を、すべてチェックした。入口は数カ所あり、見るからに外来用で、ロビーに豪華なカーペットが敷かれ、受付はつやのあるマホガニー製のところが一ヵ所あるかと思えば、さびた金属製の自在ドアが、ふたつの建物のあいだの薄汚い区画に面しているところもある。自分の割当てでない場所をふさぐ危険を避けて、車は路上に止めた。

ここで正しければいいがと思いつつ、落ちつかない気分で入口のひとつに近づく。いままでも同じ職場の人と最初に出くわす瞬間には、きりきりと胃が痛むほど緊張する。だが次の瞬間には、その場から逃げだすほうが百倍も困難になる――楽観的になって、なんの苦もなく先へ進めるのだ。

「おはよう、ジョニイ」

「おはよう」

このなんでもないあいさつを交わす間に、看護婦はすれちがっていった。社会的拘束力といったもの――勤務時間の多くをともにすごす人にあいさつするときは、会釈と単語ふたつでは済まさないはずだ――を手がかりにして、自分がどこに行くはずなのかを知ろうとしたのだが。廊下をうろうろと歩きまわりながら、ゴム底の靴がリノリウムの床で鳴るのが気になってしかたない。

「オリアリー！」

突然、どら声で呼ばれてふりむくと、わたしと同じような制服を着た若い男が、大げさに眉をしかめ、両腕を不自然に突きだし、顔を引きつらせながら、大股で廊下をこちらにむかってくる。

「ぼけっとつっ立ちおってからに！　ぐずぐずするでない！　何度いえばわかる！」

そのふるまいの奇矯さに、一秒の何分の一か、男は患者のひとりにちがいないと思った。わたしに恨みをもつ精神異常者が、ほかの看護士を殺して制服を奪い、今度は手斧を血まみれにせんとしているのだと。ところが、男は頬を膨らませると、立ち止まってこちらをにらみ、それで事態がのみこめた。男は錯乱しているのではない、高飛車なでぶの上司のパロディを演じているのだ。わたしは風船を破裂させるときのように、男の膨らんだ顔を指で突き、そのとき男に近づいたのを利用してバッジの名前を見た。『ラルフ・ドピタ』

「さっき、千メートルは飛びあがったよ！」とラルフ。「あれって、まじだったの？　てことは、ついにぼくは完璧に声を真似できたんだ！」

「顔もだよ。もっともそっちは、生まれつきの不器量のおかげもあるがな」

「ゆうべあんたの奥さんは、そうはいわなかったよ」とラルフは肩をすくめた。

「おまえ酔っ払ってたな。あれはわたしの女房じゃない、おまえのお袋さんだよ」

「だから、いつもいってるだろ、あんたはぼくの親父も同然って」

廊下は、どう見ても無意味に曲がりくねったあげく、全面ステンレススチール製で蒸気の立ちこめるキッチンに通じており、そこではほかのふたりの看護士がぼけっとつっ立ち、三人のコックが朝食のしたくをしていた。流しのひとつでお湯が絶え間なくほとばしり、お盆や食器ががちゃがちゃとぶつかり、脂がじゅうっといい、ガタのきた換気扇が拷問されているような音をたてている中では、だれかがしゃべってもほとんどきこえない。看護士のひとりがニワトリの真似をしてから、こんな手ぶりをした――建物全体を指し示すように、指を外にむけて片手を頭上でまわす。

「こんだけ卵がありゃ――」男が叫ぶと笑いがはじけたので、わたしもいっしょに笑った。

そのあと、ほかの三人の看護士のあとについてキッチンから備品置き場に移動し、各人がワゴンを一台ずつもちだした。掲示板に、透明なプラスチックにはいった部屋番号順の患者名簿が四枚留めてあり、一枚が病棟の一棟分だ。患者名の脇には、それぞれ緑か赤か青の、小さな丸いラベルが貼ってある。部屋の隅にさがって、ワゴンが一台だけ残るのを待った。

用意されている食事は三種類あった。ベーコン・アンド・エッグズとトースト。シリアル。ベビーフードに似たやわらかい黄色のピューレ。この順で数が減っていく。わたしのワゴンの名簿には赤のラベルが緑のよりも多く、青はひとつしかないが、四枚の名簿を総合すれば緑が赤より多くなることは、まず確実だと思える。そんな推測をしてワゴンを押しながら、ラルフの名簿をちらりと見ようとした。そのラベルは大半が緑で、さらにラルフのワゴンの中身を見て、自分が符号の意味を正しく理解していると確信できた。

これまで精神科の病院に来たことは、患者としても職員としてもいちどもない。五年ほど前、刑務所で一日をすごしたことがあるが、そのときには断固として宿主の頭蓋骨の中身をのぞかずにいた。あの男がなにをしでかしたのかも、刑期がいつまでかもまったく知らないが、わたしが次に訪問するまでには、塀の外に出ていてほしいものだ。

この研究所も刑務所と似たようなものだろうとなんとなく思っていたのだが、それはうれしいまちがいであることが判明した。刑務所の独房にはけっこう受刑者の個性が反映されていて、壁に写真が貼られたり、奇妙な所持品があったりもしたけれど、それでも独房以外のなにものにも見えなかった。ここの病室には、その手の物品はほとんどころがっていないが、基調をなす雰囲気には数千分の一の苛酷さも感じられない。窓に鉄棒ははまっていないし、担当した棟ではドアに錠がついていなかった。ほとんどの患者は目をさましていて、ベッドに起きあがり、「おはようございます」と小声であいさつをよこした。お盆をもって休憩室へ行く患者も二、三人いて、そこではテレビがニュースを流していた。この静けさは自然のものではなく、ひとえに薬物の力によるのだろう。この平穏さのおかげで、わたしは難なく仕事をこなせたが、患者たちにとっては無意味で抑圧的に感じられるのかもしれない。あるいは、そうではないのかもしれない。いずれ、答えのわかることもあるだろう。

担当分の最後は唯一の青ラベルの患者で、名簿には『クレイン、F・C』と記してある。やせこけた中年男で、黒い髪はぼさぼさだし、数日分の無精ひげが生えていた。気をつけをしたまま寝ているので、革ひもで固定されているのかと思ったが、そうではなかった。目はあけているが、わたしの動きを追うでもなく、声をかけても返事はない。ベッドの横のテーブルにおまるがのっているのを見て、ピンときた。クレインを起きあがらせ、おまるを体の下に据える。男はすなおに従った、といっても積極的に協力したのではないが、動く力すらないわけでもない。クレインは平然と用を足した。わたしは紙を見つけて下の始末をしてやってから、おまるをトイレにもっていって中身を流し、入念に手を洗った。あまり不快に感じなかったのは、オリアリーがこの手の仕事に慣れているおかげだろう。

黄色のピューレをすくって口の前までもっていっても、クレインはすわったまま目を宙に据えているだけだが、唇にスプーンが触れると、口を大きくあけた。そのままスプーンをくわえるようすがないので、スプーンを逆さにして、ピューレを口の中に落としてやった。クレインはほとんど口のまわりをよごさずに、それをのみくだした。

白い上着を着た女性が、入口からひょいと顔を出した。

「クレインさんのひげを剃ってあげてね、ジョニイ。けさはセント・マーガレット病院へ検査をうけにいくんだから」

それだけいうと、返事もきかずに行ってしまった。

ワゴンを押して空のお盆を回収しつつ、キッチンに戻る。必要な道具は備品置き場でそろった。クレインを椅子に移す――今度もなにを手伝ってくれたわけでもないが、やはり面倒をかけまいとしているように感じた。石鹸を塗り、ひげを剃ってやるあいだ、ときおりまばたきするのを除けば、クレインは微動だにしなかった。いちどだけ、深い傷にはならなかったが、手もとが狂ってしまったというのに。

さっきの女性が、今度は分厚いマニラフォルダーとクリップボードを手にふたたび姿を見せると、わたしの横に来た。バッジにちらりと目をやる――『ドクター・ヘレン・リドカム』

「どんな具合？」

「順調です」

ドクターがまだなにかを待っているようすなので、急に不安になった。なにかあやまちをしでかしたのだ。それとものろますぎたのか。

「もうすぐ終わり……」

口ごもっていると、ドクターが片手をのばして、うわのそらでわたしの首すじを揉みはじめた。

(冷や汗ものの会話のはじまりはじまり)

宿主たちがそろいもそろって、単純な人生を歩めないとはどういうことだ？　ときどき、自分は昼メロ千本分の没シーンを生きているのかと思ってしまう。ジョン・オリアリーがこの場を見ていたら、わたしになにを期待するだろう？　この女性との関係がどんな種類で、どれくらい深いかを正確に判断し、きのう以上でも以下でもない関係のまま、あすに引きつぐことだろうか？　ま、なんとかなるだろう。

「なにを緊張してるのよ？」

いますぐ、安全な話題に切り替えなくては。患者だ。

「この男さ、なんとなくだが、ときどきわたしに反応してるようなんだ」

「なんですって、いつもと異なる動きをしたっていうの？」

「いや、まさか、ちょっと考えてみたってこと。かれはどんな気分だろうって」

「どんなもこんなもありゃしないわ」

わたしは肩をすくめてみせた。「かれは、おまるにまたがってるときには、それがわかってる。食事をあたえられてるときも、わかってる。植物人間じゃないんだ」

「この場合、わかるというのがどういう意味か、むずかしい問題ね。一対のニューロンしかない蛭（ひる）でも、血を吸うべきときにはそれがわかる。全体的に見て、クレインさんの容体は驚くほどいいけど、意識と呼べるものがあるとか、夢と呼べるものを見てるとかは思えないわ」ヘレンは小さく笑った。「もってるのは記憶だけよ。もっとも、なんの記憶かは想像もつかないけど」

わたしは石鹼の泡をぬぐいはじめた。「この男が記憶をもってると、どうしてわかるんだ？」

「言葉が大げさすぎたかしら」ヘレンはフォルダーに手をいれて、スライド写真を引っぱりだした。それは側頭部のX線写真のように見えたが、人工的な色のしみや縞に覆われている。

「先月、やっと予算がおりて、ＰＥＴスキャンが二、三回使えたの。クレインさんの海馬状隆起になんらかの活動が確認され、それは長期記憶の保存形態と非常によく似てた」というと写真をさっさとフォルダーにしまったので、こまかく観察する暇はなかった。「でも、この人の頭の中で起こってることを、正常な人間の研究結果と比較対照するなんてことは、火星の天気を木星の天気と比べるようなものだけど」

好奇心がわいてきたので、危険は承知だったが、額に皺を寄せてきいてみた。

「クレインがこんなことになった顚末って、前にもきかせてもらったかな？」

ヘレンは目をむいて、「二度とそんなこと口にしないで！　わたしが叱られちゃうじゃない」

「わしが告げ口するとでも思っとるのかね？」

とっさにラルフ・ドピタがやった物真似を再現すると、ヘレンは爆笑した。

「まさか。ここで働きはじめてから、あなたがあいつにしゃべることといえば、いつも単語三つきりだもの。『すみません、ドクター・パールマン』てね」

「じゃあ、なぜ教えてくれない？」

「あなたが友だちにしゃべったら――」

「わたしが友だちにべらべらしゃべるって？　そうか、そんな目で見てたのか。全然信用されてなかったわけだ」

ヘレンはクレインのベッドに腰かけた。「ドアを閉めて」

わたしはいわれたとおりにした。

「クレインさんの父親は、神経外科医の草分けだったの」

「なんだって？」

「いい、ひとことでも口をはさんだら――」

「わかった、もう黙るよ。で、親父さんがなにをしたんだ？　どうして？」

「クレイン教授が第一に関心をいだいてた研究事項は、脳の冗長性と機能交換についてだった。つまり、脳の一部が失われるか傷つくかした人が、損傷した部位の機能のどれくらいを、正常な組織に転移させうるか、ということよ。

教授の奥さんは、息子を、それも夫婦の唯一の子どもを産んで亡くなった。教授はそのときにはもう、精神に異常があったのでしょうけど、奥さんが死んだことで、完全に心があちら側へ行ってしまったのね。奥さんが死んだのは赤んぼうのせいだと思い、そのくせ冷酷きわまりないことに、赤んぼうを殺すなんて単純なことでは済ませられなかった」

もういい、それ以上きくのはごめんだ、という言葉をいまにも洩らしそうになるが、ジョン・オリアリーは屈強で体格がいいうえに神経も太く、そんな男に愛人を前にして恥をかかせるわけにはいかなかった。

「教授はふつうのやりかたで赤んぼうを育てた。話しかけたり、あやしたりしたわけ。そうしながら、発育過程を詳細に記録した。目があいたとか、意識して体を動かせるようになったとか、言葉らしきものを発したとか、いろいろなことをね。そして、生後数カ月目に、カニューレのネットワークを、つまり超微細なチューブを網状に――チューブはとても細いから、それ自体がなにかの障害を引きおこすことはないわ――ほぼ脳全体に行きわたるかたちで埋めこんだの。そのあとも前と変わらずに、刺激をあたえ、発育ぶりを記録した。そうしながら、週にいちど、カニューレを通じて、赤んぼうの脳を少しずつ破壊していったのよ」

汚い言葉が列になって口をついた。もちろんクレインは椅子にすわってじっとしているが、この男性の秘密に土足で踏みこんだことが、急に恥ずかしくなった。このケースでは、そんなふうに考えることはまったく無意味なのだが。顔に血がのぼり、軽いめまいがして、一瞬、現実が遠のく。

「なのに、この人は生きのびたというのか？　脳が少しでも残ってるはずはないだろう？」

「こういう表現が許されるなら、クレインさんは、父親のすさまじい狂気のおかげで助かったのよ。いいこと、まさかと思うでしょうけど、一定のペースで脳組織を破壊されてた数カ月のあいだにも、赤んぼうの神経学的な発育はつづいてたの――もちろん、正常の場合よりはずっと遅いけど、にもかかわらず、それとわかるくらいには発達が見られた。根っからの科学者だったクレイン教授には、そんな発見を埋もれさせることはとてもできなかった。そこで、観察記録を論文にまとめて、それを発表しようとした。学術雑誌の編集部では、その論文を悪質ないたずらのたぐいだと判断したものの、警察に連絡して、ついに捜査の手がおよんだわけ。だけど、保護されたときには、赤んぼうはもう――」と、なんの反応も示さないクレインのほうにうなずく。

「残ってる脳はどれくらいあるんだ？　うまくすれば――」

「十パーセントもないわ。小頭症患者の中には、脳の質量がクレインさんと同じくらいで、ほぼ正常な生活を送ってる例もある。でもそれは、胎児期の脳の発育の結果、そういうふうに生まれついたのだから、参考にはならないし。数年前に小さな女の子が、重度の癲癇を治すために大脳半球切除の手術をうけて、術後にほとんどなんの損傷も見られなかったことがあるけど、この女の子の場合は、傷ついた側の脳半球の機能を、数年かけてだんだんと切り替えることができた。とても幸運だったわけね。あの手術は悲惨きわまりない結果に終わるのがふつうだから。クレインさんの場合は、幸運だなんてこれっぽっちもいえやしないわ」

そのあとはほぼ午前中いっぱい、廊下にモップがけをしていた気がする。救急車がクレインを検査につれにきたとき、だれもわたしに手伝えといわなかったので、少しむっとした。ヘレンの監督のもとで、ふたりの救急隊員がクレインを車椅子にどさっとすわらせて運んでいったのだが、そのようすは重い小荷物をうけとりに来たクーリエそっくりだった。だが、担当の患者を自分の所有物だとか保護する対象だとか感じる権利は、わたしにはジョン・オリアリーほどにもなかったので、クレインのことを考えるのはやめにした。

昼食は、職員控室でほかの看護士といっしょに食べた。トランプをし、口にするジョークはわたしでさえ陳腐にすぎると思うようなものだったが、それでもいっしょにいて気がおけない連中だった。わたしは何度も、「東海岸くささが抜けない」と冗談で責められたが、おかげで合点のいったことがある――オリアリーが長いこと遠く東海岸で暮らしていたのなら、この宿主が記憶にないことの説明がつく。午後はゆっくりと、けだるくすぎていった。突然、ドクター・パールマンがあわただしくどこかへ旅立った。遠方の街で超緊急事態が発生し、それに対処できる高名な精神科医だか神経科医だか（わたしはパールマンがどちらなのかも知らない）としてお呼びがかかったのだ――パールマンが出かけると、患者も含めた病院じゅうが、ほっと息をついたようだった。勤務時間は三時で終わり、会う人ごとに「またあした」と声をかけて研究所を出ながら、（いつものように）強い喪失感を覚えた。いつかは慣れるだろうが。

金曜日の恒例で、貸金庫の記録に最新分を追加するために、繁華街まで足をのばす。ラッシュ前の道に車を走らせ、パールマン精神医学研究所で出会ったそれぞれに悲惨な境遇の人々が遠ざかるにつれて、ここ何カ月か何年か、もしかすると二十年以上もなかったことだが、なんとなく意気があがるのを感じはじめていた。

日記帳に今週分のデータを記入し、宿主の詳細な情報がぎっしりつまった分厚いリングバインダーに、『ジョン・フランシス・オリアリー』と見出しをつけた新しいページを追加し終えると、この大量の情報をどうにかしたいというおなじみの気分が、むくむくと頭をもたげてきた。だが、どうするというのか？　コンピュータをレンタルし、作業場所を手配することを考えただけでも、けだるい金曜の午後には気力がなえてしまう。電卓を使って、宿主を再訪問する頻度の最新の平均値を出すこともできる。さぞかし血わき肉躍る作業だろう。

そのとき、ヘレン・リドカムが目の前でひらひらさせたPETスキャンの写真を思いだした。その種の写真の読みとりかたはなにひとつ知らないが、訓練された専門家にとって、脳の活動をそのようなかたちでじっさいに目にするのが、どれほど興奮する体験かは想像できる。もし、数百ページにおよぶ〝わたしの〟データを、一枚の着色した写真に変換できたとしたら——いや、そんな写真からなにがわかるはずもない。だが、その想像は、なにもわからないことでは同様の統計をだらだらと作るよりも、桁外れに魅力的だった。

住宅地図を買い求める。子どものころからおなじみの版元の、表紙裏に都市全図がついたやつだ。五色セットのフェルトペンも買った。ショッピングモールのベンチに腰を据え、色わけしたドットで地図を覆っていく——赤いドットは訪問回数が三回以下の宿主を示し、オレンジは四回から六回の宿主、という具合に。完成までに一時間かかったが、その結果は、コンピュータ処理した見映えのいい脳のX線写真とは、似ても似つかないものだった。それよりは汚物に近い。

しかしながら。ドットは色別で帯状に並んでいるわけではなく、むしろ広範囲にいり混じっているのだが、青いドットはまちがえようもなく、街の北東部に集中している。そう気づいたとたんに、それが真実だという確信が高まった。街の北東部は、ほかの地区のどこよりも、たしかになじみ深い。そして、地理的なバイアスは、ある宿主たちを予期されるより頻繁に再訪問しているという事実の説明になる。震える手に鉛筆を握り、色別に街のいちばん外側にあるドットを順に結んで線を引く。次に、いちばん内側のドットについても、同じことをする。線は、ひとつとして交わらなかった。どう考えても完全な同心円の集合とはいえないものの、どの曲線もおよその中心には、北東部の青いドットが集中する地域がある。その地域にはさまざまな場所があるが、そのひとつがパールマン精神医学研究所だ。

記録や地図をまとめて、貸金庫にしまう。この発見はもっとじっくりと考える必要があった。車で帰宅する途中、ひとつの仮説がごくぼんやりとかたちをなしかけたが、排気ガスや喧騒や照りつける夕日のせいで、とてもつきつめて考えられたものではなかった。

リンダはお冠だった。

「どこ行ってたの！　あの子はがまんできなくて泣きながら電話してきたわ、公衆電話から、それもよその人からお金を借りてよ。あたしは仮病を使って仕事を早引けしてから、車で街を半分も横断して、あの子をつれにいったんだからね！　それで、あなたはどこにいたって？」

「それはその、ラルフにさ、つかまっちゃって、お祝いだとかいって——」

「ラルフには電話したわ。あなたはラルフといっしょじゃなかった」

わたしは黙って立ちつくした。リンダはまる一分もこちらをにらんだあげく、背をむけると、足音も荒くむこうへ行った。

そのあと、ローラにあやまった（名前は教科書に書いてあった）。もう泣いてはいなかったが、何時間も泣いたあとだとわかる顔をしていた。かわいらしい八歳の少女を前にして、人間の屑のような気分になる。宿題を手伝ってあげようといってみたが、ローラの態度は、なにごとにつけいっさいおまえは無用だといっていたので、それ以上邪魔はしなかった。

リンダは、はなはだ当然ながら、その夜の残りはほとんどひとことも話しかけてこなかった。あす、この問題に対処するのはジョン・オリアリーで、わたしではない、と考えるといやな気分が倍増した。口をきかずにふたりでテレビを観る。リンダが床に就いてから一時間待って、寝室にはいった。わたしがベッドにもぐりこんだときにリンダは眠っていなかったのかもしれないが、少なくともみごとな狸寝いりではあった。

闇の中で目をあけたまま横になって、考えにふける。クレインと長期記憶のこと、口にするのもはばかられるクレイン教授の実験のこと、自作の街のX線写真のこと。クレインの歳をヘレンにきいておけばよかったが、もはや手遅れだ。だが、クレイン教授の裁判のときの新聞を見れば、きっとなにかがわかるはずだ。あすの朝いちばんに——宿主の予定は反故にして——中央図書館で調べてみよう。

意識というのがいかなるものであるにせよ、臨機応変にして融通無碍であるにちがいない。幼い赤んぼうのどんどん狭くなる片隅に押しこめられ、脳が切除されて小さくなっていく中を生きのびたのだから。だが、活動しているニューロンがあまりにもとぼしくなって、いかなる才覚やいかなる算段をもってしても必要じゅうぶんでなくなったとき、さてどうなったか？　意識は一瞬にして消滅したのだろうか？　あるいは、機能をひとつずつ放棄しながらゆっくりと薄れていって、しまいには人間の尊厳のパロディを演じる、二、三の反射運動だけが残ったのだろうか？　それとも——そんなことが可能だろうか？——若くて柔軟性に富んだ千人の赤んぼうに死に物狂いで接触し、脳の容量の一部をわけあたえてもらって、この世から消えかけていたひとりの赤んぼうを救ったのだろうか？　わたしは各人の人生から千日につき一日をあたえてもらって、いまや食事と排便と長期記憶をしまっておくしか能のない、あの廃墟のような殻から救いだされたのだろうか？

クレイン、F・C。頭文字がなんの略かもわからない。リンダがもぐもぐとなにかをいって、寝返りをうった。ほとんどといっていいほど動揺せずに、思考の結論をうけとめているのは、この突拍子もない理論が真実でありうると心底信じてはいないからだろう。とはいえ、わたしそのものが存在しているという事実と比べたとき、この理論はそれほど奇妙だろうか？

一方、この理論を信じるとしたら、わたしはどんな気分になるべきなのだろう？　父親の仕打ちの残虐非道さに身の毛をよだたせるべきなのか？　そのとおり。人間精神の不屈が生んだこのような奇跡に驚嘆すべきなのか？　もちろん。

しまいに涙が出てきた――クレイン、F・Cを思ってか、自分自身を思ってかはわからないが。リンダは目をさまさなかったが、夢でも見たのか本能的にか、寝返りをうってこちらをむくと、わたしをだきしめた。やがてわたしはしゃくりあげるのをやめ、リンダの体の温もりが流れこんできた。それは安らぎそのものだった。

睡魔がしのびよるのを感じながら、ひとつの決心をした――あすは再出発の日だ。あすからは、宿主の物真似はもうしない。あすからは、どんなに困難だろうと、どんな障害が待っていようと、わたしは自分自身の人生を切り拓いていくのだ。

ありふれた夢を見た。わたしに名前がある、という夢を。ひとつの名前が、変わることなく、死ぬまで自分のものでありつづける。それがなんという名前かはわからないが、そんなことは問題ではない。名前があるとわかれば、それだけでじゅうぶんだ。

キューティ
The Cutie

「話しあうくらいはいいじゃないか」

ダイアンはベッドの上をころがってぼくから離れ、胎児のように体を丸めた。「話しあいなら、二週間前にしたじゃない。あれからなにも変わってないんだから、なにも話すことはない——違う？」

きょうの午後、ぼくらはぼくの友だちの家を訪ね、友だちの奥さんと、そして生後六ヵ月の娘さんといっしょの時をすごした。いま目を閉じたら、あのすてきな赤んぼうの顔に浮かぶ喜びと驚きの表情がまぶたの裏にあらわれ、無邪気な笑い声が耳にひびき、赤んぼうの母親のロザリーから、「いいわよ、だいてあげて」といわれたときに感じた不思議なめまいがよみがえらずにはいないだろう。

友だちの赤んぼうを見せれば、ダイアンの気持ちも動かないかと期待したのだ。結果、ダイアンはなんの感銘もうけないままだったかわりに、子どもがほしくてたまらないぼくの思いが千倍になってしまった。あまりにその思いが強くて、体に痛みを感じそうなほどに。

ああ、わかっているよ、人は赤んぼうを愛おしく思うように、生物学的にプログラムされているというんだろう？　それがどうした？　同じことが、人間の行動の九十パーセントについていえるじゃないか。性交を楽しむことは生物学的にぼくらにプログラムされているけれど、だれもそんなことは気にしていないようだし、だれかが、われわれは邪悪な自然にだまされているのであって、そうでなければ性交を楽しいと思ったりはしないだろう、なんていうのをきいたこともない。いずれ、バッハをきいたときに感じる歓びの生理学的根拠を、順を追って説明する人が出てくるだろうが、だからといって、いきなりその歓びが、〝原始的な〟反応だとか、生物学的ないかさまだとか、陶酔薬による高揚感と同様の空虚な体験だとかいうことになったりするだろうか？

「あの子の笑顔を見て、なにひとつ感じなかったのか？」

「フランク、口を閉じてよ、眠らせてちょうだい」

「赤んぼうができたら、ぼくが世話をするからさ。半年休職して、面倒を見る」

「へえ、半年も。ありがたいことで。で、そのあとは？」

「じゃあ、もっと長くだ。きみが望むなら、それっきり勤めをやめてもいい」

「そしたら、どうやって食べてく気？　その先ずっと、あなたを養うなんて、ごめんですからね！　冗談じゃない！　その次は、結婚してくれとでもいいだすんじゃないの？」

「わかったよ、仕事はやめない。子どもがある程度大きくなったら、託児所にあずける。でも、なぜそんなにむきになって反対するのさ？　毎日何百万人もに子どもができている。ごくあたりまえのことなのに、どうしてきみは次から次と、反対する理由を考えだすんだ？」

「なぜなら、わたしは・子どもが・ほしく・ない、から。わかった？　そういうことなの」

ぼくはしばらく、暗い天井を見あげていてから、冷静にはほど遠い声でいった。「ぼくが身ごもる手もあるんだよ。最近ではなんの危険もなくなって、男性が妊娠してうまくいった例が何千もある。妊娠二週間目に、胎盤と胎児をきみからとりだして、ぼくの内臓の外壁に付着させるんだ」

「あなた、どうかしてるんじゃない」

「受精と成長の初期段階を試験管内で済ますことだって、できなくはない。そしたら、きみは卵子を提供するだけでいい」

「だから、わたしは子どもなんかほしくないんだっていってるでしょうが。あなたが身ごもろうが、わたしが身ごもろうが、養子でも、買うのでも、さらってくるのでも、そんなことは関係ないの。さあ、今度こそ口を閉じて、眠らせてよ」

次の夕方、帰宅すると、部屋には明かりがついておらず、静まりかえっていて、がらんとしていた。ダイアンが荷物をまとめて出ていったのだ。しばらく姉のところで世話になります、というメモを残して。赤んぼうの件だけが原因ではなく、最近は、ぼくのなにもかもにいらだちがつのっていた、と。

ぼくはキッチンで酒を飲みながら、どうにかダイアンを説得して、帰ってこさせられないかと考えた。自分本位な性格は自覚している。つねに意識して気をつけていないと、ぼくはすぐに、他人がどう感じるかと考えるのを忘れてしまう。そしてぼくには、ある程度以上のあいだ気をつけていることが、どうしてもできないらしい。でも、ぼくは努力したじゃないか。ダイアンはぼくに、これ以上どうしろというんだ？

かなり深酒をしてから、ダイアンの姉に映話したが、本人を呼んでもくれなかった。映話を切ってから、なにか壊せるものはないかと部屋を見まわしたが、そこで気力が尽き果て、その場で床にころがった。泣こうとして、なにも起きなかったので、かわりに眠ることにした。

生物学的衝動についていえることのひとつは、人間がそれをとてもかんたんにごまかせるということだ。ある行動が快楽をあたえてくれるのは、本来進化論的な理由があってのことなのだが、人間はそれをごまかしつつ、自分の体を満足させるのが得意だった。たとえば、栄養価ゼロの食べ物を、すばらしい見た目と味に作るのがそれだ。妊娠をともなわないセックスだって、なにからなにまですばらしい。昔だったら、ぼくは子どものかわりになるのはペットしかないと思っただろう。ぼくはそうすべきだったのだ。猫でも買ってくればよかったのだ。

ダイアンが去ってから二週間後、ぼくは電子式資金移動(EFT)で台湾からキューティのキットを購入した。いま、〝台湾から〟といったのは、EFTコードの最初の三桁が台湾を意味していたというだけの話。それが地理的な現実を示していることもたまにはあるけれど、たいていはそうではない。この手の小さな会社の大半は、物理的なオフィスをもっていなかった。その実態は数メガバイトのデータにすぎず、世界的通商ネットワーク上で走っている共用ソフトウェアに操作されている。客は地元のノードに接続して、会社と製品のコードを指定し、預金残高か信用等級が基準を満たしていると確認されれば、注文は種々の部品製造業者や、発送代理店や、全自動組立工場に送られる。会社自体は、電子を動かすだけだ。

つまり、はっきりいえば――ぼくは安物のコピーを買ったのだ。海賊版、クローン、類似品、密造品、などともいう。むろん、ぼくもちょっとは気がとがめたし、少しばかりけちくさい気もしたが、エルサルバドル製造でUSA商標の正規の製品を買うために五倍も金を払えるやつが、どこにいる？　たしかにこういう状況は、製品の研究開発(R&D)に時間と金をつぎこんだ人々にはたまったものではないだろうが、こんな馬鹿高い値段をつけたら、結果は目に見えているじゃないか？　幸運にも十年前、あるバイオテクノロジー企業に金のにおいを嗅ぎとったカリフォルニアの投機家連中に、常用のコカイン代を払ってやる気はさらさらない。このコピー商売を仕組んだ、台湾だか香港だかマニラだかの十五歳かそこらの通商ハッカーにぼくの金が渡って、そいつの願いどおり、生きるだけのためにそいつの兄弟姉妹が裕福な観光客相手に売春をしなくても済むようになれば、そのほうがよほど有益というものだ。

というわけで、ぼくがキューティを購入した動機がとても立派なものだと、おわかりいただけたと思う。

　キューティには、立派なご先祖さまがいる。キャベツ畑人形をご存じだろうか？　一九八〇年代に一瞬大流行したこの赤んぼうのぬいぐるみは、出生証明書つきで、先天的欠損症も選択自在。問題は、この人形はそこに寝ころがっているだけで、人形に生きているような動きをさせるロボット工学的機械を組みこむのは、費用がかかりすぎて実現性がまったくなかったことだ。ビデオ・ベビーというのもあった。それからコンピュータ・ベビーベッド。あれは実物そのものだった——ガラスのむこうに手をさしのべて、赤んぼうをだきたくならないかぎりは。

　そうさ、ぼくがほしかったのはキューティじゃない！　ほんものの子どもがほしかったに決まっているじゃないか！　でも、ぼくにどうしようがある？　三十四歳で、ある女性との不幸な関係が、またしても終わりを迎えたぼくに、どんな選択肢があったというんだ？

　ぼくにはもういちど、こんな条件を満たす女性を探すという選択肢があった——（a）子どもをほしがっていて、（b）だがまだ子どもがいなくて、（c）ぼくみたいな屑人間と二年以上いっしょに暮らすことに耐えられる。

　でなければぼくには、父親になりたいという非理性的な欲求を無視するか、抑制するという選択肢もあった。知的に考えれば（それがなにを意味するかはともかく）、ぼくには子どもなんか必要ではない。それどころか、人の親になるという重荷を背負いこむのをやめさせる完全無欠な理屈なら、すぐにも半ダースは思いつく。けれどいまの状況は、（恥ずかしげもなく擬人化していうが）以前はぼくを数々のセックスにふけらせていた力が、ようやく受胎調節なる便利なものを知って、ひび割れた因果の鎖のひとつ下の輪に、ぼくの注意をたくみにむけさせた、としか思えないのだった。若者がセックスの夢を際限なく見るように、ぼくは父親になる夢を際限なく見た。

　でなければ——

（まったく、テクノロジーというのはありがたい。選択肢がもうひとつあるだけで、自分に選択の自由が存在したという幻想をもてるんだから）

——ぼくには、キューティ購入という選択肢があった。

　キューティは法的には人間ではないから、それを産むプロセス全体は、男女どちらにとっても、非常に単純なものだった。弁護士は出る幕がないし、役所への届け出もいっさい不要。養子縁組や、代理父母になるのや、配偶子提供による試験管内授精（IVF）でさえ、契約書が数百ページにおよび、子連れ結婚の合意書作成が軍縮条約の交渉より難航するこの時代、キューティがこれほど人気を集めたのは当然ともいえる。

　ぼくの口座に代金が請求された瞬間、コントロール・ソフトウェアが自宅の端末にダウンロードされた。キットそのものはひと月後に到着した。その間ぼくには、シミュレーション・グラフィックをいじりまわして、どんな外見にしたいかを精密に選択する時間がたっぷりあった。青い目、ほっそりした金髪、ぽっちゃりした手足と、きゅっと締まった手首足首、ずんぐりした鼻……おいおい、ぼくら——プログラムとぼく——ときたら、よくまあここまで絵に描いたような天使を作れたもんだ。ぼくは〝女の子〟を選択した。ずっと娘がほしいと思っていたからだが、キューティは性別による大きな差が生じるほど長生きはしない。四歳になったとたん、不意に、静かに、死ぬのだ。その小さな命の死は、とても痛ましく、とてもつらく、とてもカタルシスを感じさせる。四歳の誕生日のパーティ衣装を着せたまま、サテンで内張りした棺に横たえ、キューティの天国へ転送（ビーム）される前に最後のおやすみのキスをしてやる……。

　もちろん、それは胸の悪くなるような話だし、反道徳的だとも思うし、内心では不健康きわまりない自分の行為がいやになっているし、同時に恥ずかしくてたまらない。でも、できるからには、ぼくはそれをやらずにいられなかった。加えて、それは合法だったし、容易だったし、安あがりでさえあった。だからぼくは、一歩ずつ先へ進みながら、いつ自分の気が変わるか、いつ自分がわれに返って、すべてをとりやめるかと、固唾をのんで見守っていた。

　キューティは人間の生殖細胞から作りだされたものだが、受精以前に大幅なDNA操作がおこなわれている。赤血球の血球壁を作るのに使われる蛋白質のひとつをコードしている遺伝子を改変され、さらに、ある年齢に達したとたん、その改変された蛋白質をばらばらに分解する酵素を分泌するよう、松果体と副腎と甲状腺に変更を加えられたことで（決して失敗がないよう三重のバックアップ体制がとられている）、キューティは絶対確実に幼くして死ぬ。胎児期の脳の発達をつかさどる遺伝子に多大な欠損があたえられているので、キューティの知性が人間のレベルに達しないことは絶対確実だった（それが、法的に人間としての地位をあたえられない根拠でもある）。キューティは微笑み、きゃっきゃと笑い、のどをごろごろ鳴らし、くすくす笑い、ばぶばぶいい、よだれを垂らし、わんわん泣き、手足をじたばたさせ、うーうーうなることはできるけれど、知性が頂点に達したときでも、並みの子犬のほうがはるかに頭がいいくらいだった。その点で猿がキューティをしのぐのはいうまでもないし、金魚だって、いくつかの（注意深く選ばれた）知能検査では、キューティを上まわる成績をあげるだろう。ちゃんと歩くのも、ひとりで食事するのも、キューティには絶対無理だ。言葉を理解したり、ましてそれを使うなんてことは、不可能もいいところだった。

要するに、キューティというのは、心をとろけさせるようなかわいらしい赤んぼうはほしいけれど、その先の、ひねくれた六歳児や、反抗的なティーンエイジャーや、両親の死を看とりながら、遺言状が開封されるときのことで頭がいっぱいの中年のハゲタカは絶対にごめんだ、という人々の理想を実現したものといえる。

海賊版コピーも正規の製品と同じく、手順はごくかんたんだった。ぼくはただ、ブラック・ボックスを端末に接続して、スイッチをいれ、二、三日走らせてから、注文にあうような各種酵素やユーティリティ・ウイルスができたら、チューブAに射精すればよかった。

チューブAはいかにも擬似膣といったデザインで、内側のコーティングもほんものっぽいにおいがしたけれど、白状すると、ぼくは作業のこの段階になんの問題を感じていたわけでもないのに、それを完了するには、なんとまあ、四十分もかかった。だれを夢想しても、どんなことを想像しても、ぼくの脳のどこかが拒否権を発動する。けれど、才能ある某研究者が、脳を除去された犬でも交尾をやり遂げられるのを発見した、とどこかで読んだことがある。必要なのは脊髄だけ、ということだ。で、ついにぼくの脊髄がきちんと仕事をすると、端末が皮肉にも、『ご苦労さまでした！』という言葉を点滅させた。そのとき、ぼくはこぶしで画面を叩き割るべきだったのだ。ブラック・ボックスを斧で叩き壊して、ナンセンス詩をわめき散らしながら部屋を駆けまわるべきだったのだ。そして、猫を買ってくればよかったのだ。でも、なにかを後悔できるっていうのは、いいことじゃないか？　それは、人が人であるということの、本質的な部分だと、ぼくは思う。

三日後、ぼくがブラック・ボックスの隣に横たわると、それは鋭い爪をぼくのおなかにあてた。ロボット腕の見かけはおそろしげでも、受胎は無痛だった。皮膚と筋肉の一部分が局所麻酔され、針がすばやく刺しこまれて、パッケージ済みのバイオ複合体を射出する。この複合体は、ぼくの腹腔という変則的な環境用に特別に設計された絨毛膜で保護されていた。

これで完了。ぼくは妊娠した。

妊娠して二、三週間もすると、ぼくの疑いや嫌悪感は、すっかり消え失せたようだった。ぼくのしていること以上に、立派で、正しいことなんて、世界じゅうどこにもない。ぼくは毎日、シミュレートされた胎児を端末に呼びだした——すばらしいグラフィック。実物を完壁に再現してはいないのだろうが、とてもかわいらしい(キュート)。そう、なによりもそれを求めて、ぼくは金を払ったのだ。そして、おなかに手をあてて、生命という魔法について深く考えをめぐらせる。

月いちど、ぼくはクリニックに超音波スキャンをうけにいったが、一連の遺伝子検査の申込みはしなかった。ぼくには、性別が希望と違うとか、目の色が不満だとかいって、胎児を廃棄することはありえない。そうした必要事項は、最初の時点ですべて処置済みだった。

ぼくは自分の行為を、周囲の人間には知られないようにした。妊娠期間中だけ、かかる医者を変え、職場では、妊娠がひと目でわかるようになったらすぐ休暇をとれるよう、手はずを整えた（それまでは、「ここんとこビールの飲みすぎで」となんとか冗談にまぎらわせた）。臨月が近づくにつれ、店や街なかでじろじろ見られるようになったけれど、キューティの出生時体重は低く設定してあったし、ぼくがただの肥満体でないとは、だれにも断言できっこなかった（じつをいえば、取扱マニュアルのアドバイスに従って、妊娠前にかなり体重を増やしていた。たしかにそれは、胎児の発育に必要なエネルギーを確保するのに有効な手段だ）。それに、だれかがぼくを見て真相を察したところで、どうってことはない。そもそもぼくは、犯罪をおかしているわけではないのだから。

長期休暇をとってからは、日がな一日、育児についてのテレビを観たり本を読んだりし、部屋の片隅に置いたベビーベッドやおもちゃを何度となく並べかえたりした。名前をいつ決めたかは、覚えていない——エンジェル、と。けれど、その名前を変えようと思ったことは、いちどもない。ベビーベッドの側面に、ナイフでその名前を自分の肩にタトゥをしようかともずいぶん考えたが、桜材でできているかのように。その名前を自分の肩にタトゥをしようかともずいぶん考えたが、父親がそんなことをするか、と思いなおした。がらんとした部屋の中で、ぼくはその名前を声に出していってみた。〝名前のひびきをたしかめる〟といういいわけがきかないくらいに、何度も何度も。そして、ときどき受話器をとりあげては、「頼むから静かにしてくれ！　エンジェルが眠れないじゃないか！」

こまごまと例をあげるのはやめよう。ぼくは狂っていたのだ。ぼくは自分が狂っているのを知っていた。その責任は、胎盤の分泌液が血液中に流れこんで引きおこす、なんとも漠然とした〝ホルモンの影響〟にあった。たしかに、妊娠中の女性はこんな馬鹿げた大騒ぎはしないけれど、女性は生化学的にも身体構造上も、いまぼくがやっていることに適した設計になっている。ぼくのおなかにいる喜びの源は、ありとあらゆる化学的メッセージを、相手が女性の体だと思って送りだしているのだから、ぼくがちょっとばかりおかしくなったのも、全然ヘンじゃないと思う。

もちろん、もっとよく耳にする影響もあった。朝方の吐き気（じっさいは、昼夜の別なく四六時中のむかつき）。鋭くなった嗅覚、ときにわずらわしいほどになる皮膚の感覚過敏。膀胱の圧迫感、ふくらはぎのむくみ。重いだけでなく、これ以上はないというほど不便なかたちに変形した体のせいで、動きづらくてへとへとになるのが、当然というか必然の結果なのは、いうまでもない。ぼくはいったい何度、自分にいいきかせただろう――ぼくはいま、この上なく貴重な体験をしているんだ……数知れない女性にとってはありふれているけれど、男性にはほんのひと握りにしか知られてないこの状態を体験することで、ぼくはきっと、もっとまともな、ずっと分別ある人間に変われる、と。さっきもいったように、ぼくは狂っていたのだ。

帝王切開手術のために入院する前夜、こんな夢を見た。赤んぼうが、ぼくからではなく、ブラック・ボックスから出てくる夢だ。それは黒い毛で覆われ、尻尾があり、キッネザルに似た大きな目をしていた。ぼくには想像もおよばない美しさ。最初、それが子猿と子猫のどちらにより似ているのかわからなかったのは、猫のように四つ足で歩くかと思えば、猿のようにしゃがみこむうえ、尻尾はどちらのものでも不思議はないと思えたからだ。だがやがて、産まれたばかりの子猫は目を閉じているのを思いだした。それは猿にちがいない。

それは部屋を駆けまわって、ベッドの下に隠れた。手をさしいれて引っぱりだすと、ぼくの手がつかんでいるのは、古いパジャマだった。

膀胱を空にするという緊急の欲求で、目がさめた。

病院のスタッフは、ジョークひとつ口にせずに、ぼくと接した。たぶん、からかわれないだけの料金を払ったからだろう。ぼくは個室をあたえられた(産科病室の対極といっていい)。たぶん十年前なら、ぼくの噂はマスコミにリークされて、カメラマンやレポーターがぼくの病室の前に泊まりこんだだろう。けれどありがたいことに、キューティの誕生は、それを産むのがシングル・ファーザーでも、いまや事件ではなかった。すでに数十万体のキューティが産まれ、そして死んでいて、ぼくはなんの先駆者でもない。十年は遊んで暮らせる金を出すから、ぼくの人生を《奇人変人》コーナーの記事にさせてくれといってくる新聞も、かわいい亜人間の子どもの葬儀をプライムタイムに放送して、ぼくが流す涙をクローズアップで撮る権利を競りあうテレビ局も、あるわけがなかった。論争の種になるような生殖テクノロジーの順列組みあわせは、使いつくされていた。もういちどトップニュースになりたかったら、研究者たちは量子飛躍級の奇妙奇天烈な発明をしないとだめだろう。いまもかれらは、まさにそれにとりくんでいるのだろうが。

すべては全身麻酔をかけられた状態でおこなわれた。目ざめると、頭はハンマーで殴られたように痛み、口の中は腐ったチーズを吐きもどしたような味がしていた。最初は、傷口を縫われているのを考えもせずに動こうとした——そんなまちがいをおかしたのは、それが最後だった。

ぼくはどうにか頭をあげた。

エンジェルは、ベビーベッドのまん中であおむけになっていた。いまではそのベッドが、サッカー競技場くらいに広く見える。赤んぼうのご多分に漏れず、皺だらけのピンク色。しかめ面で、目を閉じていて、息をしては泣きわめき、また息をしては泣きわめき、まるで泣き叫ぶのがなにからなにまで、呼吸するのと同じに自然なことであるかのよう。濃くて黒い髪（これはプログラムにきかされていたとおりで、この髪はすぐ抜け落ち、金髪に生えかわるはずだ）。ぼくは頭がずきずきするのもかまわず、立ちあがり、ベビーベッドの柵の上からのぞきこんで、一本の指で頬にそっと触れた。エンジェルは泣きやまなかったけれど、目をひらき、もちろん、それは青かった。

「パパはおまえを愛しているよ。パパの愛しいエンジェル」

エンジェルは目を閉じて、深く息を吸うと、また泣きはじめた。ぼくは手をさしのべると、おびえと、目もくらむような歓びを感じながら、ひとつひとつの動作を限りなく正確にこなしつつ、細心なうえにも細心の注意を払って、エンジェルを胸もとまでだきあげ、ずっとずっとそこにだきしめていた。

二日後に退院の許可がおりた。

なにもかもがうまくいった。エンジェルは息をしつづけた。エンジェルは哺乳瓶からミルクを飲み、おもらしをし、おしめをよごし、何時間も泣きとおし、眠ることさえあった。

ぼくは、エンジェルを〝キューティ〟だと思わずにいられるようになった。役目を完全に終えたブラック・ボックスは処分した。ベビーベッドの上に吊した光り輝くモビールを、じっと見つめるエンジェルを、ぼくはすわりこんで見つめつづけた。ぼくはモビールを揺らしたり、回転させたり、音をたてさせたりして、エンジェルがその動きを目で追おうとするのを見つめた。エンジェルが両手をのばし、全身をのばしてモビールに触ろうとするけれどできなくて、ぶーぶーうなるのを、ときにはきゃっきゃと笑うのを、見つめた。そんなとき、ぼくはエンジェルに駆けより、かがみこむと、鼻にキスをしてくすくす笑わせて、何度でも繰りかえしいうのだった——「パパはおまえを愛しているよ！ ほら、こんなに！」

有給休暇を使いきった時点で、勤めをやめた。倹約すれば数年は生活に不自由しないだけの貯えはあったし、だれかにエンジェルの面倒を見させて仕事にいくなんてことは、考える気にもなれない。ぼくはエンジェルをつれて買い物に出かけ、スーパーマーケットじゅうがエンジェルの美しさとかわいらしさに騒然となった。両親にエンジェルを見せたくてしかたなかったけれど、あれこれ詮索されてしまうだろう。友だちとのつきあいは断ち、だれも部屋にいれず、遊びの誘いは全部断わった。ぼくには仕事も必要ないし、友だちも必要ない。エンジェルがいれば、だれも、なにもいらない。

はじめてエンジェルが、自分の顔の前でふられたぼくの指に手をのばして、それを握りしめたとき、ぼくはとてもしあわせで、誇らしかった。エンジェルはその指を口にくわえようとした。ぼくはそうはさせじと、エンジェルと指で綱引きをしてから、指を引き抜いて遠くへ離すふりをして、また急にエンジェルの顔の前にもっていく。するとエンジェルは笑い声をあげた。そのうちぼくが抵抗をやめて、べとべとの口にあっさりと指をもっていかせるつもりだと、絶対の確信があるかのように。そのとおりのことが起きて、指があまりおいしくないとわかると、エンジェルはぼくの手をびっくりするくらいの力で押しやり、そのあいだじゅうくすくす笑っていた。

この時期にこういうことができるエンジェルは、発育スケジュールの数カ月先をいっていることになる。「ぼくのちっちゃな天才くん！」といったとき、ぼくはエンジェルの顔に近づきすぎていた。エンジェルはぼくの鼻をむんずとつかんで、大はしゃぎしはじめた。足をばたばたさせ、はじめてきく笑い声をあげる。音から音へなめらかにつながる、その美しくて繊細な笑い声は、鳥の歌を思わせた。

ぼくは週ごとにエンジェルの写真を撮って、アルバムを次から次へといっぱいにした。服が小さくて着られなくなる前に、新しい服を買ってやり、前の週に買ったおもちゃにエンジェルが手もつけないうちに、新しいのを買った。出かける準備をするたびに、ぼくは「旅をすると世界が広がるぞ」と口にした。エンジェルはあおむけに寝かせるタイプの乳母車を卒業して、腰かけ式のベビーカーに移った。真上の空以外のものが見えるようになって、エンジェルがびっくりしたり、好奇心を示したりするようすは、ぼくにとって、尽きることのない歓びの源だった。犬が通りかかれば、跳ねあがってはしゃぎ、歩道に鳩がいるのを見れば、陽気な声をあげる。車は騒々しすぎて、エンジェルは怒ったようなしかめ面をするだけで、小さな顔がそんなにも上手に軽蔑の表情を浮かべられるのを見たぼくは、笑いをこらえられなかった。

あまりに長いことエンジェルの寝顔を眺め、規則正しい寝息に耳を傾けているときにだけは、エンジェルの死が決定済みであることを思いだすんだ、と頭の中でささやく声がきこえてくる。ぼくはその声を無理やり黙らせ、声をたてずに、たわごとや、卑猥な言葉や、無意味な罵詈雑言をわめき返す。あるいは、子守歌を口ずさむかハミングするかして、エンジェルがぼくのたてた音にもぞもぞしたら、それがぼくの勝利のしるしで、邪悪な声が嘘をついているたしかな証拠だと考えてやろうとしたこともある。

けれど、それとまったく同時に、ぼくはある意味では、ほんの一瞬も自分をだましてはいなかった。すでに死んだ十万体と同じに、時がいたればエンジェルは死ぬのだと、ぼくははっきりとわかっていた。そのことをうけいれる道がひとつしかないのも、わかっていた。二重思考だ。エンジェルの死を予期しながら、じっさいにはそんなことは絶対に起きるわけがないというふりをすること。ほんものの人間の子どもを相手にするのとまったく同じようにエンジェルと接しながら、そのあいだじゅうずっと、かわいらしいペットを相手にしているだけなんだと思うこと。相手は猿や、子犬や、金魚と同じだと。

日の射さない悪夢の世界の息苦しくなるほど陰鬱な沼地に、全人生を引きずりこんでしまうほどのあやまちを、おかしたことがあるだろうか？　それまでになしてきたありとあらゆる善行を一発で帳消しにしてしまい、ありとあらゆるしあわせな思い出をむなしいものに変えてしまい、世界じゅうのありとあらゆる美しいものが醜く見えるようになり、自尊心を最後のひとかけらにいたるまで、自分はなにがあっても生まれてきてはいけなかったんだという確信に変えてしまうほどの、おろかな選択をしたことは？

ぼくは、ある。

ぼくは、猫を買ってくればよかったのだ。この建物では猫を飼うのは禁止されているが、ともかく、猫を買ってくるべきだった。猫を飼っている知りあいはいるし、ぼくも猫は好きだし、猫は立派な個性や人格といえそうなものをもっているし、猫が一匹いれば、ぼくが世話し、愛情を注げる相手になって、しかもぼくの強迫観念をあおることもなかっただろう。もし、ぼくが猫にベビー服を着せ、哺乳瓶からミルクを飲ませようとしたら、猫はぼくをめちゃくちゃに引っかいてから、軽蔑をこめたきつい目でにらみつけて、ぼくの威厳をかたなしにしてくれるだろうから。

ある日、ぼくはエンジェルに、十色にぴかぴか輝くガラス玉を糸に通してそろばん状にしたおもちゃを新しく買ってやって、ベビーベッドの上に吊した。ぼくがそれをとりつけると、エンジェルは笑いながら手を叩き、いたずらを思いついてわくわくしているように、目をきらきらさせた。

いたずらを思いついてわくわくしている？

まだ小さい赤んぼうが〝微笑んで〟いるように見えても、それはじっさいは風に反応しているだけでしかない、とどこかで読んで、不快に感じたのを（事実そのものではなく、そんなつまらない真実を人々に知らせるのが自分の義務だと感じている、えらそうな書き手が不快だったのだ)思いだす。そして、ぼくは思った。この〝人間性〟という名の魔法が、いったいなんだというんだ? 少なくともその半分は、見る側が勝手に感じとっているだけじゃないか?

「いたずらをする? おまえが? おまえは絶対、いたずらなんかしない」かがみこんで、キスをする。

するとエンジェルが、手を叩いて、その言葉を口にした。とてもはっきりと。

「パパ!」

ぼくが相談した医者は、みんな同情はしてくれたが、手の打ちようはなにもなかった。エンジェルに組みこまれた時限爆弾は、エンジェルのあまりに大きな部分を占めている。爆弾の設定作業を、キットは完璧に遂行していた。

エンジェルは日に日に賢くなり、どんどん新しい言葉を覚えていった。ぼくはエンジェルをどうしたらよかっただろう?

(a)刺激をあたえるのをやめる。
(b)栄養失調に陥らせる。
(c)頭から床に落とす。
(d)その他。

いや、心配ご無用、ぼくはちょっとばかり情緒不安定気味だけれど、まだ完全に正気を失ったわけじゃない。エンジェルの遺伝子をもてあそぶのと、生身のエンジェルの体をなぐさみものにするのが、どこかしら違うことは、いまも理解できた。そう、本気で考えれば、ぼくには絶対にその違いがわかるはずだ。

正直いって、ぼくは驚くほどうまく事態に対処していると思う。エンジェルの前で泣き崩れたことは、いちどもない。エンジェルが眠りにつくまで、内心の苦しみはおくびにも出さなかった。

エンジェルは思いがけない事故で死ぬかもしれない。完璧な人間などいない。エンジェルに組みこまれた死は一瞬で、苦痛もないだろう。子どもはいまこの瞬間も、世界のあちこちで死んでいる。なにがいいたいかというと、答えは無数にあるということだ。この無数のたわごとを唱えながら、ぼくは衝動がすぎ去るのを待つ——いますぐ、ふたりで死のうという衝動が。それは自分の苦しみを終わらせたいがための、身勝手なことこの上ない衝動だ。ぼくはそんな真似はしない。医者のいうことも検査結果も、全部まちがっている可能性だって、まだあるのだ。奇跡が起きて、エンジェルが救われる可能性もある。だから、ぼくは生きつづけなくてはならない。無用な期待はいだかずに。そして、エンジェルが死んでしまったら、そのときは、ぼくもあとを追うだろう。

ただ、どうしても答えが出せそうにない問いが、ひとつある。ぼくにずっとつきまとって、どんなにおそろしい死を想像するのよりも、はるかにぼくを震えあがらせる問いが——

もし、エンジェルがひとことも言葉を発していなかったら、もしかしてそのときぼくは、エンジェルの死がそれほど悲劇的なものではないと、自分に信じこませようとしたのではなかろうか？

ぼくになることを

Learning to be Me

六歳のとき、両親からきかされた。ぼくの頭の中には小さな黒い〈宝石〉がいて、ぼくになることを学んでいるのだと。

宝石には〈教師〉がついている。その教師は、顕微鏡でしか見えない蜘蛛がぼくの脳に張りめぐらせた細い細い金色の巣を通して、ぼくの思考のささやきをきくことができた。宝石そのものもぼくの五感を盗みぎきし、血管を運ばれる化学的メッセージを読みとり、そしてぼくとまったく同じ世界を見、きき、嗅ぎ、味わい、触っている。同時に教師が宝石の思考をモニターして、それをぼくの思考と比べ、宝石の思考がまちがっていたときには、教師は考えるよりも早くあちこちを修正して宝石の思考が正しくなるような変更点を見つけだし、宝石をちょっとずつ作りかえていた。

なんのために？　ぼくがぼくでいられなくなったとき、宝石がかわりにぼくになれるようにだ。

ぼくは思った。ぼくはこの話をきいて不安とめまいを感じたけれど、宝石のほうは、どう感じただろう？　そっくり同じにだ、とぼくは考えた。そして宝石は、自分が宝石だとは知らないから、こう思うのだ。宝石のほうは、どう感じただろう？　そしてやはりこう考える——「そっくり同じにだ。そして宝石は、自分が宝石だとは知らないから、こう思うのだ。宝石のほうは、どう感じただろう？……」

つづけて、こうも思うだろう（だって、ぼくはそう思ったんだから）——こうも思うだろう。自分はほんとうのぼくだろうか、それとも、ぼくになることを学んでいる、ただの宝石だろうか、と。

十二歳のぼくは生意気ざかりで、そんな子どもじみた不安を鼻で笑っていた。弱小宗派の信者を別にすればだれだって宝石をもっているのに、それがどんなに異様なことかと頭を悩ませている暇はない。宝石は宝石、平凡にして避けがたい人生の現実、大小便同様にありふれたもの。ぼくは友だちとそれをネタに下品なジョークをいいあった。セックスをネタにしたジョークと同じで、そんな話はあきあきだと相手に思わせようとして。

じっさいは、見かけを装っているほどにあきてもさめてもいなかった。ある日、悪友一同でなんとはなしに公園をぶらぶらしていたとき、そのうちのひとりが——名前は忘れたが、頭がよすぎるせいで損ばかりしていた印象が残っている——全員に順に質問してまわった。

「きみはだれだい？　宝石かい、それともほんとうの人間かい？」ひとり残らず、考える間も置かずに憤然として、こう答えた。「ほんとの人間だよ！」最後のひとりが答え終わると、質問をした少年はけたたましく笑いだした。「ところがね、ぼくは違うんだよ。宝石なのさ。負け犬諸君、ぼくの糞を喰うがいい。きみたちはどうせ宇宙トイレに流されちゃうんだから。でもぼくは、永遠に生きるのさ」

ぼくらはそいつが血を流すまで殴った。

十四歳になるころ。ティーチングマシンの退屈なカリキュラムに宝石のことはほとんど出てこなかったけれど（いや、もしかするとそのせいで）、ぼくはあの少年の質問をそれは真剣に考えていた。理づめで考えれば、「おまえは宝石か人間か？」という問いへの答えは、「人間だ」以外にありえない。なぜなら、物理的手段で答えを返せるのは人間の脳だけだから。宝石は五感からインプットを得てはいるが、体を操ることはまったくできない。宝石の考えた答えがじっさいに口にされた答えと一致したとすれば、それはその器械が脳の完璧なイミテーションだというだけの話。外界に対して、「自分は宝石だ」と答えたとしよう。話したのであれ書いたのであれ、そのときにはなんらかのかたちで体を使っているわけだから、その答えが嘘であるのは明白だ（答えを頭の中で考えただけのときは、この理屈は当てはまらないが）。

けれど、ほどなくより広い視野をもつことを知ってからのぼくは、その質問は問題の本質とは無関係だと考えることにした。宝石と人間の脳が外界から同じ刺激をインプットされ、教師が両者の思考を完璧に〈同期〉させているかぎり、存在するのはひとつの自我、ひとつの意識、ひとりの人物だけだ。そのひとりの人物は、ひとつの（じつにすばらしい）特性をもつことになる。その特性とは、宝石と人間の脳のどちらか一方が損傷をこうむっても、かれまたは彼女は支障なく存在をつづけられるというもの。人は一般に肺をふたつ、腎臓もふたつもっているし、多くの人が心臓もふたつもつようになってから一世紀近くになる。宝石も同じことで、単なる余剰性の問題、一種の健康管理法なのだ。

この同じ年、ぼくがじゅうぶん大人になったと判断して、両親はぼくに告げた。自分たちが〈スイッチ〉を済ませてから、三年になると。その話をきかされたとき、ぼくは平気なふりをしていたけれど、なんでそのときに話してくれなかったんだとはらわたが煮える思いだった。ふたりはスイッチのための入院を、海外出張だとごまかしていた。それから三年、ぼくは宝石頭どもと暮らしていたのに、こいつらはそれを話してもくれなかったのだ。いかにもうちの親らしいことに。

「おまえの目に、わたしたちはちっとも変わったようには映らなかったでしょう？」母がきいた。

「うん」その答えに嘘はなかったが、そのじつ怒りで火を噴きそうだった。

「だから話さなかったんだよ」父がいった。「スイッチのときに話していたら、おまえは父さんたちがどこか変わったと思いこんだかもしれない。いままで話さずにいたのは、わたしたちが以前と変わらない人間であることを、おまえが納得しやすくするためさ」そしてぼくに片腕をかけて、だきよせた。その手を放せ！　と叫ぶ寸前、宝石なんてたいした問題じゃないと考えることにしたのを思いだした。

両親がスイッチしたことは、当人たちからきかされる前に気づくべきだった。たいていの人は三十代の早いうちにスイッチを済ませるものだと、とっくに知っていたのだから。生きている脳は三十代にさしかかるまでに衰退をはじめるが、そんなことまで宝石に模倣させるのは無意味だ。そこで、神経系統が配線しなおされる。体の統制権が宝石に引きわたされ、教師は機能を停止されるのだ。そのあと一週間、脳から外にむかう信号と、宝石から出る信号の比較がおこなわれるが、この時点で宝石は完璧なコピーになっているから、不一致が見つかった例はない。

脳は除去されて処分され、無菌培養された海綿状組織と交換される。この組織の見かけは毛細血管の一本にいたるまで脳そっくりだが、肺や腎臓と同じで思考力はかけらもない。偽脳はほんものとまったく同量の酸素やグルコースを血液から吸収し、必要不可欠な本来の生化学的機能の数々を正確に果たす。やがて、肉体のほかの部分同様、偽脳は老い、交換が必要になる。

けれども、宝石は不滅だ。核爆発の火球にでも投じられないかぎり、百万年の時の流れにも耐えるだろう。

ぼくの両親は器械だった。神だった。それはめずらしくもなんともないことだ。ぼくは両親を憎んだ。

十六歳、恋に落ちたぼくは子どもに逆戻り。

浜辺でエヴァとすごすあたたかな夜には、たかが器械が自分と同じふうに感じられるなんて信じられなくなった。そのとき宝石が体を操っていたとしても、それがしゃべる言葉はぼくが口にしたそのままだったろうし、愛撫はやさしさと不器用さにいたるまで、ぼくのぎこちない愛撫のいちいちとそっくりだったろう。それはしっかりわかっていた。それでも宝石が、豊かさでも奇跡的なことでも喜びに満ちていることでも、自分と同等の精神生活を送っているという話はうけいれられなかった。セックスが、どんなに心地よくても純粋に機械的な活動であることはうけいれられたが、ぼくとエヴァのあいだには、肉欲とは無縁なもの、言葉とは無縁なもの、集音器つきマイクと赤外線双眼鏡をもって砂丘に潜むスパイに探知できただろう、ふたりの体の物理的な動きのいっさいと無縁なものがあった（とぼくは信じていた）。愛を交わしたあと、瞳に映るひとつかみの星を無言で見あげながら、ぼくらの魂は秘密の場所でひとつに結びついた。結晶体のコンピュータは、百万年かかってもその場所へたどり着くこともかなうまい（こんな話を、分別ざかりで卑猥な十二歳のぼくがきいたら、血を吐くまで笑っただろうが）。

宝石の教師が脳の神経を一本残らずモニターしているわけではない、という知識はすでにあった。そんなことはデータ処理の観点からも、脳組織を物理的に侵犯しつくすことになるという点からも、不可能だ。なんとかの公理によれば、決定的重要性をもつニューロンを標本として調査すれば、全体を調査するのとほぼ同じ結果が得られるという。また、反証不能な非常にすじの通った仮定に従うなら、調査結果に含まれる誤差の範囲は数学的に厳密に算出できる。

そのとき口火を切ったのはぼくで、どんなに小さくてもその誤差こそが脳と宝石の、人間と器械の、愛とそのまがいものの違いだと宣言した。ところがエヴァが即座に、標本数を根拠に根本的かつ質的な区別をつけるのはおかしいと指摘した。考えてみてよ、もっと多くのニューロンを調査する新型教師が作られて誤差率が半分になったら、その教師がモニターする宝石は、人間と器械のあいのこになるの？　理論上は、いえ現実にも、誤差率はあなたが気にかけるどんな数字より小さくできる。百万にひとつの不一致がなにかの違いを生むだなんて本気？　人間はみな、来る日も来る日も何万というニューロンを自然消耗で失ってるのに。

むろんエヴァは正しかったが、ぼくはすぐに、自説に対するもっとそれらしい擁護論を考えついた。生きているニューロンの構造はね、宝石のニューロコンピュータの中で同様の機能を果たす幼稚な光学的スイッチより、ずっと奥深いものなんだ。信号を発するか発さないかは、ニューロンの働きのほんの一面にすぎない。生化学上の微妙な問題や、そこに関連する特殊な有機分子の量子力学が、人間の意識の本質と関係ないなんて、だれにいえる？　神経を抽象レベルで位相幾何学的にコピーしたってだめなんだ。そりゃ宝石はおめでたいチューリングテストにパスするだろうさ。外から観察しても、人間と区別がつかないだろう。だから って、宝石として生きていることが、人間として生きていることと同じに感じられるとはいえないよ。

エヴァの質問。「それは、あなたが一生、スィッチしないってこと？　宝石をとりだす気？　脳が死にはじめたら、自分もいっしょに死なせちゃうの？」

「かもしれない。九十とか百とかで死ぬほうが、三十歳になってから自殺して、得体の知れない器械がのさばって、ぼくにとってかわったり、ぼくのふりをするよりはましだよ」

「もしいま、わたしがスィッチ済みだといったら？」エヴァは挑発的だった。「わたしが〝わたしのふりを〟してるんじゃないって、どうしてわかるの？」

「スィッチしちゃいないさ」ぼくは傲慢だった。「わかるに決まってるだろ」

「だからどうやって？　見かけは変わらないはずよ。話しかたも変わらない。一挙一動まで同じはず。最近はスィッチする年齢がさがる傾向にあるわ。なのに、どうしてわたしがスィッチ済みでないなんてわかるの？」

ぼくは横になったままエヴァのほうをむいて、相手の目をのぞきこんだ。「テレパシー。魔法。魂の交わり」

十二歳のぼくがしのび笑いをはじめたが、その子どもを追いはらう方法なら、よくわかっていた。

十九歳のとき。大学の専攻は財政金融学だったが、哲学科の講義もひとつ受講した。けれども哲学科というところは、エンドーリ装置、一般にいう〈宝石〉（エンドーリ本人は〈双生器〉と呼んでいて、偶然にも発音の似た通称がついたのだ）のことにはぴたりと口を閉ざしていた。連中はプラトンやデカルトやマルクスを論じ、聖アウグスティヌスや（極端に現代的かつ大胆な気分のときには）サルトルの名も口にするけれど、ゲーデルやチューリング、ハムスン、キムといった名前を耳にしたとたんそっぽをむく。欲求不満のあまり、デカルトに関する論文の中でこんな意味のことを書いた。人間の意識を〝ソフトウェア〟と見なし、生きた脳の上でも光学結晶体の上でも等しく〝機能する〟ものだとすることは、デカルト流二元論への後退にほかならない——なぜなら、ここでいう〝ソフトウェア〟とは、すなわち〝魂〟だからである。担当講師はこの説を示唆した段落すべてを赤の閃光ペンで几帳面に斜線で塗りつぶし、余白に（あざけるように二ヘルツで発光する二十ポイントのボールド体の縦書きで）書いてよこした。『**落書きするな！**』

ぼくは哲学に見切りをつけて、一般むけの光学結晶体工学の講座に登録した。固体量子力学について多くを知った。数学の魅力についても学ぶことが多かった。その結果わかったのは、ニューロコンピュータとは問題自体が理解不能な際の解決手段としてのみ用いられる装置であることだった。フィードバックによってほとんどのシステムを模倣できたなら（つまり同一パターンのインプットから同一パターンのアウトプットを得られれば）、実用に耐えるフレキシブルなニューロコンピュータは完成したことになる。だがそれは、模倣したシステムの本質の解明にはなんら寄与しない。

「理解するって概念は」と工学の講師はいった。「重要視されすぎなのよ。受精卵がどうやって人間になるか、だれも理解はしていないでしょ。だからってどうかする？　個体発生が微分方程式で記述できるようになるまで、子どもを作るのをやめるとでも？」

この見方には一理ある。

その時点で、ぼくが必死で求めている答えをだれも知らないことがはっきりした。自力で答えに到達できる可能性もほとんどない。ぼくの知的能力は、どうひいきめに見ても十人並みだ。となれば選択肢はただひとつ。意識の謎をくどくどと考えて時間を無駄にするか、ほかの人々のように、思い悩むのをやめて人生を歩んでいくかだ。

二十三歳でダフネと結婚したとき、エヴァはもはや遠い記憶だったし、魂の交わりについて考えたことも同様だった。ダフネは三十一歳。博士課程のぼくを雇ってくれたマーチャントバンクの重役で、この結婚がぼくの出世に利することはだれの目にもあきらか。ダフネがなにを得たのかは、ついに合点がいかなかった。ほんとうにぼくを好きだったのかもしれない。性生活は快適で、落ちこんだときにはたがいになぐさめあったが、心やさしい人間なら傷ついた動物をなぐさめずにはいられないものだ。

ダフネはまだスイッチしていなかった。ひと月またひと月と先のばしにして、そのたびに口実はナンセンスの度を増し、ぼくは自分が先のばししたことなどないかのようにそれをからかった。

「わたしはこわいの」ある晩、ダフネが本音を口にした。「スイッチすると、〃わたし〃は死ぬんじゃないの？　あとに残るものといったら、ロボットだわ。人形よ、ただの物体なのよ。わたし、死ぬのはいや」

身もだえしたくなるような会話だったが、ぼくは内心を顔に出さずに、まくしたてた。

「もしきみが脳卒中を起こして、脳のごく一部が損傷したとしよう。そして医者が、損傷した部分の機能を代行する器械を移植したとする。そのときぎみは、やはり〃きみ本人〃だろうか」

「当然よ」

「そういうことが、二回、十回、千回とあって――」

「そんなこと、起こりっこないわ」

「そうかい。じゃあ、きみが〃きみ〃でなくなる魔法の数字は何パーセントだい？」

ダフネはぼくをにらんだ。「そんな使いふるしのくだらない理屈を――」

「使いふるしでくだらないなら、論破してごらんよ」

ダフネは涙声になった。「するもんですか、この馬鹿！　わたしが死ぬほどおびえてるのに、この役立たず！」

ぼくは妻をだきしめた。「ほら、落ちついて。ごめんよ。でも、だれもがいつかはスイッチするんだ。こわがっちゃいけない。ぼくがここにいるから。そして愛してる」その言葉は、ダフネの涙を合図に自動的に流れだした録音のようだった。

「あなたもしてくれる？　いっしょに？」

血の気が引いた。「なんだって？」

「手術するの、同じ日に。わたしといっしょにスイッチしてくれる？」

多くの夫婦がしていることだ。ぼくの親も含めて。おそらくそれが、愛や献身やわかちあいを意味する場合もあるだろう。けれど夫婦のどちらかが、自分がスイッチしないままで宝石頭と暮らすのをきらった場合もあるはずだ。

しばしの沈黙ののち、ぼくは口をひらいた。「もちろん」

それからの数ヵ月、子どもじゃあるまいしだの迷信じみているだのとからかってきたダフネの不安のことごとくが、急にとても理にかなったものになった。逆にぼくの理知的な意見は、頭でっかちでうつろにひびくばかり。土壇場でぼくは裏切った。麻酔を拒否して、病院を逃げだしたのだ。

ぼくに見捨てられたのも知らず、ダフネはスイッチを進めた。

それきりダフネには会わなかった。あわせる顔がなかった。会社をやめて街を離れ、まる一年、自分の臆病さと裏切りに鬱々としていたが、その一方では、逃げおおせたんだという思いに心底ほっとしてもいた。

ダフネはぼくを相手に訴訟を起こしたが、数日後にとりさげると、自分の弁護士を通じて面倒のない離婚に合意した。離婚の成立前に、ダフネは短い手紙をよこした。

こわがる理由はなにもなかった。わたしはいままでとまったく変わらないわたし。先のばしにするなんて馬鹿げてる。迷信から自由になったいま、わたしはこの上なくしあわせ。

あなたを愛するロボット妻、ダフネ

二十八歳ともなると、知りあいのほとんどだれもがスイッチ済みだった。大学時代の友人は例外なしにスイッチしていた。新しい職場の同僚たちは二十一歳のときに済ませていた。知りあいの知りあいの話では、エヴァは六年前に済ませたという。

遅らせれば遅らせるほど、決断は困難になった。スイッチ済みの千人と話をし、もっとも親しい友人たちをつかまえて、子ども時代の思い出や個人の秘密中の秘密を何時間も話させた。その話はいちいち納得がいったけれど、エンドーリ装置はかれらの頭に埋めこまれたまま数十年、この手のふるまいを正確に模倣する学習をしてきたのだ。

スイッチしていないからといって、その人が内心でなにかしらぼくと同じことを考えている保証などありはしない。しかし、キュレットで頭蓋骨の中身をほじくりだされていない人々をひいき目で見がちになったのは、無理からぬ話だろう。

友人たちとは疎遠になり、恋人探しもやめた。仕事は自宅でこなした（仕事時間に比例して仕事量も増えたので、会社はなにもいわなかった）。人間として信頼できない連中のそばにいるのは耐えられなかった。

ぼくのような人間はめずらしくはない。いちどその気になると、スイッチしていない人専用の団体は何十と見つかった。その種類は、離婚した女性対象の社交クラブめいたものから、《抵抗戦線》を名乗り、『盗まれた街』の世界を生きているつもりの被害妄想的武装集団にまでおよぶ。社交クラブのほうでさえ、メンバーはどうしようもなく社会不適応だった。メンバーの多くがぼくとほぼ瓜ふたつの懸念をいだいていたが、それが他人の口から出ると、強迫観念じみてとんちんかんにきこえた。一時期、スイッチしていない四十代はじめの女性と関係をもったが、ふたりで話したことといえば、スイッチへの恐怖ばかり。マゾヒスティックで、息がつまりそうな、狂気の沙汰だった。

精神科医に頼ることにしたときも、スイッチ済みのセラピストの診療をうける気にはなれなかった。ようやくスイッチしていない医者を見つけたものの、その女は「だれがボスかを、やつらに教えるため」に発電所の爆破を手伝えとせまってきた。

毎晩ベッドにはいってから何時間も、なんらかの結論を出そうと努力はしたが、思い悩めば悩むほど、なにが問題なのかすらあいまいになっていく。そもそも、〝ぼく〟とは何者なのか？　二十年前とは人格がまったく別ものになっているのに、〝ぼく〟が〝まだ生きている〟とはどういう意味なのか？　昔の自分たちなんて死んだも同然、そんな連中のことは現在の知人について程度しか覚えがない。だからといって、不便や不安はちっとも感じなかった。これまでの人生で通り抜けてきた変化に比べれば、生まれつきもっている脳を失うことなど、ほんのささいな問題にすぎないのかもしれない。

だが、そうではないのかも。もしかすると、それこそが死ぬということなのかもしれない。自分が存在しなくなることを思うと目まいがして、そんな状況を理解することもできず、かといって考えつづけるのもやめられず、おびえと耐えがたい孤独に襲われ、涙を流してわななく――そんなふうに終わる夜もあった。いくら考えてもきりがなくて、人並みにうんざりして終わる夜もあった。宝石の精神生活の本質は、かつて人類の遭遇した最重要課題だと確信したこともある。別の日には、自分の懸念が常軌を逸したお笑いぐさに思えた。毎日毎日、何十万という人々がスイッチをおこない、それでも世界はどこから見ても以前と変わりなく動いている。難解な哲学論議をいくら重ねようと、この事実がもつ説得力にはかなうまい？

そしてとうとう、ぼくは手術の予約をした。だって、失うものなんてなにがある。この先六十年分の不安とパラノイア？　もしも人類が、自らぜんまい仕掛けの自動人形に場所をゆずりつつあるなら、ぼくは死を選んだろう。精神病的な地下組織に参加するほどの激しい思いこみが、ぼくには欠けていた。どのみち、そんな組織に現実的な力があるなら、当局が黙っていたわけはないが。その一方、ぼくの不安がどれひとつ根拠のないことだとしたら。ぼくがぼく自身であるという感覚が――たとえば睡眠と覚醒とか、脳細胞の絶え間ない死、成長、経験、学習と忘却といったさまざまなトラウマをくぐり抜けても、別に変わらなかったのと同様――スイッチ後も変わらないとしたら。ぼくは永遠の生を手にいれるのみならず、不信と疎外感を終わらせることにもなるのだ。

手術の予定日を二カ月後にひかえた日曜の朝、食料雑貨カタログのオンライン画面を次々と切り替えながら、食料品を注文していたとき。最新品種のリンゴのあまずっぱそうな映像に気を引かれた。半ダース注文しようと思った。思ったが、注文していなかった。かわりにぼくは、次の商品を呼びだすキーを押していた。こんなミスはかんたんに訂正可能で、一回のキー操作でリンゴに戻れる。画面はナシ、オレンジ、グレープフルーツと変わっていった。不器用な指め、なにをしている、と手もとを見ようとしたのに、視線は画面に張りついたまま。

ぼくはパニックを起こした。椅子から飛びあがろうとしたが、足はいうことをきかなかった。悲鳴をあげようとしたが、声ひとつ出なかった。怪我もしていないし、具合も悪くない。麻痺状態になったのか？ 脳が損傷したのか？ 指先にキーパッドを、足裏にカーペットを、背中に椅子を感じられるのは変わりなかった。

ぼくがパイナップルを注文するのを見た。ぼくが立ちあがってのびをし、平然と部屋から出ていくのを感じた。キッチンで、ぼくは水を一杯飲んだ。ほんとうなら手が震えるとか、むせるとか、息が止まるとかしなければおかしい。だが、冷たい液体はなめらかにのどをくだり、ぼくはひとしずくもこぼさなかった。

考えつく説明はただひとつ。ぼくはスイッチしたのだ——それもひとりでに。ぼくの脳が生きているうちに、宝石が引きついでしまった。妄想していた最悪の事態が現実になったのだ。

ぼくの体が通常の日曜日を送っていく反面、ぼくは無力感のあまり閉所恐怖症的狂乱状態に陥っていた。ぼくの体はぼくが計画を立てていたとおりに行動したが、だからといって不安がやわらぐわけもない。列車で海に行き、半時間ほど泳いだ。あるいはぼくは、逆上して斧を手に走りまわっていたかもしれないし、全裸で道を這ったり、大小便を体に塗りたくって狼のように咆哮していたかもしれないのだ。体はなにもいうことをきかなくなっていた。いまや体は拘束服と化して、ぼくはもがくことも、叫ぶことも、それどころか目を閉じることもできなかった。列車の窓にぼんやりと映った自分の姿は見えているが、その顔に温和で落ちついた表情をさせている心がなにを考えているのか、見当もつかない。

泳ぐことは、五感を強化されたホログラム体験さながらの悪夢だった。決定権をもたない物体になったぼくに、体はあまりにもなじみ深い信号を伝えてくる。これほど酷な体験はない。この両腕め、のんびり水をかいている場合か。ぼくは溺れているように手をばたばたさせたいんだ、窮地に陥っていることをまわりに知らせたいんだ。

ぼくが浜辺に寝ころがって目を閉じると、ぼくはようやく、自分の置かれた状況を理性的に考えられるようになった。

スイッチが〝ひとりでに〟起きることはありえない。そんな馬鹿な話はない。スイッチとは、何百万もの神経繊維を切断したり接合したりすることだ。作業をおこなうのは極微の外科ロボットの一群で、そいつらはまだぼくの脳の中にはいなかった。注入されるのは二カ月後だ。故意の干渉がないかぎり、エンドーリ装置は完璧に受動的で、盗みぎき以外にはなにもできない。宝石や教師にどんな故障が発生しようとも、生まれつきの脳から体のコントロールを奪うことは不可能だ。

故障が発生したことはまちがいない。だが、ぼくが最初に考えたことはまちがっていた。全面的なまちがいだった。

真相がひらめいたとき、ぼくは、なんでもいいから自分がなにかをできればと思った。体をだきしめるとか、泣きわめくとか、頭から髪をむしりとるとか、爪で皮膚をえぐるとか、なにかしたい。けれどもぼくは、照りつける太陽の下であおむけに寝そべっていた。右膝の裏にかゆみを感じたが、どうやらぼくは、かくのも面倒くさがっているようだ。

ああ、ヒステリックに爆笑することもできないなんて。ようやく気づいたというのに。この、ぼくが、宝石だったことに。

教師が故障して、ぼくに生きている脳を真似させつづけることができなくなったのだ。ぼくは突然、無力な存在になったのではなかった。いままでずっと無力だったのだ。〝自分の〟体や外界に影響をあたえようとするぼくの意志は、そのすべてがまっすぐ虚無に消えていた。ぼくの意志と、ぼくのものだと思っていた行動がずっと一致してきたのは、ぼくが間断なく教師に操作され、〈修正〉されてきたからにすぎなかったのだ。

熟考したい問題が、思いふけりたいアイロニーが、それぞれ百万とあるけれど、そんなことをしている場合ではない。全エネルギーを一方向にふりむける必要がある。残り時間はどんどん減っているのだ。

入院してスイッチが実施されるとき、ぼくが体にむけて発信している信号が、生きている脳からのそれと正確に一致しなければ、教師の故障が露呈する。そして修正がほどこされる。生きている脳はなにも心配しなくていい。かれは存在をつづけることが保証され、かけがえのない神聖犯すべからざるものとしてあつかわれるだろう。ぼくとかれのどちらが体の主人となることを許されるか、疑問の余地はない。いまひとたび同期させられるのは、ぼくだ。ぼくが、修正されるのだ。ぼくは抹殺されるのだ。

おびえるのは馬鹿げたことかもしれない。過去二十八年間、ぼくは一マイクロ秒ごとに抹殺されつづけてきたではないか。別の角度から見れば、ぼくが存在したのは過去七週間、教師が故障してからのことでしかなく、ぼくに独立した自我があると主張するのはたわごともいいところ。それにあと一週間で、この異常事態は、この悪夢は終わりを迎える。あと一歩で永遠に手が届くというときに、みじめなだけだった二カ月を捨てることにためらいがあるはずもない。ただし、永遠を手にするのはぼくではないのだが。そのみじめな二カ月こそが、それだけがぼくの姿といえるものなのだが。

理性的に考えてもきりがない。最終的にぼくにできるのは、生きのびたいというぎりぎりの意志に従って行動することだけだ。ぼくには自分が異常事態だという気も、処分可能な過誤だという気もしない。ぼくが生きのびる希望はどこにある？　同期することだ——自らの意志で。医者たちがぼくを修正しようとするだろう姿を、そっくり真似ればいい。

真似しつづけて二十八年、いまでもだましとおせるくらいにはかれと似ているはずだ。ぼくらが共有している五感から届くあらゆる手がかりを注意深く観察すれば、ぼくはきっと自分をかれの立場に置き、自分が独立した存在だった事実を一時的に忘れ、同期した状態に引きもどすことができるだろう。

楽な仕事でないのはわかっている。ぼくが存在をはじめた日、かれは浜辺でひとりの女性と出会った。名前はキャシー。ふたりは三度ベッドをともにし、かれは彼女を愛していると思っていた。少なくとも、かれは彼女の目を見つめてそういったし、眠っている彼女の耳もとでそうささやいたし、本気かどうかは知らないが、日記にもそう書いた。

ぼくは彼女を別にどうとも思わない。たしかに感じのいい人ではあるが、それ以上はなにも知らない。自分の陥った窮地のことばかり考えていて、彼女との会話にはほとんど注意を払わなかったからだ。性行為も、ぼくにとってはやむをえないのぞき見と大差がなくて、いやな気分になるばかり。ことの重要さはわかっていたから、もうひとりのぼくと同じ感情に流されようと努力はした。しかし、コミュニケーションが不可能なうえ、ぼくの存在自体を知りもしない相手を、愛せるわけもなかった。

彼女のことでかれの頭は昼も夜もいっぱいだが、ぼくにとっては危険なだけの障害物でしかない。こんな状態で完璧なイミテーションを演じ、死をまぬがれる望みがぼくにあるのだろうか？

かれはいま眠っている。だから、ぼくも眠らなくては。かれの鼓動やゆるやかな寝息をききながら、自分のリズムを静かにそれとあわせようとする。そしてしばし、希望を失う。これから見る夢でさえ、かれのとは違っているだろう。ぼくとかれの食い違いは修復不能だ。ぼくの目標などは噴飯ものだ、こっけいで、哀れすら誘う。神経を流れる信号を、一週間も逐一真似るだって？　自分の存在を発見されることにおびえ、それを隠そうとすれば、必然的にぼくの反応はゆがむ。この内心の嘘と恐慌は隠しようもあるまい。

それでも、眠りに引きこまれてゆきながら、気づいてみると、「ぼくは成功する、成功しなければならない」と思っている。しばらく夢がつづいて——現実離れしたイメージと日常的な要素がいり混じった夢で、太陽が西からのぼって終わった——それから夢のない虚無へ落ちていく。何の不安もいだかずに。

ぼくは白い天井を見あげている。困惑してめまいを感じ、自分には考えてはいけないことがある、というしつこい思いをふり払おうとしながら。

それから、おそるおそるこぶしを握りしめて、それができたという奇跡に歓喜し、そして記憶がよみがえる。

最後の最後まで、ぼくはかれが今度も逃げだすと思っていたが、そうはならなかった。キャシーの話が、かれの不安を吹きとばしていた。彼女もやはりスイッチ済みで、かれはかつて愛しただれよりもこの女性を愛していたのだ。
というわけで、いまやぼくらの役割は逆転している。いまではこの体は、かれにとっての拘束服だ……。

ぼくは汗びっしょりになる。成功の見こみはない、不可能だ。ぼくはかれの心が読めず、かれのとるだろう行動の見当がつかない。身動きする、じっとしている、人を呼ぶ、黙っている、どうするのが正解なのか。もしかすると、ぼくらをモニターしているコンピュータは、ささいな不一致のいくつか程度は無視するようにプログラムされているかもしれない。だがかれは、体が自分の意志どおりに動いていないことに気づいたとたん、ぼくがそうなったようにパニックを起こすだろう。そうなれば、ぼくには見当のつけようなどまるでなくなる。いや、かれだったら、いまこのとき汗をかくだろうか、こんなふうに息苦しくなるだろうか？　答えは、ノーだ。目ざめてからわずか三十秒にして、ぼくの化けの皮ははがれている。光ファイバーケーブルが、ぼくの右耳の裏から壁のパネルへつながっていた。警報ベルがどこかで鳴っているにちがいない。

もし、ぼくが逃げだそうとしたら、医者たちはどう対処するだろう？　力ずくでとりおさえる？　だが、ぼくは一市民だ。宝石頭が完全な法的権利を認められてから何十年もたつ。外科医も技師も、ぼくの同意なしには打つ手がない。権利放棄証書の条項を思いだしたいのだが、かれはサインするときに証書を一瞥しただけだった。ぼくを拘束しているケーブルを引っぱってみる。両端ともしっかり固定されていた。

ドアがひらいた。これで一巻の終わりだという思いが頭をよぎるが、どこからともなく力がわいて心が静まる。はいってきたのは、担当の神経科医のドクター・プレム。にこにこしながら、「ご気分はいかがです。悪くはないですよね？」

　ぼくは無言でうなずく。

「たいていの人がなににいちばん驚くかといえば、変化した気がまるでしないことなんです。あなたもいましばらくは、『こんなにかんたんなはずはない、こんなに楽なはずはない、なにか異常があるはずだ』と思われるでしょう。ですが、すぐに、こんなにかんたんで楽で異常のないことがおわかりになります。そして、いままでと変わらぬ人生がつづいていくのですよ」ドクターは笑顔を作り、父親のような仕草でぼくの肩を叩くと、背をむけて部屋を出ていった。

　数時間が経過する。医者たちはなにをしているんだ？　もはや証拠に疑う余地はないはず。たぶん、手続きに手間どっているか、法律と技術の専門家に相談しているか、倫理委員会を招集してぼくの運命を検討しているか、そんなところだろう。発汗が激しくなり、体の震えを抑えられない。幾度もケーブルを鷲づかみにしては渾身の力で引っぱった。だがケーブルの一端はコンクリートの壁に固定され、もう一端はぼくの頭蓋骨にボルト留めされているらしい。

　看護士が食事を運んできた。「元気出しなよ。もうすぐ面会時間だ」

　食事のあと、この男がおまるをもってきた。ぼくは緊張のあまり小便も出ない。

キャシーはぼくを見て眉をひそめた。「どうかしたの？」肩をすくめてにこりとしながら、ぼくは身震いし、なぜ茶番劇をつづけているのかといぶかる。「なんでもないよ。ちょっとだけ、気分が悪いんだ」

彼女はぼくの手をとると、身をかがめて唇を重ねた。これまでの事情はどうあれ、ぼくは一発で欲情する。ぼくの顔を上からのぞきこんだまま、彼女は微笑んだ。「すべては終わったんだから、ね？　もうおそれることはなにもないの。いまは少し動揺してるかもしれないけど、心の底では自分がいままでとちっとも変わっていないってわかってるのよ。それに、わたしがあなたを愛してるわ」

ぼくはうなずく。少し雑談して、彼女は帰った。ぼくはヒステリックに心の中でささやきつづける。「ぼくはいままでとちっとも変わっていない。ぼくはいままでとちっとも変わっていない」

きのうのこと。医者たちはぼくの頭蓋骨の中身をきれいにかきだして、知性のかけらもない新品の偽脳を補塡用に挿入した。

こんなに心おだやかになったことは絶えてひさしい。そしてようやく、なぜ自分が生きのびられたのか、その説明を組みたてられたと思う。

スイッチから脳の除去までの一週間、教師は機能を停止されるのだが、それはなぜだろう？　なるほど、脳が除去されている最中に教師を作動させてはおけまい。だが、なぜ一週間まるまるが必要なのか？　教師の監視なしでも宝石が同期していることを、人々に最後にもういちど確認させるためだ。これから宝石の送る人生が、生まれつきもっている脳が〝送ったであろう〟人生（それがどういう意味かはともかく）そっくりそのままであることを、納得させるためだ。

それではなぜ一週間だけで、一ヵ月とか一年ではないのか？　それは、宝石がそんなに長くは同期していられないからだ。それは別に欠陥ではなく、宝石が使われるそもそもの理由に由来している。宝石は不滅だ。だが脳は衰亡する。宝石が脳を模倣するにあたっては故意にはぶかれている事実があって、それは、ほんものの神経細胞は死ぬということ。それと同様の衰退を宝石に仕込んでいる教師がいなくなれば、いつかは小さな不一致が発生する。刺激に対する数分の一秒の反応のずれから疑いが生じ、そこから先はぼくがいやというほど知っているように、食い違いが進行する一方だ。

こんなことがあったにちがいない。五十年前、神経学者の草分けの一団がコンピュータスクリーンのまわりに集まって、スイッチ後の時間経過とこの重大な食い違いが発生する確率を示したグラフを凝視している。かれらは脳の除去までの期間を一週間と決める。そのとき、許容範囲とされた確率は？　十分の一パーセント？　百分の一？　千分の一？　学者たちが安全だと考えた確率がどれくらいかは知らない。けれどその数字が、毎日毎日、二、三十万もの人がスイッチするようになったときでも、食い違いの発生を地球規模で皆無に等しくできるほど小さかったとは考えがたい。

個々の病院でそうした事態が起きるのは、十年にいちど、いや百年にいちどかもしれないが、それでもどこの施設でも、万一の事態に対処する方策は必要になる。

その際の選択肢はなにか？

そのひとつは、契約上の責務を尊重して、教師を再起動させ、満足している顧客を消去することだ。そしてトラウマを負った生まれつきの脳は、マスコミや法律屋に信じがたい体験をわめき散らす機会を得る。

もうひとつは、食い違いの証拠となるコンピュータの記録をひそかに消去することだ。そして、ただひとりの証人を黙って始末すればいい。

こうしてぼくは手にいれた。永遠を。

今後五、六十年のうちには臓器移植が必要になるだろうし、ゆくゆくは体ごと交換することになるだろうが、その方面ではなにも心配していない。ぼくが手術台の上で死ぬことはありえないから。千年かそこらもすれば、記憶容量の問題からハードウェアを増設する必要が生じるだろうが、その過程も順調にいくことはまちがいない。百万年単位で考えれば、宝石の構造は宇宙線によって損傷をこうむるわけだが、一定の期間で完璧の保証された新しい水晶体への転写を繰りかえせば、その問題は回避できる。

これで少なくとも理論上、ぼくはビッグクランチの観覧席も、宇宙の熱死への参加権も保証されたことになる。

キャシーと縁を切ったことはいうまでもない。好きになれた相手かもしれないが、いっしょにいるといらいらしたし、だれかの役を演じているという気分にはもううんざりだった。

彼女を愛しているといっていた男――人生最後の一週間を、せまりくる死になすすべもなく、おびえ、打ちひしがれていた男に対しては、いまだに自分がどういう気持ちをいだいているのか、よくわからない。ぼくだっていちどはまったく同じ運命を覚悟したのだから、かれの身になって考えることは可能なはずだ。だが、なんというか、ぼくにとってかれはまるで現実感がなかった。ぼくの脳がかれのにあわせて作られているのは承知している。いわばかれは、ご先祖さまみたいなものだ。それはわかっているのだが、いまではかれを、想像上の力ない幻影だとしか思えない。

かれが自分自身を何者だと思い、心の奥底でなにを考え、生きているということをどんなふうに感じていたか。そのどこかにぼくとの共通点があったかどうか。とどのつまり、そんなことがぼくにわかるわけはないのだから。

繭

Cocoon

爆発は数百メートル離れた建物の窓さえ吹きとばしたが、火災は発生しなかった。後日、マックォーリー大学の地震計に爆発が記録されていたのが判明し、時刻を正確に特定できた。午前三時五十二分。爆音に飛び起きた住人たちは数分とたたずに消防や救急隊の会社に通報し、わが社の夜勤オペレータはちょうど四時すぎにおれに電話してきたが、邪魔になるだけだろうから現場に急行する必要はなかった。そこで一時間近く書斎の端末を前にして、コーヒーを飲み、タイプ音をひびかせないよう注意しながら、背景情報を収集し、ヘッドホンで無線をモニターした。

おれが現場に到着したときには、地元の消防会社は再度の爆発の危険がないことを確認して引きあげていたが、わが社の科学捜査課は引きつづき瓦礫の山をなめるように調査中で、捜査課員のもつ装置が電子音をたて、その音が鳥たちのさえずりにほとんどかき消されていた。レーンコーヴは、シドニー郊外の住宅とハイテク産業施設がいり混じる閑静で緑豊かな地区で、企業のオープンスペースに生い茂った草木が、近接するレーンコーヴ川両岸の国立公園にほとんど境目なくつながっている。車載端末のこのエリアの地図に名前があるのは、研究室用の試薬や調合薬の工場、科学用または航空宇宙産業用の精密機械の工場、そして二十七はくだらない数のバイオテクノロジー企業――そのひとつが生命向上インターナショナル社で、先刻までそのコンクリート製の建物が雑然と広がっていた場所が、いまはねじ曲がった鉄骨の周囲に散乱する白く粉を吹いた残骸の山と化している。むきだしの鋼材は不思議なほどによごれておらず、曙光にぎらりと輝いていた。建物は築後わずか三年。捜査課が現場を一瞥しただけで事故の可能性を除外した理由は、おれにもわかった。ドラム缶数本の有機溶剤に可能なことなど、とうていこれの比ではない。住宅地帯に合法的に貯蔵されているいかなる物質も、近代建築をものの数秒で瓦礫の山に変えることは不可能だ。

車からおりるとき、ジャネット・ランシングの姿が目にとまった。眉ひとつ動かさずに建物の残骸を見まわしてはいるが、体は縮こまっている。十中八九、軽いショック状態だ。ほかに寒けを感じる理由はない。夜どおしうんざりする暑さだったし、けさも気温はあがりはじめている。ランシングはレーンコーヴ複合施設の担当重役だ。歳は四十三、ケンブリッジで分子生物学の博士号を、同程度に権威ある日系ヴァーチャル大学で経営管理学修士号を取得。家を出るまえに、情報収集ソフトで詳細な履歴と写真を統合データベースから引きだしておいたのだ。

おれはランシングに歩みよって、声をかけた。「ジェイムズ・グラス、ネクサス捜査社」

相手は眉をひそめながらも名刺をうけとると、廃墟の周囲でガスクロマトグラフやホログラムの器械をふりまわしている技術者たちに視線を移した。

「あれはあなたの会社の？」

「そう。四時からここに来ている」

ランシングはかすかに作り笑いを浮かべた。「この仕事をわたしがよそにまわしたらどうする気？　そしてあなたがたを侵入罪で訴えたら？」

「そちらが他社と契約するなら、わが社は喜んで収集済みのサンプルおよびデータを引きわたすが」

ランシングは気がふれたように首をふった。「冗談よ、あなたのところにお願いするわ。四時には来ていたの？　驚いたもんね。保険会社に先んじるなんて」偶然ながら、ＬＥＩの〝保険会社〟はネクサス株の四十九パーセントを保有しており、当方の作業終了まで手を出さないはずだったが、それに言及する必要はあるまい。ランシングは辛辣な口調で、「うちと契約している自称警備会社が、勇を鼓してわたしに電話してきたのは、ほんの三十分前だった。どうやら光ファイバー交換機が破壊されて、この一帯とは音信不通になっていたのね。設備事故が発生した場合、警備会社は巡察を出すことになっていたのに、あきらかにその手間を惜しんだわけ」

おれは同情するような表情を浮かべた。「ここではいったいなにを作っていたんだ？」

「作る？　なんにも。ここは製造部門ではないから。純粋な研究開発だけ」

じつをいえば、ＬＥＩの工場がすべてタイとインドネシアに置かれ、経営本部がモナコにあり、研究施設が世界各地に散らばっていることは、すでに調べてあった。けれど、事情に精通していることをひけらかすのと、クライアントの神経を逆なでするのは紙ひとえ。部外者の素人は、最低ひとつの月並みな誤った憶測をして、最低ひとつの見当外れな質問をしてみせるべきなのだ。おれは欠かさずそうしている。

「では、なんの研究開発を？」

「その情報は経営機密」

おれはシャツのポケットからノートパッドをとりだし、通常の機密厳守条項を含む標準契約書を表示した。ランシングはそれを一瞥すると、自分のコンピュータに精査させた。器械どうしが変調赤外線で交信して、瞬時に契約の細目をつめる。こちらのノートパッドがおれの代理で契約書に電子的なサインをし、ランシング側の器械も同様のことをすると、二台は音をあわせて幸福そうにチャイムをひびかせ、契約完了を告げた。

ランシングが話しはじめた。「ここのメインプロジェクトは強化合胞栄養芽層細胞の開発だった」おれが忍耐強い笑顔を作ると、むこうはその言葉を翻訳してくれた。「母体から胎児へ血液成分が供給される際の関門（バリヤ）を強化することよ。といっても母親と胎児は血液そのものを共有しているのではなくて、栄養やホルモンの交換は胎盤というバリヤごしにおこなわれているの。問題は、ウイルスや毒素や薬品や不法なドラッグの多くも、そのバリヤを通過できること。自然が作った保護細胞は、エイズにも、胎児期アルコール症候群やコカイン中毒児にも、第二、第三のサリドマイド禍にも対処できるような進化は遂げなかった。そこで、遺伝子改変用DNA運搬者(ベクター)を静脈注射して、胎盤内の適切な組織にあらたな細胞層の形成を引きおこし、それによって母体の血に含まれる汚染物質から胎児の血を保護すること――これがわたしたちの最終目標」

「バリヤを厚くする？」

「賢くするの。もっと選択的に。通過基準をもっと厳しく。母体の血液内のどの物質が発育中の胎児に不可欠かは、正確にわかっているわ。遺伝子改変された細胞は、不可欠な物質のそれぞれ専用の輸送用開口部(チャネル)をもつことになる。それ以外のなにも、通過を許されることはない」

「驚いたもんだ」胎児をくるんで、現代社会のありとあらゆる毒から保護する〈繭〉。それはいかにも、生命向上という名の会社が、緑豊かなレーンコーヴで育むにふさわしい有益なテクノロジーだった。たしかに、素人目にもその計画にはいくつかの穴が見つかる。子どもがエイズに感染する時期は出生時がもっとも多く、妊娠期間中ではない、という話を耳にしたことがある。だが、それ以上の頻度で胎盤のバリヤを通過するほかのウイルスがあるのだろう。アルコールによる発育障害やコカイン中毒の子どもを産むおそれのある母親たちが、われもわれもと遺伝子改変された胎盤バリヤを体内に組みこむ気になるものなのか、おれには見当もつかない。けれども、食品添加物や農薬や汚染物質におびえる人々から大きな需要のあることは、想像にかたくなかった。長期的には――その方式がうまく機能し、かつ極端に高価でなければ――標準的な出生前医療の一部となることもありそうだ。有益であり、利益もあがる。

こまかいことはともかくとして、このテクノロジーが申し分なく成功するのをはばむ生物学的な、あるいは経済的社会的な要因があろうがあるまいが、この計画の基本理念に、だれかが異を唱えるとはとても思えなかった。

「ここでは動物は使っていたのか？」

ランシングは顔をしかめた。「子牛の初期胚と、摘出して組織培養器にいれた牛の子宮だけ。これが動物保護団体のしわざなら、食肉処理場を爆破したほうがためになったでしょうよ」

「ふうむ」過去数年、《動物平等協会》――こんな過激な手段をとることで知られる唯一のグループ――のシドニー支部は霊長類の研究施設を集中的に攻撃していた。たとえ《協会》が攻撃対象を変更するか、偽情報をつかまされるかしたにせよ、LEIをねらうのはおかしな話だった。生きたままのラットやウサギを、使い捨て試験管同然に利用していることが知れわたっている研究施設はいくらでもあったし、その多くがこの近隣にある。「競合会社はどうだ？」

「知るかぎり、よそでこの種の製品にとりくんでいるところはないわ。競争は存在しないの。本質的な成分は個々に特許をとってある――膜チャネルも輸送体分子もね。だから、競合する企業が出てきても、特許料は払ってもらうことになる」

「単に金銭的損害をあたえようとした可能性は？」

「なら、ここではなく、どこかの工場を爆破すべきだった。資金流入を断たれたら致命的だから。この研究所は一セントも稼いでいないの」

「それでも、株価の急落はありうるだろう？　テロほど投資家を過敏にさせるものはない」

ランシングは不承不承同意した。「けれど、その機に乗じて公開買いつけをはじめたところは、うちと同じ目にあうでしょう。この業界でときおり営利目的の破壊活動（サボタージュ）があることは否定しないけれど、こんな暴力的なものではないわ。遺伝子工学は繊細なビジネスよ。爆弾を使うのは狂信者」

そうかもしれない。だが、人間の胎児をウィルスや毒から保護するというアイデアに反対する狂信者とは、何者だ？　いくつかの宗派は、生物としての人間にいかなる変容を加えることも断固として認めていない。だが、暴力に訴える集団なら、胎児を保護する仕事に従事する研究所よりも、堕胎薬工場を爆破したほうがよほどそれらしいというものだ。

わが社の科学捜査課主任、エレイン・チャンがこちらにやってきた。ランシングと引きあわせる。エレインが報告をはじめた。「これはプロ中のプロの仕事です。ビル解体会社に依頼しても、寸分たがわぬ手順を踏むでしょう。あるいは、犯人グループは解体会社と同じソフトで爆薬の位置や爆破のタイミングを計算したのかもしれません」エレインはノートパッドをかかげて、簡略化した建物の再現図に、推定される爆薬の位置をマークしたものを表示した。キーのひと押しでシミュレーションは崩落し、おれたちが背にしている瓦礫の山の実物とほとんどそっくりなものに変わった。

エレインがつづける。「最近では主要な製造業者は、爆発物のバッチごとに痕跡元素でサインをつけており、これは残留物からも検出可能です。今回使用された爆薬は、五年前にシンガポールの倉庫で盗まれたバッチのものと特定されました」

おれは口をはさんだ。「それはたいした手がかりにならんだろう。五年も闇市場に出まわっていたら、十人以上の手を渡りあるいたかもしれない」

エレインは調査現場に戻っていった。ランシングの顔には疲労の色が出はじめている。

「話はまたいずれきかせてもらうとして――過去も現在も含めた会社の従業員名簿が、早急に必要だ」

ランシングはうなずくと、自分のノートパッドのキーをいくつか叩き、リストをこちらに転送した。「失われたものは、事実上皆無なの。よそに全データのバックアップがあるから、経営上のも科学的なのも。それに、実験中の細胞系の大半は、冷凍サンプルをミルソンズポイントにある保管庫にあずけてあるし」

商用データ・バックアップは世界じゅうの十を超える場所(ロケーション)に記録を――むろん、高度に暗号化して――保管するもので、手出しはまず不可能だろう。ねらうなら細胞系のほうだ。

「保管庫の経営者にここの一件を知らせたほうがいい」

「もう連絡済み。ここに来るとき携帯電話で」瓦礫の山に顔をむける。「保険会社は再建費を出してくれるでしょう。六ヵ月で業務再開。だれだか知らないけれど犯人は、時間をむだにしたわ。研究は継続されるのよ」

「その中止を望むのは、そもそもだれだ？」

ランシングはまたかすかに作り笑いを浮かべ、おれはなにがそんなにおかしいのかと質問しかけた。だが、人は災難に直面すると、その規模に関係なく、不条理な反応をしがちなものだ。死者は出ていないし、ランシングも興奮状態とは縁遠いが、これほどの事態を前にして、いささかも平素と変わるところがなければ、そのほうが妙というものだ。

ランシングがいった。「あなたが、わたしに、教えてくれるの。それが仕事でしょう？」

その夜帰宅すると、マーティンは居間にいた。マルディグラで着る衣装作りに精を出している。仕上がりがどうなるかは想像つかなかったが、羽が使われるのはまちがいない。青い羽だ。極力平静を装ったものの、目をあげたマーティンが、おれの顔を知らぬまによぎった嫌悪感を見てとったのが、その表情からわかった。それでもおれたちはキスをして、その件には触れなかった。

だが、マーティンの忍耐は食事が済むまでもたなかった。

「今年は四十周年なんだよ、ジェイムズ。過去最大まちがいなし。見にくるだけならいいだろ」目が輝いている。おれをからかって楽しんでいるのだ。この議論は五年前からずっとつづいていて、パレード自体と同様の無意味な儀式と化しつつある。

おれは気のない口調で、「一万人のドラッグクイーンが山車に乗ってオックスフォードストリートを行進しながら、観光客に投げキスするのなど見る気になるものか」

「それは大げさだよ。女装した男性が千人いるだけだよ、多くても」

「そうだな、残りはスパンコールつきのサポーター姿ってわけだ」

「実物を見にくれば、たいていの人の想像力はそんなのよりずっと進歩してるのがわかるのに」

おれは思いに沈みながら頭をふった。「人々の想像力が進歩したなら、ゲイ&レズビアン・マルディグラなど消え失せているさ。こいつはフリークショウなんだ、文化的ゲットーに住んでみたい人むけの。四十年前には、挑発の意味があったのだろうさ。当時は、成果もあがったのだろうさ。だが、いまはどうだ？　なんの意味がある。変えるべき法律は残っていないし、抗議の対象となるほどの政治家もいない。この種のことがらは来る年も来る年も、あいかわらずのおろかしいステロタイプを再演しているにすぎん」

マーティンがまくしたてる。「これは多様な性生活の権利をおおやけに再主張する場なんだ。祝典ではあっても、もはや抗議行動じゃないからって、役目を終えたことにはならないよ。それから、ステロタイプについての文句だけど……それは中世の道徳劇のキャラクターを批判するのと同じだ。衣装は瞬時に意思疎通するための記号さ。下々の異性愛者の大衆の知性を少しは信じてやって。パレードを見たからって、ふつうのゲイが四六時中ラメいりのチュチュを着てると思いこむ人はいないよ。大衆はそこまで想像力を欠いちゃいない。だれだって記号論は幼稚園で学んでるんだ、メッセージの解読法くらい知ってるさ」

「それはたしかだろう。だが、そのメッセージがまちがったままなんだ。それはあたりまえであるべきものを奇異に見せてしまう。なるほど、人には好きなように着飾ってオックスフォードストリートを行進する権利がある。おれとは縁もゆかりもないことだがな」

「いっしょに行進してとはいわない——」

「それが賢明だ」

「——けど、十万人の非同性愛者(ストレート)がゲイ共同体への支持を表明しにやってくるのに、なぜジェイムズはそうできないの？」

もう勘弁してほしかった。「なぜかといえば、共同体という言葉をきくたびに、自分が操られている気分になるからだ。もし、ゲイ共同体などというものがあるとしても、おれはその一部じゃない。あいにくと、おれはゲイ＆レズビアンのニュースサービスを使ったりして人生を送る気はないんだ。ゲイ＆レズビアンの街頭行進に出る気も。そのすべてが……商業主義的すぎる。おまえは、どこかの多国籍企業が同性愛の独占販売権を握っていると思っているのさ。そして、その企業の流儀で製品を売れなかったら、おまえは二流で、低能で、もぐりで、無資格の同性愛者になるんだ」

マーティンは笑いころげた。ようやく笑いやむと、「つづけて。そのうち、茶色い目や、黒い髪や、左膝の裏にあざがあるのと同じで、ゲイであることも別に誇りじゃないっていいだすに決まってる」

おれは決めつけるようにいった。「そのとおりだ。生まれつきのことを、なぜ誇ることがある？　誇りはしないが、恥じもしない。あまんじるだけのことだ。それを証明するために行進に参加する必要などない」

「じゃあ、ぼくたちはみんな、身を隠してろというの？」

「身を隠すときたか！　去年の映画やテレビでの同性愛者の出演率が、正式の人口統計の近似値だったことを教えてくれたのは、おまえじゃなかったのか？　それに、ゲイやレズビアンの政治家が堂々と当選していることに気づきもしなくなっているのは、そんなことが問題ではなくなっているからだ。ほとんどの人にとって、それはいまや……せいぜいで左利きか右利きかの違いでしかないのさ」

マーティンにはいまの話が現実離れしているときこえたようだ。「それはもう論点にならないといってるの？　この星の住人は、性的嗜好の問題に関して徹底して公明正大になったって？　感動的な信念だけど、でも……」信じられっこないよという身ぶり。

「おれたちは法のもとで異性愛者夫婦と平等だろうが？　この前ゲイだと名乗って、相手に目をそらされたのはいつだ？　ああ、たしかに、何十という国ではいまも違法とされている――不適切な政党や不適切な宗教に加わるのといっしょにな。オックスフォードストリートを行進したところで、そのことを変えられるわけではない」

「いまもこの街で襲われてる人がいるんだ。いまだに差別されてるんだ」

「そうさ。そして、人は大渋滞中に不適切な曲をカーステレオで流していたといっては射殺され、不適切な地域に住んでいるといっては職をもらえずにいる。おれは、人間が完全な存在だなどといっているんじゃない。ひとつのささやかな勝利をおまえに認めてほしいだけだ。わずかな精神異常者と、わずかなファンダメンタリストの偽善者を無視すれば、ほとんどの人が気にかけなくなったということを」

マーティンは悲しげに答えた。「それが真実だったらね！」

議論は一時間以上つづいて——例のごとく千日手に終わった。とはいえ、双方とも本気で相手の考えを変えられるとは思っていないのだが。

だが、しばらくしてみると、おれはさっき口にした楽観的なレトリックをまるごと本気で信じているのかと自問していた。せいぜい左利きか右利きかの違いでしかない？　たしかにこのセリフは、無数の西側政治家や学者や評論家やトーク番組の司会者や昼メロの脚本家や主流派宗教の指導者に引用されてきた。しかし、その同じ人々が、同じように気高い人種平等主義を何十年にもわたって支持してきたのに、現実はそちらの領域さえ完全には達成していないのだ。おれ自身は、ほとんど差別を経験していない。ハイスクールにかようころには、寛容な態度をとることがヒップとされるようになっていて、それ以降も、絶えず事態が改善されていくという時流に立ちあってきた。しかし、おもてに出ない偏見がどれくらい残っているのか、正確に把握する手段があるだろうか？　ストレートの友人たちを問いつめる？　社会学者による最新の意識調査の結果を見る？　人はいつだって、相手がききたがっていると思うことを答えるものだ。

だが結局、それはたいした問題には思えなかった。おれ個人については、ほかの全人類から心底本気で認めてもらわなくとも、なんとか世間を渡っていけた。マーティンとおれは幸運なことに、日々のほとんどあらゆる場面で平等なあつかいをうけられる時代と場所に生まれたのだ。

それ以上のなにが望めるというのだろう？

その夜のベッドの中で、おれたちはとても長い時間をかけて愛しあった。まず、キスをして、たがいの体に手を這わせるだけのことに、何時間とも思える時間をかけて。どちらも口はきかず、麻痺するような熱気にだかれて、いまこのとき、いまこの場所しか感じられなくなる。存在するのはおれたちふたりだけ。それ以外の世界も、それ以外の人生も、暗闇になだれ落ちていく。

調査は徐々にだが進んでいった。おれはＬＥＩの現従業員ひとりひとりから話をきき、つづいて元従業員の長大なリストに着手した。これほどのプロの仕事の最有力の動機が、営利目的の破壊活動だという考えに変わりはない。だが、競合企業を爆破するというのは最後の手段で、ふつうはややおとなしめの諜報活動からはじめるものだ。おれはＬＥＩの従業員の中に、内部情報を売らないかという誘いをうけた者がいることを期待していた。もし、賄賂を拒んだ従業員をひとりでもおれが見つければ、ＬＥＩはそこから潜在的競合相手に関する有益な情報を入手できることになる。

レーンコーヴの研究所ができたのはほんの三年前だが、それに先立つ十二年間、ＬＥＩシドニー支社の研究部門はここからそう離れていないノースライドに置かれていた。当時の従業員の多くは州外や海外へ越していた。海外にあるＬＥＩの他支社に転勤になった者も非常に多い。携帯電話の番号を変えた者はほとんどいなかったので、連絡をつけるのにさほど支障はなかったが。

例外は、キャサリン・メンデルスンという生化学者だった。ＬＥＩの職員履歴にある番号は解約されていた。全国電話帳には同じ姓とイニシャルをもつ人間が十七人のっていた。そのだれひとり、自分がキャサリン・アリス・メンデルスンだとは認めず、手もとの職員写真と似た人物もいなかった。

選挙人名簿にあるアドレスはニュータウンのアパートで、ＬＥＩの記録と一致した。だが、同じアドレスが電話帳（と選挙人名簿）にはスタンリー・ゴウという名前でのっており、この若い男性はメンデルスンには会ったこともないといった。ゴウは過去十八カ月、その部屋を借りていた。

信用等級データベースにも、同じくもはや無用のアドレスしかなかった。令状なしでは税や銀行、光熱費の記録にはアクセスできない。情報収集ソフトに死亡広告もスキャンさせてみたが、一致する記事はなかった。

メンデルスンが勤めていたのは、ＬＥＩがレーンコーヴに移転するおよそ一年前まで。所属していた研究班がとりくんでいたのは、月経の副作用をやわらげるための遺伝子改変システムで、シドニー支社は一貫して婦人科学研究を専門としてきたのに、なんらかの理由でそのプロジェクトはテキサス支社に移されていた。業界資料を確認する。たしかに、当時LEIは全事業の再編成中で、最新の流行だった研究活性化理論のご託宣どおり、世界各地からプロジェクトを集めて多分野型の組織を作ろうとしていた。メンデルスンは転勤を拒否したために解雇されたのだ。

おれはさらに調べを進めた。職員履歴によると、メンデルスンは解雇二日前の深夜にノースライド研究所内にいたところを発見され、警備員に不審尋問されている。ワーカホリックのバイオテクノロジー屋はめずらしくないが、夜中の二時から勤務をはじめるほどの献身ぶりは異例だし、会社にテキサスのアマリロへ飛ばされようというときにはなおのこと。転勤を拒否した以上、どんな処分をうけるかは知っていたはずだ。

だからといって、その一件からなにがわかるわけでもない。たとえ、メンデルスンが当時ささやかな破壊活動を計画していたところで、四年後の爆破事件との関連が立証されたことにはならない。怒りまかせに機密情報をLEIの競合企業にリークした可能性はあるとはいえ、爆破事件の犯人が関心をもつとすれば、むしろ胎児バリヤのプロジェクトに従事している人間のほうだろう。そして、そのプロジェクトは、メンデルスン解雇の一年後までは影もかたちもなかったのだ。

おれはリストの線を追った。元従業員たちとの面談は隔靴掻痒だった。ほとんど全員がいまもバイオテクノロジー産業に従事しており、これはLEIの災難でいちばん得をするのはるおれは、問題の研究のことはひとことも口にできなかった。LEIの他支社の社員にさえ。だれかという質問の対象としては理想の集団だ——というのに機密厳守条項にサインしているおれがロにできる質問のひとつは、空ぶりに終わった。賄賂をちらつかされた者がいたとしても、だれも口を割らなかったのだ。かといって、令状を執行して百十七人分の口座記録をあさる権限をあたえてくれる判事など、いるわけもない。

爆破現場と破壊された光ファイバー交換機の科学分析から出てきたのは、例のごとき瑣事一式だが、それが最後の最後に大きな意味をもつのかもしれない。そのどれひとつ、宙から容疑者を召喚してはくれなかったが。

爆破事件から四日目、事件になにか斬新な切り口はないものかともがいていたところへ、ジャネット・ランシングから電話がはいった。

プロジェクトの遺伝子改変された細胞系のバックアップ・サンプルが、全滅したのだ。

ミルソンズポイントの保管庫は、ハーバーブリッジの一部分の真下にあった。北岸の基礎部分に組みこまれているのだ。ランシングはまだ来ていなかったが、保管会社の警備責任者のデイヴィッド・アッシャーという初老の男が内部に案内してくれた。中にはいると、往来の音はほとんどきこえなかったが、路面から伝わる振動が絶え間ない小規模な地震のようだ。保管庫は洞窟さながらで、乾燥し、ひんやりとしていた。少なくとも百機の極低温冷凍装置が整然と配置され、そのあいだを走る厚く被覆されたパイプが、液体窒素を補給している。

アッシャーは気むずかしげな外見とはうらはらに協力的だった。かつてはセルロイド製映画フィルムを保管していたが、やがてすべてがデジタル化され、現在の顧客は生物学方面に限定されているとのこと。警備員こそ現場に常駐していないとはいえ、監視カメラと警報設備はみごとなもので、施設自体は難攻不落といってよかった。

ランシングは爆破事件の朝、保管庫を経営するバイオファイル社に電話した。アッシャーはそのときたしかに、保管庫に近いノースシドニー事務所の者を見によこしたという。なにも異常はなかったが、アッシャーは警備体制を即刻見なおした。フリーザーは不正操作防止仕様のうえ、個々にロックされているから、顧客は平素、自由に保管庫に出入りでき、カメラによるモニターが唯一の監視だ。そこでアッシャーは、以後、顧客がバイオファイル社員の同伴なしには施設へ立ちいれないようにするとランシングに確約した。どのみち、爆破事件以降、だれひとり中にはいらなかったとアッシャーは主張している。

けさ、目録の照合に来たLEIの技術者ふたりは、記録どおりの数の培養フラスコがあり、そのすべてに正規のバーコードラベルが貼られ、密閉されているのを確認した。だが、フラスコの中身の見かけが、どことなく異常だった。冷凍された半透明のコロイドが、白濁しているというよりは乳白色に光っている。素人目では決して気づかない違いだが、専門家には火を見るよりあきらかだった。

技術者たちは分析のためにフラスコ数個をもち去った。LEIは当座の作業場所として、塗料会社の品質管理ラボの一角を借りうけていた。ランシングの言では、顔をあわせるまでに予備試験の結果が出るという。

ランシングが到着し、フリーザーのロックを解除した。手袋をはめた手でフラスコをとりあげ、こちらが検分しやすいようにささげもつ。

「三つしかサンプルを解凍していないけれど、どれも状況は同じね。細胞がめちゃめちゃにされている」

「どうやって？」フラスコはすっかり曇っていて、白濁しているのか乳白色なのかどころか、空っぽなのか満杯なのかもわからなかった。

「放射線による損傷らしいの」

おれはぞっとした。フリーザーの奥をのぞきこむ。見てとれたのは、同じかたちのフラスコの口が並んでいるのだけ。だが、あのひとつに放射性同位元素がはいっていたら……。

ランシングは顔をしかめた。「落ちついて」ラボ用上着に留めた小さな電子式バッジを叩く。太陽電池のような鈍い灰色のそれは、放射線量計だ。「わたしたちがたとえいくらかでも放射線をあびていれば、これがわめきたてているはずだから。線源がなんであれ、それはもうここにはないようだし、フリーザーの内壁を白熱させもしなかった。あなたが将来もつ子どもに危険はないわ」

おれはその言葉をきき流した。「サンプル全部がだめになっていると思うのか？　救えるものはないと？」

ランシングはあいかわらず顔色ひとつ変えなかった。「そのようね。手間さえかければ、

DNAを修復する手段はなくもない。でも、一から新しいDNAを合成して、それを手つかずの牛の子宮の細胞系に再導入するほうが、まずかんたんでしょう。一連のデータは完全にそろっている。最後にものをいうのはそれよ」

おれは、フリーザーのロック機構と監視カメラを検討してみた。「線源がフリーザーの内部にあったのはたしかなのか？　それとも、フリーザーをこじあけずとも、内壁ごしにでも損傷はあたえうるのか？」

ランシングは考えこんでから、「ひょっとすると。内壁は大部分が発泡プラスチックで、金属をほとんど含んでいないから。でも、わたしは放射線物理学者ではないわ。あなたの社の科学捜査課の人たちがフリーザーを調査すれば、原因がなにか、もっとはっきりさせてくれるでしょう。発泡プラスチックのポリマーに損傷があれば、きっと放射線場の状況を再現するのに役立つし」

科学捜査課はこちらへむかっているところだ。「犯人はどうやったんだ？　こっそりそばを通っただけで――」

「全然だめ。一回の被曝でこれだけのことができる線源は、もちはこびできる代物ではないはず。低レベル放射能に数週間ないし数カ月さらされていた公算がはるかに大きいわ」

「つまり、犯人が自分のところで借りているフリーザーの中になんらかの仕掛けを隠して、おたくのフリーザーをねらったにちがいない、と？　だったら……被害のあとをたどれば、線源に行きつくわけだ。だが、犯人はどうやって仕掛けをもちだせるつもりでいたんだ？」

「もっと単純に考えて。いま話しているのは、少量のガンマ線放射性同位元素であって、何百万ドルもする量子ビーム兵器のことではないの。有効距離はせいぜいで二メートル。もし、それがフリーザーの外に仕掛けられているなら、捜す場所はふたつにしぼられる」ランシングは自社のフリーザーから左側の通路ごしにある一台をこぶしで叩き、つづけて右側のフリーザーにも同じことをすると――「ほら」

「なんだ？」

あらためてその二台を叩く。二台めは音がうつろだった。

「液体窒素がはいっていない？　稼働していないのか？」

ランシングはうなずいた。取っ手に手をのばす。

アッシャーが口を出した。「それは困ります――」

フリーザーはロックされておらず、蓋はあっけなくひらいた。ランシングのバッジが警報音を鳴らしはじめた。なお悪いことに、フリーザーの中にはバッテリーに電線でつながったなにかがあった……。

なぜ自分がランシングを床に押したおさなかったのかはわからない。だが、むこうはあわてず騒がず、蓋をすっかりあけきった。「心配無用よ。この程度の線量率はゼロと同じ。検出範囲ぎりぎりだから」

内部の物体の外観は手作り爆弾に見える。だが、一瞥したところバッテリーとタイマーチップの接続先は頑丈な筒形コイルで、それが灰色の大きな金属製の箱の側面にある精巧なシャッター機構の一部になっていた。

「まずまちがいなく、出どころは医療用ね。この手のものが、そこらのゴミ捨て場で見つかるんだから」バッジを外して、箱のそばでふりまわす。警報音のピッチがあがったが、ごくわずかだった。「シールドは無傷みたい」

おれは可能なかぎり冷静にいった。「犯人は高性能爆薬を入手できる。箱の中身がなにかも、配線の目的も、知りようがないんだ。ここから静かに退出して、あとを爆弾処理ロボットにまかせる潮どきだ」

ランシングは反論しかけたが、自分の行動を反省したようすでうなずいた。おれたち三人は橋の上に出て、アッシャーが地元の対テロリスト会社に電話した。不意に、その会社は橋を全面通行止めにする必要がある、という考えが浮かんだ。レーンコーヴの爆破事件は小さく報道されただけだが、ここの一件は夕方のトップニュースになるだろう。

おれはランシングを脇に引っぱっていった。「犯人は研究所を爆破した。細胞系も一掃した。データは位置の割りだしも破壊も不可能だ。とすると、次の論理的な標的は、おたく自身と従業員だ。ネクサスに警備部門はないが、優秀な会社を知っている」

電話番号を教えると、ランシングはいかにもしかつめらしくそれを記録した。「じゃあ、やっとわたしのいうことを信じたのね。これは営利目的の破壊活動ではないと。犯人は物騒な狂信者なのよ」

相手が口にする〝狂信者〟というあいまいな言葉が気にさわりはじめた。「具体的にはだれが頭にあるんだ？」陰気な声で、「当社ではある種の……自然のプロセスに干渉しているわ。あとは自分で結論が出せるでしょ」

まるですじの通らない話だった。《神の御姿》は、ＨＩＶに感染したり、ドラッグ常用癖をもつ妊婦全員に〈繭〉の使用を強制することを望むだろう。このテクノロジーをこの世から吹きとばそうとはしないはずだ。《ガイアの兵士》は、人類などというつまらない種にさいな変容を加えることよりも、遺伝子処理された穀物やバクテリアに強い関心をもっている。だいたい《兵士》は、たとえ惑星の運命がかかっていても、放射性同位元素は使うまい。ランシングが強度の偏執症者に思えてくる。とはいえ状況が状況だ。この女性を本気で非難する気にはなれなかった。

「こちらはなんの結論も出さん。そちらがじゅうぶんな予防措置をとるよう忠告しているだけで、それはこの件がどこまでエスカレートするか見当がつかないからだ。ただ、バイオファイルがフリーザーのスペースを、競合する企業という企業すべてにリースしていたのは確実だ。そうした企業にしてみれば、保管庫にはいりこんであれを仕掛けるのは、まぼろしの宗派のメンバーの何百倍も楽な仕事だったろうさ」

灰色の装甲ヴァンが、急ブレーキの音もけたたましく、おれたちの前に止まった。後部ドアがはねあがり、スロープが地面にのびると、ずんぐりしたタイヤつき多足ロボットがおりてきた。手をあげてあいさつすると、ロボットも同じことをした。知りあいがオペレータをやっているのだ。

ランシングが口をひらいた。「あなたのいうとおりかもしれない。でも、それだとなんの防止策もないまま、テロリストがバイオテクノロジーの世界で次々と仕事をうけおうという事態になるんじゃないかしら」

例の箱にはなんのブービートラップもなかった。単に、毎夜深夜零時から六時間、ＬＥＩの虎の子の細胞にガンマ線をあびせるだけの仕掛けだった。万にひとつ、早朝に保管庫へやってきただれかがフリーザーのあいだの狭い空間にはいりこんだことがあっても、たいした量の放射線はあびていまい。ランシングがいったように、損傷は数カ月にわたる蓄積作用によってもたらされたのだから。箱の中の放射性同位体はコバルト60で、ほぼ確実に、出どころはお払い箱になった医療用のもの――つまり、微弱になって本来の目的には使えないが、廃棄するには放射能が高すぎるので〝冷却場（ホット）〟に置いてあったものが、盗まれたのだ。その種の盗難の報告は出ていなかったが、エレイン・チャンの部下たちは各病院に、コンクリート製掩蔽壕（えんぺいごう）を点検するよう説得の電話をかけてまわった。

コバルト60は危険な物質だ。とはいえ、厳重にシールドされた容器にはいった五十ミリグラムのそれは、まちがっても戦術核兵器ではない。けれど、ニュース会社は暴走した。『原爆テロリスト、ハーバーブリッジを襲撃』などなど。もし仮に、ＬＥＩの敵が活動家で、なんらかの〝道徳的大義〟を大衆に提示しようとしたのなら、業界最悪のＰＲ顧問を雇っているにちがいない。わずかでも共感を勝ちとれると期待していたとしても、それは最初のニュースで〝放射線〟という言葉が出たとたんに消しとんだのだから。

おれの秘書ソフトは主人にかわって「ノーコメント」というていねいなコメントを発表したが、テレビ局が家の玄関前をうろつきはじめたので、おれも妥協してカメラを前にふたこと三言、さきのコメントと同じ内容をニュース用語で演説してやった。マーティンはその放送を観て面白がっていたが、次の瞬間には、ジャネット・ランシングの自宅前記者会見が映ったテレビを前に、おれが面喰らっていた。

「きわめて冷酷な相手です。人の命も、環境も、放射能汚染も、なにひとつ眼中にありません」

「この不法行為で責められるべきはだれだとお考えですか、ドクター・ランシング？」

「それはまだあきらかにできません。現時点でいえるのは、わたしたちの研究が予防医学の最先端に位置するものであって、それに反対する強力な既得権益が存在しても驚くにはあたらないこと、以上です」

いかい、強力な既得権益？　それが暗示するところは、競合するバイオテクノロジー企業以外にありえず、その関与をこの女性は否定しつづけていたのではなかったか？　あきらかに、ランシングは〝原爆テロリスト〟の被害者となることの広告効果に着目したのだ。しかし、これはしゃべり損というものだろう。二年かそこらして製品が市場に出まわるころには、こんな事件はとっくに忘れられているだろうから。

あの手この手の法的な交渉のすえ、アッシャーは保管庫の監視カメラのファイル六カ月分、つまり保存してあるすべてを送ってきた。問題のフリーザーは、二年近く使われていなかった。最後の賃貸人は、すでに倒産している試験管内授精クリニックだ。現在リースされているフリーザーは全体の六十パーセント止まりだから、LEIのフリーザーの隣に都合よく空きがあったのは、とくに意外なことではない。

おれは監視ファイルをイメージ処理ソフトに走らせ、だれかが使用されていないフリーザーの蓋をあけるのが映っていないかと期待した。検索にはスーパーコンピュータの処理速度で一時間近くかかり、結果はまったくのゼロだった。その数分後、エレイン・チャンがオフィスに顔を出して、フリーザー内壁の損傷の分析が終わったと報告した。毎夜の照射がつづけられた期間は、八ないし九カ月だと。

それにもめげず、おれはファイルを再スキャンし、今度はソフトに、保管庫内部で姿を確認された人物の映像を個別に集めさせた。

六十二の顔が浮かびあがった。全員に社名を当てはめ、姿の確認された時間ごとに、バイオファイルの各顧客の電子キー使用記録と照合する。これという矛盾は見つからなかった。フリーザーの利用を許可する公式のキーを使わなかった者はいないし、同じ人物は繰りかえし同じキーを使っていた。

おれは顔写真をざっと表示しながら、次の手を考えあぐねた。放射性同位体いりフリーザーのほうを盗み見した人物でも探そうか？　ソフトに命じれば無理ではないが、そんな悪あがきをする気にはまだなれなかった。

どこかで見た気のする顔があった。三十代なかばの金髪の女で、連邦化百周年記念病院の癌研究部のキーを三度使っている。見知った顔だが、どこで見たかが思いだせない。だが、悩むまでもなかった。数秒の検索で、ラボ用上着にピン留めされた名札のはっきり映った映像が見つかった。あとは拡大するだけだ。

名札には——『C・メンデルスン』

あけたままのドアにノックの音がした。ふりむくとエレインが、今度はうれしそうな顔で立っていた。

「コバルト60の紛失を認めそうな場所を見つけました。しかも、例の線源の放射能は、紛失した物質の崩壊曲線とぴったり一致します」

「それで、盗まれた場所は？」

「連邦化百周年記念病院」

おれはその病院の癌研究部に電話した。はい、キャサリン・メンデルスンならここで四年ほど働いております——いえ、電話はおまわしできません、今週は病気休暇中でして。教えてもらった電話番号は、ＬＥＩのと同じ解約済みのものだったが、住所は違っていた。ピーターズハムのアパートだ。その住所は電話帳に記載がなく、直接出むくしかなさそうだった。

癌研究部にはなんらＬＥＩを害する理由がなさそうだが、競合する企業が、自分のところで保管庫のキーをもっているいないに関係なく、メンデルスンを買収して作業をさせた可能性はある。いくらもらったにせよ、有罪になれば金の出どころをたどられたうえに没収されるのだから、メンデルスンの得になる取引とは思えなかったが、解雇された恨みで判断力が鈍ったのだろう。

たぶん。それにしても、軽率すぎる気はするが。

監視カメラの撮ったメンデルスンの映像を再生する。行動にはおかしなところも、疑わしいところもなかった。癌研究部のフリーザーに直行し、たずさえてきたなにかのサンプルをしまって、退出する。それこそ脇目もふっていない。

この女が正当な用件で保管庫にはいったことは、なにを証明するものでもなかった。コバルト60が盗まれた病院に勤めていたのも、単なる偶然で片づく。

そして、だれにでも電話を解約する権利はある。

朝日に輝くレーンコーヴ研究所の鉄骨材が、脳裏に浮かんだ。

ネクサスのビルを出るまえに、気乗りはしないが、地階に立ちよった。コンソールの前にすわると、武器庫が指紋を照合し、息のサンプル採取と網膜血管の分光分析、そして状況反応時間のテストを実施し、五分にわたって事件の詳細を問いただした。おれの反応時間や動機、精神状態に満足すると、機械は即、九ミリピストルとショルダーホルスターを貸与してくれた。

メンデルスンの部屋があるアパートは一九六〇年代に建造されたコンクリートの箱で、各戸のドアは共用の長いバルコニーに面し、なんの防犯設備もなかった。着いたのは七時をちょうどまわったころで、料理のにおいとゲーム番組の歓声が何十ものひらいた窓から流れていた。コンクリートからは昼間の暑さのなごりでかげろうが立ちのぼっている。三階分の階段をのぼると汗びっしょりになった。メンデルスンの部屋は静かだったが、明かりはついていた。

ベルを鳴らすと、メンデルスンが出てきた。おれは氏名と所属を名乗り、身分証を見せた。女は神経をとがらせているようだが、驚いてはいなかった。

「あんたみたいな人の相手をしなきゃならないかと思うと、いまだに腹がたつな」

「おれみたいな――？」

「警察力の民営化に反対してたんだ。反対行進を組織するのも手伝ったしね」

当時は十四歳だったはずで、なんともかわいらしい政治的活動家もいたものだ。

メンデルスンはしぶしぶ、おれを部屋にいれた。リビングは質素で、一角の机上に端末がのっていた。

「生命向上インターナショナルの爆破事件を調査中だ。きみは約四年前まであの会社で働いていた。まちがいは？」

「ない」

「やめた理由をきかせてもらえるか？」

担当プロジェクトがアマリロへ移転になった件について、既知の話が繰りかえされた。女はこちらの目をまっすぐにのぞきこんで、質問という質問に即答した。あいかわらずぴりぴりしているが、おれの表情から重大な情報を読みとろうとしているようでもある。コバルトの出どころが割りだされたかどうかが気になるのか？

「解雇二日前、ノースライド研究所内で夜中の二時になにをしていた？」

「LEIが新しい建物でなにをするつもりか突きとめたかったんだ。なぜあたしをあそこに置いときたがらないかも」

「担当業務がテキサス支社に移るからだろう」

メンデルスンは冷笑して、「仕事はそこまで専門的じゃなかった。仕事をだれか、合衆国へ旅行したがっている人ととりかえようと思えばできたもの。そうすればすべては丸くおさまったろうし、喜び勇んであたしと立場を交換した人は大勢いたはずだ。でも、それは許可されなかった」

「それで……答えは見つかったのか？」

「あの夜はだめだった。でも、あとになってね」

おれは言葉を選んだ。「では、LEIがレーンコーヴでなにをしているか、知っているんだな？」

「いるよ」

「どうやって突きとめた？」

「状況に注意してたのさ。会社に残った連中はだれも話してくれなかったけど、しまいに噂が漏れた。一年ほど前だった」

「やめてから三年後にか。なぜまだ関心をもっていた？　情報を売れる相手がいると思ったのか？」

「ノートパッドをバスルームの洗面台に置いて、蛇口をいっぱいにひねって」

おれは躊躇してみせてから、いわれたとおりにした。リビングに戻ると、メンデルスンは両手に顔を埋めていた。こわいほどの表情でこちらを見あげる。

「なぜまだ関心をもってたか？　なぜなら、研究班にレズビアンかゲイのいるプロジェクトがひとつ残らず、シドニー支社から追いだされたから。知りたかったのは、それがまったくの偶然なのかということ。それとも、そうではないのか」

みぞおちのあたりが急に冷たくなった。「差別に関する問題なら、解決方法は――」

メンデルスンはじれったげに首をふった。「LEIに差別的なところはなにもなかった。転勤に応じた人は解雇されなかったし、移転するプロジェクトは例外なく研究班全員がいっしょだった。性的嗜好で個々人を選別するような露骨な真似もなし。そして、なんについても、もっともらしい理由が用意されてた。プロジェクトの支社間再編成は、相乗効果的相互作用の促進が目的だ、とかね。見え見えの嘘八百にきこえるだろうけど、現にそうなんだから当然さ。ただ、この嘘八百は見え見えでも、もっともらしいんだ。ほかの会社でははるかに馬鹿げた計画を大まじめで採用してるよ」

「だが、差別の問題ではないとすると、なぜLEIは特定の支社から人々を追いだす必要があったんだ？」

その問いを口にした時点で、おれはついに核心を直感していたのだと思う。だが、それを心底信じるには、この女から詳細をきかせてもらう必要があった。

生化学の門外漢むけにも準備がしてあったにちがいない。メンデルスンはよどみのない口調で説明した。「人はストレスにさらされると、それが肉体的なものでも感情的なものでも、ある種の物質の血中濃度があがる。とくに、コルチゾールとアドレナリンがね。アドレナリンは、急速だけど短期間の影響を神経系におよぼす。コルチゾールとは、もっと長い時間単位で作用して、あらゆる種類の肉体的プロセスを怪我や疲労などの困難に適応できるように調節する物質。ストレスが長期化するなら、コルチゾールの濃度は数日でも、数週間でも、数カ月でも高いままでいられる。

妊婦の血中で一定の濃度より高くなったコルチゾールは、胎盤バリヤを通過して、発育中の胎児のホルモン系に相互作用をおよぼす。脳の一部は、胎児期の発育過程にふたつの方向がありうるのだけど、そのどちらに進むかは、特定の性ホルモンを血中に分泌するのが胎児の精巣か卵巣かによって決まるんだ。その一部とは、脳の中で身体像をつかさどる部位と、性的嗜好をつかさどる部位。ふつうだと女の赤ちゃんの脳は、女性の体を自己像としていだき、将来は男性に対してもっとも強い性的魅力を発するようにニューロンを結線される。男の赤ちゃんはその反対。そして、成長中のニューロンに胎児のジェンダーや、どのようなパターンで結線するかを教えるのが、胎児の血中の性ホルモンというわけ。コルチゾールは、このプロセスに干渉することがあるのさ。こまかい相互作用はややこしいけど、最後の決め手はタイミング。性的に男女片方に決まるのが、発育のどの段階でのことかは、脳の部位によって違う。だから、妊娠中のストレスはそれをうけた時期の違いによって、子どもの性的嗜好や身体像のパターンを別のものにする。同性愛者、両性愛者、性同一性障害者、とね。

多くのことが母体の生化学的状態に左右されるのは、いうまでもない。妊娠そのものがストレスの連続だけど、それに対する反応は人それぞれ。コルチゾールの影響の可能性がはじめて研究で確認されたのは一九八〇年代で、そのときの研究対象は、第二次世界大戦末期の空襲がもっとも激しかった時期のドイツで、母親の体内にいた人々だった。母親たちはとても強いストレスにさらされたので、その影響が個体差を超えて子どもたちにあらわれたんだね。九〇年代の研究者たちは、男の同性愛の要因となる遺伝子を発見したと考えたんだが、それは母系遺伝するもので、やがてその遺伝子が、子どもに直接作用するのではなく、ストレスに対する母親の反応に影響するものであることが判明した。

もし、母親のコルチゾールやほかのストレス関連ホルモンが胎児に届かなくなれば、脳のジェンダーは一から十まで肉体的なジェンダーと一致することになる。現存する変種は抹消されるのさ」

おれは総毛立っていたが、態度には出なかったはずだ。メンデルスンの一言一句が真実に思えた。一点の曇りもなく。性的嗜好が誕生前に決まることは知っていた。現に、おれがゲイであることを自覚したのは七歳のときだ。だが、生物学的な理由をいちいち知ろうとは思わなかった。具体的なプロセスなど退屈なだけで、自分にとって重要だとはどうしても思えなかったのだ。おれの血が凍ったのは、情欲が神経発生学的なものだと知ってしまったためではない。ショックをうけたのは、LEIが子宮の中に手をのばして、それを管理しようとしていると知ったからだった。

やや呆然としたまま、感情を仮死状態にしておいて質問を継続する。

「LEIの作っているバリヤは、ウィルスや毒を除去するためのものだ。きみの話にあったのは、何百万年間も自然界に存在してきた物質で――」

「LEIのバリヤが排除するのは、やつらが不要と判断したものなんだ。胎児の生存にコルチゾールは必須じゃない。LEIが輸送手段をきちんと設定しなかった物質は、通過できなくなってしまう。さて、やつらの計画のひとつを当ててみせようか」

「きみは被害妄想だ。LEIが何百万ドルもつぎこんだのは、同性愛者の世界を消し去る陰謀に加担するだけのためだったというのか？」

メンデルスンは哀れみの表情でおれを見た。「陰謀、じゃないよ。市場機会の創出、なんだ。LEIには性政治学なんて知ったこっちゃない。やつらはコルチゾールの輸送手段を設定したうえで、バリヤを抗ウイルス、抗ドラッグ、抗汚染物質用として売ることもできる。

あるいは、それを設定しないでも、まったく同じように売ることができる——プラス、産まれる子どもが異性愛者になると保証する手段としてね。さて、稼ぎが大きいのは、どっちだと思う？」

その問いが胸にこたえて、おれは声を荒らげた。「そして、大衆の選択などまるで信用できないというので、研究所を爆破して、選択の機会自体があたえられないようにしたのか？」

メンデルスンの顔から表情が消えた。「あたしはLEIを爆破してないよ。フリーザーに放射線をあびせてもいない」

「そうか？　コバルト60の出どころが連邦化百周年記念病院であることはわかっているんだが」

一瞬、啞然とした表情を浮かべてからメンデルスンは口をひらいた。「そりゃおめでとさん。病院に勤務してる人は、あと六千人いるんだよ。LEIのたくらみに気づいてるのが、あたしひとりってことはないね」

「バイオファイルの保管庫に出入りしたのはきみひとりだ。なにを信じろというんだ？　このプロジェクトのことがわかったあと、なにひとつしなかったとでも？」

「そうじゃないに決まってるだろ！　いまだってやつらのしてることを世間に知らせようと計画中だよ。それが意味するところを人々に知らしめる。製品が偽情報に飾りたてられて世に出るまえに、この問題を論争にしたいんだ」

「研究のことは一年前から知っていたんだろう」

「そうだよ。その時間のほとんどを使って、すべての事実を確認してたんだ。大声を出すのはそれからだと思って。いいかげんな噂だけを頼りに世間を相手にするのほど、馬鹿げたことはないもの。いままでに話をしたのは十人ちょっとだけど、今年のマルディグラにあわせて、大々的に宣伝活動をはじめるつもりさ。もっとも、爆破事件のおかげでなにもかもが何万倍も面倒になっちまったけど」どうにもならないというように両手を広げる。「それでもあたしたちはできるかぎりのことをして、最悪の事態だけは防ぐんだ」

「最悪の事態？」

「分離主義。パラノイア。同性愛が病気の一種にされる。レズビアンや理解ある女性たちは、同性愛文化の存続を保証してくれる独自のテクノロジーを模索し、その人たちは宗教的極右から、自分の子どもに毒を盛ってるといって起訴される……神は何千年ものあいだ、神性の名のもとに赤んぼうを手ぎわよく思想的に毒してきたというのに！　売春めあての観光客が、LEIのテクノロジーが使われてる豊かな国から、そうでない貧しい国をおとずれる」

メンデルスンが描いてみせる未来像に吐きけをもよおしながらも、おれは質問を再開した。

「その十人ばかりの友人についてだが――」

メンデルスンは感情のこもらない声で、「くたばりな。あんたにいうことはもうなにもない。いま話したことは真実だ。あたしは犯人じゃない。だから、とっとと帰るんだね」

おれはバスルームでノートパッドを回収した。玄関口まで来てから、「犯人でないにしては、居場所を突きとめるのにえらい手間を喰ったんだが」

　無言のまま、軽蔑するように、メンデルスンはシャツをめくって、胸郭の下の傷跡を見せた。消えかけているが、それでも醜い代物だ。だれがつけた傷にせよ——昔の恋人か？——二度と同じ目にあわないためにこの女性があらゆる手を打ったからといって、責めることなどできはしない。

　階段の途中でノートパッドの再生キーを押した。ソフトは流水の振動数をノイズとして関数計算すると、それを録音から消去し、残った部分を増幅して仕上げを加えた。いまの会話が一言一句まで、きわめて明瞭にききとれた。

　車から監視社に電話して、メンデルスンを二十四時間監視下に置くよう手配した。

　帰宅途中、路地に車を止めると、それから十分間、考えることも、身動きすることもできずに、ハンドルを握ったままでいた。

　その夜、ベッドの中で、おれはマーティンにきいた。「おまえは左利きだ。今後ひとりも左利きの人間が生まれないとしたら、どう思う？」

「どうも思わないんじゃないかな。どうして？」

「それは一種の、大量虐殺（ジェノサイド）だとは思わないか？」

「全然。なんの話さ？」

「なんでもない。忘れてくれ」

「震えてるよ」

「ぼくには感じるんだ」

「寒けを感じないの？」

はじめはやさしく、やがて激しく愛しあいながら、おれは考えていた。（これがおれたちの言葉だ、これはおれたちの方言なのだ。戦争はもっとつまらないことが原因で起きてきた。この言葉が絶滅するときに、ひとつの人種が地球の表面から姿を消す）

事件から手を引くべきなのはわかっていた。メンデルスンが有罪なら、ほかのだれかが立証してくれる。ＬＥＩの仕事をつづけていれば、いずれ身を滅ぼすことになる。

けれど、やがて、それは感情的なたわごとに思えてきた。おれはなんの集団にも属してはいない。性生活は人間個々人のもので、それはその人が死ねばおしまいだ。今後ひとりもゲイが生まれないとしても、おれにはなんの違いもない。

それに、自分がゲイであることを理由に事件から手を引いたら、自分が平等であることを、自分が何者であるかを、いままで信じてきたそのすべてを放棄することになる。しかも、ＬＥＩにこんなことをいわせる機会まであたえてしまう。「ええ、もちろん当社は性的嗜好と無関係に調査員を雇ったのです。しかし、それはあきらかに誤りでした」

暗闇で目を見ひらいたまま、おれはいった。「共同体という言葉を耳にするたびに、おれの手はリボルバーにのびる」

返事はなかった。マーティンは寝つきがいい。叩き起こして、いまこの場でその件を議論しつくしたかったけれども、どのみち契約書にサインした以上、なにひとつ話すことはできないのだ。

真実が公表されたとき、マーティンはわかってくれる、そう自分にいいきかせながら、おれはその寝顔を見つめていた。

ジャネット・ランシングに電話をかけ、メンデルスンに関する最新情報を伝えてから、おれは冷淡な声で、「なにをそうはにかんでいるんだ？ 狂信者だの、強力な既得権益だのとおっしゃるが、恥ずかしくて口にできない言葉がおありのようじゃないか？」

このときを迎える準備はできていたようだ。「わたしの考えをあなたに植えつけたくなったのよ。あとになって、偏見をいだかせようとしたと思われるかもしれないし」

「思われるとは、だれにだ？」それは修辞的な質問だった。答えは当然、メディアだ。この問題について口を閉ざしていれば、ランシングは魔女狩りをはじめた張本人にされる危険を最小限にすることができる。〝同性愛者のテロリスト〟を探しにいけとおれに命じていたら、LEIはきわめて敵意に満ちた状況に置かれていただろう。その反対に、おれがなにも知らされないまま、まったく別の方向からメンデルスンに行きついたことは、調査がいっさいの偏見抜きでおこなわれたという印象をあたえるはずだ。

「そちらに容疑者の心当たりがあるなら、それを知らせてくれるべきだった。最低でも、バリヤの目的は教えてほしかったが」

「バリヤの目的は、ウイルスや毒に対する防御よ。でも、体になにかすれば、かならず副作用がある。その副作用が許容できるものかどうかの判断は、わたしの仕事じゃない。管理当局は、製品を使用した結果生じるあらゆる事態の公表をせまるでしょう。そして、判断は消費者にゆだねられる」

おみごと。政府に腕をひねりあげられて、最大のセールスポイントを無理やり白状させられるとは！

「それで、市場調査の結果は？」

「それは最高機密」

おれはあやうくランシングにたずねるところだった。（いったいいつ、おれがゲイだと気づいた？　雇ったあとか、それとも前か？）爆破事件の朝、こちらがジャネット・ランシングの一件書類を集めていたとき、むこうも調査に名乗りをあげそうな人物すべての一件書類を集めていたのだろうか？　そして、最高にPR効果のある人物を、究極の公明正大さの旗じるしを見つけ、その魅力に逆らえなかったのでは？

おれはたずねなかった。それがなんの違いももたらさないと、まだ信じようとしていた。ランシングはおれを雇ったのだし、あとはおれがほかのだれとも変わりなく事件を解決して、それでほかのことはどうでもよくなるのだ。

おれは例のコバルトが貯蔵されていた掩蔽壕を見に、連邦化百周年記念病院の敷地の外れまで行った。はねあげ戸は頑丈だが、錠はお粗末そのもので、警報設備にいたっては皆無だった。十二歳でもちょっと冴えた子なら侵入可能だ。各種（低レベルとか半減期が短いとか）放射性廃棄物でいっぱいの密封容器が天井まで積みあげられ、一個だけの電球の光をあらかたさえぎっていた。もっと早くに盗難が発覚しなかったのも不思議はない。蜘蛛の巣さえ張っているありさまだったが、ミュータント蜘蛛は、少なくともおれは見なかった。借りものの線量計バッジが照射線量を加算していくのをききながら五分間調べまわったあと、外に出たときにはほっとした。胸部X線写真一回がこの十倍も有害だろうと、そんなことは関係ない。メンデルスンはそのことに気づかなかったのだろうか？　ことと放射能となると、人は不合理になることを。コバルトが見つかれば、自分の大義に不利になることを。それとも、なまじ保管庫に仕掛けたコバルトの危険性は最小限のものだという知識があった分、判断がゆがんだのだろうか？

監視社の報告書は毎日届いた。費用はかさむが、払うのはＬＥＩだ。メンデルスンは公然と友人たちに会って、おれに尋問された夜のことをことこまかにしゃべり、いきどおった口調で、自分たちはまずまちがいなく監視されていると警告していた。そして友人たちと、胎児バリヤについて、合法的な反対行動の選択肢について、爆破事件がもたらした困難について意見を交換した。そのすべてがおれを意識した芝居なのかもしれないし、メンデルスンは接触する相手を、自分の無実を本気で信じている友人にしぼっているのかもしれないが、判断はつかなかった。

おれは時間の大半を、女が会った相手の履歴を調べることに使った。そのだれひとり、過去に暴力行為や破壊活動に関わった形跡は見つからなかった。ましてや高性能爆弾との関連など。もっとも、爆破犯さままでまっすぐご案内、などと本気で期待していたわけではない。手もとにあるのはすべて状況証拠だ。打てる手といったら、次から次へとささいなことがらを集めて、あとは積みあげた事実の山がやがて臨界質量に達するか、さもなくばメンデルスンが圧迫に耐えかねてへまをするか、そのどちらかを期待することだけだった。

数週間がすぎても、メンデルスンにこたえたようすはなかった。それどころか小冊子を印刷し、マルディグラで配布する準備をしている。小冊子はLEIの秘密主義を非難するのと同じくらい声高(こわだか)に、爆破事件も非難するものだった。

夜は日に日に暑くなった。おれは怒りっぽくなっていた。マーティンがおれになにが起こったと思ったにせよ、目前にせまった真実発覚のときをふたりがのりこえられるかどうか、おれにはわからなくなっていた。ましていずれ大衆紙の記事で**原爆テロリスト**に**胎児を毒殺するゲイ**が加わったときに生じるはずのとてつもない社会的反動など、直視しようとすることさえできずにいる。ニュースの公表されるきっかけが、メンデルスンの逮捕になろうが、あるいはメンデルスンがLEIの計画を暴露し、自らの潔白を主張するためにひらく記者会見になろうが、そこにはなんの違いもない。どちらにせよ、それ以後の調査はたいした見ものになるだろう。そうしたことはいっさい考えまいとした。ほかの道を選ぼうにも、すべては遅すぎる。事件から手を引くにも、マーティンに真実を話すにも。だから、おれは事件について視野狭窄を起こしたまま調査をつづけた。

エレインは放射性廃棄物掩蔽壕で証拠を捜しまわったが、数週間がかりの分析も空ぶりに終わった。おれは、コバルトが隠されたときに一部始終をモニタ上で目撃していた可能性がある（ことになっている）バイオファイルの警備員たちを問いつめたが、だれひとり、顧客が異様に大きくて奇妙なかたちの物体をもちこんで、さりげなくほかの通路にはいりこんだのを記憶している者はいなかった。

ようやく、メンデルスンの誕生以来の全電子的記録を精査するのに必要な令状が入手できた。逮捕歴は二十年前にいちどきり、罪状は警官（まだ民営化前だった）のむこうずねを蹴ったことだが、そのときの抗議行動には、当の警官もどうやら個人的には賛同していたらしく、告発はとりさげられていた。十八カ月前に現在でも有効な裁判所命令が出ていて、それはメンデルスンの住居の一キロ以内に元恋人が近づくことを禁じるものだった（元恋人の女性は《破傷風飛びだしナイフ》というバンドのミュージシャンで、暴行で二度の有罪判決を喰らっている）。無申告の収入や異常に高額な出費があった形跡は見られない。武器や爆発物の売人として知られるか疑われるかしている人物、ないしその共謀者として知られるか疑われるかしている人物にかけた電話もかかってきた電話もなし。だが、メンデルスンが慎重にことを運んでいたなら、すべては公衆電話と現金で済まされていた可能性もある。

監視はつづけたが、尻尾を出す気配もない。とはいえ、いかに慎重だろうと、あの爆破をひとりきりで実行するのは無理だった。おれに必要なのは、金銭ずくか、気が小さいか、良心の呵責に駆られているかで密告者に転じうる人物だ。いつものルートで噂を流す。金を払うのはいとわない、値段は交渉に応ずる、と。

爆破事件の六週間後、メールで匿名のメッセージが届いた。

『マルディグラにて。盗聴器なし、武器なし。接触を待て。

29・17・5・31・23・11』

その数字を解読しようと一時間以上も頭をひねってから、それをエレインに見せた。

「気をつけてください、ジェイムズ」

「どういうことだ？」

「この数字は、爆破現場の残留物から見つかった六つの痕跡元素の含有比ですよ」

マルディグラ当日、マーティンはパレードに参加するほかの友人とすごしていた。おれが空調のきいたオフィスで観ているテレビは、最後の準備のようすを映し、そのあいまにアナウンサーの顔が割りこんで祭の歴史を説明する。この四十年で、ゲイ＆レズビアン・マルディグラは、警察や行政当局との険悪な対決の連続から、世界じゅうの観光用パンフレットで宣伝されて金を産む見世物へと変貌した。パレードは政府の上から下まであげて祝福され、先頭をゆくのは政治家や著名な経済人だ。同業者組合の山車の中には、いまや警察のものもある。

マーティンは服装倒錯者ではない(筋硬直の革フェチとか、その他もろもろのステロタイプの見本でもない)。一年にひと晩だけ、華麗な衣装で盛装することは、異性愛者の男性の大半にとってと同様、マーティンにとっても不自然な偽りの行為だった。だが、マーティンの動機は理解できると思う。ふだん着ている服や、無意識の話しかたや物腰や態度が〝ストレートでとおる〟ことに、罪悪感をいだいているのだ。性生活を隠したことはないが、初対面の相手にもそれが明々白々というわけではない。マーティンはマルディグラに参加することで、日常的にひと目でゲイとわかる姿をし、それゆえに狭量な攻撃の矢おもてに立っている人々への連帯感を表明しているのだ。

夕闇がせまるにつれ、見物客がパレードの道すじに集まってきた。上空ではありったけのニュース会社のヘリコプターが飛びまわり、たがいにカメラをむけあうことで、これが一大イベントであることを視聴者に示している。群衆整理の騎馬隊員たちは、おれが子どものころに姿を消した青い制服ととてもよく似た服を着ており、いまはファーストフードの屋台の脇に馬をつないで、待ちうける長い夜に備えて体力をつけるべく、立ったまま食事をしていた。

十万人の人混みにまぎれたおれを見つけだせるなどと、爆破犯が本気で思っているはずはない。だから、ネクサスのビルを出たあと、念のために、そのブロックを車でゆっくりと三周した。

見とおしのきく場所にたどりついたときには、パレードの先頭は通りすぎていた。最初に見えたのは、巨大なプラスチック製の頭をかぶった人々の長い列で、そこに模された顔は名高かったり悪名高かったりする同性愛者のものだった(クィアという言葉は長いことときらわれていたが、差別語でないとあらためて公式に宣言されて、確実に再流行していた)。ここはディズニーランドだといえば、この雰囲気にだまされるやつもいるだろう。現に、マンガ界初のレズビアン・ネズミことバーナデットの姿もある。人間のほうのモデルでは、見覚えがあるのは三人だけだ。ノーベル賞作家のパトリック・ホワイトはやつれた顔つきで、困惑したようすがいかにもそれらしい。劇作家のジョー・オートンは、意地悪な目つきでせせら笑っている。そして、メフィストフェレス的冷笑を浮かべたJ・エドガー・フーヴァーFBI長官。全員が名札がわりのたすきをかけているものの、意味があるといえるかどうか。隣で若い男が連れの女にきいていた。「ウォルト・ホイットマンってなにもんだ?」

女は頭をふって、「さあね。アラン・チューリングは?」

「知るかよ」

といいつつ、カップルはその両方の写真を撮っていた。

おれは行進者たちにむかって叫びたかった。(だからなんだというんだ?クィアの中には有名人もいる。ある有名人はクィアだった。そりゃ驚きだ!だからといって、その有名人がおまえたちのものだということになるのか?)

もちろん、おれは沈黙していた。まわりがだれかれとなく歓声をあげ、拍手喝采する中で。

爆破犯は近くにいるのか、その男か女かは、いつまでこちらに汗をかかせておく気なのか？

パノプチコン監視社はいまも尾行を続行していたが、それによるとメンデルスンと、確認できた全関係者の大半は、パレードの道すじぞいで小冊子を配布中だった。その中に、おれをつけていた者はいない。どうやら爆破犯は、判明している友人たちの輪の外にいる人物のようだ。

（抗ウィルス、抗ドラッグ、抗汚染物質用のみのバリヤと、異性愛者の子どもを保証する手段。稼ぎが大きいのは、どっちだと思う？）歓声をあげる見物客の半分は子どもづれの男女のカップルで、その中に身を置くと、メンデルスンの不安など笑いとばせる気になりかける。ここにいるだれが、この見世物の出演者の絶滅につながるタイプの繭に、金を払うなどというだろう？だが、フリークショウに喝采することは、自分の血をわけた子どもにそこに参加してほしいと思うことではない。

パレード開始から一時間後、おれは人混みのもっとも激しい場所から抜けだすことにした。爆破犯が雑踏にはばまれて近寄れずにいるとしたら、ここにいても意味はない。革服の女が百人ほど、強化された排気音も高らかなモーターバイクに乗って、《神の尻軽暴走レズ》という旗を先頭に十字架隊形で走り去っていった。そういえば先刻の道すがら、ファンダメンタリストの小集団が、冒瀆(ぼうとく)的なパレードを目にして塩の柱に変わらないように、道に背をむけて蠟燭をかかげ、雨乞いをしていた。

屋台のひとつにたどりつき、馬糞のにおいを無視しようとしながら、さめたホットドッグとぬるいオレンジジュースを注文した。そこは法の執行者を引きつけやすい場所らしい。腹ごしらえしていると、悪意あるハンプティダンプティのようなJ・エドガー・フーヴァーその人がふらふらと近づいてきた。

脇を通りしなにそいつはいった。「29、17、5」

おれはホットドッグを食べ終えてから、あとにつづいた。

フーヴァーはスーパーの駐車場裏の人けのない脇道にはいって歩を止めた。おれが追いつくと、そいつは磁気スキャナーをとりだした。

「盗聴器なし、武器なし」といってやったが、そいつはおれの体の前でなでるように器械を動かした。おれは嘘はついていない。「そんなものをかぶったましゃべれるのか？」

「ああ」巨大な頭が不気味に揺れる。のぞき穴は見つからないが、外が見えているのはまちがいない。

「よし。爆薬の出どころは？　大もとがシンガポールなのはわかっているが、ここでの売人は？」

フーヴァーはくぐもったひくい声で笑った。「それをいう気はないね。いったら、来週には命がない」

「なら、いったいなにを話してくれるつもりだ」

「こっちはただの下っぱさ。すべてはメンデルスンの計画だ」

「そんなことはわかっている。それを証明するものがあるんだろう？　電話とか、金の支払いとか？」

　ふたたび笑い声。パレード参加者の何人かは、だれがJ・エドガー・フーヴァーを演じたか知っているだろう、とおれは考えはじめた。ここで口をつぐまれても、あとでつかまえることができるはずだ。

　背をむけたおれは、そっくり同じフーヴァーがあらたに六人、角を曲がってくるのを見た。全員の手にバットがある。

　逃げようとした。フーヴァー一号がピストルを引き抜いて、おれの顔にねらいをつける。

「ゆっくりひざまずけ、両手は頭のうしろだ」

　いわれたとおりにした。銃口はこちらをむいたままで、おれは引き金から視線を離せず、近づいてきた一団が半円を作ってとり囲むのを背中できいていた。

　フーヴァー一号が、「裏切り者を待つ運命を知らないのか？　どんな目にあうか考えなかったのか？」

　おれはゆっくり首をふった。真実を口にしたのは、なにをいえば気を引けるかわからなかったからだ。「おれがなにを裏切ったというんだ？　裏切るものがどこにある？　《神の尻軽暴走レズ》のことか？　《ウィリアム・S・バロウズ・ダンサーズ》か？」

　うしろの数人が腰をねらってバットをふるった。衝撃は覚悟していたほどひどくはなくて、おれは前にのめったが、まだ倒れなかった。

　フーヴァー一号がいう。「歴史を知らないようだな、このおまわり(ぶた)は？　どうだ、警官(ポリツァイ)どの？　ナチスはわれわれを死の収容所に放りこんだ。レーガン主義者はわれわれをエイズで絶滅させようとした。そして、今度はおまえだ、豚野郎、われわれを地球上から一掃しようとたくらむ連中の手下になりやがった。それが裏切りってもんだろうよ」

地面にひざまずいて、銃を凝視したまま、おれは口がきけなかった。自分を正当化する言葉が浮かばない。真実は複雑すぎ、あいまいすぎ、混乱しすぎていた。歯がガチガチ鳴りはじめた。ナチス。エイズ。ジェノサイド。この男のいうことは正しいのかもしれない。おれは死に値するのかもしれない。

頬を伝う涙を感じた。フーヴァー一号があざける。「泣いてやがるぜ、豚野郎が」だれかが肩めがけてバットをふりおろした。恐怖のあまり、体を支えるために手を動かすこともできないまま、おれはうつぶせに倒れこんだ。起きあがろうとしたが、ブーツが首すじを踏みつけた。

フーヴァー一号がしゃがんで、銃口をおれの頭骨に突きつけた。ささやき声で、「調査を打ち切るかい？　キャサリンに関する証拠も処分するだろ？　おまえの彼氏は危険な場所に出入りしてたっけ、友だちがいくらいても足りないような」

おれは返事ができるところまでアスファルトから顔をもちあげた。「わかった」

「いい子だな、豚野郎」

そのとき、ヘリコプターの音がした。

まばたきして目から砂利を追いだし、異常に明るい地面を見た。スポットライトがおれたちに当たっている。おれは拡声器の声がするのを待った。なにも起こらない。襲撃者たちが逃げるのを待った。フーヴァー一号の足が首からどいた。

それから、フーヴァー全員がおれにバットをふるった。

体を丸めて頭を守るべきところを、好奇心がまさった。ころがって、ヘリを盗み見る。それはいうまでもなく報道ヘリで、つまり、テレビ映えする絶好のニュースをぶち壊すような真似は、倫理にもとるからといって断固拒否する連中だった。じつにすじが通っている。

だがしかし。ごろつきの一団のほうはまるですじが通らない。カメラがまわっているというのに、なにをぐずぐずしているのか？　おれを殴る快感にあと数秒酔いしれたいのか？

そこまでまぬけなやつがいるわけはなく、これは宣伝活動なのだった。

おれは歯を二本吐きだすと、手で顔を守った。こいつらはこのすべてが放送されることを望んでいる。こいつらの願いは、新聞の一面トップを飾り、社会的揺りもどしがあって、大衆の怒りが沸騰することなのだ。『原爆テロリスト！　胎児毒殺犯！　血に飢えた殺し屋！』

襲撃者は敵を悪魔に仕立てるために、その名を騙っているのである。

ようやくフーヴァー軍団がバットを放りだして逃走した。おれは地面に倒れ伏したまま血を流し、顔をあげてなにが軍団を追いはらったかをたしかめる体力もなかった。

しばらくして、ひづめの音をきいた。すぐそばでだれかが地面におりて、おれの脈をたしかめた。

おれはいった。「痛みはない。しあわせな気分だ。これはうわごとってやつだな」

そこで意識がなくなった。


マーティンの二度目の見舞いは、キャサリン・メンデルスン同伴だった。ふたりは、マルディグラの翌日の、メンデルスンの会見予定時刻の二時間前にひらかれた、LEIの記者会見の録画を見せてくれた。

話し手はジャネット・ランシング。「最近のできごとにかんがみて、今回の公表に踏みきりました。経営上の理由から、このテクノロジーは秘密にしておこうとしてきたのですが、罪のない命が危険にさらされているのです。しかも、かれらは自分の仲間をも襲いはじめ――」

おれは唇の縫い目がひらくほど笑った。

LEIが自ら研究所を爆破したのである。細胞に放射線をあびせたのも、やつら自身だ。そして、おれが証拠をたどってメンデルスンを見つけ、その大義に共感して隠蔽工作をするものと予想していた。そのあと、事件記者へのたれこみが何件かあって、隠蔽が暴露されるという手はず。

やつらの新製品発表には、理想的な環境である。

ところが、おれが調査を続行したので、その計算違いを最大限逆手にとらざるをえなくなった。そこで、フーヴァー軍団を派遣し、メンデルスンとの関係を口にさせて、職務に忠実だったかどでおれを罰したわけだ。

メンデルスンがいう。「LEIがあたしについて流した話はひとつ残らず、コバルトのことも、保管庫のキーも、自分で書いた小冊子でとっくに説明してるんだけど、大衆紙ってやつはそんなことには無頓着なんだね。いまやあたしは、ハーバーブリッジ・ガンマ線テロリストだよ」

「だが、告発されることはないだろうな」

「そりゃそうさ。潔白だと思われることも決してないけどね」

「ここから出たら、おれはやつらのあとを追いかけつづけてやる」（やつらが公明正大な人物を求めていただと？　偏見に毒されていない調査だと？　なら、やつらは今度こそ、注文どおりの人物を手にすることになるだろう。事件について視野狭窄を起こしていることを別にして）

マーティンがやさしい声で、「そんな仕事のために雇ってくれる人がいるの？」

痛みをこらえて笑みを浮かべる。「LEIの保険会社さ」

ふたりが帰ったあと、おれはうとうとしていた。

ひどく息苦しい夢を見て飛びおきた。

もし、おれが一連の事件はLEIの宣伝活動だったことを証明しても。もし、やつらの重役の半分が投獄されても。もし、会社自体が解散しても。――あのテクノロジーを所有しているだれかがいることに、変わりはないのだ。

そして、紆余曲折の果てに、それは市場に出されるだろう。

不偏不党にこだわるあまりに、おれはそこのところを見のがしていた。薬を売るには、病気が必要であることを。だから、たとえ不偏不党なおれの態度が正しいものだとしても――たとえ争いを引きおこすような差異や、裏切りのもとになるような差異や、守りつづけるべき差異というものがほんとうは存在しないとしても――繭を売るための最良の手段は、そんな差異を捏造しつづけることにほかならない。そして、もし、今後一世紀でこの世に残っているのが異性愛者だけになるとしたら(そのこと自体を悲劇と考えないとしても)、そこへいたる道はただひとつ、偽りだらけで、人が傷つけあい、非難と中傷に満ちたものなのだ。

そんな道を選ぶことになっても、人々は繭を買うだろうか、そんなことはないだろうか?

おれはにわかに、いやな予感がしてたまらなくなった。買うだろう、と。

百光年ダイアリー
The Hundred Light-Year Diary

シドニーの歩行者天国であるマーティンプレイスは、昼休みの人出でいつもどおりごったがえしていた。ぼくは行きかう人々の顔に、いらいらと目を走らせた。時間は目前にせまっているのに、アリスンはまだ影もかたちも見えない。一時二十七分十四秒。こんなに重要なことを、ぼくは今夜、日記に書きまちがえるのか？　おかしたばかりのまちがいが、まだ記憶に新しいだろうに？　だが、その記憶はなんの変化ももたらさない。もちろん、ぼくの精神状態は変わるだろうし、ぼくの行動にも影響するだろう。だが、ぼくはすでにその影響の――そしてほかのあらゆる影響の――結果がどうなるかを、正確に知っている。ぼくはすでに読んだとおりのことを、日記に書くことになるのだから。

心配は無用だった。腕時計に目を落とし、1：27：13が1：27：14に変わった瞬間、ぼくは肩を叩かれたのだ。ぼくはふりむいた。いうまでもなく、アリスンがいた。直接対面するのははじめてだが、ぼくはまもなく、バーンズリー圧縮されたスナップ写真を送りかえすために、一カ月分の割当帯域幅いっぱいを使うことになる。ぼくは口ごもってから、あまりに恥ずかしい自分のセリフを口にした。

「ここできみに会えるんじゃないかって、想像してたんだ」

アリスンは笑顔になって、そのとたん、ぼくは身も心もとろけてしまい、しあわせのあまりめまいがした——自分の日記にきょうの分の書きこみをはじめて見つけた九歳のとき以来、千回も読みかえしてきたのと、そっくり同じように。そして今夜、ぼくが端末に記入することになるのと、当然、そっくり同じように。それでも——前もって知っていたことを抜きにしても——これがしあわせの絶頂にならずにいられるだろうか？　人生をともにすごすことになる女性と、ついに出会ったのだ。ぼくたちの前には、ともにすごす五十八年間があり、ぼくたちは最後までともに愛しあうのだ。

「それで、どこでお昼を食べるの？」

ぼくはかすかに眉をひそめ、アリスンは冗談をいっているのだろうかといぶかり——それから、自分はなぜ疑問をいだいたりしたのだろうといぶかった。ぼくはおずおずと、「《フルヴィオ》だよ。きみも日記で……」だが、アリスンには食事の中身などという瑣末なことは見当がつかなくて当然だ。二〇七四年十二月十四日、ぼくは賞賛の言葉を日記に書くことになる。『Aは重要なことだけを日記に書く。決して瑣事で自分の気を散らせはしない』

「ただ、料理は時間どおりに出てこないはずなんだ。店が予約をまちがえていて、だけど——」

アリスンは自分の唇に指を触れてから、体を乗りだして、ぼくにキスした。一瞬、驚きのあまり、その場で彫像のように固まってしまったぼくは、しかし一秒か二秒後には、こちらからキスを返していた。

ようやく顔を離したとき、ぼくはぼうっとした頭で、「いままで知らなかった……だってぼくたちはきっと……ぼくは――」

「ジェイムズ、顔がまっ赤」

アリスンのいうとおりだった。照れ隠しにぼくは笑った。自分が馬鹿みたいだった。一週間もすれば、ぼくたちはセックスしているはずで、ぼくはすでにそのときのことをこまかく知っているのに――それでも、このたったいちどの不意のキスに、ぼくはうろたえ、とまどっていた。

アリスンがいう。「行こうよ。料理はすぐに出てこないんだろうけど、待っているあいだに、たくさん話ができるじゃない。話の中身を前に全部読んだりはしていないよね、そんなことしていたら、あなたはすごく退屈することになるもの」

アリスンはぼくの手をとると、先にたって歩きはじめた。ぼくはあとにつづきながら、まだ動揺していた。レストランにむかう途中で、ようやくぼくは口に出すことができた。「さっきのことだけど――ああなると知ってたの？」

アリスンは笑い声をあげた。「ううん。わたしはね、自分になにもかもを話しているわけじゃないから。ときどきは意外な体験をしたいの。そう思わない？」

その気ままな姿勢に、ぼくはまごついた。『決して瑣事で自分の気を散らせはしない』とは、こういうことなのだ。ぼくは懸命に言葉を探した。この会話全体が未知のものだったし、ぼくは雑談をうまくこなせたためしがない。

「きょうはぼくにとって重要な日だ。自分が、きょうのできごとをできるかぎりことこまかに、なにひとつ漏らさず日記に書くことになると、ずっと思ってた。現にぼくは、出会いの時刻を何時何分何秒まで記録するんだ。今夜端末にむかって、はじめてキスをしたときのことにただのひとことも触れないだなんて、とても思えない」

アリスンは握った手に力をこめ、それからぼくに身を寄せると、陰謀めかしてささやいた。

「でも、そうするんだよ。それはもう知っているでしょ。わたしもそうする。あなたは自分が日記になんと書くかを一字一句知っていて、なにを書かずにおくかもひとつ残らず知っている――まちがいなく、さっきのキスはわたしたちのささやかな秘密になるの」

フランシス・チャンは、時間逆転銀河を探そうとした最初の天文学者ではなかったが、宇宙空間でそれをおこなったのは、この男が最初だった。チャンがゴミの散らばる近地球軌道で、ささやかな機器を使って全天を走査したのは、天文学の本格的な研究がすべて、月の裏側の（比較的）汚染されていない真空地帯に拠点を移してからだいぶたったころのこと。何十年も前から、宇宙論における高度に思弁的なある種の理論のいくつかは、再収縮期――おそらくすべての時の矢が逆転しているだろう期間――にある宇宙の未来の相（フェーズ）をかいま見ることが可能かもしれないと示唆していた。

チャンは光検知器を飽和状態まで充電し、それを逆露光させる――識別可能な画像を描いている画素群を放電させる――天の領域を探した。通常の銀河から届く光子を通常の望遠鏡で集めると、光子は電気光学的ポリマーの配列に電荷のパターンを作るというかたちで痕跡を残す。時間逆転銀河に望遠鏡をむけた場合、検知器は不可避的に電荷を失うことになる――つまり、光子が放出され、それは望遠鏡から出ていくと、未来にある宇宙にむけて長い旅をし、百億年後の星々に吸収されて、その星の核反応プロセスを消滅から誕生にさかのぼらせる極微の刺激として働く。

時間逆転銀河を発見したというチャンの発表は、ほぼ一様に懐疑的な態度で迎えられた――が、チャンは自分の発見した座標の公表を拒んだのだから、それも無理はない。ぼくはチャンの唯一の記者会見の録画を見たことがある。

「充電されていない検知器をそこにむけたら、なにが起こるのでしょうか？」困惑気味の記者のひとりがきく。

「そんなことはできない」

「できないとは、どういう意味です？」

「検知器を通常の光源にむけたとしよう。検知器が壊れているのでないかぎり、それはやがて充電されることになる。そのとき、こんなふうに宣言することは無意味だ。『わたしがこれからこの検知器を光に露出すると、それはやがて充電されていない状態になる』――馬鹿げている。そんなことは起こるはずがない」

「それはそうですが――」

「では、いまいった状況をまるごと、時間的に逆転させてみたまえ。もし、検知器を時間の逆転した光源にむけようとするなら、その検知器はそれ以前に充電されるはずだ」

「ですが、露出前に検知器を完全に放電しておいて、それから――」

「悪いんだがね、そういうことは起きないんだ。できないんだよ」

記者会見からほどなくして、チャンは自ら隠遁状態にはいってしまった――しかし、政府から研究資金をうけていたチャンは、厳しい会計監査の要請に応じていたので、チャンの研究ノートすべてのコピーが、いくつもの公文書館にわかれて眠っていた。それをわざわざ発掘しようとする人物があらわれたのは、記者会見から五年近くも経ってからだったが――新しい理論的研究によって、チャンの主張が脚光をあびたのだ――ひとたび座標が公表されてしまうと、ほんの数日で十数のグループがオリジナルの実験結果を追試で確認していた。

このとき実験に関わった天文学者の大半は、そこまででこの件から手を引いた――だが、三人の科学者が、理論的帰結まで研究をつづけた。

地球から数千億キロメートルかなたの小惑星が、たまたま地球とチャンの銀河を結ぶ視線をさえぎったとしよう。チャンの銀河のタイムフレームでは、この掩蔽が近地球軌道で観測されるまでに三十分かそこらの遅延がある――それは、小惑星にさえぎられずに通過できた最後の光子が到着するまでの時間だ。だが、地球のタイムフレームは逆に動いているから、地球では〝遅延〟が観測されるまでの時間は負になる。地球では、チャンの銀河ではなく検知器を、光子の放出源だと考える。それでもやはり、検知器は小惑星が視線を横切る三十分前に、光子の放出を止めなくてはならない——光子がはるばる目的地の銀河までさえぎるもののない進路を確保しているときにだけ、光子を放出するために。原因と結果。検知器は、電荷を失い、光子を放出しなくてはならない——たとえその理由が、未来に存在するものであろうとも。

ここで、小惑星は制御不能だし、都合のいいとき都合のいい場所にあるわけもないので、それを単純な電動シャッターに置き換える。さらに、地球とチャンの銀河を結ぶ視線をいくつもの鏡で曲げて、実験をずっと操作しやすい規模に縮小する——シャッターと検知器を事実上隣りあって並べられる規模にまで。実験者が鏡にむかって光を点滅させれば、検知器には過去からの信号が届く。チャンの銀河からの光について同じことをすれば、信号は未来から届く。

研究をつづけた三人の科学者、ハザード、カパルディ、ウーは、地球軌道を周回する一群の鏡を、数千キロメートル間隔で配置した。反射を重ねることで作りだされた光学距離は、二光秒。この〝遅延〟の一方の端——小惑星に相当する部分——には望遠鏡が設置され、チャンの銀河にむけられた。もう一端には検知器が設置された（〝もう一端〟というのは光学的な話で、物理的には望遠鏡とまったく同じ衛星内に収容されていた）。最初の一連の実験では、望遠鏡に、少量の放射性同位元素の〝予測不能な〟崩壊に連動するシャッターがとりつけられた。

シャッターの開閉状況と、検知器の放電の度合いは、コンピュータに記録された。そしてふた組のデータを比較すると——当然ながら、パターンは一致した。もちろん、検知器はシャッターがひらく二秒前に放電をはじめ、シャッターが閉じる二秒前に放電をやめる、という点を除いてだが。

次に、三人は放射性同位元素を手動スイッチに置き換え、交替で不変の未来を変えようとした。

数カ月後のインタビュウで、ハザードはこう語っている。「最初は、ある種の意地悪な反応時間テストをしているように思えた。緑のライトがついたら、緑のボタンを押すのではなくて、赤のボタンを押そうとしなくてはならず、逆の場合も同じだ。それに最初は、わたしが信号に〝従っている〟のは、信号と反対のことをするなどという〝むずかしい〟真似ができるように自分の反射神経を鍛えられないからにすぎないのだと、本気で信じていた。ふり返ってみると、それがこじつけにすぎないとわかるが、そのときは本気で思いこんでいたんだ。そこでわたしは、コンピュータに表示方法を変えさせ……もちろん、なんの効果もなかった。わたしがシャッターをあけることになる、とディスプレイに表示されると——どんなかたちで表示されるのであれ——わたしはかならずシャッターをあけたんだ」

「そのことでどんな気分になられましたか？　自分には魂がないとか？　ロボットのようだとか？　運命に囚われているとか？」

「そうじゃない。最初は……自分を不器用だと感じただけだ。のろまだと。どんなに懸命になっても、不器用すぎてまちがったボタンを押せないのだと。それからしばらくすると、実験全体が完全に……正常だと思えてきた。わたしは〝無理やり〟シャッターをあけさせられていたわけではない。わたしがシャッターをあけたのは、あけたいと思ったときだけだったのだし、結果は目にしていたが——たしかに自分がシャッターをあける前に、その結果を目にしてはいたが——それはもはや、まったく重要に思えなかった。自分がシャッターをあけることになるとすでに知っていながら、それを〝あけない〟ことを望むのは、過去に起こったとすでに知っていることを変えたいと望むのと同じくらい、馬鹿げたことに思えた。きみは歴史を書きかえられないからといって、〝自分には魂がない〟と感じるかな？」

「いいえ」

「それとまったく同じことだよ」

実験装置で検知可能な時間の幅を拡大するのは、かんたんだった。フィードバック・ループの中で検知器自体にシャッターの開閉スイッチを押させれば、二秒は四秒にも、四時間にも、四日にもできる。理論上は、四世紀でも可能だ。現実には、帯域幅が問題だった。チャンの銀河の眺めをさえぎるかさえぎらないかだけでは、わずか一ビットの情報しかコード化できないし、未来に露光が起こることとの明確なしるしとなるだけの電荷を検知器が失うには約〇・五秒かかるので、シャッターの開閉頻度も一定以上にはできなかった。

現用世代の〈ハザード・マシン〉は百光年の光学距離をもち、検知器は数百万の画素でできていて、そのひとつひとつが百万(メガ)ボー単位で変調させられるほど高感度になっているけれど、現在でも帯域幅が問題であることに変わりはなかった。この巨大な容量の大半は、政府と巨大企業が、一貫して未公開の目的のために使っていて——なおもさらに多くを、のどから手が出るほどほしがっていた。

そして、生得権として、地球上のあらゆる人が、一日につき百二十八バイトの帯域幅の使用を認められていた。効率がもっともいいデータ圧縮法を使えば、このバイト数で約百語分の文章をコード化できる。それでは未来のすべてを微にいり細をうがって描写することはできないが、一日のおもなできごとを要約するにはじゅうぶんだ。

一日につき百語、一生で三百万語。ぼく自身の日記の最後の一日分は、二〇三二年に受信された。ぼくが生まれる十八年前、ぼくが死ぬ百年前だ。学校では、これからの千年紀(ミレニアム)の歴史を教えている。飢饉と疾病がなくなり、民族主義と大量虐殺(ジェノサイド)が終わり、貧困も差別も迷信も消え去る。行く手には輝かしい時代が待っているのだ。

ぼくたちの子孫たちが真実を告げているのなら。

結婚式は、ほぼ、ぼくがそうなると知っていたとおりのものだった。現実にぼくの付添人のプライアは、早朝、強盗にあって、腕を吊っていた——十年前、高校ではじめて顔をあわせたとき、ぼくたちはそれをネタに笑ったものだ。

「でも、もしおれがその路地を避けたらどうなるんだろうな？」

「そしたら、ぼくがおまえの腕を折ってやるに決まってるだろ。ぼくの結婚式を押しのけさせはしないからな！」

子どもたちは未来を〝押しのける〟という空想が大好きで、それは子どもむけの三流ROMのテーマでもある。あなたが形相を変え、大汗をかき、歯を食いしばって、これから起きるとわかっている不愉快なことには絶対なにがあろうと関わるまいとすれば、そのとき未来は〝押しのけられる〟。ROMの物語では、もともと来るはずだった未来は魔法のように並行宇宙へ消えていくが、それは純粋に精神的な修行によって可能となり、プロットの都合も影響する。スポンサーのコーラを飲むのも、効き目があるようだ。

現実の世界では、〈ハザード・マシン〉の出現とともに、犯罪や自然災害、交通事故、工場の事故、そして多くの病気による死者や怪我人の発生率は、急激に低下していた――だが、その種のできごとは、まず起こることが前もってわかっていて、それから逆説的に〝回避された〟わけではない。一貫して、未来からの記録の中に時を追ってまれにしか見られなくなっただけだ――その記録は、過去からのものと同様に信頼の置けるものであることが証明されている。

だが、〝一見避けられた〟悲劇もまだ残ってはいて、自分がそれに巻きこまれることになると知っている人々の反応はさまざまだった。自分の運命を明るくうけいれる人もいれば、夢遊主義の宗教に救い（またはあきらめ）を求める人もいるし、中にはROMの願望充足空想物語を信じこんで、こんな運命は認めないと最後まで騒ぎつづけるやつもいる。

結婚式当日、ぼくが予定の時間にセント・ヴィンセント病院の救急医療棟へ会いにいくと、プライアは血まみれで、ベッドに寝かされてがたがた震えていた。腕の骨を折られたのは、ぼくが知っていたとおり。それだけでなくプライアは、尻の穴を瓶でもてあそばれ、両腕と胸をめった切りにされていた。呆然としてベッドの脇に立ったぼくは、この件で山のように口にしてきたくだらないジョークのいやなあと味にむせかえり、これは自分のせいだという気分をふり払えなかった。

(ぼくはプライアに嘘をつくことになるんだ、そしてぼく自身にも——)

医者たちに大量の鎮痛剤と鎮静剤を注ぎこまれながら、プライアはいった。「よくきけよ、ジェイムズ、おれは絶対に書かないからな。どんなにひどい怪我かを書いたりはしない——ガキのころのおれを死ぬほどおびえさせたりはしないんだ。だから、おまえもそうしたほうがいいぞ」

ぼくは真剣にうなずいて、そんなことは書かないと誓った。プライアがしつこく繰りかえしたのは、この不幸な友人の意識が混乱していたからだ。

そして、その日のできごとを書き記す時間になったとき、ぼくは、プライアと出会うよりもっと前から記憶していた文章を忠実になぞって、友人が強盗に襲われて腕を吊っていたとだけ書いた。

忠実に？　それとも、そうしたことで、単に時の環が閉じられた——ぼくにはすでに読んでいたとおりに書く以外、選択肢がない——だけなのだろうか？　それとも……その両方か？　動機を特定するというのは奇妙な作業だが、それはどんな場合でもいえることにちがいない。未来を知ることは、未来を形作る方程式からぼくたちが除外されることではない。いまだに〝自由意志の喪失〟がどうのとぶつぶついっている哲学者もいるが（自分の意志では止められないのだろう）、その人たちのいう自由意志なる魔法の存在がなんだったのか、その定義で意味をなすものを、ぼくはいまだにひとつとして知らない。つねに未来は決定済みのものだった。それ以外のなにが（個々人の、唯一にして複雑な、遺伝的性質と過去の体験を別にして）人間の行動に影響をおよぼせるだろう？　自分という存在が、自分の行動を決める——それ以上のどんな〝自由〟を、人は要求できるというのか？　もし、〝選択〟がまったく因果関係に基づいていないのだとしたら、なにがその結果を決めるのだろう？　答えは、脳の中の量子論的雑音から生じる無意味でランダムな異状だ、というのが一般に流布している理論だった——量子論的不確定性が、旧来の時間非対称な世界観の産物にすぎなかったとあきらかになるまでは。だが。では、〝魂〟なる神秘的な作り話が答え……だとしたら、今度はなにが、その魂のふるまいを律しているというのか？　形而上学的な法則には、神経生理学のそれに負けず劣らず、あやふやなところがある。

　ぼくは、人類はなにも失っていないと信じている。むしろ、これまで欠いていた唯一の自由を手にしたのだと。いままでは自分という存在は、過去によって形作られるのと同様に、未来によっても形作られている。ぼくたちの人生は、かき鳴らされた弦のように反響する。時間の中を前後に流れる情報の衝突が作りだす定常波。

その〝情報〟には、故意の偽情報も含まれている。

アリスンが肩ごしに、ぼくのタイプした画面をのぞきこんだ。「プライアの入院の話を書かないなんて、嘘でしょ」

返事のかわりに『チェック』キーを押す――まったく不必要な機能だが、だからといって、使っていけないわけではない。ぼくがタイプしたばかりの文章は、未来から受信したバージョンと一語一句同じだった。（この全過程の自動化を話題にする人もいる――人間がまったく介入しないで、送信されることになっている内容を送信するのだ――が、これまで実行した人はおらず、だからたぶん、それは不可能なのだ）

『保存』を押して、ぼくの死んだ直後に送信されることになるチップにきょうの分を書きこんでから――投げやりに、おろかしくも（そしていつもどおりに）――アリスンにきく。

「もし、ぼくがその話を書いてプライアに警告してたら、どうなっていただろう？」

アリスンはまたかというふうに頭をふった。「そのときには、あなたはあの人に警告していただろうね。それでも、あの事件は起こっていただろうけど」

「だが、起こらなかったかもしれない。人生が日記の記述より悪くなりうるなら、よくなれない理由があるか？　すべてはあいつとぼくのでっちあげだった――プライアは襲われもしなかった――ということになっていけない理由はなんだ？」

「現にそうじゃなかったから、だよ」

ぼくはもうしばらく机の前にすわって、もうとり消せない文章を、とり消すことなど決してできなかった文章を見つめた。だがこの嘘をつくことを、ぼくはプライアに約束した。だから、ぼくは正しいことをしたわけだ。ぼくは何年間も、自分がなにを書くことを〝選ぶ〟かを、正確に知っていた――だがそのことは、目の前の文章が、〝運命〟でも〝必然〟でもなく、ぼくという存在によって決定されたという事実を変えはしない。

ぼくは端末の電源を落とすと、立ちあがって着がえをはじめた。アリスンは浴室に足をむけた。その背中に声をかける。「今夜はセックスする、それともしない？　きみの好きにするよ」

アリスンは笑って、「わたしにきかないで、ジェイムズ。そういうだいじなことはちゃんと覚えておけと、いつも自分でいっているくせに」

ぼくは狼狽してベッドに腰をおろした。今夜は曲がりなりにも、ぼくたちの初夜なんだ。言葉の裏を読みとれなくてどうする。けれど、ぼくはその場に応じた判断を正しくくだせたためしがなかった。

二〇七七年のオーストラリア連邦選挙は、過去五十年なかった接戦で、それはこの先一世紀近くについても同様のはずだった。十人あまりの無所属候補――《御目をそらす神》という新しい無知カルトのメンバー三名を含む――が勢力均衡を保っていたが、安定した政権を確実に作るという政党間の裏取引がだいぶ前から成立していて、四年の任期のあいだ守られることになっていた。

だから当然(とぼくは思うのだが)、選挙運動も最近の記憶にある範囲では、そしてそう長くはない将来にわたっても、もっとも過熱したうちのひとつになった。まもなく野にくだる党の党首は、就任後に新首相がどの公約を破ることになるかを、倦むことなく数えあげた。対するその未来の女性首相は統計を示して、その野党党首は大蔵大臣を務める八〇年代なかばに経済的大混乱をまねくことになると反撃した(目前にせまったその不況の原因は、いまも経済学者のあいだで議論されている。それは九〇年代におとずれる繁栄の〝不可避な前兆〟で、株式市場は無限の、広い時間的視野に立つ英知をもって、ありうる未来の中から最良のものを選ぶだろう/選んだだろう、というのが学者たちの見解の大勢だった。個人的には、それは未来を知っていることが無能の治療薬にはならないという証明にすぎないように思う)。

よく思うのだが、政治家は自分が口にすることになると知っていた言葉で演説しながら、どう感じているのだろう? かれらはその言葉を、両親に未来の歴史のROMを見せられ、行く手になにが待っているかを説明されて以来、ずっと知っていたのだ。庶民には割当帯域幅を割いて動画を過去に送る余裕などない。ニュース種になるような人々だけが、そのレベルの細部におよぶ、あいまいさも婉曲表現もない自分の人生の記録と対面させられる。もちろん、カメラも嘘をつく——デジタルビデオ詐欺ほど容易にできることもない——が、この種の記録についてはほとんどそういうことはなかった。実を結ばないとわかっている選挙演説でも当人が(少なくとも見た目は)熱をこめるのは、不思議ではないと思う。ぼくは過去の歴史についていろいろ読んでいるので、それは昔から変わっていないことだとわかる。だがぼくが知りたいのは、インタビュウやディベート、議会の質疑応答や党大会といった、過去に送る高画質ホログラム完全記録にすべてが残される場でずっと口パクをつづけているときに、政治家の頭の中でなにが起きているかだ。あらかじめ知っているとおりの音節を口にし、動作をするごとに、自分が操り人形に変えられていく気分なのだろうか（もしそうだとしたら、それも昔からたぶん変わっていないことのひとつになる）——それとも、ほかのときと同様、よどみなくなんらかの理由をつけて納得しているのだろうか？　考えてみれば、ぼくも毎晩日記を埋めるときには、同じように厳しい束縛をうけていながら、それなりの理由を——ほとんどいつも——見つけては、自分が書くことになると知っているとおりのことを書いているのだが。

リサはぼくたちの選挙区の候補者のひとりを補佐していて、その候補者はいずれ大臣の椅子にすわることになっていた。ぼくとリサの初対面は投票の二週間前、選挙資金集めの晩餐会でのことだった。現時点では、ぼくはその候補者となんの関係もないが、世紀の変わり目には——そのときには、この候補者の所属政党は圧倒的多数で与党に再度返り咲いている——ぼくはエンジニアリング会社の社長になっていて、その党と政治的立場を同じくするいくつかの州政府から種々の大口契約を受注することになるのだった。この幸運にいたる数々のできごとについて、ぼくの日記はほぼ沈黙を守っている——しかし、銀行の月例口座通知書には今後六カ月の取引が記されていて、ぼくはその記録が示している多額の寄付を、しかるべきときにおこなった。じっさい、最初にその通知書を手にしたときには少々動揺したのだが、時間がたつとその種の発想にも慣れてきて、もはや事実上の賄賂を贈ることが、たいして自分とかけ離れた行為だとは思えなくなっていた。

晩餐会は救いようもなく退屈だったが（あとでぼくは、〝悪くなかった〟と日記に書くことになる）、客たちが夜の闇に散ると、リサがぼくの脇にあらわれて、当然のことのようにいった。「あなたとわたしは、タクシーに同乗することになるのよ」

ぼくが黙ってリサの隣にすわっていると、自動タクシーは一路ぼくらをリサの部屋の前へ運んでいった。アリスンはその週末を、母親がその晩死ぬことになっている学生時代の古い友人のところで送っていた。自分が姦通をはたらいたりしないことは、わかっている。ぼくは妻を愛していたし、これからもずっと愛する。少なくとも、未来のぼくは一貫してそう書いている。それに、それが証拠としてじゅうぶんでないとしても、自分がこの先一生、そんな秘密を過去の自分に隠しつづけるとは信じられなかった。

タクシーが止まったところで、ぼくはいった。「次はどうなるんだ？　きみがぼくに、部屋でコーヒーを飲んでいかないかと誘うのか？　そしてぼくがていねいに断わる？」

リサの答えは、「知らないわ。わたしにとって、この週末はすべてが謎なの」

エレベータは故障していた。ビル管理会社が貼ったステッカーには、『七八年三月二日午前十一時六分まで故障中』とあり、ぼくはリサのあとについて十二階分の階段をのぼりながら、いいわけをひねり出しつづけていた。

（ぼくは自分の自由を、自主性を証明してるんだ——これはぼくの人生が、時間の中の化石化したできごとのパターン以上のものであることの証明なんだ）——だがじっさいは、ぼくは自分が未来の知識に囚われていると感じたことはいちどもなかったし、日記に書かれた人生以外のどんな人生でも生きることができると勘違いする必要を感じたことも、いちどとしてなかった。思いもよらない密通のことを考えるだけで、手のつけられないパニックとめまいに襲われた。これまで日記に無害で罪のない嘘を書き記すときにも、ずいぶん心は乱れた——だが、たとえどんなことだろうと日記の行間で起こりうるのなら、ぼくにはもう、自分という存在が何者であり、何者になるか、わからない。ぼくの全人生は、流砂と化してしまうだろう。

たがいの服を脱がせながら、ぼくは震えていた。

「なぜぼくらはこんなことをしてるんだろう？」

「できるから、してるのよ」

「ぼくのことを知ってるのか？　ぼくのことを日記に書くのか？　ぼくらのことを？」

リサはあきれ気味に首をふりながら、「いいえ」

「でも……これはいつまでつづくんだ？　ぼくは知らなくちゃいけない。今夜限りか？　一カ月か？　一年か？　いつ終わる？」ぼくは頭がどうにかなってしまったのだ。結末も知らずに、こんなことをはじめただなんて。

リサは声をあげて笑った。「わたしにきかれても。そんなに大事なことなら、自分の日記で探してよ」

そこで話を終わらせるわけにはいかなかった。ぼくは口を閉ざせなかった。「きみが日記になにも書いてないわけがない。ぼくらがタクシーに同乗すると知ってたじゃないか」

「いいえ。あれは思いつきを口にしただけ」

「そんな――」ぼくはまじまじと相手を見つめた。

「でも、それはほんとになったでしょう？　どう思う？」リサはため息をついて、両手でぼくの背すじをなでおろすと、ぼくをベッドに引きずりたおした。流砂の中に引きずりこんだ。

「ぼくらは――」

リサは手でぼくの口に蓋をした。

「もう質問はおしまい。わたしは日記をつけてないの。だから、わたしに答えられることはなにもないのよ」

アリスンに嘘をつくのはたやすくて、うまく隠しとおせる自信はそこそこあった。自分に嘘をつくのは、もっとたやすかった。日記を埋める作業は単なる形式的な手続き、無意味な儀式と化して、自分がいま書いた文章に目をやることさえ、ほとんどなくなった。その気で日記の記述を見るときには、真顔を保てたものではない。単なる手抜き、あるいは偽りによる省略と婉曲表現の中に、皮肉を意図した語句が混じっていて、それにぼくは長年気づかずにいたのだが、いまではようやく、それを意図どおりに理解できた。至福の結婚生活を讃えた日記の記述のいくつかは、〝危険なほど〟ぎこちなかった。自分がいままで、まったく裏の意味を読みとれずにいたとは信じがたい。だが、じっさいにそうだったのだ。過去の自分に秘密を伝えてしまう〝危険〟はない——ぼくには〝望み〟のままに皮肉を書ける〝自由〟がある。

ただそれだけの話だ。

無知カルトの連中は、未来を知ることは魂を奪われることだといっている。善悪の選択をする力を失えば、われわれは人間であることをやめてしまうのだと。連中にとっては、ふつうの人々が文字どおりの生きた死体、肉でできた人形、ゾンビなのだった。夢遊主義者たちも同じようなことを信じているが、その考えを——黙示録的悲劇と見るよりも——白昼夢めいた熱意をもってうけとめていた。こちらの連中は、未来を知ることを、責任や、罪悪感と不安や、努力と失敗に慈悲深く終止符が打たれることだと見る。それは無生物状態への転落であり、われわれの魂が、偉大なる宇宙の霊的ブラマンジェの中に浸みだしていく一方で、肉体はこの世を動きまわり、生きているふりをつづけるのだ。

だがぼくは、未来を知っている——というか、知っていると信じている——からといって、自分が夢遊病者やゾンビのように、意識を失い、道徳観念もない状態に陥ったと感じたことは、決してなかった。むしろぼくは、自分が人生の手綱を握っていると感じていた。ひとりの人間が数十年におよぶ支配力をもち、まったく異なる撚り糸をしっかりと結びつけ、そのすべてを意味の通るものにする。この統一性が、ぼくを人間以下のものにするとでもいうのだろうか？　ぼくのありとあらゆる行動は、ぼくという存在が何者であるかによって生まれてきたものだ。何者であったか、そして、何者になるかによっても。そのすべてを嘘によってばらばらに引き裂いたとき、ぼくははじめて、自動機械のような気分になりはじめていた。

学校を出てしまうと、過去のでも未来のでも、歴史にある程度以上の注意を払う人は皆無に近い――過去と未来の中間にあるグレイゾーン、かつての呼びかたで〝最新情勢〟ともなれば、なおさらだ。ジャーナリストはいまも情報を集め、時を超えてそれをまき散らしているが、かれらがいまやっている仕事が、前〈ハザード・マシン〉時代――生放送や最新の特報が、つかの間であっても真に重要な意味をもっていた時代――とはまったくの別ものであることは、疑いの余地がなかった。その職業自体は完全に絶滅したわけではない。現在は無関心と好奇心とが一種の平衡状態に達したかのような状態で、もし未来から流れてくる情報が少しでも減れば、ニュースを集めて過去へ送りかえすために、より大きな努力が払われる〝ことになる〟。力動説や、それ自身の矛盾によって消滅する仮説上の改変世界の存在を示唆するようなそうした議論に、どれほどの根拠があるかは知らないが、現にバランスがとれていることはまちがいない。ぼくたちはぴったり適量の知識を知らされているので、それ以上を望まずにいる。

二〇七九年七月八日、中国軍がカシミール地方に、〝地域の安定化をはかる〟ために――

じっさいにおこなわれたのは、国境線の中国側へ侵入などしていない分離主義者たちへの供給線を一掃することだった——侵攻したとき、ぼくはそのことを深く考えたりはしなかった。国連がこの紛争を非凡なあざやかさで解決すると、知っていたからだ。歴史学者たちは、国連事務総長がこの危機を外交的手段で解決したことを何十年も前から賞賛しつづけていて、保守的なノーベル賞委員会としては異例の措置だが、彼女は受賞をもたらす業績の三年前にノーベル平和賞を授与されていた。細部の記憶が不完全だったので、ぼくは《世界年鑑》を呼びだした。中国軍は八月三日には撤退を完了するはずだ。死傷する中国兵は皆無に近い。裏づけがとれてほっとしたぼくは、自分の人生に戻った。

最初に噂を教えてくれたのは、無数の地下ネットに耽溺しているプライアだった。コンピュータ中毒者たちのゴシップや悪口を読むのは無害きわまる娯楽だが、ぼくはいつも、ネットに書きこむ連中が、自分たちはグローバル・ビレッジに〝接続（ワイアード）〟されていて、地球の鼓動を指で感じているのだと自負しているのを見て、笑っていた。過去と未来をじっくりと検分できる時代に、だれが現在という瞬間に結線される必要があるだろう？　時の試練に耐えたできごとについて、誇張のない、考え抜かれた説明を読むのと、最新のできごとについての証拠もない空騒ぎと、どちらがましだろう？

だから、まじめくさったプライアに、カシミールで全面戦争が勃発し、人々が何万人単位で虐殺されているときかされたとき、ぼくは、「知ってるよ。そしてモーラ国連事務総長は、大量虐殺に対してノーベル賞をもらったのさ」

プライアは肩をすくめた。「おまえ、ヘンリー・キッシンジャーって男のことを知らないだろ？」

ぼくは知らないと認めざるをえなかった。

ぼくがそのけしからぬ噂をリサの前でもちだしたのは、いっしょに笑ってくれると信じこんでいたからだ。リサは寝返りを打ってぼくに顔をむけると、「その人のいうとおりよ」その餌に食いつくべきかどうか、判断できなかった。風変わりなユーモア感覚をもつリサのことだから、ぼくをからかっているのかもしれない。ようやくぼくはいった。「そんなはずはないよ。たしかめてみたんだ。どの歴史の記録を見ても――」

リサは心底驚いた顔になり、それは哀れみの表情に変わっていった。リサはぼくをまるでたいした人間だとは見ていなかったが、ここまで世間知らずだとは思ってもみなかったのだろう。

「〝歴史〟はつねに勝者が書いてきたのよ、ジェイムズ。未来にそれが変わる理由なんてある？　わたしのいうことを信じなさい。カシミールでは戦争が起きてるの」

「なぜきみが知ってるんだ？」馬鹿な質問だった。リサが仕えている議員はすべての外交問題委員会に名を連ねていて、次に所属政党が政権を握るときには、外務大臣になるのだ。仮にこの議員が、現在の地位では情報部とのパイプをもっていないとしても、将来はもつことになる。

リサはいった。「もちろんわが国はカシミールに資金援助してるわ。ヨーロッパや日本、合衆国と歩調をあわせてね。香港大暴動後の通商停止のおかげで、中国は戦闘用ドローンをもってない。中国軍は、時代遅れの武装をした人間の兵士を、最新鋭のベトナム産ロボットに立ちむかわせてるの。四十万の中国兵と、十万の民間人が死ぬことになる——一方、連合軍兵士はベルリンで、椅子にすわって唯我論的ビデオゲームをプレイしてるだけ」

心が麻痺し、信じられない気分で、ぼくはリサのむこうに広がる闇を見つめた。「なぜだ？　事態が解決されて、危機は期日までに回避されるはずだったんじゃないのか？」

リサは顔をしかめた。「どうやって？　戦争を〝押しのけられた〟といいだす気？　起こるとわかってれば、回避できる、ってやつ？」

「いや、でも……もし、だれもが真相を知れば、もし、これが隠蔽されてなかったら——」

「そしたらなに？　もし人々が、戦争が起こると知ってたなら、それは起こらなかっただろう、って？　大人になってよ。戦争は起こっているの、そしてまだつづくの。いうべきことはそれしかないわ」

ぼくはベッドを出て帰りじたくをはじめたが、帰宅を急ぐ理由はなかった。アリスンは、リサとのことをすべて知っている。どうもアリスンは子どものころから、夫が人間の屑だとわかるのを知っていたらしい。

五十万人もが虐殺された。それは運命でもなければ、必然でもない。神のおぼしめしや、歴史の力が、ぼくたちの罪を赦してくれることもない。原因は、ぼくたちという存在に——

ぼくたちがこれまでにつき、これからもつきつづけることになる嘘に——ある。五十万の人々は、ぼくたちの日記の行間で虐殺されたのだ。

ぼくはカーペットに嘔吐して、めまいによろめきながら、それを始末した。リサは悲しげにぼくを見ていた。

「もう戻っては来ないのね？」

ぼくは力なく笑った。「ぼくにわかるわけがないだろ」

「来ないわ」

「きみは日記をつけてないんだと思ってた」

「つけてないわ」

そのときぼくはようやく、その理由を理解した。

ぼくが端末の電源をいれると、アリスンが目をさまして、眠たげだが、悪意はこもっていない声で、「急がなくてもいいでしょ、ジェイムズ。今夜、十二歳のとき以来はじめてオナニーしたなら、朝になっても全部覚えているにちがいないんだから」

ぼくはとりあわなかった。しばらくすると、アリスンはベッドから出てきて、ぼくの肩ごしに画面をのぞきこんだ。

「これはほんとうのこと？」

ぼくはうなずいた。

「昔から知っていたわけ？　これが送信されてきたの？」

ぼくは肩をすくめると、『チェック』を押した。画面にメッセージボックスがあらわれた。

『入力：九十五語／エラー：九十五語』

ぼくはすわったまま、この判定を長いこと見つめていた。ぼくはなにを考えているんだ？自分に歴史を変える力があるとでもいうのか？　ぼくの無力な憤慨が、戦争を〝押しのけられる？　周囲の現実が崩壊して、別の――よりよい――世界がとってかわる？

ありえない。歴史は、過去のも未来のも決定済みで、ぼくにはそれを形作る方程式の一部分にならずにいることはできない――だが、嘘の一部分になる必要もないのだ。

ぼくは『保存』を押して、その九十五語をチップに書きこんだ。もうとり消せない。

（ほかの選択肢がなかったことを、ぼくは確信している）

ぼくが日記に書きこみをしたのは、それが最後だった――これは推測にすぎないが、ぼくの死後の送信時にその書きこみを除去するのと同じコンピュータが、書かれざる空白をぼくのかわりに埋めるのだろう。子どもが読むのに適した、人畜無害な人生を外挿（エクストラポレート）して。

ぼくは不規則にネットに不法侵入して、なにを信じたらいいかほとんどわからないまま、相反する噂全般をきいている。ぼくは妻を捨て、仕事を捨て、ぼくの薔薇色の、そして架空の未来と完全にたもとをわかった。ぼくにはなにひとつ確実なことがなくなった。ぼくは自分がいつ死ぬかも知らない。だれを愛するかも知らない。世界のむかっている先がユートピアなのかハルマゲドンなのかも知らない。

だが、ぼくはつねに注意をおこたらずにいて、自分が集めた価値あるわずかな情報すべてを、ネットにフィードバックしている。ネットにも不正と歪曲は当然ある。けれど、ぼくはこの百万の矛盾する声が作る雑音にひたっていたい――〈ハザード・マシン〉の制御者たち、あの大量虐殺の歴史の作者たちが生みだす、洗練されたもっともらしい嘘の中で溺死するよりは。

ときどき、歴史の作者たちの干渉がなかったら、ぼくはどんな違う人生を歩んでいただろう、と考える――だが、そんな問いかけは無意味だった。違う人生などというものは、まったくありえないのだから。だれもが操られている。だれもがそれぞれの時代の産物だ。逆もまたしかり。

不変の未来がどんな姿をしていようとも、ぼくは確信していることがひとつある――いまなおぼくという存在が、未来をつねに決定してきて、そしてこれからもつねに決定していく要素の一部であることだ。

ぼくには、これ以上の大きな自由を望むことはできない。

そして、これ以上の大きな責任も。

誘拐

A Kidnapping

通常、わたしへの映話は、まず精巧なオフィス・ソフトウェアが応対するのだが、その映話は予告なしに表示された。わたしのデスクのむかい側にかかる高さ七メートルのスクリーンから、それまで見ていた作品――クライジグ作のめくるめく抽象アニメーション、『スペクトル濃度』――がいきなり消えて、かわりに特徴のない若い男の顔が映ったのだ。見たとたん、その顔は顔面像、つまりシミュレーションだと思った。顔の造作はどこをとっても、ほんものらしくないところも、それどころか別に異様なところもないのだが――やわらかそうな茶色の髪、薄青の目、細い鼻、角張った顎――顔全体は、つりあいがとれすぎ、欠点がなさすぎ、個性に欠けすぎていて、ほんものとは思えない。画面の背景では、明るい色をした模造セラミックの六角形のタイルが、壁紙の上をふわふわ漂っている――この死ぬほど退屈なレトロ幾何学主義の映像と対照させることで、顔を自然なものに見せようという魂胆にちがいなかった。わたしはそうした判断を一瞬でくだしていた。画廊の床から天井まで拡大され、わたしの身長の四倍近い高さがあるその映像は、ことこまかな観察に容赦なくさらされることになる。

〝若い男〟が口をひらいた。「われわれはおまえの妻をあずかっている／五十万ドルをこの／口座に振りこめ／妻をひどい目に／あわせたくなければ」

わたしの耳には、相手がそういうふうにしゃべったようにしかきこえなかった。単語ひとつひとつを明瞭に発音する不自然な話しかたのせいで、全体の印象は、究極のヒップ・パフォーマンス・アーティストがひどい詩を読んでいるかのようだった——作品名、『身代金要求』、というところ。マスクがしゃべっているあいだ、十六桁の口座番号が画面の底辺で明滅していた。

「こんないたずらはやめろ！　面白くもなんともないぞ」

マスクが消え、かわりにロレインがあらわれた。髪は乱れ、顔はほてって、たったいままでだれかと揉みあってでもいたようだが——混乱しているようすも、ヒステリックになっているようすもなかった。きっちりと自制を保っている。わたしの視線はスクリーンに釘づけになった。部屋が揺れているように感じられ、両腕と胸に汗が噴きだし、嘘のようだが数秒後には体に細い流れができていた。

ロレインがいった。「デイヴィッド、きいてちょうだい。あたしはだいじょうぶ、怪我はしてないけど、でも——」

そこで映話は切れた。

しばらくのあいだ、わたしは惚けたように、汗まみれで、なにもできずに椅子にすわっていた。めまいがして、表情ひとつ変えられない気分。それからオフィスにむかって、「いまの映話を再生しろ」

否定的な返事——「本日は一件の映話もおとりつぎしておりません」——を予期していたのだが、まちがっていた。すべての会話が繰りかえされた。

『われわれはおまえの妻をあずかっている……』

『こんないたずらはやめろ……』

『デイヴィッド、きいてちょうだい……』

オフィスに命じる。「家にかけてくれ」

なぜそんなことをしたか、自分でもわからない。自分がなにを信じ、なにを望んでいたかも。それはまずなにより、反射的な行動だった——高いところから落ちるとき、絶対にそこまでは手が届かないとはっきりわかっていてさえ、なにか固定されているものをつかもうとして手をふりまわすのと似ている。

デスクを前に、呼びだし音をききながら考える。（わたしはともかくこの状況にうまく対処しなくては。そうすれば、ロレインはきっと無事に帰ってくる——金を払えば、すべては解決するんだ。一歩ずつ進めていけばいい。すべては厳然と解決にむかっていくだろう——たとえ途中の一秒一秒のあいだに、越えられない溝が横たわっているように思えても）

七回目のチャイムが鳴ったとき、わたしは数日間一睡もせずに、このデスクを前にすわっていたような気分になった。感覚がなく、頭がぼんやりして、現実感を失って。

そのとき、ロレインが映話に出た。ロレインのうしろにはアトリエがあって、見慣れた木炭スケッチの数々が壁にかかっている。ロレインは口をひらいたが、声が出てこない。ロレインの表情は、軽いいらだちから不安へと変わった。「デイヴィッド？　だいじょうぶ？　心臓発作でも起こしたみたいな顔よ」

数秒間、わたしは返事ができなかった。あるレベルでは、わたしはとにかくほっとしていた――そして、こうもかんたんにだまされたことで、早くも少しばかり自分をおろかに感じていた。だが同時に、自分がじっと息を凝らしているのにも気づいていた……再度事態がひっくり返らないとはかぎらない。

（オフィスの映話システムが不正に突破されたのに、この映話が自宅にかかっていると確信していいのか？　誘拐犯に囚われたロレインの映像が、隅から隅まで実物に思えたのに――無事にアトリエにいるロレインの姿を、ほんものだと思う根拠はなんだ？　いまスクリーンに映っている女が、いつ芝居をやめて、冷淡にあの言葉を繰りかえしはじめても、不思議はないのだ――『われわれはおまえの妻をあずかっている……』）

そんなことは起こらなかった。わたしはわれに返ると、ほんもののロレインに、いまのできごとを話してきかせた。

少し時間を置いて考えると、当然ながらすべては明白で、自分が馬鹿に思えた。わざと不自然に作ったマスクのあと、細部までほんものらしい映像を見せれば、その対比で、わたしは自分の目を疑わなくなるという寸法だ。これは、見るからにシミュレーションだ（と、うぬぼれた専門家は一瞬で見破る）……だから（千倍もリアルな）こっちは実物だ、というわけ。幼稚な小細工だが、それはうまくいった――たいした時間ではないが、わたしを動揺させるにはじゅうぶん長いあいだ。

だが、手口があきらかになっても、動機はあいまいなままだった。どこかの変人が仕掛けたジョークか？　だが、準備にはたいへんな手間がかかっただろうに、その見返りといえば、わたしに六十秒間、恐怖で冷や汗をかかせるという、結果をたしかめようがないスリルを味わうのがせいぜいだろう。だが、本気で金を脅しとる気だったなら……うまくいくはずがないではないか？　犯人たちは、わたしが間髪をいれずに金を振りこむと考えたのだろうか――ショックからしだいに回復し、ロレインの映像だけでは、それがどれほど迫真的でも、なんの証拠にもならない、とさえ気づかないうちに？　もしそうなら、犯人たちは映話を切ったりせず、いまにもロレインに危害を加えかねないようなことをいいつづけ、わたしをどんどん追いつめて――不審を感じる間も、なにかをたしかめるチャンスも、わたしにあたえなかっただろう。

どちらの仮定も、すじが通らない。

わたしはロレインに、映話を再生してみせた――が、妻はそれほど深刻にはうけとらなかったようだ。

「高度なテクノロジーを使っていたって、いたずら映話はただのいたずら映話よ。兄が十歳のとき、勇気の証明だとかいって、でたらめに電話をかけては、本人は女の人のつもりなんだけど、笑っちゃうようなかん高い作り声で……電話がつながると、相手もたしかめずに、輪姦されかかってると叫んでたことがあるわ。いうまでもなく、あたしはそれを見て、悪趣味にすぎるし、なんて子どもっぽいと——八歳のあたしがよ——思ったけど、兄さんの友だちは、みんなでそのまわりにしゃがんで、下をむいて笑ってたわ。三十年後に同じことをすると、こうなるわけ」

「ほんとうにそう思うのか？　十歳の少年が、二万ドルのビデオ・シンセサイザーをもっているなんてことは——」

「ありえない？　中には、もってる子もいるわよ。四十歳の男性にも、同じような洗練されたユーモア感覚をもつ人はたくさんいると思うけど」

「そうだな。四十歳のサイコパスが、きみの顔かたちを正確に知っていて、わたしたちの家を知っていて、わたしの職場を知っていて……」

ふたりでその問題を二十分近くも話しあったが、映話の目的も、それにどう対処したらいいかも、同意に達しなかった。ロレインが見るからに仕事に戻りたくていらいらしてきたので、わたしはしぶしぶ、話を終わらせた。

だが、わたしはひどいありさまだった。午後はなにも手につくまいと思い、画廊を閉めて、帰宅することにした。

オフィスを出る前に、警察に映話した——ロレインの希望には反するが、妻はこうもいっていた。「映話をうけたのはあなたで、あたしじゃない。あなたが本気で自分と警察の時間を無駄にしたいなら、止めたりしないわ」

警察への映話は通信犯罪課のニコルスン刑事にまわされ、わたしはその男に録画を見せた。ニコルスンはていねいに対応してくれたが、現状では自分にできることはない、とはっきりいった。その話によると、犯罪行為がおこなわれたのは事実だが——そして、たとえいたずらがあっという間に発覚したにせよ、身代金の要求は重大事件だが——犯人を突きとめるのは、事実上不可能だという。仮に、表示された口座番号がほんとうに映話をかけた人間のものでも、番号の頭の数字からすると、それは軌道銀行のものだから、口座の契約者名を明かすことは拒否されるだろう。わたしには映話会社に、今後の映話の逆探知を試みさせるようにもできる。だが、もし信号が軌道国家を経由しているとしたら——それはほぼ確実だった——そこから先はたどりようがない。衛星経由の金銭やデータの交換を禁止する国際条約は、十年前に起草されていたが、批准されないままだった。あきらかにどこの国も、準合法的な軌道経済に接続されていることの利点を、手放せる状況ではないのだ。

ニコルスンに、思いあたる敵はいないかときかれたが、わたしはだれひとり名前をあげる気になれなかった。わたしは何年にもわたって、商売上の争いごとをいくつも経験し、それはさまざまな程度の憎しみを生んできた。その争いごとの大半はわたしからのあつかわれかたに不満で、作品をよそへもっていった芸術家たちとのものだ。だが、その中に、復讐としてこんな悪意に満ちた——けれど、突きつめればくだらない——行為にエネルギーを浪費する者がいるとは、嘘偽りなく考えられなかった。

ニコルスン刑事は、最後にもうひとつ質問をした。「奥さんはスキャンをうけたことがありますか？」

わたしは笑いながら、「まさか。ロレインはコンピュータが大きらいなんだ。費用が千分の一になっても、世界じゅうで最後までスキャンをうけずに残るのは、妻だろう」

「なるほど。さて、ご協力に感謝します。もしなにか起きたら、迷わずすぐに連絡をください」

映話が切れてから、わたしは遅ればせながら、質問を思いついた。「もし、ロレインがスキャンをうけて
いないとしたら、どうだというんだ？　それがこの件とどう関係する？　ハッカーが個人のスキャン・ファイルに侵入しはじめたとでもいうのか？」

その思いつきには不安を感じるが……たとえそれが事実だとしても、いたずら映話とはなんの関係もない。そんな都合のいい、コンピュータ化されたロレインの人相書きが存在しない以上、犯人たちがどんなにこまかく妻の見た目を再現したにせよ、そのデータはまったく別の手段で入手したものなのだ。

わたしは家までマニュアル・オーバーライドで運転し、五つの違う場所で制限速度を——わずかに——超え、ダッシュボードの表示に罰金が加算されていくのを見守り、ついに車が

宣告した。「あと一回の違反で、免許停止です」

ガレージからアトリエへ直行する。ロレインは、当然ながら、そこにいた。わたしは入口で立ち止まって、スケッチに没頭する妻を黙って見つめた。なにを描いているかは見えないが、こんども木炭を使っている。その時代錯誤な手法をからかったことがあった。

「どうしてきみは、欠点のある伝統的な画材をそこまで尊重するんだ？　過去の芸術家には、ほかに選択の余地がなくてやむをえなかったにしても――事情が変わらないふりをしつづけてなんになる？　紙に木炭で、あるいはキャンバスに油絵の具で描くのがそんなにすばらしいことなら、そのすばらしさの粋というやつを仮想芸術ソフトウェアに記述すれば――すばらしさ二倍の自分専用の仮想画材を生成できるのに」

ロレインの返事は、これだけだった。「これがあたしのやりかた、これがあたしは好き、これがあたしのなじんできたもの。だからって、なにも悪いことはないでしょ？」

仕事の邪魔はしたくなかったが、立ち去る気にもなれなかった。わたしがいることに気づいているとしても、ロレインはそんなそぶりは見せなかった。わたしはそこに立ったまま、心の中でいった。

（心底きみを愛しているよ。心底きみを賞賛している。どんなときでも冷静なきみ――）

そこで、わたしは自問した。どんなときでも、だと？　誘拐犯にカメラの前に突きだされているときでも、といいたいのか？　そんなことは、ほんとうには起きなかったのだ。

それはたしかだが……わたしはロレインをよく知っていた――そしてわたしには、もしほんとうにそんなことが起きても、妻がとり乱したりせず、自制を保つだろうことがわかった。そのときわたしは、そんなロレインの勇気と冷静さを賞賛するだろう——妻の長所を再認識させられるのが、そんな異様な状況下でのことだったとしても。

立ち去りかけたわたしに、ロレインが声をかけた。「そこにいてもいいのよ。見られても、気にならないから」

わたしは散らかった部屋の中に、数歩進んだ。さっきまでいた画廊の、洞窟のようながらんとした空間に比べると、そこはまさにわが家だった。

「なにを描いているんだい?」

ロレインはイーゼルの脇に寄った。スケッチは完成目前だった。ひとりの女性が、こぶしを口もとにあて、絵を見る者を真正面から見つめかえしている。女は不安を感じつつ魅了されているといった表情で、まるで催眠的な力で引きつけて放さない——だが、ひどく心騒がせるなにかを見ているようだ。

わたしは眉をひそめた。「これはきみだな? 自画像なのか?」類似点を見つけるのにしばらくかかり、そのときも、確信はもてなかった。

だが、ロレインの答えは、「そう、あたし」

「きみがなにを見ているのか、きいてもいいかな?」

ロレインは肩をすくめて、「なんともいいがたいわ。制作中の作品かしら? もしかすると これは、自画像を描いてるところを見られた芸術家の肖像画なのかもね」

「それなら、カメラとフラットスクリーンを使って作業をしてみるべきだよ。きみの合成映像を作りだすように、様式化ソフトウェアをプログラムする――その結果を見て、反応しているきみ自身が作品になるわけさ」

ロレインは面白がるように首をふった。「どうしてそんな手間をかけるの？　額に鏡をいれておけば、済むでしょう？」

「鏡だって？　客は、芸術家が秘密を暴かれたところが見たいんだ。自分を見たいわけじゃない」

散らかった床を縫ってロレインに近づいて、キスをしたが、お返しのキスはなかった。わたしは心をこめていった。「きみが無事でほっとした」

ロレインは笑い声をあげた。「あたしもよ。心配しないで――だれにも誘拐されないようにするわ。こんどの一件で、身代金を払う間もなく、あなたが心臓発作を起こすかもしれないってわかったから」

ロレインの唇に人差し指をあてる。「冗談ごとじゃないんだぞ。わたしは震えあがったんだ――考えてみろ。わたしには、犯人がなにをする気かわからなかったんだから。きみが拷問されるかもしれないと思ったんだ」

「どうやって？　ヴードゥーの呪いで？」ロレインはわたしの両腕から抜けだして、作業台のところへ歩いていった。その奥の壁はスケッチで埋まっている――〝精神衛生上の理由〟で飾ったままにしてある〝失敗作〟だそうだ。

ロレインは作業台からペーパーナイフを手にとって、その絵のひとつに×印を刻んだ――ロレインの昔の自画像で、わたしがとても気にいっていた絵のひとつだ。そしてわたしのほうをむくと、わざとらしく驚いたような声でいった。「あら、痛くもなんともないわ」

わたしはいたずら映話の件を話題にするのを、夜ふけ前までがまんできた。妻とふたり、居間の暖炉の前で体を寄せあっていた――ベッドに移動してもいいが、この心地よい場所から動く気がしない（家へのかんたんな命令で、ここと まったく同じ炉辺の温もりを、家じゅうどこででも再現できるのだが）。

「心配なのは」と結局わたしは話を切りだした。「カメラをもっただれかが、きみをつけまわしていたはずだということだ――きみの顔や、声や、癖(マンネリズム)を記録できるほど長いあいだ……」

ロレインは顔をしかめた。「あたしのなんですって？　あの映像は、文章まるごとひとつ、しゃべってないのよ。それに犯人たちには、あたしを四六時中つけまわす必要なんてなかった――たぶん、あたしのかけた映話をいちど傍受して、すべてをそこから作ったんだわ。犯人は、あなたのオフィスの防衛線をまっすぐ突破して、映話をかけてきたんでしょ？　きっと、退屈したハッカー集団なのよ――もしかして、地球の裏側に住んでいても不思議はないわ」

「あるいはね。だが、犯人が傍受した映話はいちどじゃない――数十回だ。方法はともかく、大量のデータを集めたのはまちがいない。シミュレーション肖像作家たちにきいた話では、対象者を何時間も撮影して、やっと十秒か二十秒の動きができるそうだ――しかも、本人をよく知っている人をだますのは、いまだに楽ではないという。わかっているよ、わたしがもっと疑い深く映像を見ていれば、違いがわかったはずだというんだろう……だが、わたしは疑わなかった。なぜだ？　映像が、あまりにほんものらしかったからだ。映像が、わたしの思い描くきみそのものだったからで――」

わたしの両腕にだかれたまま、ロレインはじれったそうにもぞもぞした。「あれはあたしと全然似てない。メロドラマみたいっていうか、コンピュータに演技過剰を覚えさせたっていうか――犯人もそれをわかってたから、あんなに短く切りあげたんだわ」

わたしはかぶりをふった。「自分が物真似されているのを見て、似ているかどうかを判断することはだれにもできない。だから、これからわたしのいうことを信じてくれ。たしかに、ほんの数秒間だったとはいえ――誓っていうが、犯人はあの映像に、きみそっくりの物真似をさせていたんだよ」

話が真夜中をはるかにすぎるまで長びくにつれ、ロレインが主張を一歩もゆずらないのに対して、わたしは、自分たちの生活をより安全にするために具体的に打てる手だてがもうなにもないことを、認めるほかなくなっていた――いたずら映話の犯人が、次に肉体的な危害を加えようとたくらんでいるにせよ、いないにせよ。この家には、すでに最新最高のセキュリティ・ハードウェアが組みこまれているし、ロレインもわたしも、無線警報ビーコンを外科手術で埋めこまれている。武装した護衛を雇うという案には、わたしでも腰が引けた。もう一点、認めるほかなかったのは、本気で誘拐を実行しようという連中が、自分たちの意図をわたしたちに警告するハメになるのに、いたずら映話をかけてくるはずがない、ということだ。

しまいに、疲れ果てたわたしは（夜明けまで議論しつづけるのでなければ、その時点で結論を出すほかはない、というふうを装って）抵抗をやめた。もしかすると、わたしが過剰反応しているだけなのかもしれない。もしかするとわたしは、だまされたことで憤慨しているだけなのかもしれない。もしかすると、すべてはただのいたずらなのかもしれない。どんなに不愉快でも。どんなに高度な技術が使われていても。どんなに釈然としなくても。

ベッドに倒れこむと、ロレインはほとんど一瞬で眠りに落ちたが、わたしは数時間目ざめていた。ようやく、映話自体のことで頭がいっぱい、という状態ではなくなっていたが――その件を心から追いだすと、かわりに別の気になることがそこへ浮かびあがってきた。

ニコルスン刑事に話したとおり、ロレインはいちどもスキャンをうけたことがない。だが、わたしはある。高解像度撮影技術を用いて、細胞レベルにいたる詳細なわたしの体のマップが生成されていた。そのマップには、まずなによりも、わたしの脳内のありとあらゆるニューロン、ありとあらゆるシナプス接続の描写が含まれている。わたしは金を出して、一種の不死を手にしていた。わたしの身に万が一のことがあれば、かならずスキャン・ファイル上のわたしの体の最新スナップショットが、〈コピー〉――仮想現実に埋めこまれた、非常に精巧なコンピュータ・モデル――として復活させられるのだ。そのモデルは、最低でも、わたしと同じにふるまい、考え、記憶と信念と目標と欲求のすべてをわたしと共有することになる。いまのところ、そうしたモデルは現実時間より遅くしか走れないし、かれらが動きまわれる仮想環境も限定されているし、〈コピー〉が物質世界と相互作用することを可能にするテレプレゼンス・ロボットも、ぎくしゃくと冗談めいた動きしかできないが……そうしたことに関わるテクノロジーのすべてが、急速に進歩していた。

すでにわたしの母は、《コニー・アイランド》（ニューヨーク市の有名な遊園地）の名で知られるスーパー・コンピュータの中で、復活させられていた。父が亡くなったのは、この技術の実用化以前だった。ロレインの両親はともに健在で――スキャンをうけていない。

わたしは二度スキャンをうけ、新しいほうは三年前だった。とっくに更新しているべきなのだが――それは自分に死後の未来が存在することを、もういちど真正面から見据えることを意味する。ロレインは決してわたしの選択をとがめたりしなかったし、仮想のわたしが復活させられることを考えても、まったく気にならないらしい――ただし、この点でわたしと行動をともにする気がないことは、明言していた。

その議論はあきるほど繰りかえしていたので、本人を起こすまでもなく、わたしは頭の中で一部始終を再現できた。

ロレイン――「自分が死んだあとで、コンピュータに物真似(イミテーション)されるのはごめんだわ。それでこのあたしに、なんの得があるっていうの？」

デイヴィッド――「物真似を悪くいっちゃいけないよ――だいたい、生命からして物真似でなりたっているんだから。きみの体内の器官という器官は、絶え間なくそれ自身の姿にあわせて作りなおされている。細胞分裂というのは、細胞が死んで、自分をそっくりの偽者と置き換えることだ。いまのきみの体には、生まれたときにもっていた原子は一個も含まれてない――じゃあ、きみがきみであることの根拠(アイデンティティ)はなんだい？　それは情報のパターンであって、物理的ななにかではないのさ。そして、きみの体にそれ自身の物真似をさせておくかわりに、コンピュータにきみの体の物真似をさせはじめたとしたら、唯一意味のある違いは、コンピュータのほうがはるかにまちがいをおかさないということだ」

ロレイン――「あなたがそう信じてるなら……それでいいわ。でも、あたしはそうは考えないの。たしかに、あたしもほかの人と同じくらいに死ぬのがこわいけど――スキャンをうけたところで、気が楽になったりはしないと思う。不死になったような気はしないだろうし、なんのなぐさめにもならないと思うわ。なら、なぜスキャンをうけなくちゃならないの？　ひとつでも納得のいく理由をきかせて」

その問いに対するわたしの答えは、決して口にされることはないだろう（いまのように、人に知られることのない想像の中でさえ）。――「なぜなら、わたしがきみを失いたくないからだ。わたしのためにスキャンをうけてくれ」

翌日の午前中は、大手保険会社のために美術品を手配している女性との取引でつぶれた。その会社は、現実と仮想両方の、数百のロビーやエレベータや会議室の装飾を変更したがっていた。わたしはなんの手間もなく、才能にふさわしい尊敬を集めている若い天才たちの手になる、注文に見あった品位をもつ電子壁紙を、その女性に売りつけた。

名をあげたい芸術家の中には、自分の作品の低解像度のラフスケッチをネットワーク画廊に置いて、それをだれかが、あきれるほど未完成なバージョンと、実物を買う必要がないほど満足を味わわせてくれるバージョンの中間物だと思ってくれないかと、ムシのいいことを考える者もいる。だが、完成品を見ないまま芸術作品に金を払う人はいない――同時に、ネットワーク画廊では、見ること、即、所有することだ。

だから、しっかり経営された、現実世界の画廊が、いまも最高の解決策なのだった。わたしの画廊の客はひとり残らず、マイクロカメラや視覚野傍受器をもっていないかスクリーニングされる。だれもが金を払わずには、感銘以上のものを手にいれて建物を出ることは、できない。もし法が認めるなら、わたしは客から血液サンプルをとって、遺伝子から直観像的記憶力の持ち主と判断される人の入場を断わるだろう。

午後は、いつものように、もちこみをしてきた野心家たちの作品を査定した。きのう中断されたクライジグの作品を最後まで見てから、それより質の低い大量のもちこみ作品の山をふるいわける作業にとりかかる。わたしの得意先各社がその作品を喜ぶか喜ばないかを判断するプロセスは、知的にも感情的にも労力を要さない。この仕事に就いて二十年、それは純粋に機械的な作業になっていた。その時間の大半は、ベルトコンベヤーの前に立ってナットとボルトを仕わける程度にしか、頭を使わなくてすむ。わたしの美的判断力が鈍っているわけではない——より繊細に研ぎ澄まされるほうへの変化はあったかもしれないが。そうではなく、例外中の例外的作品だけが、わたしの中に、先を読む力に長け、絶対確実に正確な、売り物になるかどうかの判断以上のものを呼びさますのだ。

〝誘拐犯〟の映像がふたたびスクリーンに侵入してきたとき、わたしは驚かなかった。むしろその瞬間、自分が午後になってからずっと、このときが来るのを待っていたことに気づいた。あとにつづく不愉快なできごとを予期して緊張をつのらせ、だが同時に、犯人の真の動機を知る機会が来たのを喜んでいたことは、否定できない事実だ。二度とだまされようがない以上、なにもおそれるものはない。ロレインが無事だと知っているわたしは、第三者的な気分で映話を見て、ことの真相の手がかりをひろいだすことに専念できるはずだった。

顔面像がいった。「われわれはおまえの妻をあずかっている／五十万ドルをこの／口座に振りこめ／妻をひどい目に／あわせたくなければ」

前回同様、ロレインの合成映像があらわれた。わたしは落ちつかない気分で笑った。(この犯人たちは、わたしがこんなものを信じると思っているのか?)

わたしは冷静に映像を検分した。わたしの見るところ、〝彼女〟のうしろの薄汚い〝部屋〟は、塗装しなおさなければどうしようもなかった——これまた最初に出てきたマスクの背景とは対照的な、手のかかる〝現実的な〟仕上げのひとつだ。今回の〝彼女〟は、だれかと争った直後ではないようだ。そして、〝彼女〟が物理的に虐待された形跡も見られない（〝彼女〟は体を洗う機会さえあたえられたようだ）。けれど、〝彼女〟の表情には心細さがあらわれていた――〝彼女〟の顔に浮かぶ抑制されたパニックのかすかな徴候は、前回はなかったものだ。

そのとき、〝彼女〟がカメラを真正面から見据えて、口をひらいた。「ディヴィッドね？こっちからはあなたの姿を見せてもらえないの――でも、あなたがそこにいるのはわかるわ。あたしを助けるために、全力をあげてるにちがいないことも、わかってる――でも、急いでちょうだい。お願いよ、できるかぎり早く、この人たちにお金を払って」

傍観者然としたわたしの虚勢は、一瞬で吹きとんでしまった。それが単なる精巧なコンピュータ・アニメーション映像であることは、重々承知だ――だが、それがこんなふうにわたしに〝嘆願する〟のをきいていると、前回の映話をほんもののロレインだと思っていたときと同じくらいに、心狂おしくさせられた。その顔はロレインのように見えたし、その声はロレインのようにきこえた。言葉や身ぶりのひとつひとつが、ほんものに思えた。わたしには、自分が愛している人が命乞いをしている光景を見て起こる反応を、頭の中のスイッチを切って、消し去ることはできなかった。

わたしは手で顔を覆って、叫んだ。「このいかれた糞野郎ども！　おまえらはオナニーがわりにこんなことをしているんだろう。これをやめさせるために、金を払うとでも思ったか？　残念だが、おまえらが侵入不能なように回線を修理して、それで終わりだ。だから、いままでどおり双方向殺人実演ポルノ映画(スナッフムービー)でも見て、自分の死体とファックしてろ」

答えはなかった。スクリーンに目を戻したとき、映話は切れていた。

わたしは、おもに怒りによる震えがおさまるまで待ってから、なんの意味があるかはともかく、ニコルスン刑事に連絡した。今回の映話の複製を、先方のファイルに送る。ニコルスンは礼をいった。わたしは楽観的に、自分にいいきかせた。犯罪手口のコンピュータ分析には、あらゆる証拠が役に立つ。同じ犯人が、ほかの人を相手に同じ手口の犯行を重ねつづけたら、収集された情報はやがてひとつになって、犯人のプロフィールを描きだすかもしれない。そしていつかは、サイコパス野郎が逮捕されるだろう。

次にわたしは、オフィス・ソフトウェアの供給会社に映話して、昨日からの状況を説明した——いたずら映話の具体的な内容までは明かさずに。

サポート係の女性は診断のための接続許可を求め、わたしはいわれたとおりにした。相手が一、二分姿を消しているあいだ、わたしは考えていた——これは単純な問題で、すぐに修理されるだろう。セキュリティ設定のどこかに、ささいなまちがいがあったのだ。

スクリーン上に戻ってきた女性は、言葉を選ぶようにいった。

「ソフトウェアはどこにも問題がないようです——不正に変更された形跡もありません。無許可のアクセスの形跡もありませんでした。前回、緊急アクセス・パスワードを変更したのはいつですか？」

「ええと。変えていないんだ。システムがインストールされてから、なにひとつ変えたものはない」

「では、パスワードは五年間も同じままだったのですか？　それはあまりお薦めしかねますね」

わたしは後悔しているようにうなずいてから、「だが、だれにもパスワードを見つけだせるはずがない。たとえ、数千回でたらめに言葉を試しても――」

「パスワードの入力を四回連続でまちがえると、当社に通報されます。さらに、声紋チェックもあります。パスワード盗難は、たいてい盗聴によるものなんです」

「だが、ほかにパスワードを知っているのは、妻だけだ。妻はそんなものを使ったこともないだろう」

「ファイルには、ふたつの声紋が認証されています。もうひとつはどなたのものですか？」

「わたしのだ。自宅からオフィス管理システムに連絡する必要が生じた場合に備えて。いちどもそんなことはしていないが――だから、ソフトウェアがインストールされた日以来、パスワードが声に出されたことがあるとは思えん」

「ところで、二度の不正映話のログが残されていますが――」

「それは役に立たん。わたしはすべての映話を記録していて、そのふたつの映話の複製は警察に提出済み――」

「いえ、いま申しあげようとしたのは、別のことです。保安上の理由から、各映話の頭の部分――パスワードがじっさいに口にされるとすれば、そのときです――は、コード化されたかたちで別に保存されています。もしそれをごらんになりたければ、方法をお教えしましょう――ただし、デコードを承認するために、あなたにはご自分でパスワードを口にしていただかなくてはなりません」

サポート係は手順を説明して、接続を終えた。仕事を終えてほっとしているようには、とうてい見えない表情で。当然ながら、この女性は犯人がロレインを模造（イミテート）したことを知らない。だからたぶん、わたしがいたずら映話は妻からかかってきたものだったと〝発見〟することになる、と思っているのだろう。

もちろん、サポート係の女性はまちがっていた――そして、わたしも。

五年も前のささいな事柄を思いだすのは、容易ではない。わたしは三回目でようやく、パスワードを正しく口にできた。

ロレインの偽者をふたたび目にするための心の準備を固めたが、スクリーンは暗いままだった――そして、「ベンヴェヌート」といった声は、わたし自身のものだった。

帰宅すると、ロレインはまだ作業中だったので、わたしは邪魔をしないことにした。書斎にはいって、端末でメールをチェックする。新着のものはなかったが、ひと月ほど前に届いた母からの最新のビデオ葉書の項目が出てくるまで、リストをスクロールさせた。時間速度に差があるため、現実世界の人間と〈コピー〉が面とむかって話をするのは、たいへんな困難をともなう。なので、母とわたしは、こうして録画した独白をたがいに送ることで、連絡を絶やさないようにしていた。

端末に再生を命じる。そのビデオ葉書の最後にあった、うろ覚えのなにかを、もういちどききたかったのだ。

母は《コニー・アイランド》での復活以来、徐々に自分の外見を若返らせていた。いままでは三十歳くらいに見える。母は家にも手を加え、最初は、現実世界で最後に住んでいた家のほぼ完璧なモデルだったものが、しだいしだいに、十八世紀フランスの大邸宅へと変異と拡張を遂げていた——彫刻がほどこされたたくさんの扉、ルイ十五世時代風の椅子、凝った飾りの壁掛け、シャンデリア。

まず母は義理堅く、わたしとロレインの健康や、画廊や、ロレインの作品についてたずねた。つづいて、《アイランド》内部と外界双方の最新政治情勢に関する二、三の辛辣なコメント。母が若々しい外見をしたり、豪奢な環境を設定したりするのを、自己欺瞞とは呼べない。母はいまでは、年寄りではないし、四部屋の集合住宅に住んではいないのだから。有機体としての人生の最後の数年間を模倣する以外に選択肢がないふりをするのは、不合理というものだ。母は、自分が何者で、どこにいるかをこの上なく正確に理解している——そして、それを最大限に利用しようとしているのだ。

再生をはじめたときは、雑談を早送りする気でいたのだが、やめにした。わたしは椅子にすわって、すべての言葉に耳を傾け、この存在しない女性の顔の映像から目を離さずに、この女性に対する自分の感情に説明をつけようとした。自分の共感や、誠実さや、愛の根源を解きほぐそうとしたのだ……とっくに朽ち果てた体から複製した情報のパターンに対する、共感や、誠実さや、愛の根源を。

ようやく、母がこういった。「おまえはいつも、わたしがしあわせかとたずねるね。さびしくはないかと。だれかいい人を見つけたかと」口ごもって、頭をふる。「さみしくはないよ。知ってのとおり、おまえの父さんは、この技術の完成前に死んだ。わたしがあの人をどんなに愛していたかも、知ってのとおりさ。ああ、いまもそれは変わらないよ。いまもあの人を愛している。あの人は死んでいないんだ、わたしが死んでいないように。あの人は、わたしの記憶の中で生きつづけている——それでじゅうぶんなんだ。ほかでもないここで生きていてくれるから、それでじゅうぶんなんだよ」

最初にその言葉をきいたときは、母らしくもない陳腐なことをいうものだと思った。だがいま、わたしは母の力強い言葉の背後にある、ほとんど意図せざるほのめかしを理解したと思った。背すじを寒けが駆け抜ける。

『あの人は、わたしの記憶の中で生きつづけている』

『ほかでもないここで生きていてくれるから、それでじゅうぶんなんだよ』

もちろん、〈コピー〉たちはそれを秘密にしておくだろう。有機体世界は、こんな話をきかされる準備ができていないから——そして、忍耐は〈コピー〉たちの得意とするところだ。

だから、わたしは母の〝いい人〟からビデオ葉書をもらったことがなかったのだ。その人は、わたし〝本人〟が《アイランド》の住人になるまで、何十年でも待つことができる――そのとき、その人は、わたしと〝ふたたび〟会ってくれるだろう。

給仕ワゴンがダイニングルームのテーブルに夕食をのせているとき、ロレインがきいた。

「きょうは、いやらしいハイテクいたずら映話はかかってこなかったの？」

わたしはゆっくりと首を横にふったが、動作が大きすぎた。不倫男の気分――いや、これはもっとひどいものだ。わたしは心乱れていたが、それがどこかにあらわれていたとしても、ロレインは気づいたそぶりを見せなかった。

「ほらね、あれは同じカモを相手に、二度仕掛けられるようないたずらじゃないってことでしょ？」

「そうだな」

ベッドの中で、わたしは息づまるような暗闇をじっと見つめながら、自分がどうしたらいいのか、決断しようとした……疑いなく、誘拐犯はその答えをすでに知っていた――わたしが最後には身代金を払うという確信がなければ、犯人たちはそもそも計画を実行に移しもしなかっただろう。

いまや、すべてにすじが通った。通りすぎるほどに。ロレインのスキャン・ファイルは存在しない――だが犯人たちは、わたしのスキャン・ファイルに侵入したのだ。なんの目的で？　ひとりの男の魂に、なんの使い道がある？　そう、使い道なら、あれこれ考えるまでもなく、魂そのものが教えてくれるのだ。オフィスのパスワードを入手するなどというのは、瑣末なことにすぎない。犯人たちは、わたしのスキャン・ファイルから作った〈コピー〉を数百の仮想シナリオ上で走らせ、そして、自分たちの投資に対して最大の見返りを生む可能性がもっとも高いシナリオを選択したのにちがいなかった。

〈コピー〉としての数百の復活、かれらが現実だと思わされていただろう数百の異なる強請《ゆすり》、かれらが体験した数百の死。それがどうした。そんなことを考えても、あまりに奇怪すぎ、あまりに現実とかけ離れすぎていて、動揺はわいてこない。たぶん、身代金要求がまったく別のかたち――「われわれはおまえの〈コピー〉をあずかっている……」――をとらなかったのは、それが理由なのだろう。

そして、ロレインの偽者がいる。実物の女性の〈コピー〉ですらなく、ロレインについてのわたしの知識と、記憶と、心象から、ただそれだけをもとに作りあげられた彼女に、いったいわたしは、どんな共感や、誠実さや、愛を感じればいいのだろう？

誘拐犯は、記憶を完全には再現できないのかもしれない。この復活の手法は、《アイランド》で発明されたものだ。犯人たちが、じつのところなにを作りだしたのか、なにに〝生命を吹きこんだ〟――仮にそう呼べるとして――のかは、わたしにはわからない。〝彼女〟の言葉や、〝彼女〟の顔の表情や、〝彼女〟の身ぶりを支えているコンピュータ・モデルは、どれほど精巧なのだろう？　そのモデルは――〈コピー〉と同じように――それが演じている感情を味わえるほど、複雑なのだろうか？　それとも、それは単に、わたしの気持ちを揺り動かせる程度の複雑さしかもたないのだろうか？　わたしを操りながら、なにひとつ感じることのない程度の複雑さしか？

どのみち、わたしには知りようのないことだ。だいたい、どう判断すればいいのか？　わたしは、いまの母の〝人間性〟をなんの疑問もなくうけいれている。一方で母も、自分の仮想の脳からとりだされた、スキャンをうけていない復活させられた父について、同じように感じているのだろう——だが、わたしにこの情報のパターンを、わたしが心配すべき人物、わたしの助けが最後の希望である人物だと思わせるものが、なにかあるだろうか？

闇の中、生身のロレインの隣で横になったわたしは、自分の心象から作られたロレインのコンピュータ・シミュレーションが、一カ月以内になにをいうか、想像してみようとした。

模造（イミテーション）ロレイン——「デイヴィッド？　この人たちは、あなたがそこにいて、あたしの声がきこえてるといってるわ。それがほんとなら……ねえ、どうして？　どうしてまだお金を払ってないの？　なにか問題でもあるの？　警察に止められてるとか？　（沈黙）あたしなら平気、がまんしてられる——でも、状況がわからないのよ。（長い沈黙）ひどい目にはあってないわ。食事にはうんざりだけど、死ぬわけじゃない。この人たちが紙をくれたから、スケッチをいくつか完成させたわ……」

たとえ確信できるときが来なくても、たとえ納得することがなくても、わたしは疑問を感じつづけるだろう。（もし、わたしがまちがっているとしたら？　もし、彼女がじつは意識をもっているのだとしたら？　もし彼女が、隅から隅まで、いずれ復活させられたときのわたしと変わりのない人間で――そして、わたしが彼女を裏切り、見捨てていたとしたら？）そんなことには耐えられない。そんな可能性があるというだけで、自分がそんなことをしたかもしれないと考えるだけで、わたしは心が引きちぎられるような思いをするだろう。

　そして、犯人たちは、それを知っていたのだ。

　わたしの財務管理ソフトウェアは、夜どおしかかって投資金を引きあげた。翌朝九時に、わたしは指定の口座に五十万ドルを振りこむと、オフィスにすわって、なにが起こるか待ちうけた。緊急アクセス・パスワードをもとの『ベンヴェヌート』に変えようかとも考えたが、犯人たちがわたしのスキャン・ファイルを意のままにできるなら、難なく新しい選択結果を導きだせるはずだと思いなおした。

　九時十分、誘拐犯の顔面像（マスク）が巨大なスクリーンにあらわれ――例の詩的な抑揚抜きで、そっけなくいった。「同額をもういちど、二年以内に」

　わたしはうなずいた。「わかった」そのときまでには、そのくらいの金額は調達できるだろう。ロレインに知られることなく。確実に。

「おまえが支払いをつづけるかぎり、われわれは彼女を凍結させておく。時間が経過せず、なにも体験せず――なにごとにも苦しまないように」

「感謝する」わたしはためらってから、意を決して口をひらいた。「だが最終的に、わたしが――」

「わたしが復活させられたとき……彼女をわたしのもとに届けてくれるな？」

「もちろんだ」

マスクは寛大な笑みを浮かべた。

「なんだ？」

いずれ模造（イミテーション）ロレインに一切合切を説明するとき、どう切りだしたらいいのかも——彼女が自分の身上を知ったときにどうするかも、わたしにはわからない。《アイランド》での復活は、彼女には地獄としか思えないだろう——だが、わたしにほかのどんな選択肢があるる？　彼女が苦しんでいるのを見せればわたしを思うようにできる、と誘拐犯に信じさせておいて、連中に彼女を凍結させず、彼女が朽ちるにまかせておくか？　それとも、彼女のファイルを買いとって、苦しみから解放し——そして、二度と決して走らせないでおくか？

わたしたちがともに《アイランド》で復活したとき、彼女は自分なりの結論に達し、自分なりの決定をくだすことができる。いまのところ、わたしにできるのは、空をじっと見あげて、彼女が犯人たちのいうとおり、無事に無思考の停止状態でいるのを祈ることだけだ。

いまのところ、わたしには生身のロレインとの人生がある。もちろん、妻には真実を話さなくてはならない——そしてわたしは、その会話の一部始終を、闇の中、ロレインの隣で、毎夜毎夜繰りかえした。

デイヴィッド——「わたしが、彼女のことを心配せずにいられると思うか？　彼女が苦しんだままにしておけると？　わたしがきみを愛する理由のすべてを——文字どおり——もとにして作りあげられた相手を、見捨てられると思うかい?」

ロレイン——「それはイミテーションのイミテーションなのよ? 苦しんでる人も、助けを待ってる人も、どこにもいないの。だれも救う必要はないし、だれかが見捨てられるわけでもないわ」

デイヴィッド——「わたしがどこにもいないって? きみもどこにもいないというのかい? いいかい、わたしたちはおたがいのことを、どうがんばっても、そんなふうにしか知ることができないんだ——イミテーションとして、〈コピー〉としてしか。わたしたちに知ることができるのは、自分の脳の中にいる、おたがいの一部分でしかないんだ」

ロレイン——「あなたはあたしをそんなふうに思ってるのね? 自分の頭の中の幻想だと?」

デイヴィッド——「そうじゃない! だが、それがわたしに知ることのできるきみのすべてだとしたら、それこそが嘘偽りなくわたしの愛しているきみのすべてということになる。わかるだろう?」

すると、驚くべきことに、ロレインはうなずくのである。最後にはわかってくれるのだ。

毎夜毎夜。

そしてわたしは、目を閉じて眠りにつく。安らかに。

放浪者の軌道

Unstable Orbits in the Space of Lies

どこより安心して眠れるのは、フリーウェイの上だ。少なくとも、そのとき周辺の〈吸引子〉の影響力がほぼ平衡している区域の路面でなら。北むきの車線間の消えかけた白線と平行になるよう、細心の注意を払って寝袋を並べさえすれば（こんなことが気になるのは、チャイナタウンから土占い信仰の影響力が――東方の科学的ヒューマニズムの影響力にも、西方の改革派ユダヤ教にも、北方の激烈な反精神的・反知性的快楽主義にも、すっかりかき消されることなく――かすかに届いているせいかもしれない）、あとは安心して目を閉じることができる。そうしておけば確実にマリアもぼくも、ローマ教皇の不謬性やら、ガイアのおぼしめしやら、瞑想によって洞察を導くという妄想やら、税制改革の奇跡的な世直しの力やらを、全身全霊絶対不変に信じこんでいる、などというハメにならずに目ざめることができるからだ。

だから、目がさめるとすでに太陽が地平線を離れ、そしてマリアの姿がないことに気づいたときも、別にあわてはしなかった。いかなる信念も、いかなる世界観も、いかなる思想体系も、いかなる文化も、夜のあいだに触手をのばして、マリアを手中にすることなどできはしない。たしかに、アトラクタの〈吸引域〉の境界は揺らいでいて、日々十メートル単位の前進や後退が見られる。それでも、アトラクタのどれかが、無価値状況と懐疑が支配するぼくたちのかけがえのない精神的空白地帯のこれほど深くまで侵入してくることは、まずありえなかった。マリアがなぜ声もかけずにぼくを残したまま出発したかはわからないが、彼女はときどき、ぼくにはまったく理解不能な行動をとることがある。逆もまた真なり。行動をともにして一年になるけれど、それはあいかわらずだ。

あわてはしなかったが、ぐずぐずしていたわけでもない。あまり遅れをとりたくなかった。立ちあがってのびをすると、マリアがどちらの方向へ行ったかを考える。マリアが出発したあとにこの区域の状況が変化していないかぎり、それは、ぼく自身がどの方向へ行きたいかを問うのに等しい。

アトラクタと戦うことはできないし、抵抗することも不可能だ。それでも、アトラクタの間隙を縫って進路をとること、アトラクタどうしの反発しあう影響力のあいだで舵をとることはできる。そうした進路をとるためのいちばんかんたんな方法は、強力だが適度に遠いアトラクタの影響力を利用して、出発時の〈運動量〉、すなわち方向と速度を決めることだ。その際、最後の瞬間に、拮抗するほかのアトラクタの影響力を使って少しずれを生じさせるよう、注意しなくてはならない。

出発時に最初のアトラクタを選び、その思想の軍門にくだったふりをするのは、何度やっても奇妙な作業だ。ときにそれは、ほとんど文字どおりアトラクタの気配を嗅ぎとり、その周辺部に通じる道をたどっているように感じられる。ときには、それが純粋な内観によるもので、自分自身のほんとうの思想に従おうとしているように感じられることもある。そして、あきらかに相反するこのふたつの考えを区別すること自体が、見当ちがいに思えることもあって、これではまるでくだらない禅問答だ——といまは思える……ということ自体が、区別に意味があるかどうかの答えだろう。この区域での平衡状態は微妙なものだが、ひとつのアトラクタの影響力が、わずかながら、たしかに強い。いま立っている場所では、ほかの選択肢より、東洋哲学に従いたい気持ちがあきらかに強かった。その理由が単なる地理的状況によるものでしかないことをわかっていても、ぼくの気持ちに変化はない。フリーウェイと線路をへだてる金網塀めがけて用を足し、それがさびるのを促進してから、寝袋を丸め、水筒からがぶりと水を飲んで、荷袋をもちあげ、そして歩きはじめた。

パン工場のロボット配達車が脇を追い抜いてゆき、ぼくはひとりなのを呪った。綿密な計画を立てずに配達車を利用するには、少なくとも機敏な人間がふたり必要だ。ひとりが車の行く手をさえぎり、もうひとりが食べ物を盗む。盗難による損失は、アトラクタに属する連中にとって、容認できる程度の量でしかないのだろう。もしかして、大がかりな保安手段が費用に見あわないだけなのかもしれない。たしかなのは、いずれの倫理的単一文化の居住者たちにも各々独自の理屈があるらしく、連中の道徳律から外れたぼくたち〈放浪者〉を、飢えによって服従させるという手段はとっていないことだった。ぼくはしなびたニンジンを荷袋から出した。昨晩、いつも使っている菜園のひとつの脇を通ったときに掘ったものだ。情けない朝食だが、それを噛みながら、マリアとまた合流したときに盗めるはずのロールパンのことを考えていると、その期待に口の中の木のような味気なさも忘れられそうだった。

フリーウェイはゆるく南東にカーブしていた。打ち捨てられた工場群と住む者のなくなった家が両側に並ぶ区域に来ると、この一帯が比較的静寂な分、いまやまっすぐ前方に位置するチャイナタウンの〈引き〉が、いっそう強く、いっそう明確になってきた。かつて、この〝チャイナタウン〟という便利な呼称は単純にすぎるものだった。〈メルトダウン〉前のその地域には、香港系とマレーシア系中国人のほかにも、少なくとも十を超える異なる文化をもつ人々が住んでいたのだ。韓国人ありカンボジア人あり、タイ人ありティモール人あり、あるいは仏教からイスラム教にいたる宗教という宗教の各宗派まで。いまやその多様性は完全に消え失せて、最終的に単一の文化的混合体という姿で安定している。その姿は、メルトダウン前のその土地の住人たちの目には奇々怪々なものに映ったにちがいない。こんにちの住民たちは、いうまでもなく、その奇怪な混合体をきわめて正しいものに感じているのだ。それがまさに〈安定〉の定義であり、安定こそはアトラクタの存在意義なのである。このままっすぐチャイナタウンにはいっていったら、ぼくだってその地域の価値観や思想を共有するばかりでなく、その状態で不平ひとついわず、しあわせに残りの人生を送ることになるだろう。

けれど、地球が太陽に飛びこむことがないのと同じくらいに、ぼくがこのまま直進することはありえなかった。メルトダウンから四年近くたつが、いまだにぼくをとらえたアトラクタはないのだ。

あの日のできごとについては何十という説明なるものを耳にしたが、大半はあやしげなことではひけをとらなかった。いずれもが特定のアトラクタの世界観に根ざしていたからだ。ぼくはしばしばこう考える。二〇一八年一月十二日、人類という種はなにか目に見えない〈しきい値〉――たぶん、総人口といったもの――を超え、そのために精神のありように突然で不可逆な変化をこうむったのだ、と。

テレパシー、というのはふさわしい用語ではない。結局のところ、精神おしゃべりの海に溺れた人などいなかったし、だれも共感の過負荷に陥りもしなかった。絶え間ない内心のおしゃべりは個々人の頭の内側に秘められたままで、日常的な精神活動のプライバシーは侵害されずに済んだのだ（ひょっとすると、ある人々がいうように、あらゆる人の精神的プライバシーがあまりに徹底しておかされたため、刻々とうつろう人々の思考が寄り集まって、地球を覆う単調なホワイトノイズを形成し、一方で人間の脳はそれを苦もなく濾過しているのかもしれないが）。

いずれにせよ、理由はともあれ、他人さまの精神活動という秒刻みのメロドラマには、ありがたいことに、これまでどおり近づけないままだった。かわりに、人間の頭蓋骨は、たがいの価値観や思想、たがいのもっとも根深い信念を片端から透過させるようになったのである。

まず最初、この状況は純粋な無秩序（カオス）をまねいた。当時のぼくの記憶は、混乱し、悪夢めいている。ぼくは一昼夜（だと思う）街なかをさまよい、六秒ごとにあらたな神（かそれに相当するもの）を発見していた。なにかを幻視したわけでも、お告げをきいたわけでもないが、目に見えない夢の論理の力によって信念から信念へと引きずりまわされた。人々は呆然とし、おびえ、よろめきながら動きまわっていた。その一方、さまざまな観念は電光のように人々のあいだを動きまわった。啓示のあとに正反対の啓示がおとずれる。ぼくはそんな状態に終止符を打ちたくてたまらず、もし祈り終えるまで同じ神を信じていられたなら、これを止めてくださいと祈っていただろう。ほかの放浪者たちが、この超自然的大変動の初期の体験を、ドラッグによる恍惚や、オルガズム、あるいは十メートルの波に乗ること、などが何時間もぶっ通しでつづくようなものだ、とたとえるのをきいたことがある。けれど、ふり返ってみると、当時ぼくが思い浮かべていたのは、ほかのなにより、かつて患った胃腸炎だった。果てしなく嘔吐と下痢がつづく、熱に浮かされた長い夜。体じゅうの筋肉という筋肉、関節という関節が痛み、皮膚は火がついたよう。このまま死ぬのだと思った。もうなにかを排出する体力は残っていないと思うたびに、あらたな発作に襲われる。朝の四時には、無力感が超越的体験のように思えてきた。反射的蠕動（ぜんどう）運動は、ぼくを支配する過酷だけれど究極的には慈愛に満ちた神なのだと。それがあの当時のぼくが知っている、もっとも宗教的な体験だった。

　街のいたるところで、競合する思想体系が忠誠を求めて争った。その過程で、変質や交配も起きた。そのさまは、実験用に放たれたコンピュータ・ウイルスの個体群が、ランダムに相争いながらわかりづらい進化理論を明快に演じるようすにたとえられるだろうか。それよりも、その思想体系がじっさいの歴史の中で相互に繰りひろげてきた闘争と類似していたかもしれない。このときは思想相互の作用が新しい形態をとったために、闘争の期間も時間の尺度も極端に短縮され、流血の惨事もほとんどなく、概念そのものが純粋に精神的な闘技場で戦うことができた。そこには剣をふるう十字軍も、民族根絶収容所もなかったのである。あるいは、たとえるべきは、悪魔の軍勢が地に放たれ、有徳の士以外のあらゆる人々にとり憑くさまかも……。

　カオスは長くはつづかなかった。メルトダウン前の文化や宗教の中心地として下地のあった場所で（あるいはほかの場所でも、まったくの偶然から）、ひとつの思想体系がじゅうぶんな力とじゅうぶんな地盤を獲得すると、その思想体系は一団の信奉者からその周辺にいる個々人へと広まりはじめ、支配的思想がいまだ出現していない隣接する無秩序な集団をとりこんでいったのだ。アトラクタの版図が雪だるま式に広がれば広がるほど、その拡大速度も増した。幸運にも、少なくともこの街では、ひとつのアトラクタのみが無制限に拡大することはなかった。どのアトラクタも遅かれ早かれ、力の拮抗する近隣のアトラクタ群に囲いこまれるか、街の外縁の人口ゼロ地帯や居住不能の空虚な土地にぶつかるか、というところに落ちついたからだ。

メルトダウンから一週間もすると、無政府状態から、現在とほぼ同じアトラクタの配置状況が出現していた。人口の九十九パーセントが移動ないし変化の結果、自分のいまいる場所、そして自分が何者であるかに、すっかり満足したのだ。

ぼくの場合は、アトラクタの間隙に落ちつくことになった。多くに影響されるが、どれにも囚われない状態に。それ以来、アトラクタの間隙を移動する〈軌道〉にとどまってこられた。ぼくにはなにかの才能があるらしい。月日がたつにつれ、放浪者の構成員は細っていったが、おもな面々はアトラクタに囚われることなく、自由なままでいた。

最初のうち、アトラクタに属する連中はロボットヘリコプターを飛ばして街にビラをまき、なにが起きたかを各々のメタファーで説明しようとしたものだ。この災害に対する適切なアナロジーを示せば、改宗者を獲得できるとでもいうように。文字というものが伝道の手段としては無用の長物と化したことを連中が理解するには、しばらくの時を要した。同様のことは視聴覚的手段についてもいえる。しかも、その事実はいまだあまねく行きわたってはいなかった。比較的最近のこと、ある空き家のバッテリー式テレビで、マリアとぼくは、合理主義者の居住地からの放送をひろった。それはメルトダウンの〝シミュレーション〟と称するもので、画面上の色わけされた画素(ピクセル)が、二、三の単純な数学的法則に従って、たがいに食いあいながらダンスを演じるというものだった。解説者が自己組織的システムがどうのこうのと専門用語(ジャーゴン)をまくしたてる。そして、見よ、知覚の魔法も手伝って、色のちらつきは急速に、周縁の暗部によってへだてられた六角形の胞体という、見慣れたアトラクタのかたちに変化を遂げていくではないか（暗部は無人を意味した。ただし、数個の重要でない斑点がかろうじて見える。マリアとふたりで、その点のどれが自分たちだろうと考えたものだ）。ロボットとデータ通信というインフラストラクチャがすでに整っていなかったら、世の中がどんなことになっていたかは見当もつかない。そのおかげで連中は、自分の〈吸引域〉――中心部にあるアトラクタに確実に引きもどされる地域のことで、その大半はわずか一、二キロの幅しかない――から外に出ることなく、暮らしたり働いたりできるのだ（じっさいには、その種のインフラが存在しない土地も多々あるはずだ。けれど、ここ二、三年は〝グローバル・ビレッジ〟の情勢には通じていないので、そういうところで人々がどうやって生活しているかは知らない）。こうした社会の〝周辺〟で生きているぼくは、その中心のどれかに住んでいる連中以上に、社会の富裕さに依存していることになる。だからぼくは、連中の大半が現状に安んじていることに感謝すべきなのだ。じっさい、かれらが平和に共存していること、交易し繁栄していることを、うれしく思う。

ただ、連中の仲間になるなら死んだほうがましだ、という一点はゆずれない。

（少なくとも、たったいま、この場所では、それは真実だ）

肝心なのは、移動しつづけること、〝運動量〟を維持することだ。どのアトラクタの影響力からも完全に中立な場所は存在しない。もし存在するとしても見つけるには小さすぎ、おそらく住むには狭すぎ、吸引域内の状態が変化するのにあわせて、さまよっていることもほぼ確実だ。あるアトラクタに近すぎても、ひと晩ならかまわない。けれど、一カ所に来る日も来る日も、何週にもわたって住もうとしたときには、ごくわずかでも強い影響力を確保したアトラクタが、やがてはぼくを支配しはじめるだろう。

運動量を維持し、混乱状態を作りだすこと。人々がたがいの内なる声に平気でいられるのは無関係な精神おしゃべりが相殺しあっているからだ——という説がほんとうかどうかは知らないが、それと同じことをするのがぼくのねらいだった。ただし、アトラクタからの〈信号〉の中で、とくに継続性と凝集性と有害性が強い部分を対象に。地球のどまん中では、全人類の思想が足しあげられて、その総計は純粋で無害なノイズになっているにちがいない。しかし、ここ地表では、ありとあらゆる人から等距離に位置することは物理的に不可能だ。だから、信号の影響を可能なかぎり平均化するには、移動しつづけるほかはない。

ときどき夢想するのは、田舎にむかって旅立ち、人けのない土地へ行って、澄みわたった頭で生きていくことだ。ロボットが世話する近くの農園から必要な道具類を拝借し、自給自足すればいい。マリアといっしょに？　本人がその気なら。彼女はときにイエスといい、ときにノーという。ふたりでいますぐそんな旅に出ようという話になった回数は、片手の指の数では足りない。だが、街から出る軌道が見つからなかった。障害となるすべてのアトラクタを安全に通過でき、かつ結局は徐々に街なかに逆戻りさせられることもないような道すじ。外への道は存在するはずで、あとの問題はそれを見つけることだ。これまでにほかの放浪者からきいた噂が、試してみるとことごとく袋小路だったのは、驚くにあたらない。どうすれば確実に街を離れられるかを知っている人がいるとすれば、それはたまたま正しい進路に行きあたり、そのままなんの手がかりも噂も残さずに街を離れていった人にほかならないのだから。

また、ときには、道路のまん中に立ちどまって、自分がなにを〝ほんとうに望んでいる〟のか、自問することがある。

田舎に逃れて、ものいわぬ自分の魂が作る沈黙の中に没入することか？

この無目的な放浪をやめ、ふたたび〝文明世界〟に戻ることか？　幸福と安定と確実さを求めて。そして、周到で自己肯定的な一連の嘘をまるのみにし、同時にのみこまれるのか？

それとも、死ぬまでこうして軌道周回をつづけることか？

その答えは、いうまでもなく、そのとき自分が立っている場所によって変わった。

さらに何台ものロボットトラックが通りすぎたが、もはや反射的に目をやる以上のことはしなかった。空腹感を、物として思い描いてみる。荷袋より多少重い程度の別の荷物をもちはこんでいるのだと。すると、それはしだいに気にならなくなった。心を空っぽにし、顔にあたる早朝の陽光と、歩くことの歓びだけを考える。

しばらくすると、驚くほどの明晰さが心に満ちはじめた。力強い理解の感覚をともなう深く平穏な気分がおとずれる。不思議なことに、自分がなにを理解したつもりなのかは、まるでわからない。ぼくは洞察することとの快感にひたっていたが、そこにはとくに洞察すべきこともなければ、なにを洞察しているのかという問いに答えがあるとも微塵も期待していなかった。それでいて、その気分だけはつづいている。

ぼくは思った――これまでの歳月、文字どおり堂々めぐりをつづけてきて、それでどこに行きついただろう?

この瞬間にだ。啓発の道への最初の真の一歩を踏みだす、この機会へむけてだ。

だから、ぼくがなすべきは、まっすぐ前方に歩きつづけることだ。

この四年間、ぼくは偽りの道に従っていたのだ。自由という幻想を追い求め、努力すること以外に目的のない努力をしてきた。だがいまや、この旅のありかたを変える方法が――。

どう変える? 地獄への近道にか?

地獄だと? そんなものは存在しない。あるのは輪廻、希望の踏み車のみだ。努力などとは無縁の世界。ぼくの理解力は曇ってきたけれど、もう数歩先に進めば、即、真実が明白になることはわかっていた。

数秒のあいだ、純粋な不安に満たされて、ためらうあまりに身動きできなくなる。だが次の瞬間、救済の可能性に引きよせられたぼくは、フェンスをよじのぼってフリーウェイをあとにすると、南をめざして進みはじめた。

何度も通った脇道にはいっていく。駐車場いっぱいの車は、日ざらしのままゆっくりと溶けているかのようで、使われることがないためにプラスチック製の車台が自然分解をはじめていた。ビデオポルノと性玩具の店は、建物のおもては無傷だが、暗い店内は朽ちたカーペットとネズミの糞尿が悪臭を放っていた。船外モーターのショウルームに誇らしげに展示されている燃料電池使用の最新型（つまり四年前の）モデルは、すでに前世紀の奇怪な遺物に見えた。

そのとき、この汚濁の地のすべての上に大聖堂の尖塔がそそり立ち、ノスタルジアとデジャヴュのいり混じっためまいがぼくを襲った。あらゆる事実と関わりなく、ぼくの一部は聖書に出てくる放蕩息子がはじめて帰郷したような気分になっていた——じっさいはこのあたりを通るのは五十回目かそこらなのだが。最後にこの地域に近づいたときの記憶から呼びさまされた、祈りの言葉と教義をつぶやく。

ほどなく、悩みの種はただひとつになった。定式文句が妙に心地いい。神のまったき愛を知っていながら、ぼくはどうしてそこから歩み去ることができたのか？　考えがたいことだ。どうして神に背をむけるなどという真似ができたのか？

小ぎれいな家が建ちならぶ通りにはいる。もちろん空き家なのだが、ここはアトラクタの境界領域にもかかわらず、教区のロボットが芝を刈り、落ち葉を片づけ、壁を塗りなおしつづけていた。もう二、三ブロックも南西に進めば、二度と真実に背をむけることはできなくなるだろう。ぼくは歓びに満ちてそちらへ歩を進めた。

ほとんど歓びに満ちて。

ただひとつ困ったことに……一歩南へ踏みだすごとに、聖書が（カトリックの教義はいうにおよばず）醜悪なほどに誤った事実と論理に満ちているという現実を無視するのが、むずかしくなるのだ。なぜ慈愛に満ちた完全なる神からの啓示が、あのように脅迫と矛盾が混ぜこぜになったものなのか？　なぜ宇宙における人間の位置に関して、あのように誤りかつ混乱した視点が示されているのか？

誤った事実だって？　メタファーとは、その時代の世界観に見あうように選ばれるものだ。神はビッグバンや原初の核合成についてこまかく話して、創世記の著者を煙に巻くべきだったとでもいうのだろうか。矛盾だと？　それは信念と謙虚さの試金石ではないか。全能の神の御言葉に自分の貧弱な理論の力で歯むかおうとは、ぼくはなんと傲慢だったことか。神はすべてを超越するのだ。論理を含めて。

とりわけ論理を。

問題なのは、そこだ。処女懐胎？　聖職禄の奇跡？　キリストの復活？　それは詩的な寓話にすぎず、文字どおりにとるべきものではない、という気なのか？　だがそれを認めるなら、あとに残るのは、善意のつもりのお説教がいくらかと、大げさなだけの素人芝居の山ではないか？　もし神がぼくを救うために、ほんとうに人間になり、苦しみ、死に、よみがえったというなら、ぼくがいまあるのはすべて神のおかげだ。しかし、それが単なる美しい物語なら、隣人を愛するのに、いくらかのパンもワインも必要ない。

ぼくは進行方向を南東に変えた。

宇宙の真の姿は（この場所では）、果てしなく不可思議で、果てしなく壮大なものだった。

それは、人類を通じて自らを知るにいたった物理学の法則の中に存在した。ぼくたちの運命と目標は、たとえば微細構造定数として、あるいはオメガ中間子の密度というかたちで暗号化されているのだ。人類という種は、ロボットの姿になろうが有機体としてだろうが、この先百億年にわたる進歩をつづけて、超知性を生みだすにいたるだろう。そして、その超知性の引きおこす精巧に調整されたビッグバンが、人類の存在を可能にするのである。

——人類がこの先の何千年紀かに死滅しなければだけれど。

その場合には、ほかの知的生命体がその役を演じてくれるだろう。だれがたいまつを運ぶかは問題ではない。

——まったくそのとおり。そんなことはどうだってかまうものか。なぜぼくが、ポスト人類やロボットや異星人が百億年後になにをするか、それともしないかを気にしなくちゃいけない？　この仰々しいたわごとが、ぼくといったいなんの関係がある？

ようやくマリアの姿が見えた。数ブロック先にいる。ちょうどそのとき、西にある実存主義者のアトラクタの影響力が、宇宙的バロック主義者のアトラクタの周縁から完全にぼくを引き離した。ごくわずか、足を早める。走るには暑かったし、それよりなにより、突然の加速は、予期せぬ哲学的逸脱という特殊な副作用をともなうことがあるからだ。

差をつめていくと、足音にマリアがふり返った。

「おはよう」と声をかける。

「うん」マリアはぼくを見ても、とくに感じたようすはなかった。だが、ここはそういうことをする場所ではない。

ぼくはマリアと歩調をそろえて歩きだした。「ぼくが寝ているうちに出発したね」

マリアは肩をすくめて、「少しひとりになりたかったの。考えたいことがあって」

ぼくは笑った。「考えたいならフリーウェイの上でなければだめだよ」

「この先に別の場所があるの。公園の中に。そこでも考えごとはできるから」

それはほんとうだった。けれど、いまはぼくがここにいて、考えごとを邪魔している。何千回目かの自問——なぜいっしょにいたいのか？　共通点をもつがゆえに？　だがそういうものがあるとしたら、それはぼくたちがいっしょにいたからに——旅路をともにし、そばにいることでたがいを変えてきた結果に——ほかならない。では、相手との相違ゆえか？　ときおりたがいが理解できなくなる瞬間があるから？　しかし、いっしょにいる期間が長くなれば、謎は跡かたもなくなるだろう。たがいをめぐる軌道は、やがてともに螺旋を描き、すべての相違が消え去る定めだ。

それならば、なぜいっしょにいたいのか？

もっとも誠実な答え（いまこの場所での）は、食べ物とセックスだ。けれど、あす、よそでこの答えを思いだしたとき、自分がそれにシニカルな嘘という烙印を押すことはまちがいない。

各アトラクタの影響力が平衡している地帯に近づくにつれて、ぼくは無口になった。頭の中では、数分前までの混乱が残響している。めまいがするほど立てつづけにおとずれたさまざまなアトラクタの短縮版の啓示は、すっかり混じりあってちょうどたがいを打ち消しあい、あとには漠然とした不信感だけが残っていた。そういえば、メルトダウン前の時代に、人の善《よ》さまるだしで（なんでも鵜《う》のみにすることを、心の広さととりちがえていただけなのだが）、こんな思想を唱える学派があった——どんな哲学にも傾聴すべき点があり、さらには、それを完全に理解すれば、すべての哲学が同じ〝普遍的真実〟を語っていること、だれもが最後には和解できることがわかるはずだ、と。この怠惰な全宗教間協力推進主義者たちはだれひとり、自分たちの仮説の完璧な反証を目にするまでその思想をもちつづけてはいなかっただろう。かれらは全員、メルトダウンの三秒後には、そのときいちばん近くにいた人の信念に改宗したにちがいないのだから。

マリアがいまいましげにつぶやいた。「なによこれ」マリアの顔に目をやって、その視線を追う。すでに公園が見えはじめていた。マリアがひとりになりたいのなら、その邪魔になるのはぼくひとりではなかった。少なくとも二十人を超える放浪者が木陰に集まっている。希有なことだが、現に起きていた。平衡地帯はだれにとっても軌道の中でいちばん速度が落ちる部分だから、ときおり何人かが同時に同じ場所で動きを止めても不思議はないが。

近づくにつれて、もっと妙なことがあるのに気づいた。芝生で休んでいるだれもが、同じ方向に顔をむけている。ここからは木々に隠されたなにか、またはだれかを見ているのだ。

だれか、のほうだった。女性の声が耳に届く。この距離からだと言葉はききわけられないが、なめらかな口調だ。確信に満ち、やさしいけれど説得力がある。

マリアが落ちつかなげに、「近づかないほうがいいんじゃない？　平衡地帯はよそに移ったのかも」

「かもしれない」不安なのはぼくもマリアと同じだったが、興味をそそられてもいた。この近辺で知っているアトラクタからの〝引き〟はほとんど感じないが、とはいえ、この好奇心そのものが、既知のアトラクタの新しい罠ではないという確証もない。

「とりあえず……公園をまわりこもう。これを見なかったふりはできないよ。なにが起きているか、知る必要がある」もし近くの吸引域が拡大して公園をのみこんだなら、話している女性に近づかないようにしたところで、自由の保証はまったくない。ぼくたちに害をなすのは、この女性の言葉でも、その存在でもないのだ。けれど、マリアは（まちがいなく、このすべてを承知の上で）危険を回避するというぼくの〝戦略〟を了承し、そのしるしにうなずいた。

ぼくたちは公園東側の道路の中央に陣どった。そこには感知できるようななにかの影響はなかった。話しているのは中年とおぼしき女性で、上から下まで放浪者以外の何者でもない。ほこりだらけの服、大ざっぱに切りそろえただけの髪、雨風にさらされた肌、そして、ろくな食事もせずに年じゅう歩きづめのやせた体。声だけが違っていた。イーゼルのように立てられた枠の上に、街の大きな地図が広げられ、おおよそ六角形をした胞状の吸引域がきれいに色わけされて書きこまれている。メルトダウンからしばらくは、放浪者どうしで始終こうした地図を交換しあっていたものだ。この女性はほかの値打ち物と交換できないかと思って、自慢の一品を披露しているだけなのかも。それならあまり見こみはあるまい。これは私見だが、いまや放浪者はだれしも、自分の心の中に思想的地勢図をもち、それを信頼しているにちがいないからだ。

ところが、その女は指示棒で地図を指し、ぼくが気づかずにいた特徴をもつ部分をたどっていった。ごく細い青い線の網が、六角形の間隙を縫っている。

女の声がきこえた。「もちろん、これは偶然などではありません。わたしたちがこれまでの歳月、吸引域の外にとどまってこられたのは、純粋な幸運でもなければ、技能のおかげでさえないのです」聴衆を見渡して、ぼくたちを目にとめ、少し間をとってから、静かにつづける。「わたしたちは、わたしたち自身のアトラクタに囚われているのです。それはほかのアトラクタとは、まったく別のものです——確固たる一連の思想でもなければ、不動の位置にもありません。それでも、それはやはりアトラクタであり、いかに不安定な軌道上にいようと、わたしたちをそこへ引きよせるのです。わたしはそのアトラクタ——あるいはその一部を測量して、できるところまで図に示しました。じっさいの細部は無限にいりくんだものでしょうが、この大ざっぱな図からでも、みなさん自身が歩いてきた道すじを見てとることができるはずです」

ぼくは地図を見つめた。この距離からだと、青い線を一本一本たどるのは無理だった。その線の網が、ここ数日マリアとぼくの通ってきた道すじをすっかり覆っていることはわかったが、しかし——。

ひとりの老人が大声できいた。「あんたは吸引域のあいだに線をたくさん書きこんだ。だからどうしたというのだ？」

「吸引域のあいだのすべてにではありません」女は地図上の一点を指し示した。「ここを通ったことのあるかたはいますか？　ここは？　ここは？　どなたも？　ではここはどうです？　ここは？　それはどうしてでしょう？　いまの場所はどれも、アトラクタ間の広い通廊で、ほかの通廊と同じくらい安全に見えます。それなら、どうしてわたしたちはこれらの場所をまったく通ったことがないのでしょう？　それは、不動のアトラクタに属する人がだれひとりそこへ行ったことがないのと、同じ理由によるものです。そこがわたしたちの版図ではないから――そこがわたしたち自身のアトラクタに含まれていないからなのです」

この女がたわごとをしゃべっているのはわかっていたが、そこで使われた言葉は、ぼくに恐慌と閉所恐怖を感じさせるにじゅうぶんだった。ぼくたち自身のアトラクタ。ぼくたちはぼくたち自身のアトラクタに囚われている。ぼくは地図上の街の外縁に目を走らせた。青い線はそこにまったく近づいてもいない。じつのところ、線はぼく自身が歩いてきた範囲までしか、街の中心から遠ざかっていなかった……。

だからどうした？　この女が、ぼくと同程度の幸運しかもっていなかったというだけのことだ。もしこの女が街から抜けだしたことがあるなら、いまここにいて、抜けだすのは不可能だと主張することはなかっただろうから。

聴衆の中の、ひと目で妊娠中とわかる女性がいった。「それは、あなたが自分の通った道を書きこんだっていうだけでしょ。あなたは危険を避けてこれた。あたしも危険を避けてこれた。あたしたちはみんな、近寄っちゃいけない場所を知ってる。あなたがいってるのはそういうことでしかないわ。あたしたちの共通点は、それでおしまいよ」

「そうではありません！」女は、もういちど青い線をたどった。「これが示しているのは、わたしたちが何者であるかです。わたしたちはあてもなく放浪しているのではなく、この奇妙（ストレンジ）なアトラクタに属しているのです。結局わたしたちも、あるアイデンティティをもった、ひとつの集団なのですよ」

聴衆から笑い声があがり、ちらほらと罵倒もきこえた。ぼくはマリアにささやいた。「あの女を知っているかい？　前に見たことは？」

「どうかな。ないと思う」

「ないはずだよ。見ればわかるだろう？　あれはロボット伝道師かなにかで――」

「あれはロボットのしゃべりかたじゃない」

「合理主義者のロボットだ――クリスチャンのでもモルモン教徒のでもなくて」

「合理主義者は伝道者は送りださないわ」

「そうかい？　奇妙なアトラクタを測量する。これが合理主義者の用語以外のなんなんだ？」

マリアは肩をすくめた。「吸引域とかアトラクタとか、全部、合理主義者の用語だけれど、だれもがそれを使っているわ。よくいうでしょ――最高の音楽は悪魔が、最高の用語は合理主義者がもっている。言葉は勝手にわいてこないのよ」

あの女がしゃべっていた。「わたしは砂の上に教会を築くでしょう。どなたにも従えとは申しません。それでも、みなさんは従うことになるでしょう。みなさん全員が」

「行こう」とぼくはマリアの腕をとったが、荒々しくふりほどかれた。

「なんであの人にそんなに反発するの？　もしかして正しいかもしれないのに」

「おい、正気か？」

「ほかのだれもにアトラクタがある。それなら、わたしたちに自前のアトラクタがあっても、おかしくはないんじゃない？　ほかのどれよりも奇妙なアトラクタがね。あれを見て。地図の上で、あの線がいちばん美しいわ」

ぼくは背すじに寒いものを感じながら、首をふった。「本気でいっているのか？　ぼくたちは自由なんだ。自由でいるために、どれだけ努力してきたことか」

マリアはまた肩をすくめて、「そうね。だけど、わたしたちはあなたが自由と呼ぶなにかに囚われてきたのかもしれない。もしかすると、もう努力する必要なんてないのかも。それはそんなに悪いこと？　どっちだろうと、自分が望んだことをしているのなら、なにを気にすることがあるの？」

これという騒ぎもなく、女はイーゼルの代用品を畳みはじめ、放浪者の集団は散りはじめた。このつかの間の説法に影響をうけた人は、とくにいなかったらしい。みな平然と、おのれの選んだ軌道を進みはじめていた。

ぼくはマリアに反論する。「吸引域の連中だって、自分が望んだことをしているんだ。ぼくはああはなりたくない」

マリアは笑った。「だいじょうぶ、あなたはあの人たちとは違うから」

「もちろんそうさ、ぼくは連中とは違う。連中は裕福で、肥え太り、現状で満足している。ぼくは飢え、疲労し、日々悩んでいる。なんのためにだ？　なぜこんなふうにして生きていると思う？　あのロボットは、そのすべてを意味あるものにしているひとつのことを、奪おうとしているんだ」

「だから？　そうね、わたしも疲れて空腹よ。そして、わたし自身のアトラクタは、そのすべてを意味あるものにしてくれるかもしれない」

「それで？」ぼくは嘲笑した。「ぼくたちはそのアトラクタを崇拝するようになるのか？　それに祈りをささげるようになるのか？」

「いいえ。でも、なにもおそれなくてよくなるわ。もし、わたしたちがほんとうに囚われていたのなら、いままでの生きかたがじつは安定したものだったなら、一歩くらいまちがえても平気ということになる。自分のアトラクタに引きもどされるはずだから。ごくささいなまちがいをおかしただけで、どこかの吸引域に引きずりこまれると心配しなくてもよくなるの。それがほんとうなら、すてきだと思わない？」

ぼくは怒りをこめて頭をふった。「たわごとだ。危険なたわごとだ。吸引域の外にいつづけることは技能であり、才能なんだ。わかっているはずだ。ぼくたちは対立する力をつりあわせながら、注意深く間隙を縫って進み――」

「それがなに？　そんな綱渡りみたいな気分は、もううんざり」

「うんざりしたからって、それが真実でないことにはならないぞ！　わからないのか、あの女が望んでいるのは、ぼくたちが現状に満足することだ。ぼくたち放浪者の中で、軌道を周回するのはかんたんなことだと考える者が増えるほど、多くの者が吸引域に囚われるはめになって――」

預言者が荷物をもちあげて立ち去ろうとするのが目にはいって、気をそらされた。「見ろよ。人間を完全に模倣しているかもしれないが、あれはロボットだ、偽者なんだ。連中はとうとう、パンフレットや福音をさえずるロボットがうまくいかないのを悟ると、こんどはぼくたちの自由がどうこうという嘘をしゃべるロボットを送りこんできたのさ」

マリアはいった。「証明して」

「え？」

「ナイフをもっているでしょ。あの女の人がロボットなら、追いかけて、つかまえて、解剖してみせて。それが証明よ」

あの女、いやロボットは北西にむけて公園を横切り、ぼくたちから遠ざかりつつあった。

「ぼくのことはよく知っているだろう。そんな真似はできないよ」

「ロボットなら、あの人はなにも感じないはずよ」

「だけど、見かけは人間だ。できない。偽者でも人間の体とそっくりな相手に、ナイフを突きたてるなんて」

「できないのは、あの人がロボットでないと知っているからだわ。あの人がほんとうのことをいっていると、わかっているのよ」

ぼくの中には、マリアと議論していることを単純に喜んでいる部分があった。ぼくたちが別個の存在であることの証明になるからだ。一方で、彼女のいうことのいちいちが、看過しがたく気にさわると感じている部分もあった。

一瞬ためらってから、荷袋をおろし、預言者めがけて公園を全力疾走した。

ぼくの声に女はふりむき、足を止めた。そばにはほかにだれもいない。あと数メートルのところで立ち止まり、息を整える。女はぼくをじっと興味深げに見つめていた。ぼくは相手を見据えたまま、ますますまぬけな気分になった。この女性にナイフをむけることなどできない。やはりロボットではなくて、妙な考えをいだいただけの放浪者かもしれないのだ。

女がいった。「なにかおたずねになりたいことが？」

ほとんど考える間もなく、ぼくは口走っていた。「だれも街を離れていないと、なぜわかるんだ？　そんなことはいちどもなかったと、なぜそんなに確信がもてる？」

女は頭をふった。「そんなことは申しませんでしたよ。ですが、わたしにはこのアトラクタが、閉じた環のように見えます。それに囚われた人は、そこから離れることは決してできないでしょう。けれども、それ以外の人は、街から出たかもしれませんね」

「それ以外の人だって？」

「アトラクタの吸引域にいなかった人たちです」

ぼくはわけがわからずに、顔をしかめた。「吸引域がどうしたんだ？　いまは吸引域にいる連中の話をしているんじゃない、ぼくたちのことを話しているんだ」

女は笑った。「失礼しました。いま申しあげたのは、不動のアトラクタを中心にもつ吸引域のことではありません。わたしたちの奇妙なアトラクタにも、吸引域があるのです。すなわち、奇妙なアトラクタに属するすべての地点のことです。その吸引域がどんなかたちをしているかはわかりません。アトラクタそのものと同様、その細部は無限にいりくんでいるはずです。ただ、六角形の間隙のありとあらゆる地点がその一部、ということはないでしょう。間隙にも、不動のアトラクタに属する地点はあるはずです。それが、放浪者が不動のアトラクタに囚われることのある理由です。間隙のほかの地点の中には奇妙なアトラクタの吸引域に属するものがあり、さらにまた別の地点は――」

「別の地点？」

「また別の地点は無限遠に属するのでしょう。街から抜けだす道です」

「その地点はどこなんだ？」

女は肩をすくめた。「どうしてわかりましょう？　隣りあうふたつの地点の、一方が奇妙なアトラクタに属し、もう一方がいずれは街から出る道に属することもありえます。どちらがどちらかを知る唯一の方法は、それぞれの地点から出発して、どうなるかをたしかめることです」

「しかし、さっきの話では、ぼくたちはみな、すでに囚われて――」

女はうなずいて、「これだけ軌道を周回すれば、すでに吸引域のすべての地点はそれぞれのアトラクタに属するようになっているはずなのです。アトラクタは安定した部分です。吸引域内の地点はアトラクタに属し、アトラクタはそれ自身に属します。不動のアトラクタに属することを運命づけられている人は、全員がすでにそこに囚われているはずです。街を離れる運命の者は、全員がすでに去っているでしょう。いまだに軌道上にいるわたしたちは、このままの状態でいることでしょう。わたしたちはそのことを理解し、うけいれ、その知識とともに生きることを学ばねばなりません。もしそれが、わたしたち自身の信念を、わたしたち自身の宗教を作りだすことを意味するなら――」

ぼくは女の腕をつかむと、すばやくナイフで前腕部に切りつけた。女は悲鳴をあげて腕を引き、傷口に手をあてた。そしてすぐ、傷のようすを見ようと手を離したとき、その腕に赤くて細い線があり、手のひらが同じように濡れているのが見えた。

「なにをするの！」女は叫んで、ぼくから離れた。

マリアがこちらへやってきた。おそらく生身の預言者は彼女にむかって、「この人はどうかしています！　むこうにつれていって！」マリアはぼくの腕をつかむと、どういうつもりかしなだれかかってきて、ぼくの耳に舌をさしいれた。ぼくはたまらず笑いだす。女はとまどったようにあとずさると、うしろをむいて、足早に去っていった。

「たいした手術じゃなかったけれど、いま解剖したところまではわたしに有利な証拠ね。わたしの勝ちよ」

ぼくはためらってから、降参するふりをした。

「きみの勝ちだ」


たそがれどきには、フリーウェイに戻っていた。今夜の寝床は、シティセンターの東側だ。放棄されたオフィス用高層ビル群の黒いシルエットの上に広がる空をふたりで眺め、近くの占星術師の集団からうけた影響の残留物に頭をおだやかにかきまわされながら、その日の戦利品であるジャンボ野菜ピザを食べた。

やがて、マリアがいった。「金星が沈んだわ。だから、わたしはもう寝る」

ぼくはうなずいた。「ぼくは火星が出るまで起きているよ」

きょう、さまざまなアトラクタからうけた影響の痕跡が、程度の差はあれ順不同で心をよぎる。けれど、公園であの女にいわれたことは、まだ大半を思いだすことができた。

『これだけ軌道を周回すれば、すでに吸引域のすべての地点はそれぞれのアトラクタに属するようになっているはずなのです……』

だからもう、ぼくたちは全員囚われていることになる。しかし——あの女はどうやってそれを知ることができたのか？　なぜ確信がもてるのか？

それに、もしあの女がまちがっていたら？　ぼくたち放浪者はだれひとり、いまだ最後の安息の地に到着していないのだとしたら？

占星術師の声がする——あの女の堕落した、実存主義的、還元主義的な妄言が真実のわけはない。運命の話は別だけど。運命の話はお気にいり。運命はすばらしい。

ぼくは立ちあがって南へ十メートルほど歩き、占星術師の影響を中和した。ふり返って、眠りについたマリアを見る。

『隣りあうふたつの地点の、一方が奇妙なアトラクタに属し、もう一方がいずれは街から出る道に属することもありえます。どちらがどちらかを知る唯一の方法は、それぞれの地点から出発して、どうなるかをたしかめることです』

いまの時点では、あの女の言葉はなにもかも、合理主義者流の説明が極端にゆがめられ、ひどく誤解されたもののようにきこえる。そして、そう、いまのぼくは女の言葉の半分にすがりつき、残りを放りだすことで希望をつかもうとしていた。ふたたびメタファーが、変質と交配をおこす……。

マリアのもとに歩みよって、しゃがみこみ、顔を逆さまにのぞきこむかたちで体を曲げて、額にそっとキスをする。マリアは身じろぎもしなかった。

それから荷袋を手にとって、フリーウェイを進みはじめた。街のかなたの空虚が、ぼくとのあいだのあらゆる障害をすり抜け、のりこえて、その触手をのばしてくるのが、そして、ぼくを手中にするのが感じられる——いまはそう信じながら。

ミトコンドリア・イヴ

Mitochondrial Eve

ふり返ってみれば、自分が〈先祖戦争〉に巻きこまれた最初の日にちが正確にわかる。二〇〇七年、六月二日の土曜日。その夜、リーナがぼくを《イヴの子どもたち》に引っぱっていって、ミトコンドリア型検査をうけさせたのだ。ふたりでディナーに出かけたあとで、もう深夜に近かったが、《子どもたち》の分析ビューローは二十四時間営業だった。

「自分が人類のどこに位置するのか、知りたくない？」緑の瞳でぼくをひたと見据え、笑みを浮かべてはいるけれど真剣に、リーナはいった。「大家系図(グレートツリー)のどこに自分がいるのか、はっきりさせたくはない？」

正直に答えていたならば、「正気の人間がそんなことを気にするかい？」――だが、ぼくらはまだ知りあって五、六週間で、そんな身も蓋もないことをいってもふたりの仲はだいじょうぶだという自信がなかった。

「もうこんなに遅いし」とぼくはおずおずといった。「あすも仕事があるしさ」ぼくはまだ、物理学の博士課程を修了したはいいが四苦八苦しているところで、学部生の面倒を見たり、終身在職権をもつ学者先生が奴隷たちに命ずる退屈でくだらない仕事をなんでもこなすことで、生計を立てていた。リーナは通信エンジニアで、ぼくと同じ二十五歳でありながら、給料をもらえるほんものの仕事に就いて四年近くになっていた。

「いつも仕事仕事って。ポールってば！　十五分で済むから」

議論をはじめたら、その倍の時間がかかるだろう。別に害はないんだからと自分にいいきかせ、リーナにつれられてきらめく繁華街を北へむかった。

おだやかな冬の夜だった。雨あがりで空気は澄んでいる。《子どもたち》はシドニーの街のまん中に人目を引く優美なビルを所有しており、その最上級の不動産が組織の羽振りのよさを誇示していた。『**世界はひとつ、ひとつの家族**』と、入口に掲げられた看板が光っている。ビューローは百を超える都市にあって（ただし、場所によってイヴには〝文化的に適切な〟種々の名前がついていた。インドのある地域ではシャクティだし、サモアではエイレイレイレイだ）、《子どもたち》がより広範に会員をつのるべく、自動販売機のような街頭設置用DNA塩基配列分析器（シーケンサー）を開発中だという話も耳にしていた。

ロビーにはいると、ミトコンドリア・イヴその人のホログラム胸像が、大理石にはめこまれて、ぼくらの頭上を誇らしげに見つめていた。ホロ彫刻家は、われらが仮説上の曾（が一万回つづく）祖母を絶世の美女に仕立てていた。それは主観的判断ではあるが、彼女の整った完璧な容姿も、みずみずしい健康さも、決然たるまなざしも、ぼくには微妙な解釈のはいる余地などないように思えた。ぼくの中で押された美学的ボタンに貼られたラベルは、まぎれもなく——戦士、女王、女神。ぼくは彼女の姿を見て、不本意ながら奇妙な誇らしさがこみあげてきたことを認めざるをえない……彼女の堂々たる姿とけわしい目つきが、なぜかぼくをはじめとする彼女の末裔すべてを〝高めて〟いるかのように……人類という種全体の〝特質〟が、われわれの秘められた善性が、レニ・リーフェンシュタールの記録映画で主役をはれるだろう少なくともひとりの祖先にかかっているかのように。

このイヴはもちろん黒人で、約二十万年前にサハラ以南のアフリカに生きていた。だが彼女に関するそれ以外のほとんどすべては、想像の産物だ。とぼしい化石が証明する彼女の同時代人たちの外見と、いかなる点でもまるで合致しない現代的にすぎるイヴの容貌をめぐって、古生物学者たちが無益な議論をしているのは知っていた。けれど、もし《子どもたち》が普遍的人類のシンボルとして、エチオピアのオモ川流域で見つかった数個のひび割れた茶色の頭蓋骨のかけらを選んでいたならば、この団体が跡かたもなく消え失せていたことはまちがいない。それに、かれらのイヴの美貌にファシズムの徴候を見るのは、単にぼくが狭量なだけかもしれないし。《子どもたち》はすでに二百万を超える人々に、表面的な容姿の差異を超越した共通の先祖の存在をしかと納得させていた。この包括的理念によって、血統に対するかれらの強迫観念をよからぬ噂と結びつけようとする議論のいっさいは、無力化されている感があった。

ぼくはリーナをふり返った。「去年モルモン教が、彼女に死後洗礼を授けたのは知っていたかい？」

リーナは肩をすくめただけで、宗教的占有行為の話を軽く退けた。「だからなに？ このイヴは、等しくあらゆる人のものよ。あらゆる文化、あらゆる宗教、あらゆる哲学のね。だれでも彼女を自分たちのものだと主張できる。それは少しも彼女をおとしめたりしないもの」そしてうっとりしたように、ほとんど崇敬するように胸像を見つめた。

ぼくは考えた——（リーナは先週、マルクス兄弟の映画を四時間、最後までつきあってくれた。退屈で気が狂いそうでも、グチひとついわずに。だから、ぼくだってこれくらいのことはしてあげなくては）。それは単純なギブアンドテイクの問題に思えた。気の染まない髪型やタトゥを強要されるのとは、違うのだと。

ぼくらは検査待合室に足を踏みいれた。

ほかに人けはなかったが、絶滅寸前の両生類を模した飾りのあいだから、お待ちくださいと声がした。部屋にはフラシ天のカーペットが敷かれ、中央に丸いソファがあった。世界各地の芸術品が壁を飾り、それは作者不詳のアーネム・ランド（オーストラリア北部のアボリジニ保留地）の樹皮画から、フランシス・ベーコン（名画のパロディなどで知られる二十世紀の画家）の複製画におよぶ。作品の下に添えられた説明文が、気にかかる代物だった。〝普遍的原型イメージ〟とか〝集合無意識〟とかのおぞましいユング派流精神医学隠語だらけなのだ。ぼくはうめき声をあげたが、どうかしたのときいたリーナには、なんでもないというふうに頭をふってみせた。

白いズボンと短い白のチュニックに身をつつんだ男が、カモフラージュされた扉からあらわれた。高価な北欧製オーディオ装置を思わせる、みごとなミニマリスト的器具でぎっしりのワゴンを押している。男はぼくらふたりともに「いとこ（カズン）」と呼びかけ、ぼくは無表情を保つのに苦労した。チュニックにつけられたバッジには、男の名前が『カズン・アンドレ』と記され、イヴの小さな反射ホログラムつきで、男のミトコンドリア型を識別する一連の文字と数字が示されていた。リーナはぼくに口をはさませず、自分が会員であり、ぼくに検査をうけさせるためつれてきた旨を告げた。

ぼくは百ドルの料金を払って——その先三カ月の遊興費が吹きとんだ——から、カズン・アンドレがぼくの親指に針を刺し、白い吸収パッドに血を一滴しぼりとるあいだおとなしくしていた。パッドはワゴンに載った器械のひとつにしまわれた。一連のかすかな回転音がつづき、精密機械が作動中だという安心感のようなものをもたらす。だがそれは妙な話で、ぼくが〈ネイチャー〉誌で見た同様の装置の広告は、物理的動作をする部品がまったくないことを謳い文句にしていたのだが。

結果が出るのを待つあいだ、部屋の照明が落とされ、正面の壁から大きなホログラムが投影された。ひとつの生きている細胞の顕微鏡写真だ。ぼくの血を撮ったもの？　いやおそらくは、だれのものでもないのだろう。もっともらしい単なるフォトリアリズムのアニメーションなのだ。

カズン・アンドレが解説する。「あなたの体の細胞という細胞は、数百ないし数千のミトコンドリア、つまり炭水化物からエネルギーを引きだす小さな発電所を含んでいます」立体像は、両端の丸まった桿状の細胞器官をズームアップした。どこか薬のカプセルに似ている。「どの細胞でも、DNAの大部分は細胞核の中にあり、また両方の親に由来します。しかし、DNAはミトコンドリアの中にもあり、それは母親からのみうけ継がれます。ですから、ミトコンドリアDNAを使えばよりかんたんに、あなたの血すじをたどれるのです」

大ざっぱな説明だったが、ぼくはその理論の詳細なら、高校の生物の時間にはじまって何度もきいていた。組み換え――精子や卵子の発生の準備段階において、一対の染色体のあいだで一定範囲のDNAがランダムに交換されること――のおかげで、染色体という染色体は何万という先祖に由来する遺伝子をもち、それが切れ目なく縫いあわされている。古遺伝学的視点から見れば、核DNAの分析とは、一万もの異なる個体に由来する種々雑多な骨のかけらをセメントで固めて偽造した〝化石〟から意味を見出そうとするようなものだ。

ミトコンドリアDNAは、一対の染色体ではなく、プラスミドと呼ばれる小さな環に由来する。個々の細胞は数百のプラスミドをもつが、そのすべてが瓜ふたつで、すべて卵子のみから来たものだ。四千年程度ごとにいちどの突然変異を別にすれば、ある人のミトコンドリアDNAはその人の母親のものとまったく同一で、それは母方の祖母とも、曾祖母とも……という具合につづいていく。それは血族のそれともまったく同一で、母方のいとことも、またいとことも、母親のまたいとこの子とも……とこれまた二百世代かそこらを経過して、別の突然変異がプラスミドを襲い、ついになにかの変化を生じさせるまでつづく。しかし、プラスミドの中には一万六千の塩基対があるので、イヴその人以来の五十かそこらの点突然変異(ポイントミューテーション)でさえ、たいした意味はもたないのだ。

ホログラムがディゾルブして、顕微鏡写真からいくつもに分岐した多色の線図に変わった。イヴの遍在的イメージを付されたひとつの頂点からはじまる、巨大な家系図(ファミリーツリー)である。図中の分岐のそれぞれは突然変異を意味し、そこでイヴの遺産はわずかに異なるふたつのヴァージョンに分離する。図の底辺では、数百の枝の先端がさまざまな顔を示していた。男もあれば女もあり、実在の個人なのか合成画なのかはわからないが、ひとつひとつの顔が、ひとつのミトコンドリア型を共有する（およそ）二百世代目の母系の〝いとこ〟の集団それぞれを代表しているのだろう。二十万年来の共通する主題に対する、各集団におけるもっとも平均的な変奏曲。

「そして、あなたはここにいます」とカズン・アンドレがいった。様式化された拡大鏡がホログラムの前景にかたちをとり、図の底辺の小さな顔のひとつを拡大する。それが気味悪いほどぼくの顔と似ているのは、隠しカメラでぼくのスナップ写真を撮ったからにまずまちがいない。ミトコンドリアDNAは、容姿にはいっさい影響しないのだ。

リーナがホログラムの中に手をのばして、指先でぼくの家系をさかのぼりはじめた。「あなたはイヴの子どもよ、ポール。これであなたも、自分がだれであるかわかったわけ。その事実はだれにも奪えない」ぼくは輝く家系図を見つめながら、背すじにぞくっとするものを感じていた——といってもそれは、自分の先祖たちを前にした畏敬の念がどうこういうより、

《子どもたち》が種全体に対して正当性を主張していることによるものだったが、イヴはなんら特別な存在ではない。進化の分岐点でもなんでもないのだ。彼女は、途切れることのない女性の家系をたどることによって、現存する個々の人間という人間のもっとも新しい共通の先祖であると定められたのにすぎない。そして彼女には何万人という女性の同時代人がいたことに疑いの余地はないが、時間と偶然——娘のいないまま死んでいった女性たちがいたことや、病気とか気候の変化といった災難——がほかの同時代の女性のミトコンドリアの痕跡を消し去ったのだ。イヴのミトコンドリア型になにかしら有利な点があったなどと考えるのは、無意味である（どのみち変異の大半はジャンクDNAで起こるのだ）。ひとつの母系の血すじがやがてほかのすべてにとって変わった理由の説明になるのは、統計的変動以外にはない。

イヴが存在することは、論理的必然だ。どこかの時代の人類（ないしヒト科の生物）が、その必要を満たすことになる。議論を呼ぶのは、それがどの時代かということだけだ。

時代と、その含意。

大家系図の横に、約二メートル幅の地球の像があらわれた。それは特徴的な〝宇宙から見た地球〟で、海洋の上には大きな白い積乱雲が渦を巻いているが、陸地の上は一様に晴れわたっている。家系図が身を震わせ、直線で構成されたかたちから、なにかもっとずっと不格好で生物的なものへ姿を変えはじめた。だが、幾何学的に屈曲はしても、そこに具象化されている血縁関係にはいささかの変化もなかった。やがて家系図は地球の表面を覆いはじめた。

血すじを示す線が、移住の道すじに変わる。東アフリカと地中海東岸レバント地方のあいだでは、その経路はぎっしりとかたまって平行に走り、旧石器時代のフリーウェイの車線といった様相だ。地形による制約の弱いそのほかの場所では、経路は四方八方へむかっていた。

もっとも近い過去のひとりのイヴが意味するものは、〈アウト・オブ・アフリカ〉説だ。現代のホモサピエンスは、ただ一カ所のみで先行するホモエレクトスから進化して、それから世界じゅうにくまなく移動し、行った先々でその地のホモエレクトスを打ち負かしてとってかわり――そして各地域ごとの人種的特徴を過去わずか二十万年のうちに発達させたという説。種の唯一の発祥の地は、まずおそらくアフリカだった。アフリカ人にはもっとも差異の大きな(それゆえ最古でもある)ミトコンドリアの変種が見られるからである。ほかの集団はすべて、もっとのちの時代に、比較的少人数の〝元祖〟から多様化していったように見えるのだ。

もちろん、これに対立する説もいくつか存在する。ホモサピエンスが存在そのものをはじめる百万年以上前に、ホモエレクトス自体が遠くジャワ島まで散らばり、地域による外見上の差異を獲得したとする説などだ。現に、アジアやヨーロッパで発掘されたホモエレクトスの化石は、少なくともそれぞれ現代のアジア人やヨーロッパ人と共通のきわだった特徴をもっている。だが、アウト・オブ・アフリカ説は、それを血すじによるのではなく、相近進化として片づける。仮にホモエレクトスがいくつかの場所でそれぞれ独自にホモサピエンスに変わったとするなら、たとえば現代のエチオピア人とジャワ人のミトコンドリアには、より昔のイヴ以来の分離の結果として、じっさいの五倍か十倍の差異がなければおかしいことになるからだ。あるいは、各地に散らばったホモエレクトスの集団が、完全に孤立していたのではなく、過去百万ないし二百万年にわたって打ちつづいた移住者の波と異種交配し、そこから生まれた雑種が現世人類となり、なおかつなぜか集団特有の差異を失わずにいたとしたところで、それならば二十万年よりずっと古くから存在する別のミトコンドリアの血すじも、おそらくは生きのびているべきだということになる。

地球像上のひとつの道すじが、ほかよりも明るく輝いた。カズン・アンドレが説明する。「これが、あなたのご先祖たちの歩いた道です。かれらはおよそ十五万年前に、エチオピアを——あるいはケニアかタンザニアかもしれませんが——あとにして、北へむかったのです。そして間氷期がつづくあいだに、ゆっくりとスーダンやエジプト、イスラエル、パレスチナ、シリア、トルコへと広がります。最後の氷河期がはじまるまでには、黒海の東岸を住みかとしていました……」声にあわせて、ひと組の小さな足跡がその道すじをたどる。

カズン・アンドレは、コーカサス山脈を抜けてはるばる北欧まで、仮説上の移住経路をたどってみせた。分析技術の限界から、そこで物語は完全に途切れてしまう。それは約四千年前（三千年の誤差含む）、ぼくのゲルマン系の曾（が二百回）祖母がミトコンドリアのジャンクDNAにひとつだけ変化のある娘を生んだときだ。記録上で分子時計の刻んだ最後の音。けれど、カズン・アンドレはぼくをまだ解放しなかった。「あなたのご先祖たちがヨーロッパに移動してきたとき、かれらの遺伝子が比較的孤立していたことと、その地域の気候による必要から、しだいにかれらはコーカソイドとして知られる特徴を獲得しました。しかしその同じ経路を、ときには数千年をへだてて、移住者があとからあとから旅してきます。その行程のいたるところで新しい旅人たちは先行した者たちと交わり、似かようようになりましたが……それでも何十もの異なる母系の血すじは、旅の経路ぞいにさかのぼることも、それ以降のさまざまな旅路ぞいに歴史をくだってたどることもできます」

さらにカズン・アンドレは、ミトコンドリア型がまったく同一の、ぼくのもっとも近い母系のいとこたちは、別に驚くまでもなく、大半がコーカソイドだともいった。塩基対の違いが三十個あるところまで範囲を拡大すれば、全コーカソイドの約五パーセントがそこに含まれる。ぼくはその五パーセントと、およそ十二万年前、おそらくはレバント地方に生きていた母系の先祖を共有しているのだ。

けれど、その十二万年前の女性自身のいとこたちの多くは、北ではなく、あきらかに東へむかったのだった。やがてかれらの子孫はアジアを端まで横断し、インドシナ半島をくだり、そこから氷河期で海面がさがって露出した陸橋をたどって、あるいは島伝いに短い航海をおこなって、群島部を南下した。かれらはオーストラリアの手前で旅を終えた。

だから、ぼくは母系的に見れば、コーカソイドの九十五パーセントよりも、ニューギニア高地人と縁が深いのだ。地球像の脇にふたたび拡大鏡があらわれて、現存するぼくのまたいとこ（が六千回）いとこのひとりの顔を見せてくれた。肉眼で見るぼくらふたりは、およそ地球上の任意のふたりの人間がそうであるように、似ていなかった。皮膚の色や顔面の骨相といった特徴をコードするひと握りの核遺伝子のうち、ひと組が適応したのは極寒の北欧で、もうひと組は赤道直下のジャングル。けれど、地域ごとの外見の均一化は、目には見えない古代の一族の絆というネットワークの上に最近かけられたつや出し塗料のような、うわべのものであることをあきらかにするに足る証拠が、両方の地でミトコンドリア上に生きのびていた。

リーナが勝ち誇ったようにぼくのほうをむいた。「わかった？ 人種、文化、血縁——そんな古いまやかしはあっという間にひっくり返る！ そのあなたのいとこたちの近い時代の祖先は何万年も孤立して生きてきて、二十世紀になるまでただのひとりも白い顔の人間を目にしたことがなかった。それでもあなたはわたしとよりも、そのいとこたちと近しいの！」

ぼくはうなずき、微笑んで、リーナの熱狂をわかちあおうとした。〝人種〟などという純朴な概念がこうして一気にくつがえされるのは、たしかにすばらしい見ものだった。それに、十万年前の血縁関係をこれほどの正確さでマッピングできると主張する《子どもたち》の大胆不敵さを、賞賛しないわけにはいかない。けれど正直なところ、一面識もない白人のひとりが、同様の黒人のひとりよりも遠いいとこであることが明かされたからといって、人生が一変したなどということはなかった。世の中には、そうと知らされて心底動揺する頑迷な人種差別主義者もいるのかもしれない。もっとも、そんな連中が《イヴの子どもたち》に駆けこんでミトコンドリア型検査をうけるなどとは、想像しがたいが。

ワゴンの反対側でブザーが鳴って、カズン・アンドレのと同様のバッジが出てきた。カズン・アンドレがそれをぼくにさしだす。ためらっていると、リーナがバッジをうけとって、ぼくのワイシャツに誇らしげに留めた。

建物を出てから、リーナが重々しく宣言した。「イヴは世界を変える。わたしたちはしあわせだわ。その変化に立ちあえるのだもの。過去一世紀、人々は誤った血縁集団に属していることを理由に虐殺されてきた。けれどもじきに、ありとあらゆる人々がより古くてより深い血の絆を知り、浅はかな歴史的偏見はことごとく打ち破られるでしょう」

（それはつまり……聖書にいうイヴが、キリスト教ファンダメンタリストのあらゆる偏見を駆逐したようにってことかい？　それとも、宇宙から見た地球の写真が、戦争と環境汚染を終わらせたように？）ぼくは返事を保留することで、その場を切り抜けようとした。だが、リーナはぼくを、自分の思いがけない血の絆があきらかになったいまも、なにか疑問をもてるとでもいう気、といいたげな意外そうな目で見ている。

ぼくは口をひらいた。「ルワンダの大虐殺は覚えているかい？」

「もちろん」

「あれは、身分制度――それも、ベルギーの入植者が植民地管理に好都合だというのでいっそうひどくした――によるところが大きいんじゃないかな、血縁集団とやらのあいだの対立として説明できるもののせいよりも？　それからバルカン諸国では――」

リーナはぼくをさえぎって、「はいはい、そうね、あなたのあげるできごとはどれも、こみいった歴史的背景をもっているんでしょう。それを否定はしない。でも、だからといって、解決策もどうしようもなく複雑である必要はないわ。もしそこに関係するすべての人が、いまわたしたちの知っていることを知り、わたしたちの感じていることを」――リーナは目を閉じて、晴れやかな笑みを浮かべた。心からの満足と平安の表情――「イヴを通じて、全人類が含まれるただひとつの家族に属しているという深遠な気持ちを感じていたならば……それでもあなたは本気で、その人たちがあんなふうにたがいを攻撃したなんて想像できる？」

そこで困惑もあらわに反論すべきだったのだろう――深遠な気持ちってなんのことさ。ぼくはなにも感じていないよ。それに《イヴの子どもたち》がしていることといえば、改宗者に説教しているだけじゃないか、と。

そうしていた場合に起こりえた最悪の事態とは？　もしそのときその場所でぼくらが、古い遺伝学の政治的重要性をめぐって破局していたならば、そんな関係は最初からうまくいくはずがなかったということだ。それに、たしかにぼくは人と対立することが大きらいだけれど、如才のなさと不誠実さ、あるいはぼくらのあいだの違いを埋めることと隠すことのあいだには、明確な一線があった。

とはいえ。その問題は議論してらちがあくことではないように思えた。それに、リーナがその件について熱烈な見解をもっているのはまちがいないにせよ、ぼくがただそのときだけよけいなことをいわずにいれば、ふたたび話題にのぼることはなさそうにも思えた。

ぼくはいった。「きみのいうとおりかもしれないな」そして腕をするりと体にまわしてやると、リーナはこちらをむいて、キスをした。雨がふたたび本格的に落ちてくる。空気はしんとして、雨音は不思議と静かだ。ぼくらは結局リーナのフラットに戻り、その夜の残りはほとんど言葉を使わなかった。

ああそうさ、ぼくは臆病で馬鹿だ。だがそのときのぼくには、そのことで自分がどれほどの目にあうか、知るよしもなかったのだ。

それから数週間後、ぼくはリーナにニュー・サウス・ウェールズ大学物理学部の地階を見せてまわっていた。その一角にぼくの研究器材が押しこまれている。夜遅い時間で（またしても）、建物にいるのはぼくらふたりきりだった。色とりどりの蛍光ディスプレイ板が闇に浮かんで、どこかのぞっとするような象牙の塔用電脳空間での博士課程修了後の研究課題を示すよそよそしいアイコンのようだ。

自分でもちこんだ椅子が見つからなかったので（単なる名札にはじまった保安措置はどんどん強化され、いまや日々洗練されるコンピュータ管理の警報まであるのに、いつもだれかが拝借していくのだ）、ぼくらは切れかけた天井パネルひとつに照らされたきりで、装置類の脇のコンクリートが打ちっぱなしの冷たい床に立ち、そしてぼくは量子世界の不可思議さを映しだす0と1の連なりをスクリーンに呼びだした。

悪名高いアインシュタイン‐ポドルスキー‐ローゼン（EPR）相関関係――ふたつの極微粒子をひとつの量子系に関わらせること――は二十年以上も実験による研究がつづけられてきたが、一対の光子や電子以上に複雑なものを調べられるようになったのは、ようやく最近のことだ。

ぼくは、紫外線レーザーのパルスによってひとつの水素分子が解離するときにできる水素原子を使って、その研究をしていた。分離したふたつの原子にある種の測定をおこなうと、そこには統計的な相関関係があらわれる。この結果を唯一説明できるのは、ふたつの原子を包含するひとつの波動関数が測定プロセスに瞬時に反応したという仮説だけだ。このとき、それぞれの原子が分子結合崩壊後にどれだけ遠く離れたところに移動したかは関係ない——それが何メートルだろうと何キロメートルだろうと何光年だろうと。

この現象は、距離という概念を完全に無視しているように見える。だが、EPRが超光速通信装置の道をひらくかもしれないといった考えを一掃するのに、ぼく自身の最近の研究が一役買っていた。EPRの理論はその問題についてはつねに明快なのだが、方程式の不備が抜け道になるのではと願う連中がいたのだ。

ぼくはリーナに説明していた。「EPR相関関係をもつ原子をストックしたふたつの器械を用意して、ひとつを地球に、もうひとつを火星に置く。どちらの器械も、たとえば原子の垂直方向か水平方向の軌道角運動量を測定できる。測定結果はつねにランダムだが、火星の器械は、地球の器械からまったく同時刻に出てきたランダムなデータを正確に模倣したデータも出せるし、そうしないこともできるように作られている。模倣するかしないかのスイッチの切り替えは、地球での測定法を変えることで瞬時にしておこなわれる」

リーナが連想を口にした。「いっしょの面を上にして落ちると決まっている、ふたつのコインみたいなものね。でもそれは、右手で投げている場合だけ。地球のコインを左手で投げはじめたら、相関関係は消えてしまう」

「うん——完璧なアナロジーだ」おそらくリーナにはこの話が初耳でないことに、遅まきながら気がついた。量子力学と情報理論といえば、リーナの仕事分野の基盤なのだ。だがリーナがおとなしく耳を傾けていたので、ぼくは先をつづけた。「けれど、たとえふたつのコインが毎回どちらの面を出すかを不思議な力で相談しあっているとしても……やはりおもてを出す回数と裏を出す回数のそれぞれはふたつのコインとも同じで、かつランダムだ。だから、そのデータになんらかのメッセージを暗号化してのせる手段はない。火星にいたら、いつ相関関係がはじまって、いつ終わったかさえわからない——無線通信のような従来からの手段で、比較のために地球のデータを急送しないかぎりはね。でもそれでは、実験の意味がまるでなくなってしまう。EPRそれ自体は、なにも伝達しないんだ」

それをきいてリーナはじっと考えこんでいたが、いまの結論に驚いていないのはひと目でわかる。

リーナが、「EPRは分離した原子のあいだではなにも伝達しない。でもかわりに、ふたつの原子をいっしょにしたら、EPRで原子の過去の履歴がわかる。対照実験はしているんでしょう？　いちども結合していたことのない原子についても、同じ測定はしてみたの？」

「それは当然さ」ぼくはスクリーン上の三番目と四番目のデータの列を指さした。ぼくらがしゃべっているあいだも、実験それ自体は、電子機器の山の陰になった小さな灰色の箱の中の真空チェンバー内部で黙々と進行していた。「結果は相関関係いっさいなし」

「すると、基本的に、この器械はふたつの原子が結合していたことがあるかどうかを判定できるのね？」

「一個単位では無理だ。偶然で測定結果が一致することもありうるから。だが、共通の履歴をもつじゅうぶんな数の原子があれば、イエスだ」リーナは共犯者の笑みを浮かべていた。

ぼくはきいた。「どうしたんだ？」

「ううん……しばらくいい気分でいさせて。実験の次の段階は？　重元素？」

「そのとおりだけれど、まだ先がある。水素分子を分裂させて、分離したふたつの水素原子を、それまで相関関係のなかったふたつのフッ素原子と結合させる。それから両方のフッ化水素を分裂させて、ふたつのフッ素原子を測定し、両者のあいだに間接的な相関関係が見られるかを調べるんだ。最初の水素分子からうけ継いだ、二次的な影響を」

じつのところ、そこまで研究を進めるだけの資金を得られる望みはほとんどなかった。EPRに関して実験から得られる基本的な事実は出そろっていて、測定技術をいま以上に発達させる理由はほとんどない。

「理論上では」とリーナがなんでもないふうに、「もっと大きなものについても、同じことができるの？　たとえば……DNAとか？」

ぼくは笑って、「無理だ」

「わたしがいったのはね、ここで、あすから一週間でということじゃないの。でも、昔は結合していたふたつのDNA鎖があったら、そこにはなんらかの相関関係が見られる？」

ぼくはその考えにしりごみしながらも、正直にいった。「ありうる話だ。いますぐに答えは出せないけれど。生化学者からソフトウェアを借りてきて、相互作用を正確にモデル化する必要がある」

リーナは満足そうにうなずいた。「それを実行すべきだと思うな」

「どうして？　実際問題、そんなことはできやしないよ」

「このジャンクヤード級の設備を使ってではね」

ぼくは鼻を鳴らした。「もっといい設備に金を出してくれる人がいるなら、きかせてくれ」

リーナは居心地の悪い地下の部屋を見まわした。ぼくの生涯の最悪のときを心に刻んでおこうとするかのように――なにもかもが一変する前に。「DNAが結合していたことの証拠になる量子論的指紋を検出する研究に、資金を提供してくれるのはだれだと思う？　ふたつのミトコンドリア・プラスミドが過去のいつまで接触していたかが――数千年単位どころか、細胞分裂単位で――コンピュータによってわかるという可能性に、金を出そうとするのは？」

うんざりした気分になった。これぞ、《イヴの子どもたち》が世界平和の最大最後の希望だと信じている理想主義者の鑑（かがみ）ではないか。

「連中はそんな話に引っかかりっこないよ」

リーナは一瞬、ぽかんとした顔でぼくを見てから、笑いながらかぶりをふった。「信用詐欺を働こうって話じゃないの——虚偽表示で助成金をもらおうとかね」

「それじゃあいったい……」

「わたしがいっているのは、お金をもらって、かつなすべき仕事はなすという話。塩基配列(シーケン)分析技術(シング)は、限界まで発達したわ。それでもわたしたちの敵は、いまだに難癖をつける種をあとからあとから見つけてくる。ミトコンドリアの突然変異率、より正確な家系図を作るための分岐点を選ぶ方法、血すじの断絶や存続の詳細。わたしたちに味方している古遺伝学者たちでさえ、なにかにつけて意見が変わる。イヴの年齢はハッブル定数並みに上下するし」

「そこまでひどいわけはないだろ」

リーナがぼくの腕を握りしめた。リーナの興奮が電流のように流れこむのを感じる。もしかして神経をひねりあげられただけかもしれないが。

「この研究分野を一変させる可能性があるのよ。もう想像の産物もなし、憶測もなし、仮定もなし——あるのは、二十万年をさかのぼっても議論の余地のない家系図ただひとつ」

「そんなことは可能性すらないかも——」

「ねえ、調べてみるでしょ? 研究するでしょ?」

抵抗はあったが、拒否するだけの理由はひとつも思いつかなかった。「やるよ」

リーナはにっこりして、「量子古遺伝学……あなたは、かつてだれもなしえなかった方法でイヴをよみがえらせる力を手にするの」

六ヵ月後、大学で研究資金を稼ぐ道が途絶えた。研究も学生の指導もなにもかも。《子どもたち》に出す提案書をまとめるまでの三ヵ月間、リーナに養ってもらうことになった。ぼくらはすでにひとつ屋根の下で暮らしていて、出費を分担しているのだからとか理屈をつけて。それに職探しにはむかない時期で、どのみち職が見つかるはずはなかったし……。

結局コンピュータによるモデル化によって、じゅうぶんな量――人ひとりについて一滴ではなく数リットルの血液――のプラスミドを用いれば、DNA節間の測定可能な相関関係を統計的雑音の中から識別可能であることが示唆された。だがぼくにはすでに、技術的問題の克服どころか、問題をじゅうぶんに検討することでさえ数年がかりの作業になることがわかっていた。そのすべてを書きだすのは、いずれ企業に助成金を申請する際のいい予行演習になった――そんなものが得られるなどと本気で思ったわけではないが。

《子どもたち》の西太平洋研究部門理事、ウィリアム・サクスとの面接には、リーナも同席した。サクスは五十代後半で、ベネトンの定番『エイズはナイスじゃない』Tシャツから、サーフィンする白鳩をモチーフにした《マンボ・ワールド・ピース》のボードショーツまで、それはそれは地味な身なりだった。額に飾られた〈ワイアード〉誌の表紙から、少しだけ若い分身が微笑んでいる。この人物は、二〇〇五年四月の〝今月のグル〟だったのだ。

「大学の物理学部は、すべてにわたる監督権を要求します」説明しながら、ぼくは落ちつかなかった。「六ヵ月ごとに研究の科学的成果について独立監査があるので、横道にそれた研究のできる可能性はないんです」

「EPR相関関係は」と考え深げにサクスがいった。「すべての生命が全体論的に大統一メタ生命体に統合されることを証明しているのだね？」

「違います」机の下でリーナがぼくを蹴った。

しかしサクスは、ぼくの言葉をきいていなかったようだ。「きみはガイア自身のシータ・リズムをききとることになるだろう。万物の底流をなす秘められた調べだ。シンクロニシティ、形態論的共鳴、輪廻……」夢見心地でため息をついて、「わたしは量子力学を崇拝しているよ。わが太極拳の師匠が、それについての本を出しているのはご存じかな？『シュレーディンガーの蓮華』といってね、読んだことがあるはずだ。精神ファック本だよ。師匠は続篇の『ハイゼンベルグの曼陀羅』を執筆中で――」

ぼくが口をひらく間もなく、リーナが割ってはいる。「あるいは……のちのちの世の中にあっては、相関関係をほかの種までたどれるようになるかもしれません。ですが、予測可能な将来は、イヴまで到達することでさえ、技術的に困難をきわめるのです」

カズン・ウィリアムは現実に立ちかえったようだ。印刷された提案書を手にとって、末尾の予算細目に注意をむける。そこはほとんどリーナの仕事だった。

「五百万ドルというのは、たいへんな金額だ」

「十年以上でそれだけです」リーナがよどみなくいう。「現会計年度には、調査研究費に対して百二十五パーセントの課税控除があることもお忘れなく。あなたが知的特許権を回収なさるころまでには――」

「二次製品をこんなに高く見積もっているのは本気かね？」

「テフロンの例をごらんください」

「この件は役員会にはかる必要がある」

　二週間後、メールで朗報が届いたとき、ぼくは肉体的に参りそうになってしまった。

　ぼくはリーナにむかっていった。「ぼくはなにをしてしまったんだ？　もしこれに十年費やして、なにひとつ成果がなかったら？」

　リーナは当惑したように顔をしかめた。「成功の保証はなにもない。でも、そのことはちゃんといってあるんだから、別に不正を働いたわけじゃないわ。偉大な試みには不確実さの問題がつきもの――《子どもたち》はそのリスクを背負うことに決めたのよ」

　ぼくがじっさいに悩んでいたのは、地球規模の母親探しという強迫観念をもつまぬけな金持ちたちから巨額の費用をかすめることの是非でも、その見返りにさしだせるものがまずなにもないだろうことでもなかった。もし研究が袋小路であるとわかり、発表に値する成果がなにもあがらなかったら、自分のキャリアはどうなるかということのほうが、よほど気がかりだったのだ。

　リーナがいう。「なにもかも完璧にうまくいく。わたしはあなたを信じているから、ポール」

　それがいちばん困った点だった。リーナが信じているということ。

ぼくらは愛しあっていた――そして、利用しあっていた。けれど、まもなくふたりの人生でなにより重要になることについて、嘘をつきつづけているのは、ぼくのほうだった。

二〇一〇年の冬、リーナは三ヵ月間仕事を離れ、技術移転の名目でナイジェリアへ発った。おもてむきの仕事は、新政府に通信インフラストラクチャの現代化についてアドバイスするというものだったが、同時に《子どもたち》の最新型低費用シーケンサーの現地オペレータ数百人の訓練もおこなっていた。ぼくのEPR分析法はいまだよちよち歩きの段階で、一卵性双生児を赤の他人と区別するのがやっとだったが、きわめて小型で耐久性があり、かつ安価なミトコンドリアDNA分析器を開発することはできた。

アフリカは過去、《子どもたち》に対して強い抵抗を見せてきたが、組織はついに足場を固めたようだった。リーナが首都ラゴスから伝道者の情熱に燃えるまなざしで通話してくるたびに、ぼくは大家系図をチェックしにいき、もしナイジェリアでのミトコンドリア型検査の流行がほんものになるとしたら、その結果として部族の血の近しさという伝統的な概念がくつがえることによって、少し前に内戦を戦った者どうしがたがいに縁深くなるのか縁遠くなるのかを、判断しようとした。だが、その内紛は民族的に複雑なもので、明確な判定をくだすのは不可能だった。せいぜいぼくにいえるのは、内戦で敵対した各同盟は、古来の部族への忠誠の呼びかけによるのと同じくらいに、二十一世紀のある種の政治的取引によって形成されたものだということくらいだ。

滞在期間の終わり近いある日、夜明けにまだ遠い時間（ぼくの側の時間で）にリーナが、怒りに涙を流さんばかりで通話してきた。「これからまっすぐロンドンへ飛ぶわ、ポール。三時間でむこうに着く」

リーナのうしろの熱帯の日射しがまぶしくて、ぼくは細目で明るい画面を見た。「なんだって？　なにがあったんだ？」ぼくは思い描いた――《子どもたち》がきわどい停戦状態にひびをいれ、言語に絶する民族虐殺かなにかのきっかけを作っておいて、混乱の中に沈んでいく国家をあとに、自分たちは怪我を治療してもらいに世界最高の顕微外科医のもとへひとっ飛びするところを。

リーナはカメラから外れてボタンを押し、数段落のニュース記事を画面の一角に貼りこんだ。大見出しが躍っている――『Y染色体アダムの逆襲！』その下の写真では、ほとんど全裸で筋肉質なブロンドの白人男性が（不思議なことに体毛はなく、ミケランジェロのダビデ像がバイソン革の腰布を巻いているようだ）、バレエもかくやという優雅さで、読者にむかって槍をかまえていた。

ぼくは低くうめいた。こうなるのは時間の問題だったのだ。精子が生成されるまでの細胞分裂の過程で、Y染色体のDNAの大部分はX染色体との組み換えをうける。だがその一部は、独立したまま、ほかと交わることなく、ミトコンドリアDNAが母から娘へとうけ継がれるのと同じ厳密さで、純粋に父方の家系を伝えられていく。いや、厳密さでは上まわる。核DNAは突然変異の頻度がさらに低く、そのため分子時計としてはミトコンドリアDNA

以上に役に立たない。「こいつらの主張ときたら、全北欧人のただひとりの男の先祖を見つけたというの――わずか二万年前のね！　しかもその嘘八百を、あすのケンブリッジの古遺伝学会で発表する気でいるんだから！」リーナが泣きわめいているあいだに、ぼくは記事に目を走らせた。ニュース記事はタブロイド紙流の誇張の塊で、研究者たちがじっさいはなにを主張しているかを読みとるのはむずかしい。だが、これまでずっと《イヴの子どもたち》に敵対してきた右翼グループ多数が、このなりゆきを大々的に歓迎していた。

ぼくはいった。「それで、なぜきみがその場にいなくちゃならないんだ？」

「イヴを擁護するために決まってるでしょう！　こいつらに好き勝手させてたまるもんですか！」

頭がずきずきしてきた。「もしそれが科学的にまちがっているなら、専門家がやりこめてくれるよ。きみが手を出すことじゃない」

リーナはしばらく黙ったあと、苦々しげにいい返してきた。「男性の血すじが女性のよりも早く失われることは、あなたも知っているでしょう。一夫多妻のおかげで、ひとつの父系の血すじは、母系のそれよりもはるかに少ない世代で、人口の大半を占めることができる」

「だから、その連中の主張は正しいかもしれない？　比較的近い過去に、ただひとりの〈北欧のアダム〉がいた？」

「もしかするとね」リーナは不承不承認めた。「でも……だからどうしたっていうの？　それでなにが証明されたことになる？　こいつらは、全人類の父となるアダムを探そうともしていないのよ！」

ぼくはいってやりたかった。もちろん、それはなにも証明しないし、なにも変えはしない。正気の人間なら気にするわけもない。しかし……そもそも血縁関係をこんな大問題にしたのはだれだ？　だいじなことはなにもかも家族の絆と関わっているという説を、総力をあげてまき散らしたのはだれだ？

そんなことをいうには、手遅れもいいところだった。《子どもたち》に盾突くなど、偽善のきわみ。ぼくはかれらの金を使い、ご機嫌をうかがってきたのに。

それに、ぼくにはリーナを捨てることなどできなかった。もしぼくがリーナを、ふたりが意見を同じくする範囲でしか愛せないのなら、そんなものは愛でもなんでもない。

ぼくは感情の抜け落ちた声でいった。「午前三時発のロンドン行きの便に乗る。学会の会場で会おう」

第十回世界古遺伝学年次フォーラムは、大学のキャンパスから離れた人工芝敷き（アストロターフ）のサイエンスパークにあるピラミッド型の建物で開催されていた。プラカードをふりまわす群衆のおかげで、会場はすぐわかった。**『イヴに触るな！』**、**『ナチ野郎に死を！』**、**『ネアンデルタール人は出ていけ！』**（なんだそれは？）。おりたタクシーが走り去るのといっしょに時差ぼけが追いついてきて、膝に力がはいらない。ぼくの目的は、一刻も早くリーナを見つけて、ふたりで騒ぎに巻きこまれない場所まで離れること。イヴは自分の面倒くらい見られるだろう。

彼女はもちろんその場にいた。いくつものTシャツや旗から、おだやかな気品をたたえて見守っている。しかし《子どもたち》——とそのマーケティング・コンサルタント——は最近、彼女のイメージを〝微調整〟していて、その際の事前調査と消費者反応研究の成果を見るのは、ぼくはそのときがはじめてだった。新しいイヴはやや色が薄く、鼻がわずかばかり細長く、目も前より細い。変更点はささいなものだったが、そのねらいが彼女の外見をより〝汎人種的〟に——アフリカというひとつの特定の土地に住んでいた人類共通の祖先というより、現代の全人類の特徴を少しずつもつ、各人種共通の遠未来の子孫のようにすることであるのは、明白だった。

さしもの皮肉屋のぼくも、この容姿の変更には、《子どもたち》が演じてきた安っぽい離れ業のどれよりも吐き気を感じた。これではまるで、かれらがついに、世界のだれもがひとりのアフリカ人のイヴをうけいれる日が来ることはありえないと結論し、それでもミトコンドリア・イヴ説にいれこむあまり、彼女をより多くの人にうけいれさせるためなら、どこまでも真実を曲げつづけることもいとわないと……どこまでも？　かれらは彼女に、各国で異なる名前どころか、異なる顔さえあたえることになるのだろうか？

ぼくはピケ隊の二、三人から悪態をあびせられた程度のことで、ロビーにたどりつけた。建物の中はずっと平穏だったが、学究肌の古遺伝学者たちが目をあわせずにこそこそと行きかっていた。ひとりのかわいそうな女性が、取材班につかまっている。脇を通るとき、記者が激した口調でいいつづけているのがきこえた。「土着のアマゾネスが起源だとする神話を冒瀆することは、人類に対する犯罪だと認めなさい」ピラミッドの外壁は青みがかってはいるがほぼ透明で、デモ参加者の一団が外壁パネルの一枚に張りついて、中をのぞきこんでいるのが見えた。リストフォンにささやいている私服の警備員は、どう見ても自分たちのマサリニ製スーツを心配していた。

飛行機をおりてから十回以上もリーナの番号にかけていたが、ケンブリッジの通信衛星回線不足のせいで、ずっと保留にされていた。リーナが手をまわして、ぼくらふたりを参加者のデータベースにのせてくれていたが(でなければぼくは、正面入口を通らせてもらえなかった)、その結果唯一わかったのは、建物の中にいるからといって、その人が中立であることの保証はないということだった。

不意に近くで喝采となり声がきこえ、声援の合唱と、大きなプラスチック板が枠からぽんと外れる音がつづいた。ニュース記事は、イヴ支持とアダム支持、両方のデモ隊に触れていた。後者のほうがはるかに暴力的だという。あわてふためいたぼくは手近の通路を駆けだして――反対側から来た細身だががっしりした若い男とぶつかりかけた。男は背の高い白人で、ブロンドの髪に青い目、チュートン民族特有の威圧感が全身からにじんでいる。ぼくのなかに叫びだしたいほどの怒りがこみあげてきた。不本意ながら、まったく馬鹿げた人種差別主義に陥っていたのだ。

しかし、男の手にはビリヤードのキューがあった。

ぼくが警戒しつつあとずさると、男の袖なしTシャツがスローガンを点滅させはじめた。

『女神はここに！』

「おまえは何者だ？」男はせせら笑うようにいった。「《アダムの息子たち》の一員か？」

ぼくはゆっくりとかぶりをふった。（ぼくが何者か、だと？ ホモサピエンスだよ、このとんま。自分の同類も見わけられないのか）

「ぼくは《イヴの子どもたち》の研究者だ」同業者のカクテルパーティでのぼくは〝個人で古遺伝学的研究にとりくむ物理学者〟と決まっていたが、いまはうるさいことをいっている場合ではない。

「ほお？」男が顔をしかめたので、最初は不審がっているだけかと思ったが、相手は脅すように先をつづけた。「じゃあ、おまえは、地母神のアーキタイプを具象化させて、彼女の無限の精神パワーを支配しようとしている、糞ったれな家長制主義の唯物論者野郎のひとりなんだな？」

これには唖然として、次に起こることを予期できなかった。男がぼくのみぞおちにキューを突きたてたのだ。ぼくは苦痛にあえぎながら、膝をついた。ロビーの靴音と、スローガンを叫びたてるかすれ声が耳に届く。

女神崇拝者はぼくの右肩をつかんで引きずるように立たせると、にやりと笑って、「だが、悪く思っちゃいないんだ。ここではおれたちは味方どうし、だろ？ さあ、ナチ野郎どもをぶちのめしに行こうぜ！」

ぼくは身をほどこうとしたが、時すでに遅く、《アダムの息子たち》がわれわれの姿に気づいた。


リーナが病院に見舞いにきた。「あなたはシドニーにいるべきだと思っていたのよ」

顎を針金で固定されていて、ぼくは返事ができなかった。

「もっと自分をだいじにして。あなたの研究は、いまや前にも増して重要なんだから。そのうちにほかの集団が自分たちのアダムを見つけて――そうなったらイヴの全世界統一のメッセージは、いちばん近い過去の男の先祖という概念につきものの、部族主義の中に埋もれてしまう。交尾し放題だった二、三人のクロマニョン男がなにもかもを台無しにするのを、黙って見ていられないわ」

「ムググ、ググググ、ググググ」

「わたしたちには、ミトコンドリア型検査がある。むこうには、Y染色体型検査がある。いまやわたしたちの分子時計のほうが正確なのはたしかだけれど……わたしたちには圧倒的優位に立つための、だれにでもピンとくるなにかが必要なの。突然変異率とかミトコンドリア型とかでは、一般の人たちには抽象的すぎる。もしEPRで正確な家系図を作成できたら――出発点は身近な親族だけれど、それと同じにまぎれもなく血がつながっているという親近感を一万世代にわたって、最後はイヴにさかのぼるまで広げられたら――それこそがわたしたちを身近に感じさせ、信憑性をあたえ、そして《アダムの息子たち》に引導を渡すことになるのよ」

リーナはぼくの額をやさしくなでた。「あなたは〈先祖戦争〉でわたしたちに勝利をもたらしてくれるわ、ポール。わたしにはわかっているの」

「ムム、ウウウ」とぼくは同意した。

そのときのぼくは、EPRプロジェクトから手を引いて、〈戦争〉の両陣営を排撃し、さらにはリーナとも別れていたところで、不思議はなかったのかもしれない。

それは愛というよりはプライド、義務感というよりは気弱さ、誠実さというよりは惰性だったのだろう――理由はなんであれ、とにかくぼくにはそんなことはできなかった。リーナを捨てることができなかった。

自分がはじめたことに決着をつける以外、先に進む道はなかった。《子どもたち》に水も漏らさぬ完璧な証拠をくれてやることで。

競合する先祖カルト集団がピケを張って爆弾を投げあっているあいだ、ぼくの装置の中では大量の血が流れていた。《子どもたち》が世界じゅうの五万人もの会員から二リットルずつのサンプルを、ぼくに供給してくれたのだ。ぼくのラボを見たら、ハマー・フィルムの恐怖映画の最高におぞましいセットでさえ、はだしで逃げだしただろう。

何兆というプラスミドが分析された。特定の低エネルギー混成オービタル――かたちの異なるふたつの電荷分布の量子論的混合物で、潜在的に数万年間安定している――にある電子が、精密に調整されたレーザーパルスによって、ひとつの特殊な状態に崩壊するよう誘導される。崩壊はどれもランダムに起こるが、ぼくの選んだオービタルは、DNA鎖間でごくわずかながら相関関係を見せる。収集され、比較された測定値は十の二十四乗個。個々人についてじゅうぶんな量のプラスミドを測定すれば、共通する先祖がいた場合、そのかすかなしるしを統計的雑音の中から見つけることが可能だった。

《子どもたち》の大家系図（グレートツリー）の陰にある突然変異は、もはや問題ではなかった。実際問題、ぼくが着目したのは、イヴにいたるまで傷ひとつない可能性がもっとも高い、一連のプラスミドだった。密接な化学的接触、つまり完全無欠なDNA複製が、オービタルに相関関係をもたらす唯一の機会だからである。分析過程の不備がとり除かれ、データが積みあがるにつれて、ついに最終結果が浮かびあがりはじめた。

血液の提供者には、近しい家族集団が多々含まれていた。ぼくはブラインドでデータを分析してから結果を研究助手にまわし、判明している血族関係と照合させた。二〇一三年六月初旬、ぼくは千サンプルの中からの兄弟探しを、百パーセント成功させた。数週間後には、いとこについても、またいとこについても、同様の結果を出した。

まもなくわれわれは、その先は系図の記録が残っていないという地点に到達した。照合確認のあらたな手段として、ぼくは核遺伝子の分析にも着手した。遠い親類でも、共通の先祖からいくらかの遺伝子をうけ継いでいるはずで、ＥＰＲはそれがどの時代の先祖かを正確に特定できた。

この研究のニュースが広まると、ぼくのもとには脅迫状や脅迫メール、暗殺予告が殺到した。ラボの警備は強化され、《子どもたち》は研究の関係者全員とその家族にボディガードをつけた。

研究データは増加の一途をたどったが、アダム派の集団が競合技術を使って自分たちを打ち負かすのではとおびえる《子どもたち》は、ぼくの研究費をいくらでも認めつづけた。おかげでスーパーコンピュータをグレードアップすること二回。ぼくをイヴのもとへつれていってくれるのはミトコンドリア以外ないにもかかわらず、帳尻をあわせるために、気がつくと男女を問わず何百万という先祖の核遺伝子をたどっていたりした。

二〇一六年春、データベースは一種の臨界質量に達した。われわれがサンプル調査したのは、世界人口から見ればごくごくわずかな部分だったが、ほんの数十世代をさかのぼることが可能になったところで、別々に見える血すじがすべて結びつきはじめたのだ。イヴたちに発する純粋な母系の樹形図と、アダムたちの純粋な父系の樹形図のあいだを見さかいなくジグザグに移動する、核遺伝子中の常染色体が隙間を埋めて……やがてぼくは、九世紀初期のこの惑星に生きてい(て現代までつづく子孫を残し)た人間ほぼ全員の、遺伝子プロフィールを手にしていた。そのだれひとりとして名前も知らないし、居住地域も限定できないが、そのひとりひとりがぼくの大家系図のどこに位置するかは、正確にわかる。

ぼくは全人類の遺伝子的多様性に関するスナップ写真を手にしたわけだ。その先は止めようのない連鎖反応と同じで、ぼくは相関関係を追って数万年をさかのぼった。

二〇一七年には、リーナの最悪の予言がすべて現実化していた。世界各地で何十もの異なるアダムの存在が宣言された。より近い先祖に収斂(しゅうれん)する、より小さな集団での父系の血すじ探しの流行。たいていその先祖とは、歴史上の偉人とされる人物だった。ギリシャとマケドニアのふたつのグループが、どちらが《アレクサンダー大王の息子たち》を名乗る資格があるかで争っていた。Y染色体による民族の等級づけが東欧の三つの共和国で政策方針とされ、報道によれば、いくつかの多国籍企業も経営方針として採用したという。

分析する集団が小さくなれば、その中でよほどさかんに近親交配がおこなわれていないかぎり、分析された全員がただひとりのアダムを共有する可能性が小さくなるのは当然のこと。結果、祖先であることが確認された最初の男性が、〈民族の父〉とされる。そして、残りはみな、遺伝子を汚染する蛮族のレイピストにされてしまう。その忌まわしい〝けがれ〟はいまでも見つかる。そして、けがれは除去される。

毎晩、ぼくはベッドにはいっても夜ふけすぎまで眠らずに、自分がこうも馬鹿げたことをめぐる、こうも激しい争いの焦点に位置するハメになった理由を考えていた。いまだに自分のほんとうの気持ちをリーナに告白する気にはなれず、ぼくは明かりをつけずに家の中を歩きまわったり、防弾シャッターをおろした書斎に閉じこもって、最新の抗議文書（紙版、電子版ともに）の山を整理しながら、自分がイヴについて見出すなにかが、まだ《子どもたち》の狂信的支持者になっていないどこかのだれかに、ほんの少しでも好ましい影響をあたえるかもしれないという証拠を探し求めた。改宗者への説教よりましなことができる希望がある、というしるしを。

探している励ましは見つからなかった——が、一枚の葉書がちょっとだけぼくを元気づかせた。差出人は、カンザスシティの《聖なるUFO教会》の司祭長。

『親愛なる地球居住者よ、

頭を働かせるのです！　人類の起源が**完全に解明済み**であることは、この**科学**の時代のだれもが**知っている**はずです。アフリカ人は**大洪水**のあとで水星からこの星へ旅してきましたし、アジア人は金星から、コーカソイドは火星から、太平洋の島々の人々はあちこちの小惑星からやってきました。もしあなたが、このことを確認するために**必要不可欠**な、この大地から**アストラル界**へ光線を発射する**超自然的技能**を有さぬのなら、**気質**と**容姿**のかんたんな分析で、**あなた**にもこのことが明白となるでしょう。

しかし、どうかわたしに対して**意見**なさらぬよう！　わたしたちがみな異なる**惑星**の出身であっても、わたしたちが**友人**になれないわけではないのです』

リーナは本気で困っていた。「でも、あしたマスコミ発表をするとあなたはいうけれど、カズン・ウィリアムは最終的な結果を見てもいないのよ」二〇一八年一月二十八日、日曜日のこと。ぼくらはボディガードにおやすみをいって、鉄筋コンクリート製の寝室にあるベッドにはいっていた。この部屋は、バルト諸国のひとつでのおぞましい事件のあと、《子どもたち》がぼくら用に造ってくれたものだ。

「ぼくは独立した研究者だ。いつでも自由にデータを公表できる。そう契約書に書いてあるんだ。測定技術の進歩は《子どもたち》の弁護士の手を通る決まりだが、古遺伝学上の成果はそうじゃない」

リーナは攻める角度を変えた。「でも、その結果がまだ論文審査を――」

「うけたよ。論文はもう〈ネイチャー〉に受理された。マスコミ発表の翌日に掲載される」

ぼくは無邪気そうに笑ってみせた。「論文を送ったのは、編集者への好意にすぎないんだ。あの女性編集者は、論文のおかげでその号の売りあげがぐんとのびると期待しているよ」

リーナは黙りこんだ。これに先立つ六ヵ月間、ぼくはだんだん研究のことを話してきかせなくなり、リーナが勝手に技術的な問題が進展を妨げていると思うにまかせてあった。

ぼくはリーナと目をあわせられなかったが、かぶりをふって、「二十万年前のできごとのようやくリーナが口をひらいた。「せめて教えてよ、それが吉報なのか凶報なのか」

結果なんて、急いで知る必要もないだろう?」

ぼくはマスコミ発表のために公会堂を借りた。《子どもたち》のオフィスビルから離れた場所に、自腹を切って。警備体制も独自に手配した。サクスもほかの理事たちもいい顔はしなかったが、ぼくを黙らせたければ誘拐のほかに打つ手はない。連中が望むような結果を捏造しろと示唆されたことはいちどもないが、そこにはこれほど大々的な発表がおこなわれる場合、それは〝正しいデータ〟に限られ、また、最初に《子どもたち》がそれにゆっくり目を通す機会をあたえられるという、無言の前提があったのはたしかだ。

演台の下で、ぼくの手は震えていた。二千人のジャーナリストが世界じゅうから押しよせ——その多くが、それぞれの先祖への忠誠を示すシンボルを身に帯びていた。

ぼくは咳払いをして、話しはじめた。EPR分析法はすでに周知のことだから、あらためて説明する必要はない。ぼくは簡潔にいった。「本日はみなさんに、ホモサピエンスの起源に関する発見をご披露します」

照明が落とされ、高さ三十メートルの巨大なホログラムがぼくのうしろにあらわれた。ぼくはもったいぶっていった。これは家系図である、と。ただし、遺伝子や突然変異の履歴を大まかに示すのではなく、男女双方の親の血すじを、ひと世代ずつ正確にたどって図にしたものだ——九世紀にはじまって過去にさかのぼる全人類の個体について。それは漏斗を逆さにしたかたちの、密生した茂みだった。会場は声ひとつないままだったが、いらだった空気が流れている。もつれあう何百万もの細い線は判別不能で、そこからはなにひとつわからない。だがぼくは、その理解不能な図がゆっくりと一回転するのを待った。

そして、「Y染色体の突然変異時計は、狂っています。類似のY染色体型をもつ父系の先祖の集団を数十万年さかのぼって追跡しましたが、ただのひとりの男性にも収斂することはありませんでした」不平のつぶやきがあがりはじめた。スピーカーの音量をあげて、それをかき消す。「それはなぜか？　あるいは、ＤＮＡが現代に近いただひとつの起源に端を発しているのではないのに、突然変異による相違がこんなに少ないということが、なぜありえたのか？」あらたなホログラムがあらわれた。Ｙ染色体型の領域を示す二重螺旋の概念図だ。「なぜなら、突然変異は繰りかえし起きましたが、それが正確に同一の部位で起きたからです。二度三度、あるいは五十回でも同じ位置で複製のエラーが生じようと、オリジナルからは一歩しか離れていないように見えるでしょう」ホログラムの二重螺旋は、分裂しては複製され、分裂しては複製された。世代ごとに蓄積されていく差異の部分が強調されている。「人間の細胞内でエラーチェックを担当する酵素は、特定の盲点、特定の弱点をもっているにちがいありません――綴りをまちがえやすい単語があるようなものです。もちろん、どのサイトでも純粋にランダムなエラーが起こる可能性はありますが、それは何百万年単位での話です。

すべてのＹ染色体アダムは幻想です。どんな人種にも、部族にも、国家にも、父となる一個体など存在しません。まず第一に現代の北欧人を例にとれば、別個の父系の血すじが数千あり、それは最新の氷河期までさかのぼれます。その数千人の祖先もまた、アフリカから移住した異なる二百人以上の男性の子孫なのです」家系図の灰色の迷路の中にいくつかの色がきらめき、少しのあいだその血すじを強調した。

十人あまりのジャーナリストがはじけるように立ちあがって、罵詈雑言をわめきだした。

警備員がその連中を建物の外につれだすまで待つ。

ぼくは会場を眺めわたしてリーナを探したが、見つけられなかった。ぼくはいった。「同じことはミトコンドリアDNAにも当てはまります。二十万年前のイヴなど存在しないのです」聴衆が騒ぎはじめたが、ぼくはしゃべりつづけた。「アフリカから広がったのはホモエレクトスです。何十波にもわかれて、二百万年にわたって。あらたな移住者たちは先行する者たちと交雑したのであって、とってかわったのではありません」地球儀が投影されたが、旧世界全域が交差する道すじにくまなく飾りたてられていて、一平方キロの地面さえかいま見ることができない。「ホモサピエンスは、いたるところで、同時に発生しました。種が世界全体でひとつのままであったのは、ひとつには移住による遺伝子流動のため、そしてもうひとつ、すべての分子時計を無効にした平行突然変異のおかげもあります。その突然変異は順番はランダムですが、同一のサイトに偏って起こりました」四つのホログラム像のDNAが、突然変異を重ねていく。最初のうちはまばらでランダムな傷が別々について、四つのDNA鎖はどんどん似つかぬものになっていったが、より多くのねらわれやすい同じサイトが傷つくにつれ、四つはみな事実上同じ傷をもつようになった。

「ですから、現代の人種間の違いは、ホモエレクトスの最初の移住者たちからうけ継がれた、二百万年の古きにおよぶものです。けれど、そのあとにつづいたすべての進化は、あらゆる場所で並行して進行しました……ホモエレクトスには事実上ほとんど選択肢がなかったからです。わずか二百万年のうちに、異なる気候のもとで、異なる遺伝子が優勢に立ち、地域ごとに外見上の適応を生じさせました。しかし、ホモサピエンスへの道に通じるなにもかもは、移住者という移住者のＤＮＡに、アフリカを離れる前からとうに潜在していたのです」

イヴの支持者たちが静まった一瞬があった――それはもしかすると、ぼくの描きつつあるイメージが、世界の**統一**を意味するのか、**分裂**なのか、もはやだれにも判断がつかなくなっていたからかもしれない。真実はみごとなまでに混乱し、複雑で、いかなる政治的目的に利用するのにもむかなかった。

先をつづける。「もしひとりのアダム、あるいはひとりのイヴが存在したことがあるとすれば、かれらはホモサピエンスよりはるかに古く、ホモエレクトスよりなお古いでしょう。ひょっとするとかれらは……アウストラロピテクスなのかも？」ぼくは、腰の曲がった、毛むくじゃらの、猿に似た人影を投影した。聴衆からビデオカメラが飛んでくる。演台の下のボタンを押すと、ステージの前面に透明アクリル樹脂の巨大なシールドがせりあがった。

「シンボルなんてみんな燃やしてしまえ！」ぼくは叫んだ。「男性も女性も、民族主義も全地球主義も。父祖の地も、地母神も、捨てるんだ――そのとき『幼年期の終り』が来る。先祖を冒瀆しろ、〝いとこ〟なんて糞喰らえ――自分が正しいと思ったことをするがいい、どうせそれは正しいんだから」

シールドにひびがはいった。ぼくはステージの出口へ駆けだした。

警備員たちは煙のように姿を消していた――けれどもリーナが、地下駐車場に止めたぼくらの防弾仕様のボルボに乗って、エンジンをかけっぱなしで待っていた。リーナはミラーガラスのサイドウィンドウをさげた。

「あなたのささやかな興行は、ネットで見ていたわ」ぼくを静かに見つめるリーナの目には、しかし怒りと苦悩が浮かんでいた。ぼくにはアドレナリンも、体力も、プライドも残っていなかった。車の脇で崩れるように膝をつく。

「愛している。許してほしい」

「さあ乗って」リーナがいった。「説明してもらうことが、山ほどあるんだから」

無限の暗殺者

The Infinite Assassin

絶対に変わらないことが、ひとつある。ミュータント化したS常用者（ジャンキー）が現実をシャッフルしはじめたとき、事態を正常に復すべく、その〈渦〉の中に送りこまれるのは、決まってわたしだ。

理由？　わたしが安定しているからだという。信頼性があるから。あてにできるから。帰還後の検査報告のたびに、〈機関（カンパニー）〉の心理学者たち（毎回、まったく初対面の人々だ）はプリントアウトに目を落とすと信じられないというように頭をふりながら、わたしは〈渦〉にはいっていった〝わたし〟とまったくの同一人物だと告げる。

並行世界（パラレルワールド）の数は、数えることのできない無限であり（ここでいう無限は、単なる整数での無限より、実数でのそれに近い）、複雑な数学的定義抜きにそうしたものを定量化するのは困難だが、乱暴にいえば、わたしは異常なほど不変らしいのだ。大部分の人の場合よりはるかに、さまざまな並行世界のわたしは似かよっている。どれくらい似ているのか？　どれくらいの世界でそうなのか？　じゅうぶん有用なくらいに、だ。任務を遂行するのにじゅうぶんなくらいに。

〈機関〉がどうやってそのことを知り、どうやってわたしを見つけたかは、きかされたことがない。わたしは十九のときにスカウトされた。金で釣られた。訓練をうけた。洗脳もされたのだろう。ときどき自分の安定性が、わたしという個人とはなんの関係もないのではないかと思うことがある。ほんとうの不変性は、わたしがこの任務用に準備された、その方法にあるのではないか。無数の別人でも、この同じプロセスを経れば、全員が同一人物になるのでは。いや、すでになっているのかも。答えは知らない。

地球各地にばらまかれた探知機は、〈渦〉が出現するかすかな徴候を嗅ぎつけて、その中心地点を二、三キロの範囲で特定するが、それ以上に正確な位置を知ることは、その手段では望めない。各並行世界版の〈機関〉は、事態に対する統一された最適の対応法を確立すべく、それぞれがほかの世界の〈機関〉と技術をすすんで共有しあっているが、もっとも技術が進んだ世界の探知機でさえ、より正確な位置を特定するために中心地点近くへもちこもうにも、大きすぎるし衝撃に弱すぎるのだ。

ヘリコプターは、リータウン隔離区域の南の外れにある荒れ地にわたしをおろした。いちども来たことのない場所だが、正面に板を打ちつけた店々や、前方の灰色のビル街は、あまりになじみ深いものだった。世界じゅうのどの大都市にも（わたしの知っているどの世界でも）、こういう場所が一カ所ある。一般に〝強制隔離〟と呼ばれる政策によって作られた場所だ。Ｓの使用や製造は法で厳しく禁じられ、大半の国では違反者（の大半）は即刻死刑だとはいえ、当局は、Ｓ使用者(ユーザー)を社会に好き勝手に散らばらせておく危険をおかすよりも、選ばれた区域に集めるほうをとった。小ぎれいな住宅街でＳをもっているのを見つかったら、その場で頭蓋骨に風穴があくが、この区域ではそんなおそれはない、ということだ。ここには警官さえまったくいない。

わたしは北へむかった。午前四時をまわったばかりだが、凶悪に暑く、しかも緩衝地帯を出たとたん、道には人があふれていた。ナイトクラブや酒屋や質屋や賭博場や売春宿を出入りする人々。都市のこの区域には街灯用の電気が来ていないが、公共心のあるだれかがふつうの電球のかわりにとりつけたトリチウム／燐光球が、放射能を帯びたミルクのような冷たく青白い光を放っていた。たいていのＳユーザーは一日二十四時間、夢を見る以外なにもしていない、というのはよくある誤解だし、道理にあわない話だった。連中にしてもほかの人々同様、食事をし、水を飲み、金を稼ぐ必要があるし、別の世界にいる自分の分身(オルターエゴ)たちも眠っている時間にドラッグを使っても、浪費にしかならない。

情報部によると、リータウンにはある種の〈渦〉カルトが存在して、わたしの任務の妨害を試みるだろうとのこと。そうした集団について警告をうけたことは以前にもあるが、いちどとして問題が起きたことはない。たいてい現実がごくわずかに転移しただけで、そうした逸脱は消滅してしまうからだ。〈機関〉や隔離区域は、どの世界でもＳに対する安定した対応だが、ほかのあらゆることは条件しだいですっかり変わってしまうようだ。だからといって、気を抜くわけにはいかない。そうしたカルト集団が、全体としての任務になんら打撃らしい打撃をあたえられないとしても、そいつらが過去にいくつかのバージョンのわたしを殺していることに疑いはなく、今回が自分の番になるのは願いさげだった。結果的に無限の数のバージョンのわたしが生きのびるだろうことは、わかっている――わたしとの唯一の違いが、過去の任務で危険を体験して生きのびたことであるバージョンもいるだろう――だから、わたしは死ぬことなど、まったく気にする必要はないはずだ。

だが、それは理屈でしかない。

衣装部は細心の注意を払って、わたしの服を選んでいた。《ファット・シングル・マザーズ・マスト・ダイ》のワールドツアー記念の反射ホログラムTシャツ、適切なスタイルのジーンズ、適切な型のランニングシューズ。奇妙なことに、Sユーザーは夢でおとずれる世界のファッションではなく、自分の世界のそれにあくまでこだわる傾向がある。たぶん、夢の中の生活と目ざめているときの生活に区切りをつけたいからなのだろう。現時点ではわたしの変装は完璧だが、その状態は長つづきしないはずだ。〈渦〉が速度を増して、隔離区域の別々の部分を別々の歴史をもつ世界に押し流しはじめるとき、ファッションの変化はもっとも反応の早い目印のひとつになる。もし自分の服装がいっこうに場違いに見えてこないとしたら、わたしの進行方向はまちがっていたとわかるのだ。

耳たぶからしなびた人間の親指をぶらさげた長身でスキンヘッドの男が、酒場から走りでてきて、わたしとぶつかった。体を離すと、男は悪罵や猥語をわめきながら、わたしに食ってかかってきた。わたしは慎重に対応した。人混みの中には男の友人たちがいるかもしれず、その種のトラブルに巻きこまれて無駄にする時間は、わたしにはない。わたしは言葉を返して事態をエスカレートさせることはせず、傲慢とも、相手を軽蔑しているとも見えないよう注意しながら、自信に満ちた態度をとった。この綱渡りは功を奏した。三十秒間わたしを侮蔑しても反撃されなかったことで、目に見えてプライドを満たされた男は、気どった笑いを浮かべて歩み去っていった。

先へ進みながら、しかしわたしは、いまのできごとをこうやすやすと切り抜けられなかったバージョンのわたしはどれだけいたのだろう、と思わないわけにいかなかった。

いまの遅延をとり戻すため、歩を速める。

だれかがわたしを追いかけてきて、横に並んで歩きはじめた。「ねえ、気にいったよ、さっきの男のあしらいかた。的確な判断。手ぎわのよさ。意図どおりの結果。満点だね」二十代後半で、メタリックブルーのショートヘアの女だ。

「むこうへ行け。興味はない」

「なんに？」

「なんにでもだ」

女はかぶりをふった。「嘘だね。あんた、このあたりじゃ見ない顔で、なにかを捜してる。でなきゃ、だれかを。手伝えるかもよ」

「むこうへ行けと、いったはずだ」

女は肩をすくめると、並んで歩くのをやめたが、うしろから声をかけてきた。「ハンターにはガイドが不可欠なもんだよ。考えといて」

数ブロック先で、わたしは明かりのない脇道に折れた。人けがなく、静まりかえっている。半分焦げたゴミと、安物の殺虫剤と、小便のにおいが鼻をつく。そして、誓ってもいいが、あれが感じられた。わたしの四方をとりまく廃墟同然の暗いビルの中で、Sを使って夢を見ている連中のいることが。

Sはほかのどんなドラッグとも違う。Sが見せる夢は、シュールレアルでも多幸症的でもない。シミュレーターでのトリップ——際限のない幸運とえもいわれぬ幸福がつまった空虚な白昼夢、不合理なおとぎ話——とも違う。Sの夢に出てくるのは、文字どおり、そのS中毒者（ドリーマー）が生きていたかもしれない人生であり、確固としていることでも真実らしさでも、細部にいたるまで目ざめているときの人生と変わりがなかった。

ただ一点を除いて。夢の中の人生が不愉快なものになってきたら、ドリーマーはその夢を随意に中断し、別の夢を選択することが可能だ（そのとき、Sを使う夢を見る必要はまったくない……だがじっさいには、そうしているドリーマーもいる）。その男なり女なりは、とり消せないあやまちもなく、変えられない決定もない、別の人生を組みあげられる。失敗も袋小路もない人生。すべての可能性に、いつも変わらず手が届く。

　Sがドリーマーにもたらすのは、自分の分身がいる並行世界でならどこでも、その分身として生きている気分を味わえる力だ。ドリーマーとその分身は大脳生理学的な共通点が多いため、寄生共鳴によるリンクを維持できる。研究によると、これには完全な遺伝子的一致は不要らしい――逆に、完全に一致すればいいわけでもなく、ごく幼いころの成長過程も、この力と関わる神経構造に影響するようだ。

　ほとんどのユーザーに対しては、このドラッグはそれ以上のものではない。だが、十万人にひとりの割合で、夢がはじまりにすぎないやつらがいる。このミュータントたちはSを使いはじめて三年目か四年目に、これと決めた分身といれかわろうと必死になった結果、世界から世界へ物理的な転移を開始するのだ。

　問題なのは、それが世界転移能力を手にしたミュータント・ユーザーの無数の全バージョンと、そいつらがなりたいと望む無数の全バージョンとが直接いれかわるというような、単純な話ではないことだった。直接のいれかわりはエネルギー的には困難なことで、じっさいには、いれかわりを望む各ドリーマーは、めざす世界との中間にあるすべての点を漸進的連続的に通過しなくてはならない。けれどそれらの〝点〟は、そいつら自身のほかのバージョンが占めている。世界間転移とは、群衆の中で――というより液体の中で動くのと同じことだ。中間の世界にいるバージョンのドリーマーが順に押しだされ、世界間に〈流れ〉を作りだす。

　転移の開始時点では、そのドリーマーの分身のうちで自らも〈流れ〉を作る技能を発達させたバージョンは、あちこちの世界にごくまばらに散在するだけなので、影響らしい影響はなにもおよぼさない。そのうち、規則的だった〈流れ〉に一種の停滞が見られるようになる。潜在的に存在しうる〈流れ〉が、それぞれの〈流れ〉の〈逆流〉を含めて、等しく存在可能になるからだ。そのとき、規則性はすべて帳消しになってしまう。

規則性が破られた最初の数回は、たいてい知覚不能に近い並行世界震――短時間の揺れや一瞬のずれ――が起こるだけだ。探知機はそれが起きたことを記録はするが、感度が鈍いので、やはり地域を特定するにはいたらない。

やがて事態は、ある種の決定的な境界を超える。〈流れ〉が複雑で持続するものになるのだ。絡みあうその巨大な〈流れ〉は、無限次元空間だけが包含できる病的なまでに異常な位相幾何学的特性をもっている。そうした〈流れ〉には粘性があり、近くの場所も引きずりこまれてしまう。〈渦〉の誕生だ。ミュータント・ドリーマーの近くにいればいるほど、世界から世界へ運ばれるスピードは速くなる。

あるドリーマーのより多くのバージョンが〈流れ〉を引きおこすようになると、〈流れ〉はスピードを増し――そして〈流れ〉が速くなればなるほど、その影響はより遠くでも感じられるようになる。

世界間での現実のシャッフルが隔離区域内だけで起こるのなら、〈機関〉は気にかけたりしないだろう。わたしの任務は、影響が区域の外に広がらないようにすることだ。

わたしは脇道をたどって丘の頂上に着いた。約四百メートル前方に、別の本道がある。崩壊途中のビルの残骸の中に身を隠せる場所を見つけると、わたしは折り畳み式双眼鏡を広げ、五分間を眼下の歩行者の観察に費やした。十秒か十五秒ごとに、ささやかな異変が見られた。衣服の種類の変化。突然位置が変わったり、完全に姿を消したり、どこからともなく出現したりする人々。双眼鏡はコンピュータ内蔵で、視域内で起こる異常事態の数を合計し、同時にそれらの事態が目撃された地点の地図上の座標を計算している。

わたしは百八十度むきを変えて、ここまで来る途中で通り抜けてきた群衆をふり返るかたちになった。発生率は先ほどよりはるかに低いものの、同様の事態が観察された。それをすぐそばで目撃した人がいても、もちろんなにも気づかない。いまはまだ〈渦〉の勾配はごく浅いので、混みあった街頭でたがいの姿が見えるようなふたりの人間は、多かれ少なかれ、いっしょに転移するからだ。距離を置いてはじめて、変化が見てとれる。

じっさいには、わたしは南の群衆より〈渦〉の中心地点に近いので、南方向で目にする変化の大半は、わたし自身の転移の速度のほうが南の群衆より速いために引きおこされているのだった。わたしは最新の雇い主がいる世界を、とっくに離れてしまっている——だが、そこにできた〝空席〟がすでに埋められ、いま以降も埋められつづけることは、まちがいない。中心地点を特定するには、もう一ヵ所、出発地点とここを結ぶ南北の線からある程度離れた場所で観察する必要がある。時間がたてば、当然、中心地点も位置を変えるが、それはまだ先だ。〈流れ〉は中心地点がほぼ同じ場所にある世界から世界へと進むので、中心地点の位置は、変化するとしても、いちばん最後になる。

わたしは西にむかって丘をくだった。

ふたたび人混みと街灯のあるところに出て、車の往来が途切れるのを待っていると、だれかに肘を叩かれた。ふりむくと、さっきも近寄ってきた、あの青い髪の女だった。わたしは軽く不快さをにおわせる視線を女に投げたが、口は閉ざしておいた。このバージョンの女が、わたしのどれかのバージョンとすでに会っているかどうかわからない以上、女の予想に反したことをいうのは避けたい。いまではもう、事態に気づいている地元民もいくらかはいるにちがいない——隔離区域外のラジオ局の流す歌が、途中ででたらめに変わっていくのをきけば、手がかりとしてはじゅうぶんだ——が、情報が広まるのは、わたしの得にならなかった。

女がいった。「彼女を捜すのを、手伝ってあげられるよ」

「だれを捜すのを手伝えるって？」

「彼女の居場所は正確にわかってる。計測と計算で時間を浪費しなく——」

「それ以上いうな。いっしょに来い」

女は口ごたえもせずに、近くの路地までついてきた。

〈待ち伏せの罠が仕掛けられているのでは。相手は〈渦〉カルトか？〉——だが、路地に人けはなかった。ほかにだれもいないことをたしかめると、わたしは女を壁に押しつけ、頭に銃を突きつけた。女は大声も出さなければ、抵抗もしなかった。震えてはいるが、このあつかいを不意打ちとは感じていないだろう。わたしは携帯核磁気共鳴映像装置で女をスキャンした。武器なし、仕掛け爆弾なし、発信機なし。

「いったいどういうつもりか、教えてほしいものだな」丘の上にいたのをだれにも見られていないのは自信があるが、この女は別のバージョンのわたしを見たのかもしれない。ドジを踏むとはわたしらしくないが、起こりうることだ。

女は少しのあいだ目を閉じてから、静かな声で、「あんたの時間を節約したいだけ。あたしはミュータントの居場所を知ってる。あんたができるだけ早く、彼女を見つけられるようにしたいんだ」

「なぜだ？」

「なぜ？　あたしはここで商売をやってて、それを邪魔されたくないからさ。〈渦〉がおさまってから、もういちどコネを作りあげるのが、どんなに大変だかわかる？　まさか――保険にはいってるとでも思った？」

わたしはひとこともそれを信じなかったが、調子をあわせて悪い理由もなかった。頭を吹きとばすのでなければ、この女の相手をするには、それがいちばん楽だろう。わたしは銃をしまって、ポケットから地図を出した。「どこだ」

女は、いまわたしたちがいる場所から北東約二キロにあるビルを指した。「五階。五二二号室」

「なぜ知っている？」

「そのビルに住んでる男を知ってるから。そいつが真夜中ちょっと前に気配を察して、あたしに連絡してきた」女は神経質そうに笑った。「ほんというと、あたしはその男をそんなによくは知らないんだけど……電話してきたバージョンの男は、別のあたしとそれなりの関係だったんだろうね」

「その話をきいて、すぐ逃げだせばよかっただろう？　離れた安全な場所まで」

女は激しくかぶりをふった。「逃げだすのは最悪の選択。〈渦〉に巻きこまれた以上に知らない世界で生きるハメになるかも。街の外なんて知ったこっちゃない。政府が変わろうが、ポップスターの名前が違ってようが、あたしが気にすると思う？　ここがあたしの故郷だ。リータウンが転移するなら、あたしもいっしょに――少なくとも、リータウンの一部といっしょに――転移したほうが、まともな暮らしができる」

「で、どうやってわたしを見つけた？」

女は肩をすくめて、「あんたが来るのは知ってたの。そこまでは、だれもが知ってる。もちろん、あんたの見た目は知らなかったけど――この街のことならそりゃくわしいから、知らない顔がいないか、よく注意してたのさ。結局、あたしは運がよかったらしいね」

運、か。そう、それが問題なのだ。わたしの分身の中には、バージョン違いのこの会話をする者もいるだろうし、会話などいっさいしない者もいるだろう。ランダムな遅延がまたひとつ。

わたしは地図を畳んだ。「情報に感謝する」

女はうなずいて、「いつでもどうぞ」

歩み去るわたしに、女は叫んだ。「どんなときでも」

しばらくのあいだ、わたしは早足で進んだ。わたしのほかのバージョンたちも、それぞれが浪費した分の時間をとり戻すために、同じことをしているはずだ。全バージョンのわたしが完全な同期を維持することは望めないとはいえ、ばらつきをあまく見てもいけない。ばらつきを最小限に抑える努力すらしなければ、わたしは考えうるあらゆる経路をたどって中心地点にむかったうえ、そこに到着する時間にも数日もの幅が生じるハメになるだろう。

さらに、わたしのどのバージョンの場合もロスした時間そのものはとり戻せるが、それぞれで内容の異なる遅延がおよぼす影響は、決して完全にはとり消せない。各バージョンのわたしが異なる長さの時間を、中心地点からの距離が異なる場所で送れば、全バージョンのわたしが同じかたちで転移することはなくなってしまう。そのことが一定の条件下では間隙を、つまりわたしのいない世界を生じさせうる、という理論上のモデルがある。わたしは〈流れ〉の一定の部分に押しこまれ、ほかの部分からは排除されるのだ。それは、0と1のあいだのすべての数を半分にし、0・5から1までを空隙のままにしておく――ひとつの無限を、濃度は等しいけれど幾何学的なサイズは半分の、別の無限の中に押しこめる――というのとちょっと似ている。わたしのどのバージョンも、ひとつとして消滅させられはしないし、同じ世界にふたりのわたしが存在することになるわけですらないが、それでも、わたしのいない世界が生じるのだ。

ミュータントがそこで夢を見ている、と〝密告者〟が主張するビルをまっすぐにめざす気は、まったくなかった。密告がほんものであろうがなかろうが、わたしがその情報をうけとったのは、〈渦〉に巻きこまれた世界のごくわずかな一部分――厳密にいえば測度零の集合――だけでのことではないのか、という強い疑念をいだいていたからだ。そんなまばらな世界の集合の中だけでどんな行動をとったところで、〈流れ〉を途絶させるという目的に関していえば、まったくなんの効果もないだろう。

この考えが正しいなら、わたしがなにをしようとも、当然なんの違いもたらさないことになる。もし、密告情報をうけとったバージョンのわたしの全員が、そろって即座に〈渦〉の外へ出たとしても、任務にはなんの打撃にもならないだろう。測度零の集合はもともと消えようがないのだから。だがその意味では、個人としてのわたしの行動には、どんな場合でもなんの力もないのだ。もしわたしが、わたしひとりだけがこの場から逃亡したところで、損失は無限小だろう。問題なのは、その行動を起こしたバージョンの自分がほかにいないかどうか、わたしには知りようがないことだった。

そしてじっさいには、たぶん何バージョンかのわたしがすでに逃亡しているのだ。いかにわたしの性格が安定しているといっても、そうした行動を含む有効な量子論的順列がひとつとして存在しないとは、とても信じられない。それがどんなものであろうと、わたしの分身たちは物理的に可能な選択肢をひとつ残らず選んできたし、これからも選びつづけるだろう。わたしの安定性は、その選択で分岐したすべての世界の分布と相対的密度が、静的で定められた構造をとっていることによるものなのだ。自由意志というのは、こじつけにすぎない。すべての分身について考えれば、わたしはあらゆる正しい決断をせずにはいられないし、それはあらゆるまちがった決断についても同様なのだから。

だがわたしは、あまりこんな考えかたをせずにいたい（このいいかたに意味があるとしてだが）。唯一の健全な対応は、自分自身を大勢（おおぜい）いる自由行為者のひとりと考えて、その大勢との統一性を保とうと必死になることだ。近道を無視し、定められた手順に忠実に従い、自分の存在を集中させるために〝あらゆる手だてを尽くす〟こと。

逃亡したり、失敗したり、あるいは死んでしまった自分の分身のことが気になるのなら、単純な解決法が存在する。かれらを自分だと考えなければいい。わたしは自分が何者であるか（アイデンティティ）を、好きなように定義できる。ある程度の多様性はうけいれざるをえないにしても、境界線を引くのはわたしだ。生きのびて成功するのが、〝わたし〟なのである。それ以外の分身は、他人なのだ。

目的にかなう見晴らしのいい場所が見つかったので、もういちど計測を実施した。街の眺めは、三十分間のビデオ録画を五分に編集したような状態になりはじめていた——ただし、画面全体がいちどに切り替わるのではない。密接に寄り添ったカップルは別だが、個々人がばらばらに消滅したり出現したりして、自分がひとりだけ場面を飛んだ（ジャンプカット）ことで混乱している。かれらはいまも全員が多かれ少なかれいっしょに転移をしているのだが、それが意味するところは、ある瞬間の各人の居場所しだいでまったく違ってしまうので、個々人がランダムに転移しているのと変わりがなくなっていた。まったく消滅しない人間も数人いる。ある男は、街の同じ一角を途切れることなく歩きつづけていた――それでも少なくとも五回、ヘアスタイルが極端に変わったが。

測定が終了すると、双眼鏡内蔵コンピュータが中心地点の推定座標の数字を表示した。青い髪の女が示したビルとは、約六十メートルずれている。じゅうぶん誤差の範囲内だ。たぶん、女は真実を告げていたのだろう――だからといって、なにも変わりはしない。女を無視すべきであることにちがいはなかった。

標的にむけて移動をはじめながら、わたしは考えていた。やはりあのとき、じつはあの路地には女の仲間が待ち伏せしていたのではなかろうか。女がミュータントの居場所を教えたのは、わたしを攪乱し、世界を分岐させようとする意図的な企てだったのではなかろうか。あの女はコインを投げて、世界を分岐させたのではなかろうか――おもてなら密告情報、裏ならなにもなし。あるいはサイコロをふって、もっと多くの作戦の中から、じっさいの行動を選んだのかもしれない。

仮説にすぎないとはいえ……そう考えると気が楽だった。もし、〈渦〉カルトが信仰の対象を守るために打てる手が、せいぜいでそんなところだとしたら、そいつらのことなど、まったくおそれるには足りないからだ。

わたしは大きな通りを避けて進んだが、噂が裏町にも広まっていることが、すぐにはっきりした。ある者はヒステリックに、ある者は荒々しく、人々がわたしのまわりを駆けていく。着の身着のままの者もいれば、家財道具を運んでいる者もいる。戸口から戸口へ駆けまわっては、窓に煉瓦を投げつけ、住人を起こして、ニュースを叫びたてている男がいる。だれもかもが同じ方向をめざしているわけではなく、大半の人は隔離区域の外に出て、〈渦〉から逃れようとしているだけだが、中にはあきらかに、友人や家族や恋人が別人に変わってしまう前に相手のもとにたどり着けるかもと、半狂乱で捜しまわっている人もいた。かれらの幸運を祈ろう。

被災地帯の中心部では別だが、末期的なドリーマーが数人、逃げずに残っているはずだ。やつらには、転移などなにほどのものでもない。どこにいても夢の中の別の人生に逃げこめるのだから――少なくとも、本人たちはそう考えている。中には、ショックのあまり逃げだせずにいる者もいるだろう。〈渦〉はSがまったく製造されていない世界をも通過するはずで、ミュータント・ユーザーのそうした世界での分身は、このドラッグのことすら初耳なのだから。

遠くまで見とおしがきく大通りに出ると、わずか十五分前に双眼鏡が見せてくれたジャンプカットが、肉眼でも見てとれるようになっていた。人々の姿がちらつき、突然場所を変え、消滅する。視野に長くとどまる者はいない。消滅しないで十から二十メートル以上も進める者は皆無に近かった。多くの人が障害物を目前にして、あるいはそれと同じくらいになにもない空間を前にして、走りながら身をかわしたり、つまずいたりしている。周囲の世界が恒久不変なものだという信頼性は——もともと真実でなかったわけだが——すっかり打ち砕かれていた。頭をさげ、両腕を突きだして、前を見ずに走っている人たちもいる。大半の人は徒歩で逃げるという分別を働かせていたが、車道には衝突で大破して乗り捨てられた大量の車が、ストロボ光のように出現したり消えたりしていた。動いている車も一台目撃したが、一瞬のことだった。

周囲のどこにも、わたし自身の姿はない——別バージョンの自分を見たことは、いままでいちどもなかった。シャッフルがランダムなのだから、理屈ではいくつかの世界で同一世界にわたしがふたり出現するはずだが——それは測度零の集合でのことにすぎない。理想化された二本のダーツをボードに投げて、二本とも同じ点に（同じ零次元の点に）ささる確率は、ゼロだ。この実験を、数えることのできない無限の数の世界で繰りかえせば、そういうことも起きるだろうが——それも測度零の集合でのことにすぎないのだ。

遠方ほど変化は激しく、わたしが近づくにつれて、動くものがにじんで見える現象はある程度おさまる——離れているのでそう見えていただけという面もある——が、それは同時に、わたしが〈渦〉の勾配がより急な場所にむかって進んでいるということでもあり、わたしはゆっくりと無秩序の領域に近づいていた。わたしは歩調を一定に保ち、不意に行く手に出現する人間や、突然の地形の変化に神経をとがらせた。

周囲に人影は減っていた。道路そのものはまだ存在しているが、あたりのビルは奇怪なキメラ状態に変容しはじめ、最初は部分ごとに異なるデザインが組みあわさって不つりあいなだけだったのが、やがてまったく別の建物の一部分が隣りあって出現するようになった。ホログラム式の建築用モンタージュ画像合成機が暴走している中を通り抜けるようなものだ。ほどなく、そうしたキメラ建造物は、荷重をどこで支えるかという致命的な問題をかかえて崩壊していった。落下してくるビルの破片で危険になった歩道を避けて、わたしは道路のまん中を車のあいだを縫って進んだ。いまや動いている車は事実上なかったが、この〝静止した〟スクラップの海を進んでいくのは、時間のかかる作業だった。障害物が出現しては消えていく。障害物が出現したら、それが消えるのを待つほうが、後退して別の通り道を探すより、たいていは手っとり早い。まわりを隙間なくとり囲まれることもときどきあったが、その状態が長くつづくことはなかった。

ようやく周囲のビルの大半が、大半の世界で崩壊し終えたらしく、比較的歩きやすい通路状の部分が道路の端近くにできていた。わたしのまわりは、地震で隔離区域がぺしゃんこになったかのようなありさまだ。〈渦〉から遠ざかる方角をふり返ると、一群のビルが灰色の霧のように見えているばかり――あのあたりではまだ、ビルひとつがまるごと、あるいは崩壊せずにいられるほどそれに近い状態で転移しているのだが、わたしのほうがはるかに速く転移しているため、ビル群の輪郭が十億の異なる可能性世界の多重露出状態になって、にじんで見えているのだった。

わたしの正面に、脳天から股間までを斜めに切断されたひとりの人間が出現して、倒れこむと、消滅した。はらわたがねじれるような気分だったが、先を急ぐ。いまのとまったく同じことが、何バージョンかのわたしにも起きているにちがいない――だが、わたしにとって、それは他人の死だ。わたしはそう定義したのだ。いまでは〈渦〉の勾配が非常に急なので、体の異なる部分が異なる世界に転移させられることもありえ、その欠けた部分に当てはまる体の部位が転移先の世界で適切な位置にあるという保証は、統計学的にまったくなかった。しかし、この致命的な分離がじっさいに起こる割合は、計算が示す数字と比べると、説明がつかないほど低い。人体はなんらかの方法でその全体性を守り、理論をはるかに上まわる割合で全体がいっしょに転移していた。この変則的事態を引きおこす物理学的な原理は、いまだに解明されていなかった――だがそれをいえば、多重分岐する超空間の分岐や扇から、人間の脳がひとつきりの歴史とか、時間という認識とか、アイデンティティという意識とかいった錯覚を生みだしていることの物理学的な原理もまた、とらえどころのないものだとしかわかっていないのだ。

空が明るんできた。ひとつだけの世界の曇り空では決して見られない不気味な青灰色。道路もはや流体状だった。二歩か三歩進むごとに、アスファルト、割れた煉瓦、コンクリート、砂と状態が変わり、そのすべてが少しずつ高さが違う。しばらくのあいだ、枯れた芝生がそこかしこに出現したこともあった。脳に埋められた慣性ナビゲータが、カオスの中でわたしを導く。土ぼこりと煙があらわれて消え、すると――

集合住宅の街区が連なっていた。建物の外観こそそうつろっているが、崩壊する気配はない。ここでは転移速度がほかよりも速いのだが、それを相殺する力が働いている――ドリーマーに近ければ近いほど、〈流れ〉が通る世界は必然的によりいっそう類似したものになるのだ。ビル群はほぼ規則的に並んでいて、どれが〈渦〉の中心にあるかは明々白々だった。どのバージョンのわたしも同じ判断をくださないはずはないから、密告情報どおりの行動を避けるという、いまや不合理でゆがんだ判断を検討する必要はなかった。

そのビルの入口は、おもに三つの世界のあいだを揺れ動いていた。わたしはいちばん左のドアを選んだ。標準的な手順に従ったまでのことで、それはわたしがスカウトされるよりも前に〈機関〉がその各バージョン間に広めたものだった（当初は世界ごとに矛盾した指示が伝えられていたのが、やがてひとつのプランが支配的になったのにちがいなく、じっさいわたしはいちどとして、どこかに相違のある指示をうけたことがない）。自分が足跡のようなものを残す（そして／あるいは、たどる）ことができればとしばしば思うが、どんなしるしをつけたところで無駄だろう。それが導くはずのバージョンのわたしより速く、〈流れ〉に押し流されるのだから。定められた手順がばらつきを最小限にしてくれると信じる以外の選択肢は、わたしにはない。

ビルのロビーからは、四つの吹き抜け階段が見えた——どれも階段そのものは、ちらつく瓦礫の山に変わっている。わたしはいちばん左の吹き抜けに足を運んで、上をのぞいた。早朝の光が、さまざまな可能性世界の窓から注ぎこんでいる。各階の床を形作る巨大なコンクリート板の間隔は、変化せずにいた。世界によって異なる階段の特殊な形状よりも、異なる位置にあるコンクリート板のような巨大構造物間のエネルギー差のほうが、より大きな安定性をもたらすのだ。それでも、コンクリート内で亀裂が育ちつつあり、やがてはこのビルも、世界間での不一致に屈することは疑いがない――そのときには各世界のドリーマーも順次、崩壊するビルの道連れになり、〈流れ〉に終止符が打たれるだろう。だが、そのときまでに〈渦〉はいったいどこまで拡大していることか？

わたしが運んできた爆破装置は小さいが、威力はじゅうぶん以上だ。装置のひとつを階段にセットし、爆破起動シーケンスを音声入力して、走る。退避しつつロビーでちらりとふり返ったが、そこまで離れると、瓦礫の山はぼやけて細部など見てとれない。わたしが仕掛けた爆弾も別の世界に流されてしまったはずだが、かわりの爆弾を送りこんでくることになる無数の世界が存在することを、信念が――そして経験が――教えていた。

さっきドアがあった場所で壁にぶつかったが、うしろにさがってからもういちど試すと、通り抜けることができた。道路のむかい側へ全速力で駆けている途中、正面に乗り捨てられた車が出現した。わたしはその車をまわりこんで背後に伏せ、頭を覆った。

（十八。十九。二十。二十一。二十二秒？）

物音ひとつしない。わたしは顔をあげた。車は消えていた。ビルはまだそこにあって――まだちらついていた。

わたしは困惑して立ちあがった。不発だった爆弾もあるかもしれないが――いや、当然あるが……〈流れ〉を断ち切るのに足るだけの数の爆弾が、あちこちの世界で爆発していなければおかしい。

では、なにが起きたのか？　たぶん、標的のドリーマーが〈流れ〉の中の小さな、しかし連続したどこかの部分で生きのび、そこがループ状に閉ざされて――不運にもわたしは、そのループの一部分になったのだ。だが、ドリーマーがどうやって生きのびられたというのか？　爆弾が爆発した世界は、目的を達成するのにじゅうぶんな密度で、あらゆるところにランダムかつ均一に散らばっているはずだ……が、なんらかの変則的な一群の力が、間隙を生じさせたのかもしれない。

あるいは〈流れ〉の中に、わたしが排除された部分ができていたのかもしれない。そんなことが起こる理論上の条件はあまりに突飛なので、現実にその条件が満たされることなどあるまい、とわたしはつねづね考えていた……しかし、もしそれが満たされたとしたら？　わたしより〈流れ〉の下流にある、わたしという存在の間隙、つまりわたしのいない世界は、爆弾がそもそも仕掛けられなかった世界の集合を作りだすだろう――その集合が〈流れ〉に漂っていて、ビルから離れて転移速度が落ちたわたしをつかまえたのだ。

わたしは階段に〝引きかえした〟。不発弾もなければ、どれかのバージョンのわたしがここに来た痕跡もない。わたしは予備の爆破装置を仕掛けて、走った。今度は路上に隠れ場所は見つからず、地面に伏せただけだった。

今度も、なにも起きなかった。

わたしは必死で心を落ちつかせながら、考えうる原因を思い浮かべた。もし、最初に爆弾が爆発したときに、爆弾の存在しない間隙が、わたしの存在しない間隙を通過しきっていなかったとしたら、断ち切られなかった〈流れ〉の中には、あいかわらずわたしが存在しない部分があるわけで——その結果、二度目に爆弾を仕掛けたときにも、まったく同じことがもういちど繰りかえされたのだ。

わたしは信じられない思いで、無傷のビルを見つめた。

（任務に成功するバージョンが、わたしなのだ。それこそがわたしを定義づけるすべてなのだ）

ではいったい、失敗したのはだれなのか？〈流れ〉の中にわたしが存在しない部分があるとすれば、その世界には失敗できるバージョンのわたしもいないことになる。そのとき、失敗の責任はだれにある？　わたしはだれを、自分ではないと否認するのだろう？　爆弾を仕掛けるのには成功したが、ほかの世界でも同じことを〝するべきだった〟わたしをか？　わたしもそのひとりなのだろうか？　知るすべはなかった。

では、次はどうする？　わたしの存在しない間隙の大きさはどれくらいだろう？　わたしはどのくらいその近くにいるのだろう？　あと何回、その間隙はわたしを失敗させられるのだろう？

わたしには成功するまで、ドリーマーを殺しつづけるほかはない。

わたしは五二二号室のことなど耳にしたこともないかのように、定められた手順に忠実に従って、まず一階を徹底的に捜索した。どこかの世界でそこに存在する壁が部屋の中にぼんやりと立ちふさがり、質素な家具が影のように出現し、雑多なわびしい所持品がうつろっていく。調べ終えると、わたしは頭の中の時計で分の表示が十の倍数になるまで待った。十分以上遅れをとっているバージョンのわたしもいることだろうから、この手段では不じゅうぶんなのだが、それはどれだけ待ったところで変わりがない。

わたしは階段に引きかえした。各階の高さは約三メートル。上の階にのぼるには、小さな四つ爪フックが先についた短いロープを使った。フックに仕込まれた爆薬が、コンクリートの床にスパイクを打ちこむ。ロープの巻きがほどけると同時に、それが異なる世界でばらばらの切れ端になってしまう可能性は増大する。迅速な行動が鍵だった。

二階も人けがなかった。しかし、さっきよりやや安定している。疑いの余地なく、わたしは〈渦〉の中心地点に近づきつつあった。

三階の壁や床は、ほぼ堅固だった。四階は、忘れ去られた流行の品々が部屋の隅でちらついていなければ、正常で通っただろう。

そして五階――

わたしはドアをひとつひとつ蹴りあけながら、廊下をゆっくりと進んでいった。五〇二、五〇四、五〇六。自分でも、こんな近くまで来たら順番を飛ばす気になるだろうと思っていたのだが、ほかのバージョンの自分に再合流する機会がもうないことを知っているいまのわたしにとって、手順に従うふりをするのは、これまでになくやさしかった。五一六、五一八、五二〇。

五二二号室のいちばん奥で、若い女がベッドの上に体をのばして横たわっていた。髪はさまざまなバージョンが重なって透明な後光さながらで、服は半透明の霞のようだったが、体は確固とした実体をもち、不変に見えた。そこから今夜のカオスのすべてが紡がれた、ほとんど不動の点。

わたしは部屋に踏みこむと、ドリーマーの頭に銃の照準を定めて、撃った。弾は彼女に到達するまでにいくつもの世界を転移するが、〈流れ〉の下流で別のバージョンの彼女を殺すことになる。わたしは繰りかえし引き金を引いて、待った——分身の暗殺者が撃った弾が、わたしの見ている前で標的に命中するか……でなければ、生きているバージョンのこのドリーマーがごくわずかで、ごくまばらに散らばっているだけになって、〈流れ〉を維持できなくなり、〈流れ〉が止まるのを。

どちらも起こらなかった。

「ずいぶん時間がかかったじゃない」

わたしはすばやくふりむいた。青い髪の女が、ドアの外に立っていた。わたしは銃を再装塡した。女にはわたしを止めるそぶりもない。わたしの両手は震えていた。ドリーマーにむきなおって、彼女をさらに二十回以上も殺した。わたしの目の前にいるバージョンは無傷のままで、〈流れ〉の勢いも変わらなかった。

わたしはもういちど銃に弾をこめなおすと、青い髪の女に銃をむけた。「いったいわたしになにをしたんだ？　わたしはひとりきりになったのか？　ほかのバージョンのわたしをみんな殺したのか？」だが、そんな馬鹿な話はない——だいたい、もしそれが真実だとしたら、この女にはわたしが見えないはずだ。世界を異にするそれぞれのバージョンの女にとって、わたしは一瞬だけあらわれて、知覚する前に消えてしまう影にすぎないのだから。わたしがここにいることすら気づけないだろう。

女はかぶりをふり、静かな声で、「あたしたちはだれひとり殺してない。あんたをカントルの塵の中に写しただけだよ。あんたはひとり残らず、いまも生きてる——でも、あんたのどのバージョンも、〈渦〉を止められない」

カントルの塵。数えることのできない無限だが測度零の、フラクタルな集合。わたしという存在には、ただのひとつも間隙がなく、かわりに無限の数の、果てしなく連なるとても小さい空隙がいたるところにある。しかし——

「どうやって？　おまえがわたしを罠にかけ、話をして時間を無駄にさせたのはたしかだが、どうやって各バージョンのわたしの遅延を調整できたんだ？　そして、その影響の計算が？　それには……」

「無限の計算能力が必要だって？　無限の数の人間が？」女はかすかに笑みを浮かべた。「このあたしが、無限の数の人間なんだよ。全員がSで夢中歩行してる。全員がおたがいを夢見てる。あたしたちは、いっしょに、同期して、ひとつの存在として行動できる——独立した行動もできるけどね。いまみたいに、その中間もできる。いまは、ある瞬間にあんたを見たりきいたりできるバージョンのあたしが、五感の情報をほかのあたしと共有してるわけ」

わたしはドリーマーをふり返った。「なぜ彼女を守る？　彼女は決して望むものを手にできまい。街を壊滅させてしまったら、自分の目的地にさえ行きつくことはないだろう」

「たぶん、ここではね」

「ここではとはどういうことだ？　彼女は、自分の分身が住む全世界を横断しているんだぞ！　ほかにどこがあるというんだ？」

女はあきれたように首をふった。「その全世界を作りだしてるのはなに？　通常の物理的プロセスの中の、現実になりうるいくつもの選択肢でしょ。でも、話はそこで終わりじゃない。世界と世界の結びつきかたにもいくつもの選択肢があって、それもまったく同じ力をもつの。超空間それ自体が異なるバージョンに分岐して、そのバージョンすべてをあわせると、そこには世界間に存在しうるすべての〈流れ〉が含まれることになる。そして、もっと高次のレベルの〈流れ〉——そのバージョン違いの超空間のあいだの〈流れ〉——がありうるわけだから、この構造全体がさらに分岐する。そしてさらに……」

倒れそうなほどのめまいを感じて、わたしは目をつむった。より大きな無限がより高次のレベルに果てしなく連なっていく、というこの話がほんとうだとしたら——

「どこかで、ドリーマーはつねに勝利しているんだな？　わたしがなにをしようとも？」

「そう」

「そして、どこかで、わたしはつねに勝利している。おまえがわたしを打ち負かすことにしくじった、どこかで」

「そう」

わたしとは何者だ？　任務に成功するバージョンが、わたしなのだ。では、このわたしは何者だというのか？　無にすぎない。測度零の集合だ。

わたしは銃を捨てて、ドリーマーにむかって三歩進んだ。すでにぼろぼろだったわたしの服は、別々の世界にわかれて消えていった。

次の一歩を踏みだしたわたしは、不意に感じた生あたたかいものにぞっとして、立ち止まった。髪と、皮膚の外側の層が消え去って、わたしはこまかい血の汗にまみれていた。そのときはじめて、わたしはドリーマーの顔に冷酷な微笑が浮かんでいるのに気づいた。

世界の無限の集合のどれだけで、わたしは次の一歩を踏みだすのだろう？　あるいは、どれだけの無数のバージョンのわたしが、そうするかわりにうしろをむいて、この部屋を出ていくのだろう？　そしてわたしは気づいた。ありとあらゆるかたちでわたしが生き、そして死ぬだろうというときに、わたしが引きかえさないことで、恥辱にまみれずにすむ者、それこそが――

わたしというものなのだ、と。

イェユーカ

Yeyuka

シドニーを離れる日、ぼくはしばしのお別れの記念に、ボンダイ・ビーチで朝をすごした。一時間泳いでから、砂に寝ころがって空を見あげる。しばらくうとうとして目をさますと、日光浴をする人々のまん中に、最新のファッションをあつかう半ダースのブースが出現していた。日光（ソーラー）タトゥだ。姿見大のタッチスクリーンから選んだデザインをカスタマイズすることもできれば、ソフトウェアに支援させて一からデザインを決めることもできる。コンピュータ制御のノズルが未彩色の顔料を皮膚にスプレーし、それを一時間紫外線にさらすと、色がいっせいに浮かびあがってくる。

日が高くなるにつれ、肩胛骨のあいだにとまった巨大な黄色い蝶や、胴に巻きついた緑と紫の竜、全身を飾りたてる赤いハイビスカスの鎖を目にするようになった。そうした絵柄が自分のまわりにあらわれるのを見ていると、ぼくはそれを勝利の旗じるしと考えずにはいられなかった。ぼくが子どものころ、つねにいちばんこわいものといえば、黒色腫（メラノーマ）になることだった――千年紀の変わり目ごろに、いちばんヒップなものといえば首から膝までを覆うライクラだった。二十年後のいま、この手のこんだ身体装飾は、積極的に皮膚を日光にさらさせ、そのことを誇らせようとしている。ソーラータトゥは、太陽そのものではなく、ぼくたちの体が手なずけられたことを雄弁に物語っていた。癌を打ち負かしたという宣言だった。

ぼくは左の人差し指の指輪に触れ、金属を通して力強い脈拍を感じた。指の血管から流れこむ血が、装置の中心の空洞を絶え間なくめぐっている。指輪内部の表面は数十億の微小なセンサーで覆われ、極微のハエジゴクのようなバネ留めされた漏斗型のセンサーは、それぞれが原子二、三百個分の幅しかない。血流中のかなり大きな分子で、その罠にぶつかったものはみな、つかまえられて収縮包装され、形状と化学的性質を測定されてから解放される。

だから、指輪はぼくの血の中身を正確に知っている。そこに属するものと、そうでないものも。指輪の厳しい監視下では、ウイルスやバクテリアによる感染の徴候、あるいは血流のはるか下流にできた顕微鏡レベルの腫瘍のそれでさえ、長いあいだ発見されずにいることは決してない。そして、ひとたび診断がくだされると、ほとんど瞬時に処置がなされる。プログラム可能な触媒や、コンピュータ制御で新しいかたちに作りかえられる多用途分子が、センサーと並んで埋めこまれているのだ。

指輪は血の中を循環している原料から幅広い種類の薬物を作りだせた。触媒の配列さえ正しいかたちで選択すれば、触媒全体の周囲にかたどられた隙間やひびが石膏模型の型の役を果たして、材料がまとめてとらえられる。

薬物が届けられると数分あるいは数秒で、病原菌は定着するより早く一掃され、癌細胞の小集団は成長したり広がったりする以前に破壊される。衛星経由で膨大な量の医療データベースと、必要なだけの外部計算能力とにリンクされた指輪を身につけていれば、いかなる敵にも勝てるすばやくて賢い一種の電子免疫システムを備えているようなものだといえた。

その朝、浜辺にいる人がひとり残らず、個人用ヘルスガード、つまり指輪をもっていたわけではないだろうが、家族共有のヘルスガード社のユニットで週いちどの診断をうけるか、でなければ近所の医者のユニットで毎月検査してもらうだけでも、癌になる危険は激減する。ぼくはメラノーマの心配はまるでしていないが（いつもどおり日焼け止めを塗っていたのは肌が白いからで、致命的であろうがあるまいが日焼けは不快だ）、指輪にほかの一万もの事態からも守られているだけに、ぼくは指輪を自分の体の急所だと思うようになっていた。指輪を装着した日、ぼくの平均余命は十五年のびた――銀行の危険率評価ソフトウェアもぼくの就業年齢が同様に延長されると想定したにちがいなく、指輪購入用のローンは、六十歳をだいぶすぎてから払い終える予定が組まれた。

簡素な金属の帯をそっと引っぱると、皮膚深くに達する針状の細いチューブが、やがて鋭い警告を発した。ぼくの指輪は、共有ユニットのようにその場ではめたり外したりできるタイプではないが、局部麻酔で五分間の外科的処置をすればとり外せる。ウガンダでは、たったひとつのヘルスガード社の器械を四千万人が使っている計算だ――じっさいには、器械に近づける幸運なごく少数が、だろうが。ぼく個人用の器械を身につけてかの地へ飛ぶのは、巨大なソーラータトゥを見せびらかしながらそこへおりたつのと変わらない愚行に思えた。ぼくがむかう土地では、癌はまだ完全には根絶されていないのだ。

だがそれをいえば、マラリアも、腸チフスも、黄熱病も、住血吸虫病も同様だった。そのすべてと、ほかのさまざまな病気に対して自分を免疫にしてから、指輪を外すこともできる……だが、マラリア原虫はその変異性で悪名高く、指輪が常時監視していれば、予防の点ではるかに安心していられる。だいたい、滞在期間の半分を病院のベッドで寝こんでいたのでは、ぼくはだれの役にも立てない。それに、ふつうの村人やバラック地区の住人は、指輪を見てもなんだかわからないだろうし、まして非難することもあるまい。ぼくは神経過敏になりすぎだ。

ぼくは持ち物をまとめると、自転車置き場にむかった。ふり返って砂浜を一瞥したぼくは、信じがたい幸運と平穏な生活の夢から目ざめたときに襲われるたぐいの痛烈な後悔を感じ、一瞬、目を閉じてその夢に戻れれば、ほかはなにもいらないと思った。

リサは空港までぼくを見送りに来た。

ぼくが、「たった三ヵ月だ。飛ぶようにすぎるよ」といったのは、リサではなく自分を安心させていたのだ。

「いまからでも決心を変えられるのよ」リサはおだやかに微笑んだ。強制ではなく、すべてはぼくの決断しだいだった。リサの目には、ぼくはまぎれもなくある種の病気——非常に遅れてわきあがった青春期特有の理想主義、あるいは非常に早い中年の危機――にかかったように映っていたが、リサは医者が患者に接するように、慎重で中立的な立場をとった。そのことにぼくはいらだった。

「そして、癌の手術を執刀する最後の最後の機会をふいにしろっていうのか？」それは少々誇張がすぎた。これからも年に二、三人の患者が、ヘルスガード・ネットの手をすり抜けるだろうからだ。だが、ぼくがふだん手術するのは大半が外傷で、それも以前とは様相を変えつつあった。コンピュータ制御された安全装置のおかげで交通事故はめったに起きなくなったし、コンベヤーベルトにあやまって手をはさまれる人も、十年以内には皆無になるだろう。これで、あとを絶たない銃や刃物による傷まで絶えようものなら、ぼくは鼻形成やラグビー選手の再建手術の再訓練をうけなくてはならなくなる。「きみのように、産科学の道に進むべきだったな」

リサはしんぼう強く頭をふった。「今後二十年で、母体と胎児内部、それからその相互間の分子信号はすべて解読されるわ。早産も、帝王切開も、合併症もなくなる。ヘルスガードは、わたしの仕事もお払い箱にしてくれるのよ」そして淡々といい足す。「現実を見て、マーティン、わたしたちはみんな、消え去る運命にあるの」

「かもしれない。でも、ぼくたちがもし……。場所によりけりだろうが」

「だからそのときが来たら、いまみたいに、まだ自分が必要とされている土地にむかうわけね」

リサは茶化していったのだが、ぼくはその質問をまじめにうけとめた。「帰ってきたとき、またその質問をしてくれ。三カ月間、最新設備のない土地で暮らしたら、もう一生ごめんだと思うかもしれない」

ぼくの乗る便がアナウンスされた。ぼくたちは別れのキスをした。不意に、自分がなぜこんなことをするのか、まるでわかっていないことに気づく。遠い地の外国人の健康が心配なのか？　まさか。たぶんぼくは、自分がほんとうにそれほど無私無欲だと自分に信じこませようとしていただけなのだ——そのあいだずっと、ここに残っても面子の保てる口実をリサがもちだして、思いとどまるようぼくを説得してくれると期待しながら。そうはならずに、はったりを見抜いたリサがぼくを追いつめることになるのを、予想してしかるべきだった。

ぼくは本心を口にした。「きっときみが恋しくなるよ。たまらなく」

「そうであってほしいわ」リサはぼくの手をとり、ぼくをにらみつけると、とうとうぼくの決断をうけいれた。「どうしようもない馬鹿ね。気をつけて」

「わかっている」もういちどリサにキスをしてから、そのまま背をむけた。

ぼくはエンテベ空港で、マグダレナ・イガンガに出迎えられた。彼女は、増加するイェユーカ患者相手に過重労働を強いられるウガンダの医師たちを支援するため、《国境なき医師団》が編成したささやかなチームの腫瘍学者だった。イガンガはタンザニア人だが、東アフリカ全域で活動してきて、いま、空港から首都カンパラまで三十キロの道に、酷使された自前のアルコール動力車を走らせながら、ナイロビの世界保健機関(WHO)とのごたごたのいくつかを話してきかせてくれた。

「あたしはかれらを説得して、イェユーカの疫学データベースを作らせようとした。いい考えだ、とあいつらはいったわ。詳細な企画書を癌腫疫学専門委員会に提出するだけでいいよ。あたしはいわれたとおりにした。すると委員会がいうには、きみの提案は気にいったんだが、なんとも残念なことに、イェユーカは接触伝染病だから、これは接触伝染病専門委員会に提出してくれたまえ。その委員会の年一回きりの会議は、ちょうど一週間前に終わったばかりだった」イガンガは感情をこめずにため息をついた。「結局、同僚の何人かとあたしが自分でデータベースを作るハメになったの。おんぼろの386を引っぱりだして、電話線を無断使用して」

「さんはちなんだって?」

イガンガはあきらめたように首をふった。「コンピュータ古代史の専門用語(ジャーゴン)だから、気にしないで」

ここは赤道直下で、しかも正午間近だったが、気温はせいぜいで三十度にちがいない。カンパラは海抜が高い。湿った微風がヴィクトリア湖から吹きつけ、頭上を流れる低い雲が、何度も何度も、いまにも降りだしそうに集まっては散っていく。ぼくが来るころは乾期だと、保証されていたのだが。最悪でも、たまに雷雨がある程度だと。

左手に散在する沼地のあいだに、掘っ建て小屋の集団が姿を見せはじめた。市街地にむかう途中、ぼくたちは市の中心部を何重にもとりまくバラック地区を通り抜けた。落ちぶれた一種の郊外地区に隣接したところほど古くて整然としているが、ほかは純然たる難民キャンプにより近い。イェユーカ・ウィルスの引きおこす腫瘍は広まるのは早いが、成長するのは遅いという傾向があり、患者を死にいたらしめる何年も前から部分的に体の機能を奪うことが多く、患者たちはつらい農作業に耐えられなくなると、仕事を見つけられるという期待からいちばん近い都市にむかうのがつねだった。イェユーカ患者があらわれはじめた二〇一三年ごろ、まだ南ウガンダはＨＩＶから立ちなおったとはいいがたかった。イェユーカは、もっと伝染力の弱い祖先が免疫力の弱った住人たちのあいだに足場を築き、そこから出現したと確信しているウィルス学者たちもいる。そして、コレラや結核ほど伝染力は強くないが、人口過密と、貧弱な下水設備と、慢性の栄養不良が、バラック地区を伝染病の最前線にしていた。

ふたつの丘のあいだを北へ走っていると、別の丘を覆いつくすカンパラの中心部が前方に姿をあらわした。数時間前に上空を通過したナイロビに比べると、カンパラには混沌とした印象がなかった。道路や低層のビルが計画に従ってじゅうぶんな空間をとって配置され、たくみに組織化されているが、格子状の直線や同心円といった幾何学的な堅苦しさは見られない。周囲では自転車と車の両方の往来が激しいが、流れはなかなか順調で、クラクションや叫び声がうるさいわりに、ドライバーたちは驚くほど上機嫌に見えた。イガンガは東に迂回して、市中心部の丘をまわりこんだ。ぼくたちの右手には緑もみずみずしい運動場やゴルフコースが広がり、左手には植民地時代の公共建造物や高い塀に囲われた各国の大使館が並んでいる。高層のスラムビルは目にしないが、広々とした草地に急ごしらえの小屋や、野菜畑まで作られているところもあり、バラック地区が都市の内側に広がりつつあることを示していた。

時差ぼけしたままのぼくは、何カ月も頭の中だけで思い描いてきた土地が、堅固な地面と、実在する建物と、ほんものの人々からできているのを見て、驚いていた。ウガンダに関するぼくのなけなしの間接的な知識の大半は、交戦地帯や被災区域についてのニュースクリップからのものだった。シドニーにいると、兵士と難民とウジのわいた死体だらけの、熱にうなされたような一連の編集済みビデオ映像以上のものとしてこの国を考えるのは、不可能に近い。じっさいには、反政府活動は国内の北の果てに限られた話で、しかもその勢力圏は縮小をつづけているし、ザイール難民の最後の波も、大半が一年前に帰国を終えており、イェユーカは深刻な問題だったが、人々が路上でばたばたと死んでいるわけではなかった。

マケレレ大学は市の北部にあった。イガンガ同様、ぼくもそこのゲストハウスに滞在することになる。学生に案内してもらったぼくの部屋は、質素だが、しみひとつない清潔さだった。シーツに皺が寄るのがこわくて、ベッドに腰をおろすのさえためらわれるほどだ。体を洗い、荷ほどきしてから、ぼくはイガンガと再合流して、大学医学部付属のムラゴ病院まで徒歩でキャンパスを横切った。病院の建物にはいるとき、道のむこう側でサッカーチームが練習していたのが、なんとも日常的な光景でほっとさせられた。

イガンガは次から次へと看護婦や看護士にぼくを紹介し、だれもがせわしなかったが友好的で、ぼくは連発される名前を必死で記憶した。病室はすべてぎっしりで、患者が廊下にまであふれ、ベッドをあたえられた二、三人以外は、マットレスや毛布の上に寝かされていた。建物自体は老朽化が激しく、備品のいくつかは三十年前のものにちがいないが、状況に不潔なところはなにもなかった。シーツは清潔だし、床は見た目もにおいも、その上で手術ができそうだ。

イェユーカ病棟で、イガンガはぼくがあす手術する予定の六人の患者を紹介した。病院にはCTスキャナーがあることはあったが、ここ半年間故障したまま交換部品代待ちの状態で、バリウムのような安い造影剤を使った平面X線写真以上のものは望めない。ぼくはいくつかの腫瘍の位置と大きさを、昔ながらの触診で知るほかなかった。イガンガがぼくの両手に手を添えて、力をかけすぎないようにしてくれた。イガンガはぼくなど比較にならないほどこの診察の経験が豊かだし、熱意ばかりが先行する初心者は、患者に大きな害をあたえてしまうことがある。ワークステーションで患部の三次元画像が回転すると同時に、切断箇所の選択にあたってソフトウェアが助言してくれるというような状況は、夢と消えた。それでもめげることなく、ぼくはその作業を自力でこなした。触診で腫瘍のおおよその位置をマッピングして、それを頭の中で映像化し、X線写真を撮るかスケッチする。

ぼくは患者ひとりひとりに、どこを切って、なにを切除し、どんな効果が期待されるかを説明した。その間、必要なときにはイガンガが通訳してくれた——スワヒリ語や、イガンガいわくの〝自己流ルガンダ語〟で。ぼくがかれらに告げたのはどれも部分的にしか朗報ではなかったが、患者の大半はそれをあきらめ混じりで楽観的にうけとめたようだ。手術でイェユーカが完治することはめったになく、ふつうは患者を二、三年延命させるにすぎなかったが、それが現時点で唯一の選択肢だった。放射線治療や化学療法は効果がなく、病院にひとつだけあるヘルスガード社の器械は、幸運な数人に対しても各人にあわせた薬となる分子を生成できずにいた。流行がはじまって七年になるが、イェユーカはいまだに、治療に必要なソフトウェアが書けるところまで理解が進んでいないのだ。

診察を終えたときには、外は暗くなっていた。イガンガが、「アンの最後の手術を見学したい？」とたずねる。アン・コリンズは、ぼくといれかわるアイルランドのボランティアだ。「ぜひ」ここで執刀された二、三の手術は、シドニーにいたときビデオで見ていたが、どんなVRのシナリオよりも、〝実地〟での練習のほうが役に立つものだし、コリンズがここに残ってぼくを指導してくれるのは、あと二、三日のことでしかない。それは最悪の皮肉だった。外国から来る外科医は決まって経験が浅いが、ほかにはだれも、時間をたっぷりもてあましている者はいない。ウガンダの医学生は授業料としてかなりの額を払わねばならず――新政府がいっとき、医者の養成に助成金を出していたが、世界銀行にやめさせられた――優秀な専門家の不足は、少なくとも今後十年はつづきそうだった。

イガンガとぼくはマスクと手術着をつけた。手術室はほかのあらゆるものと同様、清潔だが時代遅れだった。イガンガはぼくに、コリンズと、麻酔士のエリヤ・オクエラ、それに外科医実習生のバラキ・マシカを紹介した。

　患者は中年の男で、腹部の切開部のまわりをベタジンにひたしたオレンジ色の無菌布で覆われている。ぼくはコリンズの横に立って、夢中で手術を見つめた。小腸の筋肉壁の内側にぼくのこぶし大の灰色の塊が育って、臓器の〝皮膚〟ともいうべき半透明の腹膜を、ほとんど破裂寸前に膨張させている。塊が食物の通過を妨げているのは明白だ。患者はここ数ヵ月、点滴で命をつないでいたにちがいない。

　腫瘍はとてももろく、まるで変色した巨大な凝血塊のようだった。腫瘍を除去する過程でもっとも困難だが避けなくてはならないのは、癌細胞を一片でもとりこぼし、それが血液循環の中に戻って、あらたな腫瘍の種となることだ。腸壁をいちど切るごとに、コリンズは前もって腫瘍の周囲の血管をレーザーで焼灼し、かつどんな場合も腫瘍そのものには指一本触れなかった。腫瘍を切開し終えると、コリンズは致命的な毒物で満杯の漏れやすい袋をとり外すような細心の注意を払って、それを周囲の組織にとりつけられた鉗子ごと除去した。おそらく、体内の目に見えないほかの部分で、別の腫瘍がすでに育っているのだろうが、いまこの場でできる最良の処置をすることで、この男の人生には三年か四年がつけ足されたはずだ。

　マシカが、腸の切断された両端を縫いあわせはじめた。コリンズはぼくを脇へつれだして、ライトボックスで患者のX線写真を見せた。

「これが最初の発生場所」右肺に、いま彼女が切除したばかりの腫瘍の約半分の大きさの空洞がはっきりと見てとれる。ふつうの癌は、まずひとつの患部で育ち、それから原発腫瘍中の二、三の変異細胞が逃げだして、体のほかの部分に腫瘍をまき散らす。イェユーカの場合、〝原発腫瘍〟というものは存在しなかった。ウィルス自体が、細胞を定位置に固定しておく正常な分子の接着性を壊して、感染した細胞を根こそぎにするので、やがて感染した器官は溶解しているような様相を呈する。それが病名の由来だった。イェユーカ――溶解。ひとたび血流中にはいりこんでしまうと、感染した細胞の大部分は自然の要因で死ぬが、いくつかは毛細血管につかえてしまい――接着性がないにもかかわらず物理的にとらえられ――そこで邪魔されることなくかなりの大きさの腫瘍に成長する。

手術のあと、ぼくは街なかのレストランでの歓迎食事会に招待された。そこはイタリア料理専門店で、少なくともカンパラでは、非常に人気の店らしい。いまでは気心の知れた同僚どうしであるイガンガ、コリンズ、オクエラの三人は、くつろいで騒いでいる。オクエラは四十代の実直そうな男で、酔うと人当たりはいいが多弁になり、軍にいたとき病院で体験したホラー話をきかせてくれた。外科医実習生のマシカは、とても静かな口調でしゃべり、もともと無口な男だった。ぼく自身は時差ぼけのゾンビ状態で、あまり会話に加われなかったが、心のこもった歓迎会のおかげで気分がほぐれた。

ここに来たのは手を引く勇気がなかったからにすぎないことで、ぼくはまだ自分を詐欺師のように感じていたが、だれもぼくの動機をきこうとはしなかった。どうでもいいことなのだ。ぼくが純粋な思いやりからボランティアに参加したのだろうが、お払い箱になる恐怖によって倫理的不安に駆られただけだろうが、毛ほどの違いも生じはしない。どちらにせよ、ぼくは両の手と、役に立てるだけの一般的な外科手術の経験をここにもってきた。聖人でなければ人を癒せないのなら、医学は最初から消え去る運命にあったことになる。

自分が担当する最初のイェユーカ患者にメスをいれるときには緊張したが、オレンジ大の腫瘍を右肺から無事とり去って手術を終えたときには、ずいぶん自信がついていた。同じ日の後刻、常勤の外科医の何人かに紹介され、コリンズが去ってからも、ぼくは決してひとりきりで仕事をするわけではないことを思いださせてもらった。二日目の夜は疲労困憊して眠りに落ちたが、自信はとり戻していた。これはぼくにできる仕事で、手にあまるものではない。ぼくは自分に、無理な義務を負わせたわけではなかった。

ぼくはコリンズのお別れ会で飲みすぎたが、ヘルスガードがその影響をまたたく間に消し去った。外科医としてぼくひとりで診療するようになった初日は、あっけなくすぎた。なにもかも順調で、ハイテクの二日酔い薬をもたないオクエラはいつになくおとなしく、マシカはいつもどおりおとなしくて注意深かった。

週のうち六日は、世界は自分の部屋と、キャンパスと、病棟と、手術室だけに縮小した。食事はゲストハウスでとり、たいてい夕食後一、二時間で眠りにつく。太陽が地平線にじかに沈むので、午後八時になるとすでに真夜中のようだ。ぼくはリサに毎晩電話しようとはしたが、手術を終えるのが遅くなって、リサが仕事に出かけるまでにまにあわないこともしばしばで、けれどぼくは留守電に伝言を残すことも、運転中のリサと話すこともしたくなかった。

　最初の日曜にオクエラと奥さんが昼ご飯に招待してくれて、次の日曜はマシカとガールフレンドの番だった。どちらのカップルもほんとうにあたたかくもてなしてくれたが、ぼくはかれらがいっしょにいられる貴重な一日を邪魔しているような気分だった。三度目の日曜には、イガンガとレストランで会ってから、ふたりでとくにあてもなく街を見てまわった。

　カンパラには数々の美しい建物があり、その多くには明白な戦争の傷跡が残っていたが、丹念に修復されていた。ぼくはくつろいで観光に専念しようとしたが、じっさいには、滞在の終わりまでずっとつづく日課――週に六日、毎日六回の手術――のことを考えつづけていた。ぼくがそのことを口にすると、イガンガは笑って、「わかった。単なる流れ作業以上のことがしたいっていうのね。じゃあ、ムベンデへの旅行を手配してあげる。あそこにはよそへ運べないほどの重病人がたくさんいるから。複数の腫瘍がある、ほとんど末期の人ばかりが――」

「わかった」ぼくは安うけあいをしすぎる。自分がまだ最悪の患者を見ていないのは知っていたが、かれらがみなどこにいるかは、ほとんど考えたこともなかった。

　ぼくたちはシーク教の寺院の前にいて、脇にある飾り板には、イディ・アミンによる一九七二年のアジア人国外追放について書かれていた。カンパラには、当時の残虐行為を語り継ぐ碑が点在している。アミンの支配が終わったのは四十年以上も前だが、常態に復すまでは長い道のりだった。だがいま現在、政治的には比較的安定した時代になったというのに、こんなに多くの人命がイェユーカによって失われているのは、信じがたいほど不当なことに思える。国境近くを集団で移動する難民ももはやなく、強制的国外追放もなくなった――しかし、血中に漂いだす細胞が、同じような悲劇を呼んでいる。

ぼくはイガンガにたずねた。「どうして医学の道に進んだんだ？」

「家族の期待に沿ったの。医者でなければ法律家。医学のほうが、気まぐれなところが少ないと思った――最高裁に上訴しても、体の中のなにかをひっくり返したりはできないでしょ。あなたはどうなの？」

「革命の現場に参加したかったんだ。すべての病気を追放しつつあった革命に」

「あ、その革命ね」

「いうまでもなく、ぼくはまちがった仕事を選んだわけだ。分子生物学者になるべきだった」

「あるいは、ソフトウェア・エンジニアに」

「ああ。ヘルスガードの出現を十五年前に予想していたら、ぼくは変化のどまん中に飛びこんでいただろう。そして絶対ふり返らなかった。脇目もふらなかった」

イガンガは同情するようにうなずき、ぼくがいまいった、分子テクノロジーが注目を一身に集め、イェユーカの流行のようなささいなできごとが視野から完全に一掃されてしまうという意見には、まったく動じていなかった。「わかる気がする。七年前、あたしはダルエスサラームのある民営病院にいて、本気で大儲けしようと思っていた。前立腺癌の金持ちビジネスマンとか、そういう連中を相手にしてね。ある意味で幸運だった——そんな市場が跡かたもなく消え去る前に、イェユーカ研究に身も心もささげた人たちがあたしを責めたて、脅し、ささやかな取引をもちかけてきたのは」笑い声をあげて、「どこかの人里離れた地の野外診療所へちょっと手伝いに行ってくれれば、〈ネイチャー癌研究〉誌に発表される画期的な論文の共同執筆者になれると何回約束されたか、もう回数もわからなくなったわ。あたしがこの仕事に引きずりこまれて、もういやだと騒ぎまわっているあいだに、昔の夢はすべて、はかなく消えてしまった」

「でもいまでは、イェユーカ研究をまぎれもない天職だと感じている？」

イガンガは大げさに目をむいた。「勘弁してよ。あたしのいまの野望は、現場を離れてナイロビかジュネーヴで、給料の高いＷＨＯ顧問の地位に就くことなんだから」

「それ、なんだか信じられないな」

「信じなさい」と肩をすくめて、「たしかに、あたしがいまやっていることは、どんな事務仕事より百倍は有益だけれど、だからといって、少しでも仕事が楽になるわけじゃない。内なる愛情の輝きが患者千人分ももたないことは、あなたもあたしもよく知っている。その患者ひとりひとりが自分の家族か友人であるかのように尽くしていたら、そのうち発狂してしまう……だからかれらを、たまたま人間の体をまとった一連の臨床的な問題だと考えるようになる。それに、同じ問題に果てしなくとりくみつづけることは、たとえそれが世界でいちばんやりがいのある仕事だと確信していても、たいへんな苦労だわ」

「じゃあ、なぜきみはいまこの瞬間、ナイロビやジュネーヴではなくカンパラにいる？」

イガンガは笑みを浮かべた。「心配してもらわなくても、手は打っているから。あなたと違って、あたしのチケットにはここから出ていく日付がはいっていないけれど、チャンスが来たら、きっと、あたしは全力でそれを握りしめる」

六週目、二百四回目の手術で、ぼくはとうとうドジを踏んだ。

患者は十代の少女で、感染した結腸細胞が肝臓の複数箇所に侵入していた。肝臓の左葉の大部分を除去せざるをえないが、それで予後は比較的良好になると思われた。右葉にはまったく汚染がなく、感染細胞は体のほかの部位に運ばれる前に、血液の循環系路で結腸のすぐ下流にある肝臓によって、すべて血流から濾過されているという望みさえもてた。

門脈の左枝を鉗子で固定しようとして、ぼくは手をすべらせ、鉗子が肝臓基部の、灰白色の結腸細胞でいっぱいに膨らんだ嚢胞をきつく締めつけた。嚢胞は破裂しなかったが、そうなっていたほうがましだったかもしれない。中身がどこに流れこんだか、じっさいに見えたわけではないが、その道すじは非常に鮮明に思い描けた——癌細胞は血管のY字型分岐点まで戻り、そこから血流にのって、それまで感染していなかった右葉に運びこまれる。

自分の無力さにがまんできず、ぼくは十秒間も毒づきつづけた。ここには使い慣れた非常用の器具はなにひとつなかった。分離した細胞を、定着した腫瘍よりずっと弱くなっているあいだに絶滅してしまえる注射薬もないし、免疫システムを刺激して、それを攻撃させるワクチンも手もとにない。

オクエラの声がした。「この子の両親に、腫瘍からの漏出の痕跡が見つかったので、定期的に追跡検査をうける必要があるというんだ」

ぼくはマシカに目をやったが、相手は黙っていた。

「そんなことはできない」

「面倒を起こしたくはないだろう」

「事故だったんだ！」

「この子にそれをいってはいけない。この子の家族にも」オクエラは、ぼくが危険で自分勝手なことをたくらんでいるかのように、厳しい目つきでこちらを見つめていた。「きみがこの件でひと騒動起こしたところで、だれの助けにもならないんだ。この子にとっても、きみにとっても。病院にとっても。ボランティア計画にとっても」

少女の母親は英語を話せた。ぼくは、癌が広がりそうな徴候があると告げた。母親は悲しみに暮れ、そしてぼくには、手を尽くしてくれたと感謝した。

マシカはこのできごとに関してひとことも口にしなかったが、その日が終わるころには、ぼくはマシカを見るのがほとんど耐えがたくなっていた。オクエラが先に帰って、ぼくたちふたりだけが更衣室に残ったとき、ぼくはマシカに話しかけた。「三年か四年でワクチンができるだろう。それどころか、ヘルスガードのソフトウェアも。ずっとこんな状態がつづくはずがない」

マシカは当惑気味に肩をすくめた。「でしょうね」

「帰国したら、研究資金をつのるよ。必要なら、写真写りのいい患者のスライド上映つきでシャンパンディナーもひらく」自分が馬鹿なことをいっているのはわかっていたが、口を閉じられなかった。「いまは十九世紀じゃないんだ。ぼくたちはもう無力じゃない。理解できさえすれば、どんな病も癒せる」

マシカは、そういう退屈な演説はシャンパンディナー用にとっておけといおうかいうまいか決めかねているかのように、心もとなげな目つきでぼくを見つめていた。それから口をひらいた。「わたしたちはすでに、イェユーカを理解しています。イェユーカ用に書かれたヘルスガードのソフトウェアも準備できていて、出番を待っているんです。しかし、それをこの病院のヘルスガード社の器械で走らせることはできません。だから研究資金は必要ないんです。わたしたちに必要なのは、別の器械です」

ぼくは数秒間、口をきけずに、このとんでもない話にすじを通そうとしていた。「病院の器械が壊れているということ——？」

マシカは頭をふって、「このソフトウェアは無認可なんです。もしそれを病院の器械に走らせたら、病院とヘルスガード社との契約は無効になるでしょう。わたしたちには器械がまったく使えなくなってしまいます」

必要な研究が完成しているのに、なにひとつ発表されていないというのはとうてい信じがたかったが、マシカがその件で嘘をつくというのも信じられないことだった。「どれくらいの期間で、ヘルスガード社はそのソフトウェアを認可できる？　いつ申請を提出したんだ？」

マシカはだんだん、口をつぐんでいればよかったという顔になってきたが、もうあと戻りはできない。マシカは慎重に真実を告げた。「申請は提出していません。それはできない相談で――すべての問題はそこにあります。わたしたちに必要なのは海賊版の器械です。衛星リンクを無効にした廃棄された器械があれば、会社に知られることなくイェユーカ用ソフトウェアを走らせられます」

「なぜだ？　なぜそのソフトウェアのことを会社に知られてはいけないんだ？」

マシカはためらった。「それについては、お話ししていいものかどうか」

「違法だからか？　盗んだものなのか？」だが、もしそのソフトウェアが盗んだものなら、なぜ正当な所有者はそのすばらしい代物を認可して、人々が利用できるようにしておかなかったのだろう？

マシカの答えは冷ややかだった。「奪いかえしたんです。ソフトウェアの中で唯一〝盗んだ〟と呼ばれてもしかたない部分は、じっさいは奪いかえしたものなんだ」マシカはしばし目をそらせて、必死で感情を抑えようとしていた。それからぼくにむかって、「ほんとうにすべての説明をききたいですか？」

「ああ」

「では、電話をかけなくてはなりません」

マシカがぼくをつれていったのは、キャンパス近傍の郊外地区の一画にある、学生用の寄宿舎らしき建物だった。マシカは足が速く、ぼくには質問を発したり、それどころか闇の中で自分の居場所をたしかめたりする余裕もなかった。マシカはできればぼくに目隠ししたかったのだろうという気がするが、そんなことをしてもほとんど無意味だったと思う。目的地に到着したとき、ぼくはそこが大学からどのくらい離れた場所かさえわからなかったのだから。

たぶん十九歳か二十歳の若い女が、ドアをあけた。マシカはぼくにもその女にもたがいを紹介しなかったが、むこうはぼくたちが来るとわかっていたようすなので、マシカが病院から電話した相手はこの女なのだろう。女はぼくたちを、一階の一室につれていった。上の階でだれかが楽器を演奏していたが、見えるところには、ほかにだれもいない。

部屋にはいると、旧式のキイボードとコンピュータのモニタが机の上にのっていて、その脇の床には風変わりな装置が置いてあった——寝室用たんす大のラックにいっぱいのむきだしの回路基盤が、直径五十センチのファンで冷却されている。

「これはなんだ？」

女はにやりとした。「わたしたちは謙虚にも、これをマケレレ・スーパーコンピュータと呼んでるんだ。並列処理をする五百十二個のプロセッサ。総費用五万シリング」

約五十ドルだ。「どうやってこんな――?」

「リサイクルさ。二十年か三十年前には、コンピュータ業界は手のこんだ詐欺を仕掛けてた。ソフトウェア会社がわざと非能率なプログラムを書いて、人々にひっきりなしにより新しく、より速いコンピュータを買わせる――すると人々は、より速いコンピュータをうまく働かせるには、新品のソフトウェアがなければ話にならないことを思い知らされる。なんの問題もないマシンが三年か四年ごとに処分され、その中には埋め立てゴミになってしまうものもあったけど、何百万台もが回収された。世界的規模の廃棄プロセッサ市場は何年も前から存在していて、最低速のプロセッサは、いまではボタン並みの安さ。でも、ちょっと工夫するだけで、そんなプロセッサからでもとてつもないパワーが手にはいる」

ぼくはその驚異的な装置なるものを、まじまじと見つめた。「そしてきみは、これを使ってイェユーカ用のソフトウェアを書いたのか?」

「そうだよ」女は誇らしげな笑顔になった。「まず、ソフトウェアは損傷をうけた表面接着分子を見つけては、片端から記述する――血流中にはつねに二、三のそうした分子が勝手に漂っていて、その正確なかたちはイェユーカの菌株と、それが感染した細胞によって決まる。次に、損傷をうけた接着分子のそれぞれと結合するようにあつらえられた薬が、感染した細胞の細胞膜を破裂させて殺す」しゃべりながら女はキイボードを打って、そのプロセスの各段階を図解したアニメーションを呼びだした。「このソフトウェアを、ほんもののヘルスガードの器械に搭載できたら……一日に三人を治療することができるのに」

治療。単に切開して、不可避の事態を遅らせるのではなく。

「だが、生データはどこから手にいれたんだ？　RNA塩基配列分析（シーケンシング）とか、X線解析研究とかは……？」

女の笑顔が消えた。「ヘルスガード社内部の人間が会社のアーカイヴで見つけて、ネット経由でわたしたちに送ってくれた」

「わからないな。いつの間にヘルスガード社はイェユーカを研究したんだ？　なぜ結果を公表しない？　なぜ自分たちでソフトウェアを書かない？」

女はためらうようにマシカを一瞥した。マシカが答えた。「ヘルスガード社の親会社は、二〇一三年に南ウガンダで、五千人の人々から血を採取しました。自社のHIVワクチンの効果の追跡検査という名目で。ですがほんとうのねらいは、転移癌細胞の大量のサンプルを入手して、ヘルスガード最大のセールスポイントを完璧なものにすることにありました。つまり、癌の予防です。そんなかれらにとってイェユーカは、必要なデータを入手するためのもっとも安価かつかんたんな手段になったわけです」

病院でのマシカの言葉をきいてから、こういったような事態をなかば予想はしていたが、それでもぼくは動揺した。不正な手段でデータを採取するだけでも最悪だが、治療法まであと一歩という情報を隠していた——それも入手したものの代金を節約するだけのために——となると言語道断だ。

ぼくは声を張りあげた。「その鬼畜なやつらを告訴しろ！　サンプルをとられた人たちをひとり残らず集めて、集合代表訴訟を起こすんだ。使用料と懲罰的損害賠償で。数億ドルは要求できる。その金で、必要な器械が買えるじゃないか」

女は苦々しげに笑った。「証拠がないよ。ファイルは匿名で送られてきたし、その出どころがほんものだと証明する手段もない。だいたい、ヘルスガード社が裁判にどれだけの費用をつぎこんでくると思う？ わたしたちには、屋根の上から真実を叫んで満足するだけのために、今後二十年を法廷闘争で浪費する余裕はない。このソフトウェアを利用できる唯一の確実な手段は、海賊版の器械を手にいれて、すべてを極秘におこなうことなんだ」

ぼくが見据える画面上では、ムラゴ病院で毎日三回ずつおこなわれているべき治療を、シミュレーションが演じていた。だが、この女のいうことは正しい。どんなに納得しがたかろうとも、ヘルスガード社と直接戦っても得るところはないのだ。

マシカとキャンパスへ戻りながら、ぼくは腫瘍が肝臓に侵入した少女のことと、一歩まちがえばほぼ確実にあの子がその場で死んでいただろう、あの手もとが狂った瞬間を帳消しにできる可能性とを考えつづけていた。ぼくは口をひらいた。「きっと上海に行けば、海賊版の器械を手にいれられるんだろうな。どこで質問して、どこを探せばいいかをぼくが知っていればだが」海賊版も高価ではあるだろうが、通常のソフトウェアもサポートもなしなのだから、利用者に委託された正規の製品よりは格段に安いにちがいない。

ぼくの右手はほとんど無意識に動いて、左手の人差し指の金属の脈動をたしかめていた。指輪を星明かりにかざす。「これがぼくのものだったら、きみたちにあげられるんだが。でも、それは三十年先のことなんだ」礼儀正しいマシカは、もしぼくが指輪の完全な所有者だったら、そんな可能性はもちだしもしなかっただろうとほのめかすことにならないよう、なにも口にしなかった。

ぼくたちは大学の大講堂前に着いた。ここからなら、ゲストハウスまでひとりで帰れる。だが、このまま話を終わらせるわけにはいかなかった。今夜、ぼくが真相を知ったことでなにかが起こるという確証もないまま、あと六週間も手術をつづけることはできない。「きいてくれ、ぼくは闇市場にコネはないし、どうすれば器械が手にはいるか見当もつかない。だが、きみたちがぼくのなすべきことを見つけて、それがぼくの力のおよぶ範囲のことなら……ぼくはやるよ」

マシカは笑みを浮かべ、うなずいて謝意を示したが、ぼくを信じていないのは明白だった。これまで何人の人間がこんな約束をしておいて、イェユーカ病棟からは患者があふれつづけているのに、病気のない世界へ戻ったまま音沙汰がなくなってしまったことだろう、とぼくは思った。

背をむけて立ち去ろうとしたマシカの肩に、ぼくは手をかけて引きとめた。「ぼくは本気だ。どんな代償を払っても、ぼくはやる」

暗闇の中でぼくと目をあわせたマシカは、誠意を主張するぼくの安直な言葉が意味するものより、ずっと深いなにかを見きわめようとしていた。不意に羞恥心が心をよぎる。ぼくは自分が詐欺師であることを完全に忘れていた。本気でこの国に来るつもりなどなかったことを。二カ月前、リサが二、三の単語を口にしていれば、自分が喜んでチケットを投げ捨てていただろうことを。

マシカが静かな声でいった。「では、あなたを疑っていたことをおわびします。あなたの言葉をそのまま信じましょう」

ムベンデは州都で、カンパラから車で西に半日の距離にある。イガンガは約束していたその街のイェユーカ診療所への訪問を、ぼくの滞在期間が残り二週間になるまで遅らせていたが、その理由は現地に着くとすぐにわかった。そこには、ぼくがおそれていたありとあらゆるものがあった。極端な資金不足、人手不足、山のような患者。寝具をもちこんだり洗ったりするのは、患者の身内の人間の仕事で、かれらの半数は、地元の市場で買った鎮痛剤やいろいろな薬ももちこんでいるらしく、その中にはほんものの薬もあったが、単なるブドウ糖や硫酸マグネシウムが主成分のいんちき商品もあった。

患者の大半は、四つか五つの別々の腫瘍をもっていた。ぼくは日にふたりの患者を処置し、手術はそれぞれ六時間から八時間におよんだ。十日のあいだに、ぼくの目の前で七人が死んだ。さらに十数人が病室で、手術の順番を待ちながら死んだ。

あるいは、事態をもっとよくしてくれるものを待ちながら。

ぼくは診療所の奥の狭苦しい部屋で、マシカとオクエラといっしょに寝泊まりしたが、ごくたまにマシカとふたりきりになれたときでも、むこうは海賊版ヘルスガードの入手方法をくわしく話しあう気はないようだった。「いまの時点では、あなたは多くを知らないほうがいいんです。時が来たら、説明しますから」

患者たちの苦しみには想像を絶するものがあったが、ぼくはむしろ、診療所のただひとりの医者とふたりきりの看護婦に同情した。かれらにとって、これは決して終わることがないのだ。カンパラへと戻る日の朝、自分たちの器材をトラックに積みこみながら、ぼくはおろかで無意味な戦争からの脱走兵のような気分になっていた。あとに残していく戦友たちに申しわけなく思いながらも、自分がそこから逃げだせるという安堵感で心が浮きたちそうになる。自分がここに——それどころかカンパラにさえ——何カ月も、何年も、とどまりつづけることに耐えられないのは、わかっていた。自分がそんなに強くなれればと心から望みはしても、いまのぼくは、自分がそんな人間でないことを知っていた。

短いが大きな断続音がしたかと思うと、トラックがブレーキ音もけたたましく急停車した。ぼくたち四人は穴だらけの道路から器材を守るため、全員が荷台に乗っていて、幌の防水布に後方のわずかな視野以外のすべてをさえぎられていた。ほかの三人をちらっと見る。外で何者かが、運転手のアケナ・イビンギラにルガンダ語でなにかを叫び、イビンギラが叫びかえしている。

オクエラがいった。「盗賊団だ」

ぼくは心臓の鼓動が速まるのを感じた。「そんな馬鹿な」

再度の連射。イビンギラが運転台から飛びおりて、腹だたしげにまだなにかいっている。

全員が助言を求めてオクエラを見た。オクエラはこういった。「いわれたとおりにするんだ。ほしがるものをくれてやれ」

ぼくはオクエラの表情を読もうとした。厳しい顔はしているが、絶望的ではない――不愉快な事態は予想しているが、皆殺しはないということだ。イガンガは長椅子のぼくの隣にすわっていた。ぼくはほとんどなにも考えずに、イガンガの手をとった。ふたりとも震えている。イガンガは一瞬ぼくの手を握りしめると、すぐに放した。

汚い迷彩服を着た長身で笑い顔の男がふたり、トラックのうしろに姿を見せ、自動小銃をふって、ぼくたちに外へ出るよう指図した。オクエラが最初に出ていったが、その隣にすわっていたマシカはしりごみした。イガンガのほうがぼくより出口に近かったが、ぼくは先に出ようと動いた。そうすればイガンガがつれ去られてレイプされる危険が減るとでもいうような、現実離れした考えをいだいて。盗賊たちのひとりがぼくの行く手をさえぎって、イガンガに出てくるよう手まねきしたとき、ぼくは自分の不安が当たっていたのだと思った。

マシカがぼくの腕をつかみ、ぼくがふりほどこうとすると、さらに強く握りしめて、ぼくをトラックの中に引きもどした。ぼくは腹をたててふり返ったが、ぼくが口をひらくよりも早く、マシカがささやいた。「イガンガさんはだいじょうぶです。答えてください――かれらに指輪を渡す気はありますか？」

「なんだって？」

マシカはいらだたしげに出口に目をやったが、盗賊たちはオクエラとイガンガを見えないところへつれ去っていた。「わたしがかれらに金を払って、こんな真似をさせました。ほかに方法はないんです。ですが、いまここであなたが拒否すれば、わたしがかれらに合図しますから、かれらは指輪に触れたりしません」

ぼくはマシカを凝視し、相手の言葉が正確に理解できるにつれて、麻痺するような感覚が全身の皮膚を何度も走り抜けた。

「麻酔をかけてとり外すこともできたじゃないか」

マシカはじれったそうに首をふった。「指輪は常時、データをヘルスガード社に送信しています。副腎皮質ホルモン、アドレナリン、エンドルフィン、プロスタグランジン。ヘルスガード社には、あなたが恐怖や苦痛を感じたときのストレス・レベルの記録があります……もし麻酔をかけて指輪をとり外したら、あなたがすすんで指輪をあたえたことがわかってしまう。ですがこの方法なら、運が悪くて盗まれたように見えるでしょう。そしてあなたは、保険会社から新しい指輪をもらえます」

マシカの理屈には非の打ちどころがなく、ぼくには返す言葉がなかった。異議を唱えるとしたら保険金詐欺に関することだが、それは先の話で、また別の問題だ。いまこの場で選択すべきは、疑惑を呼ばない唯一の方法で、マシカに指輪を渡すかどうかだった。

盗賊たちのひとりがいらついたようすで、また姿を見せた。マシカがはっきりした声で、「中止の合図をしましょうか？　答えてください」

ぼくはマシカのほうをむいて、いまにもわめき散らしそうになった――おまえはぼくの言葉をわざと曲解した、おまえたちを助けるというぼくの尊い申し出につけこんだんだ、おまえはぼくたち全員の命を危険にさらしている。

だが、それはとんでもないでたらめだった。マシカはぼくの言葉を曲解などしていない。ただ、ぼくの言葉をそのまま信じただけだ。

ぼくは答えた。「中止の合図はするな」

盗賊たちはぼくたち四人をトラックの横に並ばせ、ポケットの中身を全部ずだ袋に空けさせた。次は、腕時計や貴金属類をとりあげる番だ。オクエラは自分では結婚指輪を指から抜くことができなかったが、盗賊のひとりがもっと力をこめて抜こうとしているあいだも、顔をしかめたままじっと立っていた。ぼくは自分がこの先、人工装具を使うことになるのだろうか、これからも手術を執刀できるのだろうか、などと考えていたが、盗賊のひとりが近寄ってくるのを見たとき、不思議と自信がわきあがってきた。

ぼくは左手をさしだして、空を仰ぎ見た。理解できさえすれば、どんな病も癒せることを、ぼくは知っていた。

祈りの海
Oceanic

1

波のうねりにのって、家船はおだやかに上下を繰りかえしていた。ぼくの呼吸は遅くなり、船殻のきしみと同じペースになって、やがて船室のリズミカルな微動と、自分の肺がいっぱいになっては空(から)になる感覚の区別がつかなくなった。まるで暗闇に浮かんでいるみたいだ。息を吸うたびに体がもちあがって、吐くとまたもとに戻る。

寝棚の上の段で、兄のダニエルがよく通る声でいった。「おまえは神を信じているか?」

一瞬で眠気は吹きとんだけれど、すぐには返事をしなかった。絶対に目を閉じてはいなかったのに、明かりの消えた船室の中、実在しない光の粒が右往左往する昆虫の群れのように動いて、闇が目の前で位置を変えているように感じられる。

「マーティン?」

「起きてるよ」

「おまえは神がおられると、ほんとうに思っているか?」

「もちろんさ」ぼくの知っているだれもが、神を信じていた。だれもが彼女のことを口にし、だれもが彼女に祈った。とりわけ、ダニエルは熱心だった。ひと夏前に《深淵教会》に加わって以来、兄さんは毎朝、夜明け前に一キロタウのあいだ、祈りをささげていた。ふと目をさましたぼくが、船室のむこうで壁の前にひざまずいた兄さんがなにかをつぶやきながら胸を叩いているのを心に留めてから、心地よい眠りに引きずり戻されることも、たびたびだった。

ぼくの家族は代々《移相教》信者だけれど、ダニエルは十五歳だから、宗旨を選択する自由があった。兄さんが《深淵教会》を選択したのを、母さんは如才なく黙ってうけいれたけれど、父さんはダニエルの独立心と強い意志を、とても誇りに思ったようだ。ぼく自身は、複雑な思いだった。ぼくは兄さんと同じ道をたどるのを当然のように思って育ってきて、そのことにいちども抵抗を感じたりはしなかった。兄さんはぼくに、いつも少し大人の世界を見せてくれたからだ——自分が読んでいる本の一節をぼくに読んできかせてくれ、自分が勉強中の異邦語の単語や熟語を教えてくれ、ぼくがまだ学ぶことになっていない数学の知識をざっと説明してくれた。ふたりしてベッドで夜ふけまで起きていて、星団や超限数の階層の話をすることもよくあった。けれどダニエルは、改宗した理由も、日々深まる信仰心についても、ひとこともきかせてくれなかった。ぼくは、のけ者にされたと思って傷つけばいいのか、単純に喜んでいればいいのか《移相教》信者になるのは、《深淵教会》に加わることの粗悪な模倣のようなものだとはわかっていたけれど、凡庸な《移相教》の道を選んだことで日の出まで眠っていられるなら、それもそんなに悪くはない気もする）わからなかった。

ダニエルがきいた。「なぜそう思う？」

兄さんの寝棚の底板を見あげながら、ぼくは自分がほんとうにそれを目にしているのか、船室いっぱいの闇の中で、それがたしかに存在すると想像しているだけなのか、自信がもてなくなっていた。「だれかが〈天使たち（エンジェルズ）〉を地球からここへ導いたはずだからだよ。地球があまりに遠くて、この星（コヴナント）から見えないというなら……神のお力添えなしに、地球からコヴナントを見つけられたわけがないでしょ？」

ダニエルがかすかに体を動かす音がした。「天使たちには、おれたちより性能のいい望遠鏡があったのかもしれないぞ。あるいは、天使たちの全員がいっしょにこの星に来たのではなくて、地球から四方八方に散らばったのかもしれない——なにが見つかるかもわからないまま、何千組もの探検隊が発進したんだ」

それをきいて、ぼくは笑った。「でも、天使たちはここへ来なければ、もういちど肉体をもてなかったんだよ！」信心の薄い十歳の子どもでも、それくらいは知っている。神は、不死を盗んだ罪を天使たちに悔い改めさせる場所として、コヴナントを用意された。《移相教》信者は、百万年もすれば、ぼくらはもういちど天使になる権利を手にできると信じている。《深淵教会》の教えは、星々が天から落ちるときまで、ぼくらは肉をまとった姿のままだというものだ。

ダニエルがいった。「なぜおまえはそんなに自信をもって、かつてほんとうに天使たちが存在したといえるんだ？　そして、神がほんとうに自分の娘、ベアトリスを天使たちのもとにつかわされて、かれらを肉をまとった姿に戻らせたと？」

ぼくはしばらく考えこんだ。思いつける答えは、聖なる書物をそのまま引用したものばかり。権威に寄りかかってもなんの解決にもならないことは、何年か前にダニエルから教わっていた。しまいに、ぼくは認めた。「とくに理由はないよ」

自分がおろかに思えたけれど、兄さんがそんなむずかしい問題をぼくと論じようとしてくれたのが、うれしくもあった。神を信じるなら、ぼくは正当な理由でそうしたい。単に、まわりのだれもかもがそうしているから、ではなしに。

兄さんがいう。「考古学者たちは、おれたちがこの星に着いたのは約二万年前にちがいないという証拠を見つけている。それ以前には、人間も、人間と生態学的共通点をもつ植物や動物も、存在した証拠がない。だとすると、〈渡航〉は聖なる書物にあるより昔の話だということになるが、聖なる書物は年号の一部に解釈の余地があるし、さらに創作混じりの表現が若干あるとすれば、すべての計算があう。生物学者の大半は、百万年以上の時間をかければ、単純な化学物質からはじまって、ひとりでに惑星独自の微小生物が生じうると考えているが、それは神がすべてのプロセスを導かれたのではない、ということを意味するわけではない。じっさい、なにもかもが両立可能なんだ。科学と聖なる書物は、ともに真実でありうる」

話の先は読めた、とぼくは思った。「じゃあ兄さんは、科学を使って神がおられることを証明する方法を見つけたの？」誇らしい思いがわきあがる。兄さんは天才だ！

「いいや」ダニエルはしばらく沈黙した。「問題は、科学が逆のかたちにも使えることだ。聖なる書物になにが書かれていようとも、人々はさまざまな事実にその記述とは違う説明をあたえられる。宇宙船が地球を発ったのは、別の理由があったのかもしれないだとか。天使たちは自ら体を作ったのであって、それも別の理由によるものかもしれないだとか。信仰心をもたない連中に、聖なる書物が神の言葉だとわからせる方法はないんだ。すべては信念にかかっている」

「うん」

「信念が、なによりも重要だ」ダニエルは強い口調でいった。「おまえも信念をもたなければ、いわれるままになんだって信じてしまうだろう」

ぼくはがっかりした感じにならないように注意しながら、同意の言葉を口にした。ダニエルの口からは、《移相教》の教会での説教でぼくを居眠りにさそう退屈な話以上のものがきけると、期待していたのだ。

「信念を手にいれるには、どうしたらいいか知っているか？」

「ううん」

「願うんだ。それだけでいい。ベアトリスに、おまえの心にはいりこんで、信念を授けてくださるよう、願うんだ」

「そんなことなら、ぼくらは教会に行くたびにやってるよ！」とぼくは反論した。兄さんがもう、《移相教》の礼拝の方法を忘れ去ったとは、とても思えなかった。司祭に、ベアトリスの血の象徴として海水を一滴、舌にたらしてもらってから、信念と、希望と、愛を授かるよう願う、あの儀式を。

「それで、おまえは願ったものを授かったことはあるのか？」

そんなことは、いちども考えたことがなかった。「よくわからない」ぼくは神を信じているんじゃないのか？「たぶんあると思う」

ダニエルは面白そうに、「信念を授かっているなら、おまえにはそのことがわかるはずだろう」

ぼくは混乱して、闇を見あげた。「《深淵教会》にはいらなければ、正しいやりかたでお願いできないってこと？」

「違う。《深淵教会》でさえ、だれもがベアトリスを自分の心におまねきできるわけじゃない。聖なる書物にあるとおりの方法でやる必要がある。『ふたたび胎児のごとく、裸で無力になって』」

「でもぼくは、浸礼をうけてるんだよ？」

「金属の器の中で、生後三十日目にな。幼児浸礼の目的は、両親が自分たちの誠意を示すことだ。だが、それでは子どもは救えない」

ぼくの頭の中はごちゃごちゃだった。父さんは、少なくとも、ダニエルの改宗をいいことだと思っていたのに……そのダニエルがいおうとしているのは、ぼくら家族の神との契約は、事実上のまがい物とはいわないまでも、あまりにも不じゅうぶんだったということなのだ。

ダニエルがいう。「ベアトリスが姿を消される前に、使徒たちにむかってなんといわれたか、覚えているか？『もし、あなたがたが私の血の中で溺れようとしないなら、あなたがたは私の母の顔を目にすることは決してないでしょう』そこで使徒たちは、たがいに手足を縛りあい、岩を重しにして海に身を沈めた」

胸を締めつけられるような気分。「兄さんもそれをやったの？」

「ああ」

「いったいいつ？」

「およそ一年前だ」

頭が前よりも混乱してきた。「そのとき母さんや父さんは見にいった？」

ダニエルは笑い声をあげた。「まさか！　この〈儀式〉は人前でやるものじゃない。もっとも、祈禱者集団の同胞が数人、手伝ってくれたよ。引きあげ役として、だれかが船の甲板にいなくちゃならないからな——使徒たちになされたように、彼女が枷（かせ）を解いて、海面まで引きあげてくださると期待するのは、傲慢というものだ。それでも、海中では、神とふたりきりになる」

ダニエルは上の段からおりてきて、ぼくの寝棚の脇にしゃがんだ。「人生をベアトリスにささげる準備はできているか、マーティン？」兄さんの声から灰色の閃光が生まれて、闇の中を流れる。

い。

ぼくはしりごみした。「ただ潜ってるだけじゃだめ？　そのまま長いこと海の中にいたら？」夜、家船を離れて泳ぎに出たことなら何度でもあるから、それならなにもこわくはない。

「だめだ。重りをつけて沈むんだ」兄さんの声の調子が、この件に妥協の余地のないことをはっきりと告げていた。「おまえはどれだけ息を止めていられる？」

「二百タウなら」それは水増しした数字だった。二百は、ぼくのいまの目標だ。

「それならじゅうぶんだ」

ぼくは返事をしなかった。ダニエルはつづけて、「いっしょに祈りをささげよう」

ぼくはベッドから出て、ふたりで並んでひざまずいた。ダニエルが小声で唱える。「聖ベアトリスよ、どうかわが弟マーティンに、あなたの血という貴い贈り物をうけとる勇気をお授けください」

つづけて兄さんは、異邦のものらしき言語で祈りをささげはじめた。いままで耳にしたこともない荒々しい言葉が、奔流のように口から流れている。ぼくは心細い思いでそれをきいていた。自分の心をベアトリスに変えてほしいのかどうか、はっきりしなかったし、この熱意の表明でほんとうに彼女に納得していただけるかどうかも、不安だった。

ぼくはきいた。「もし、ぼくがその〈儀式〉をしなかったら？」

「そのときは、おまえはこの先、決して神の顔を見ることはないだろう」

それがなにを意味するかはわかった。ぼくは〈死〉の体内を、闇の中を、永遠にひとりでさまようことになるのだ。たとえこの点についての聖なる書物の記述を、文字どおりにうけとる必要がないとしても、その暗喩が指し示している現実は、もっと悪いものでしかありえない。いいようのないほど悪いものでしか。

「でも……母さんと父さんには、いわなくていいの？」自分以上に親のことが気がかりだった。ふたりとも、ダニエルになんといわれようと、重りをつけて船べりから飛びこむような人たちじゃない。

「時間の無駄だ」ダニエルは静かにいった。

ぼくは動揺した。兄さんは完全に本気なのだ。

ダニエルが立ちあがって、はしごのほうへ歩いていくのがきこえた。数段のぼって、ハッチをひらく。射しこんだ星明かりで、腕と肩のかたちが見わけられるようになったけれど、こちらをむいたとき、顔の表情はやはりわからなかった。

「来るんだ、マーティン！」兄さんはささやくようにいった。「先のばしにすればするほど、つらくなるぞ」その口調はおだやかに人をせかすときの、おなじみのものだった。心がこもっていて、共犯者めいてもいて、大人が気短に口にするのとは全然違う。まるで、真夜中に家船の食糧庫にしのびこむから――どうしても手助けが必要だからではなく、ぼくが興奮や戦利品を逃しては惜しいと本気で思ってくれて――いっしょに行く勇気があるかとたずねているかのようだ。

自分では、溺れ死ぬことより永遠の断罪のほうをおそれているつもりでいたし、危険がせまっているときにはダニエルが警告してくれると、ずっと信じてもいた。しかしこのときは、兄さんが正しいと確信しきることができなかった。このときのぼくはおそれを超えたなにかと、盲目的な信頼に動かされていたのにちがいない。

たぶん、ぼくにとっていちばんだいじなのは、兄さんがこの〈儀式〉を通じて、ぼくを自分と同等にしようとしてくれているという事実だったのだろう。ぼくは十歳で、いまの自分以上のなにかになりたくてたまらなかった。両親のような悩みごとの多い大人ではなく、そうなる途中の、ダニエルがすでにそうであるような自由と秘密でいっぱいの地点に達したかったのだ。ぼくは兄さんのように、強く、すばやく、頭の回転が速くて、いろいろなものが読めるようになりたかった。つまり、ぼくがなにより望んでいるのは、神がおられると確信できるようになりたいということではなかったのだけれど、神が介入されるときには、その確信以外のものを授けてくださるわけではない。

ぼくは兄さんのあとについて、甲板にあがった。

ダニエルは、コードと、ナイフと、ふだんは網につけている予備の重り四個を、道具箱からもってきた。ぼくがショーツを脱いで、裸で甲板にすわると、兄さんは重りを通したコードでぼくの足首を8の字に結んだ。試しに両足をもちあげてみる。とんでもない重さには感じなかった。それでも海の中では、ぼくの体のわずかな浮力を打ち消すのに、その重りでじゅうぶんなのだ。

「マーティン？　両手を出して」

そのとたん、ぼくは泣きだした。両腕が自由なら、少なくとも、重りが沈もうとする力に逆らって、水をかくことができる。けれども両手を縛られたのでは、どうにもならない。

ダニエルがしゃがんで、ぼくと目をあわせた。「シーッ。心配はいらないよ」

自分がいやになった。顔がゆがんで、泣きじゃくる幼児のようになっているのがわかる。

「こわいのか？」

ぼくはうなずいた。

ダニエルは励ますように微笑んだ。「なぜこわいか、わかるか？　だれがおまえをこわがらせていると思う？　〈死〉は、おまえをベアトリスに渡したくないんだよ。自分のものにしたいんだ。だからこの船にやってきて、おまえの心に恐怖を植えつける。それは、おまえを自分のものにできそうもないと、わかっているからこそなんだ」

道具箱の作る影の中でなにかが動いて、闇にすべりこんでいくのが見えた。もし、このまま船室に戻ったら、〈死〉もついてくるのだろうか。そして〈死〉は、ダニエルが眠りにつくのを待つのか？　もしベアトリスに背をむけたら、ぼくはだれに〈死〉を追いはらってくれと願えばいいのだろう？

甲板を見つめていると、恥ずかしさに涙が出て、頬からしたたった。ぼくは手首をあわせて、両腕を前に出した。

ダニエルは、足首とは別のコードでぼくの両手を縛ると——予想と違って、両手首をひとまとめに縛るのではなく、あいだに短い橋渡しの部分を作るかたちで、片方ずつ縛った——

船尾のウィンチから、かなりの長さのロープをほどいて、甲板にとぐろを巻くように積みあげた。そのロープの長さは考えたくもなかったけれど、ぼくがいちども潜ったことのない深さまで届くのはたしかだ。兄さんはロープの端についた先の丸い鉤爪を、ぼくの両手首を橋渡しする部分のコードに引っかけ、ねじを締めて輪を閉ざした。それから、コードの縛りがきつすぎて手がしびれたり、逆にゆるくて手首が抜けたりしないか、もういちど確認する。そのとき兄さんの顔を、なにかがよぎるのがわかった。兄さんも兄さんなりに、懸念や不安を感じているのだ。

「鉤爪をしっかりつかんでいろ。万一の用心だ。なにがあっても、絶対に放すんじゃないぞ。いいな?」そういって、ベアトリスになにかをささやいてから、顔をあげてぼくを見たとき、兄さんの表情はまた自信にあふれていた。

兄さんはぼくが立ちあがって、ウィンチの片側の手すりのところまですり足で進むのに、手を貸してくれた。そして脇の下に手をいれてぼくをかかえあげ、ぼくの足を外船殻にのせた。船殻の内皮が鉱化した甲板は生気がなかったが、手すりの外の船殻は、見るからに生きていた。船殻の皮膚を保護する分泌液ですべすべして、やわらかに輝いている。液に濡れた殻を感じたぼくの足の指は、意味もなく反りかえって、ぼくは足がかりをなくした。船殻がぼくの体重をいくらかは支えているけれど、ダニエルの腕はだんだん疲れてくるはずだ。〈儀式〉をやめたいなら、時間はあまりない。

あたたかな微風が吹いていた。まわりを見る。のっぺりした水平線、燃えたつような星々、海面が放つかすかな銀色の光。ダニエルが唱える。「聖ベアトリスよ、わたしはこの世界で生をまっとうする覚悟でおります。わたしをあなたの血の中に溺れさせ、お救いくださり、あなたの母たる神の顔をお見せください」

ぼくは心底本気でいおうと必死になりながら、その言葉を繰りかえした。

「聖ベアトリスよ、わたしは人生をあなたにささげます。いまからわたしのおこないは、すべてがあなたのため。わたしの心においでくださって、信念をお授けください。わたしの心においでくださって、希望をお授けください。わたしの心においでくださって、愛をお授けください」

「──愛をお授けください」

ダニエルがぼくを放した。最初、ぼくは落下しないままうしろに倒れこんで、足が魔法のように船殻とくっついているように思えた。鉤爪をしっかりとつかんで、金属製の冷たいそれを腹に押しつける。ウィンチのロープに、このままピンと張って、ぼくを宙吊りにしろと念じる。ロープがのびきったときの衝撃に備えさえした。まだ決心を変えるには遅くないと本気で思っている部分が、心のどこかにあった。

そのとき、足がすべって、ぼくの体は海に突っこみ、まっすぐ沈んでいった。

飛びこみとはまるで違っていた。初体験の高さから飛びこんで、水の抵抗で沈むのが止まるまでに、恐怖がわいてくるほど長い時間がかかるのとさえ違う。まわりが空気であるかのように、ぼくは飛びこみのときよりも速く、海の中を沈んでいった。海の上でいだいていた、ロープがぼくを吊してくれるという考えは、いまや正反対に方向転換していた。これほどの加速があるということは、きっと甲板で巻かれていたロープはどこにも結びつけられていなくて、ロープのすり切れた端がすでに海面の下にある証拠にちがいない。(これはベアトリスの使徒たちがやったことと同じじゃないか? かれらも命綱なしに、海に身を投げたんだ)ダニエルもそれにならってロープを切断し、いまぼくは海の底へまっしぐら。

と思ったとき、鉤爪が両手を頭の上に引っぱりあげて、手首と肩に衝撃が走り、ぼくの動きは止まった。

ぼくは海面のほうに顔をむけた。星明かりも、船殻のぼんやりした燐光も、この深みまでは届いていない。口からぶくぶくと空気を逃がしてやる。あぶくが上唇をなでていくのは感じられたけれど、闇の中ではその跡はたどれなかった。

ぼくは鉤爪を握る位置を慎重に変えていった。コードはまだ両腕にきつく巻かれている。でも、ダニエルに注意されたように、それをあてにしてはいけない。ぼくは膝を胸もとに引きよせて、重りの影響を調べた。もしコードがほどけたら、少なくともぼくの両手は自由になるけれど、たとえそうなっても、これでは泳いで海面まであがれそうにはない。それより、両手が自由になっても、重りのついた足首のコードをほどこうとして鉤爪から手を放し、そのままもっと深く沈むことを考えると、心が恐怖でいっぱいになる。

肩が痛かったけれど、怪我をしているわけではなかった。顎が鉤爪の下の部分と同じ高さになるまで体を引きあげるのは、それほどむずかしくなかった。その先は、両手が近すぎて体をうまく支えられないこの状態では大変だったが、三度試して、ついに両腕がまっすぐ真下を指す位置に、体を固定できた。

ここまでは、とくに考えもなしにしたことだったけれど、そのときぼくは、両手と両足を縛られていても、ロープをよじのぼれるのではないかと、はたと気づいた。あとは試すかどうかの問題だ。倒立して、膝でロープをしっかりはさみ、体を丸めて鉤爪を引きあげてから、鉤爪より上のロープをつかんで、のぼっていけばいい。

もし、姿勢をもとに戻せるほど上をつかめなかったら？

そのときは、足を上にしてロープをのぼるまでだ。

しかし、のっけからつまずいた。腕をしっかり固定して倒立すればいいとかんたんに考えていたのだが、じっさいには海中だと、上半身を前に倒した反動程度では、足に重りのついたままで倒立はできなかった。

別の方法を試してみる。体を下におろし、腕をいっぱいにのばして鉤爪からぶらさがってから、両脚を精いっぱい高くあげ、そしてもういちど体を引きあげようとする。けれども、鉤爪をつかむぼくの握力は、重りが体を回転させようとする力に逆らえるほど強くなかった。ぼくは自分の重心——膝のあたりのどこか——を中心にして回転しただけだった。回転が止まったときには、体をふたつ折りにしたまま、ほとんど水平になっていた。

ぼくはまた、ゆっくりと体をのばした。こんどは両腕のあいだに足を通そうとしてみる。けれど、いちど失敗してから考えなおすと、どのみちそれはうまいやりかたではないように思えた。たとえ、勢いがついたまま後方に一回転して肩を脱臼しなくて、しかも縛られた足のあいだにロープをはさめたとしても、頭を下に、両手をうしろにまわした状態でロープをのぼるのは、不可能か、でなくてもとんでもなくむずかしくて、海面まで十分の一ものぼらないうちに酸欠になるだろう。

肺からさらにいくらか空気を逃がす。横隔膜の筋肉が、やりたいことをさせてくれないといって、ぼくを責めているのがわかる。まだ限界ではないけれど、いつになったらふたたび息を吸えるかが自分の思うようにならないとわかっていながら、冷静でいるのはむずかしい。二百タウがすぎたときには、まちがいなくダニエルがぼくを海上に引きあげてくれているのはわかっていた。だけど、これまでぼくは百六十タウしか潜っていたことがない。その先の四十タウは永遠と同じだ。

この試練がそもそもなんのためのものか、ほとんど忘れかけていたのに、ぼくはそのとき祈りはじめていた。(どうか聖ベアトリスよ、ぼくを死なせないでください。あなたがぼくを救うために、こうして溺れさせているのは存じておりますが、ぼくが死んでも、だれひとり救われません。ダニエルは立ちなおれないほど落ちこむでしょう……いえ、いまのは脅迫ではなくて、ただの意見です) 急に不安がわいてくる。よりにもよって、ぼくはいま、神の娘を怒らせたんじゃないのか? 悪あがきをすればするほど、信心が揺らいでいく。(ぼくは死にたくない。あなたはそれをご存じのはずだ。じゃあ、あなたはいったい、ぼくになんといわせたいのですか?)

よどんだ空気を肺からさらに吐きだしながら、ぼくは海中に潜ってからの時間を数えていればよかったと思った。肺をあまり早く空(から)にしてもいけないが――肺が縮んでしまったら、息を吸わずにはいられなくなる――二酸化炭素をあまり長くためておくのも、いいことじゃない。

祈っても、絶望が深まるばかりに思えたので、ぼくはほかの神聖なことがらを考えようとした。聖なる書物のどこかを一言一句正確に思いだすことはできなかったけれど、もっとも重要な部分の要点が、ぼくの心を駆け抜けていく。

肉をまとった姿で三十年暮らし、死すべき存在に戻るようすべての天使たちを説き伏せてから、ベアトリスは天使たちの去った宇宙船に戻って、それを海めがけて一直線に飛ばした。彼女がやってくるのを見た〈死〉は、巨大な蛇の姿になり、海中でとぐろを巻いて待ちうけた。神の娘であり、いかなることもできる力をもっていながら、ベアトリスは〈死〉が自分をのみこむにまかせた。

それが彼女の、ぼくらに対する愛の深さなのだ。

〈死〉は自分がなにもかもを勝ちとったと思った。ベアトリスは自分の体内に、闇の中に、ひとりきりで囚われている。天使たちはふたたび肉をまとった姿になったから、かれらを自分のものにするには、星々が天から落ちるときまで待つ必要もないだろう。

しかし、ベアトリスは神の一部だった。〈死〉は神の一部をのみこんだのだ。それは失敗だった。三日後、〈死〉の顎が突然張り裂け、炎の輪をまとったベアトリスが飛びだしてきた。死は敗北し、おびえて、その権威は失墜した。

ぼくの手足はしびれ、胸は燃えるようだった。〈死〉はいまでも、永遠に断罪された者をわがものにしておくくらいの力はもっている。ぼくは闇雲に体を動かして、血の中に残っていたわずかな酸素を無駄にしながらも、息を吸いたいという衝動を必死で心から追いだそうとしていた。

（どうか、聖ベアトリスよ――）

（お願いだ、ダニエル――）

光り輝く裂け目が、目の裏にいくつも広がって、海中に漂いでていった。見つめていると、なにかに吸いこまれるように、裂け目は丸まって渦になった。

吸いこんでいるのは蛇の口で、ぼくの魂をのみこもうとしているのだった。ぼくも口をひらいて情けない悲鳴をあげ、すると〈死〉はこちらにむかって泳いできて、ぼくに口づけをし、冷たい水をぼくの肺に吹きこもうとした。

突然、あらゆるものが光に焼かれた。蛇は無力で臆病な虫けらのように、尻尾を巻いて逃げていった。満ちたりた気分が大波のようにぼくを洗った。小さな子どもに戻って、母さんの両腕でしっかりとだきしめられている気分。日なたぼっこをしているような、笑い声に耳を傾けているような、あまりに美しくて、ほんものとは思えない音楽を夢できいているような。体じゅうの筋肉という筋肉は、あいかわらず水の中で息を吸わせようとしていたけれど、ぼくはいまや無意識にそれに抵抗しながら、自分をおとずれた不思議な幸福感に驚いているのだった。

冷たい空気が両手をなで、それから両腕をくだった。ぼくは体をのばして、空気を口いっぱいに吸いこんでから、また体の力を抜き、めまいを感じ、咳きこみながら、呼吸をするたびに感謝の気持ちで満たされ、同時になにかまったく別の理由で有頂天になっていた。視野を覆っていた光は消えていたけれど、どこを見ても紫色の残像がついてまわった。ダニエルは、ぼくの頭が家船の手すりと同じ高さになるまでロープを巻きあげてから、ウィンチをクランプで留め、かがみこんで、ぼくを肩にかつぎあげた。

海中は快適なあたたかさだったのに、いまでは歯がガチガチ鳴っていた。ダニエルはぼくをタオルでくるむと、コードの切断にとりかかった。ぼくは兄さんに微笑みかけながら、

「すごくしあわせだよ！」

兄さんは、じっとしていろと身ぶりでいったが、やがて喜ばしげにささやいた。「それがベアトリスの愛だ。これからは、彼女はいつもおまえとともにおられるんだよ、マーティン」

ぼくは驚いて目をぱちくりさせてから、自分のおろかさを静かに笑った。その瞬間まで、ぼくは海中でのできごととベアトリスを結びつけて考えていなかったのだ。けれど、あれは彼女のなさったことに決まっていた。ぼくは彼女に、ぼくの心においでくださるよう願い、彼女はそうされたのだ。

ダニエルの表情からも、それはわかった。自分の〈儀式〉から一年たっても、兄さんは彼

女がそこにおられることを感じていた。

兄さんがいった。「これからのおまえのおこないのいっさいは、彼女のためのものだ。おまえが望遠鏡をのぞくのは、彼女の創造物をあがめるためだ。食べるとき、飲むとき、泳ぐとき、おまえは彼女の授けものに感謝するためにそれをするのだ」

その言葉に、ぼくは熱くうなずいた。

ダニエルはすべてをきちんと片づけ、ぼくが甲板にたらした水まで拭きとった。船室に戻ったときに、兄さんが暗唱した聖なる書物の一節は、以前のぼくにはほんとうには理解できていなかったけれど、いまではすべてが〈儀式〉と、そのときぼくが感じたことを述べているように思えた。それはまるで、本をひらいて、自分の名前がどのページにも出ていることに気づくようなものだった。

ダニエルはぼくより先に眠りこんだけれど、生まれてはじめて、それでもぼくはちっともさみしくなかった。神の娘がぼくとともにおいでになる。ぼくには彼女がそこにおられるのが感じとれた。それはちょうど、頭の中で炎が燃えていて、目の奥の闇からあたたかさを放っているかのようだった。

そしてぼくは、なぐさめを授けられ、力を授けられた。

信念を授けられた。

2

修道院は、ぼくらの定住海域(ホームグラウンド)の北東ほぼ四ミリラジアンにあった。ダニエルとぼくは小船(ランチ)で集合地点まで行き、ほかの三艘のランチに追いついてから、先に進んだ。これが十夜ごとの習慣になってから、一年がたとうとしている――ダニエルはさらにその一年前から、ひとりで祈禱者集団に参加していた――ので、ランチの動きはほとんど監視の必要がなかった。水から栄養をとりこんで、皮膚のこまかい開口部(チャネル)から水を噴きだして推進力とし、日光とコヴナントの磁場に導かれて進むランチは、ぼくらのテクノロジーが決して到達できそうにない、天使たちの遺産の典型だった。

バーソロミューとレイチェルとアグネスが一艘のランチに乗っていて、ほかの二艘はぐんぐん先行していったけれど、かれらはぼくらと併走した。バーソロミューとレイチェルは夫婦だが、ふたりともまだ十七歳で、ダニエルと同い年(おない)。アグネスはレイチェルの妹で、十六歳。この祈禱者集団では、ぼくがいちばん若いメンバーだったから、ぼくが加わったその日から、アグネスはなにかとぼくにかまおうとした。「今夜は晴れ舞台ね、マーティン」とアグネスにいわれて、ぼくはうなずいたものの、会話をつづける気がないそぶりを見せて、アグネスがダニエルと話せるようにしてやった。

修道院が視界にはいってきたときには、日が沈みかけていた。少なくとも海面から一万船殻(ハル)の高さにそびえる円錐形の塔は、ベアトリスの宇宙船の形状を様式化したものだ。塔は空を指しているけれど、深海にむかってはのびていない。聖なる書物の注釈者の中には、宇宙船はいまも沈んだまま海底にあり、ベアトリスは海から独力であがってきたのだと主張する人もいる。それでもその塔は、まぎれもなく〈死〉に対する彼女の勝利の象徴だった。神からの彼女の分離を記念する三日間、同様の建造物はみな暗黒の塔になる。しかしそれは半年先のことで、いま修道院は、あらゆる小窓から光を放っていた。

狭いトンネルが、塔の基部に通じている。ランチは水のにおいを嗅ぎとって、一列縦隊で進んでいった。ランチに魂がないことを知りながらも、ぼくは、もしかれらが自分たちの活動を意識できたとしたら、いまどんなふうに感じるだろうと思った。ふだん、かれらは一艘ずつ家船のドックで休止している。ドックは船皮でできた袋で、かれらを保護してくれるとはいえ、船体の大部分は外にさらされたままだ。ランチがこの巨大な建造物に本能的に引きよせられるのは、自分の家船のドックにはいるのよりも、安全で、心地よく感じるからではないか。ぼくがおよそそんな意味のことをいうと、ぼくらのうしろからついてくるランチに乗ったレイチェルがくすくすと笑い、アグネスがいった。「そんな気味悪い話、やめて」

トンネルの壁は薄緑の燐光を発していたが、前方の出口からは電灯の白光があふれ、目もくらむほど色あざやかで、明るく見えた。ぼくらは広大な石の広間(アトリウム)をとりまく水路に出ていき、さらにランチが空(あ)いたドックを見つけるまで進んだ。

下船するとき、足音という足音、跳ねかえる水音という水音が反響して戻ってきた。天井を見あげる。数百の湾曲した船殻の三角形の断片を継ぎあわせたドームに、聖なる書物の語る場面のいくつかが彫りこまれている。それが最初に描かれたのは千年以上前で、生きた船皮が数十年単位で色を褪せさせるので、修道士たちは絶えず絵を修復しなければならない。生きた船

『天使たちの仲間になるベアトリス』が、ぼくのお気にいりの絵だ。肉体をもたない天使たちは、母親の体内で育つのではない。かれらは〈非物質都市〉の街なかに、どこからともなく不意に出現する。天井の絵の中で、ベアトリスの非物質の体は形成途中で、天使童子(ケルビム)たちが彼女の腕や脚の非物質の骨に、非物質の筋肉や血管や皮膚をまとわせようとしていた。光り輝くローブをまとった数人の天使は、横目で彼女を見ているだけで、とりたてて感銘をうけていないのがわかる。そのときのかれらには、彼女が何者であるか、知るすべはなかったのだ。

天井のものよりは小規模な絵で飾られた通廊が、アトリウムから礼拝室につづいていた。この祈禱者集団は約五十人からなり、そこには司祭や修道士も含まれていたが、かれらもほかのメンバーと同様にふるまった。教会では、典礼に従わねばならない――司祭は聖なる書物による説教の中に自分の言葉をいれられるけれど、礼拝者たちはいっせいに祈ったり、斉唱したり、司祭に答えて機械的な唱和を返す以外のことができる余地は、まったくない。しかしここでは、ほとんど形式にこだわらなかった。毎晩、別の語り手が二、三人登壇し――それは修道院を訪問中の客のこともあれば、集団のメンバーのこともある――そのあとは、だれでも一同にいっしょに祈ってくれるよう頼めたし、なにを祈るかも自由だった。

いっしょに来た仲間に遅れて礼拝室にはいると、兄たちはぼくのために通路側の席を空け

ておいてくれた。アグネスがぼくの左隣にいて、そのむこうにダニエル、バーソロミュー、レイチェルの順。アグネスがぼくに、「緊張してる？」

「してない」

馬鹿げたことをきいたとでもいうように、ダニエルが笑った。

「全然してない」ぼくは傲慢なほど落ちついた声を出そうとしたのに、口から出た言葉は陰気で子どもじみていた。

最初のふたりの語り手はどちらも素人神学者で、修道院を訪問中の陸人（りくびと）だった。ひとりが話したのは、偽りの宗教を信じている人たちについてで、かれらもすべて、じっさいにはベアトリスを崇拝しているのだが、そうと気づいていないだけだという内容の話だった。かれらは永遠の断罪をうけはしないだろう、なぜなら、かれらはどんな文化のもとに生まれつくかを選べなかったのだから、と語り手の男性はいった。ベアトリスはかれらの善意をご存じで、かれらを許してくださるだろう、と。

それが真実ならいいとは思ったけれど、ぼくにはその話は意味をなさなかった。ベアトリスは神の娘なのだから、そう思わずに彼女に背をむける人たちは闇に踏みこんでいくのと同じことだ。別の考えかたとして……いや、〝別の考えかた〟は存在しない。目を閉じて、彼女がそこにおられることを感じさえすれば、ぼくにはそれがわかる。けれど、男性が話し終えたとき、だれもかもが拍手喝采したし、質問はすべて男性の視点に同意するものに思えたから、きっといまの人の主張は深遠すぎて、ぼくには理解できなかっただけなのだろう。

ふたり目の語り手は、ベアトリスを〝聖なる道化〟と呼び、彼女のユーモアのセンスにじゅうぶんな注意を払っていないといって、ぼくらを激しく非難した。この女性は聖なる書物に記されたできごとを列挙して、それをプラクティカル・ジョークと呼び、それから延々と〝笑いのもつ癒しの力〟なるものの話をつづけた。それは栄養学や衛生学の講演と同じ程度に、聴衆の心をつかんだ。ぼくは目をひらいておくのに必死だった。話が終わっても、だれもなんの質問も思いつかなかった。

そして、礼拝の進行役のキャロルがいった。「次はマーティンが、ベアトリスの力のあかしとなる体験を話します」

会場じゅうから励ますような声援があがった。ぼくが立ちあがって通路に踏みだしたとき、ダニエルがアグネスに身を寄せて、皮肉っぽくささやいた。「すばらしい話がきけそうだぞ」

ぼくは説教台を前に、何日も練習してきた話をした。ぼくはいった、ベアトリスはぼくがなにをするときでも、そばにおられると。勉強中も仕事中も、食事中も泳いでいるときも、ただすわって星を見ているときにも。「朝目ざめて、心の中をのぞくと、彼女はまちがいなくそこにおられて、ぼくに力と導きを授けてくださいます。夜ベッドに横になるとき、彼女が見守っていてくださると知っているから、ぼくはなにもおそれません。〈儀式〉の前には、ぼくは自分の信念に自信がなかったのですが、いまでは、神の娘が、ぼくらへの大いなる愛のために、肉体をまとわれ、亡くなられ、〈死〉に勝利をおさめられたことを二度と決して疑いません」

それはすべて真実だったのに、話しつづけながらも、ぼくはダニエルの皮肉な言葉を心から追いはらえなかった。いっしょに旅をしてきた人たちと並んですわっていた列に、ちらりと目をやる。ほんとうのところ、ぼくはかれらとなにを共有しているだろう？ レイチェルとバーソロミューは夫婦だ。バーソロミューとダニエルは学友で、いまも同じ潜球（ダイブボール）のチームでプレイしている。ダニエルとアグネスは、たぶん愛しあっている。そしてダニエルはぼくの兄だけれど……そこになにか意味があるとすれば、ダニエルは赤の他人には真似できないほど効果的に、ぼくを小馬鹿にできるという事実くらいのものだ。

そのあとの公開祈禱のあいだ、ぼくはだれかの悩みや祝福を一同がわかちあうのには、まったく注意をむけなかった。心にできた怒りの塊を消してくださいと、無言でベアトリスに呼びかけようとしていたのだ。ベアトリスの答えはなかった。ぼくは彼女になにかひどく背いてしまったにちがいない。

礼拝が終わり、みんながしばしの歓談のために隣の部屋に移動をはじめたとき、ぼくはためらった。人影がすっかり消えると、ぼくは通廊に駆けこんで、ランチのところへ直行した。

ダニエルは、帰りは友人たちに同乗させてもらえばいい。バーソロミューたちは、ぼくらの家船の方角へ迂回しても、たいした遠まわりにはならない。そしてぼくはランチに乗ったまま、ぼくらの家船からそう遠くないところで、兄が追いつくのを待つことにしよう。ひとりで戻ったのを両親に気づかれたら、叱られてしまう。こんな真似をしたら、もちろんダニエルは怒るだろうけれど、両親に告げ口はしないはずだ。

ドックから解き放つと、ランチは行き先をちゃんとわかっていた。水路をまわって、トンネルに戻り、外海に出る。おだやかな暗い海を疾駆していると、ベアトリスがそばにおられるのが、また感じられるようになった。それは、ぼくが修道院から逃げださずにいられなかったのを、彼女が理解されているというしるしに思えた。

ぼくは身を乗りだして片手を海にひたし、ランチの皮膚の細胞から出入りするイオンが生じさせる流れを感じた。外船殻が青く燐光を発しているのは、進路を照らすためよりも、ほかの船に警告する意味が大きい。ベアトリスの時代に、使徒のひとりが〈非物質都市〉で一からこの生物を設計した。こうして天使たちのもっていた知識を想像するだけで、めまいのようなものを感じる。なぜその知識の大半が失われたかは知らないけれど、ぼくはそれをすべて再発見したいと思っていた。《深淵教会》でさえ、その知識で不死に戻ろうとしないかぎりは、再発見は悪ではないと教えている。

修道院は水平線上の光のしみにしか見えなくなり、海上にはほかの航路標識は見あたらなかったけれど、星々の位置を読み、磁場を感じることで、ぼくにはランチが正しい方向にむかっているのがわかった。

やがて遠くに青い点が見えた。それが、ぼくを追ってきたダニエルと友人たちでないのはあきらかだ。方向がまるで違う。そのランチが近づいてくるのを見つめているうちに、不安がつのってきた。もしそれが知っている人で、なぜひとりでランチを走らせているかをぼくがうまく説明できなかったら、両親に連絡がいくだろう。

ぼくがむこうのランチに人が乗っているのかどうかも、まだわからずにいるうちに、叫び声がきこえた。「助けてくれ。迷ってしまった！」

返事をする前に、ぼくはしばらく考えた。いまの声にはほとんど感情がこもっていなくて、いきなり救いを求めてきたにしては切迫感を欠くが、これは冗談ごとではない。病気になると、日周と磁場を把握する感覚のそれぞれが混乱して、星を読むのがひどく困難になる。ぼくも二度経験したことがあるけれど、あれにはほんとうにぞっとした——自分の家船の甲板にいて、身の危険はなかったにもかかわらずだ。こんな夜遅く、磁場だけを頼りに航行しているランチなら、自分の位置を見失っても不思議はない。とくに、そのランチではじめての場所に行こうとしている場合は。

ぼくは大声で、ここの座標といまの時間を教えた。その数字が、距離は百マイクロラジアン、時間は数百タウの誤差しかないことには、強い自信があった。

「そんなはずはない。近づいてもいいか？　ランチどうしに話をさせよう」

ぼくはためらった。海上でひとりぼっちのとき、知らない相手が乗っている船を近づけさせてはいけないと、物心ついたころから叩きこまれていたからだ。けれど、いまはベアトリスがぼくとともにおられるのだし、助けが必要な人を見捨てるのはまちがっている。

「了解！」ぼくはランチを停止させ、見知らぬ相手が距離をつめるのを待った。相手のランチが横に並んだとき、ぼくは乗っているのが若い男だと気づいて驚いた。見た目はバーソロミューくらいの歳なのに、声はずっと大人びていた。たがいのランチに指示を出す必要はなかった。接近しあったことが、化学的情報交換の引き金になる。男がいった。「ひとりきりか？」

「兄や、兄の友だちもいっしょだよ。いまはぼくがほんのちょっと先行してるけど」それをきいて、男の顔に笑いが浮かんだ。「きみはひとりで先に行かされたんだろう？それでいまごろお兄さんたちは、いったいなにをしてると思う？」

ぼくは答えなかった。知りもしない人のことを、こんなふうにいうなんて。男は水平線をざっと見まわしてから、同情するように両腕を広げた。「仲間はずれはさびしいだろう」

ぼくは首を横にふった。男のうしろの床に双眼鏡がころがっている。助けを求める前に、この男はぼくがひとりきりだとたしかめることができたのだ。

男はあざやかにこちらのランチに飛びうつり、船尾の漕ぎ手座におりたった。「盗むようなものはない」とぼくはいってやった。肌が粟立ったのは、恐怖よりも、こんなことになったのが信じられないせいだ。星明かりの中で漕ぎ手座の上に立った男は、ベルトからナイフを抜いた。ナイフの柄に彫られた模様や、ぎざぎざになった刃の縁といったこまかい部分が、むしろ夢のような雰囲気をかもしだす。

男は咳払いして、急にそわそわしはじめた。「いわれたとおりにすれば、痛くないからな」

ぼくは息をいっぱいに吸って、あらんかぎりの力で助けを求めて叫んだ。声の届く距離にだれもいないのはわかっていたが、それでも男が逃げるだろうと思ったのだ。男は、ぼくがまったく無意味にこんな大声を出したとは思いもしなかったようで、怒るよりも驚いて、あたりを見まわした。ぼくはうしろむきに海に飛びこんだ。一瞬後、男がぼくのあとを追って飛びこむのがきこえた。

頭上にランチの青い輝きがあるのをたしかめてから、ぼくはそこから下に、遠くに離れるよう全力で泳いだ。男の姿を探して無駄にしている時間はない。耳の中で血が脈打ったけれど、自分がほとんど音をたてずに動いているのはわかっていた。男がどんなに早く泳げても、闇の中では、ぼくに気づかずにすぐ脇を通りすぎてしまうこともありうる。すぐにぼくを探しだせなければ、男はさっさとランチに戻って、ぼくが空気を吸いに海面に出たところを見つけようとするだろう。海面に出るのは、ランチから見えないほど遠くでなければならない——双眼鏡でさえ見えないほどの。

ぼくはいつ足首をつかまれるかとびくびくしていたけれど、ベアトリスがともにいてくださった。泳いでいると、〈儀式〉のことが思いかえされて、彼女がそこにおられると、かつてなく強く感じられてきた。肺が破裂しそうになったとき、ぼくが泳ぎつづけるのを彼女が助けてくださった——手足が機械的に動き、光の斑点が目の前に浮かぶ。とうとう海面に出ずにはいられなくなると、ぼくはあおむけになってゆっくりと浮かびあがっていき、つい頭を突きだしてきょろきょろ見まわしそうになるのをこらえて、そのままの姿勢で口と鼻だけを海の上に出した。

二、三回深呼吸して、ふたたび潜る。

五度目に海面に出たとき、ぼくは思いきってふりむいてみた。どちらのランチの姿もなかった。もっと高く顔をあげて、方角をまちがえたのかと、ぐるりと体を一周させても、視野にはなにもはいってこなかった。

星と、自分の磁場感覚を確認する。ランチが水平線に隠れてしまうことはありえない。ぼくは立ち泳ぎをしながら、波のうねりに身をまかせ、自分がとても疲れているのを考えないようにしようとした。いちばん近くの家船まででも、最低二ミリラジアンはある。泳ぎの名手たちは――その中には、ぼくより年下の者もいる――遠泳競技でそのくらいの距離を泳ぐとはいえ、ぼくはそんな超人的持久力にあこがれたことさえない。なんの準備もなく、しかも真夜中に、そんな遠くの目標に泳ぎつけるわけがなかった。

男がぼくをあきらめたのだとしても、ランチを盗んでいくだろうか？　売ってもたいした金にならないし、マーキングは変更がとてもむずかしいのに？　それは罪の告白以外のなにものでもない。（なら、どうしてどこにもランチの姿がないんだ？）　男がランチを解放したか、ランチが勝手に帰宅することにしたかだ。

ランチが帰宅に使う経路ならわかっている。前に海面に出たとき、その気で探していれば、ランチが通過するのが見えただろう。しかし、もはや追いつける望みはない。

ぼくは祈りはじめた。勝手に仲間たちより先に出てきた自分が悪いのはわかっていたけれど、ぼくは許しを請い、それがきき届けられるのを感じた。ずいぶん落ちついた気持ちで水平線を眺め——海のはるか上空に、いきなり流星の青い閃光があらわれたのを見て、笑みを浮かべる——ベアトリスはぼくを見捨てたりはされない、と確信をもつ。

立ち泳ぎをして、冷たい空気に震えながら祈りつづけていると、遠くに青い光があらわれた。ぼくが波の谷間に沈むと、それは見えなくなったが、絶対に流れ星を見まちがえたのではない。（ダニエルとほかの連中だろうか——それともさっきの男？）考えている暇はなかった。その船が通りすぎる前に、声の届く距離にたどり着こうと思ったら、全力で泳ぐしかない。

ぼくは目を閉じ、導きを求めて祈った。（どうか聖ベアトリスよ、ご教示を）とたんに喜びが心にあふれた。あれはダニエルたちだ、まちがいない。ぼくは全速力で泳ぎはじめた。

そのランチに何人乗っているかも見わけられないうちから、ぼくは叫びはじめていた。ベアトリスが、ぼくにまちがいをおかさせるはずはない。ランチから照明弾が打ちあがり、横に並んで海面を探している四人の姿が浮かびあがった。ぼくは歓喜のあまり叫んで、両手をふった。ようやくだれかがぼくに気づいて、ランチがぼくのほうへ寄ってきた。引きあげられたとき、アドレナリンと安堵が体にあふれていたぼくは、もういちど海に潜って、家までランチと競争できる気になりかけていた。

ダニエルは怒っているだろうと思ったけれど、さっきのできごとをぼくが話し終えたとき、兄はこういっただけだった。「ここから離れたほうがよさそうだ」

アグネスがぼくをだきしめた。バーソロミューは敬意を表するような顔でぼくを見たが、レイチェルは苦々しげにつぶやいた。「あんたは馬鹿よ、マーティン。自分がどんなに幸運だったかも、わかっていない」

ぼくは答えた。「わかってるよ」

両親が甲板に出ていた。少し前に無人のランチが家船に戻っていて、ふたりはぼくらを探しに出ようとしていたのだ。バーソロミューたちが帰ってから、もういちど事態をことこまかに説明したときには、ぼくは危険な要素をすべて抑え気味に話そうとした。

ぼくがまだ話している最中に、母さんがダニエルの服の胸ぐらをつかんで、平手で顔を打ちはじめた。「おまえを信じていたから、この子をいっしょに行かせたのに！　この狂信者！　信じていたんだ！」ダニエルは、顔を守ろうとあげかけた手をだらりとさげて、かわりに甲板を見つめた。

ぼくはたまらずに泣きだした。「悪いのはぼくだよ！」母さんも父さんも、ぼくらに手をあげたことはいちどもなかった。いま目の前で起きていることが信じられない。

父さんがなだめるようにいった。「落ちついて……この子はこうして戻ってきたんだ。もうだいじょうぶ」だれもこの子には手を触れていない」それからぼくの肩に手をまわして、念を押すようにいった。「そうだな、マーティン、どうだ？」

ぼくは涙ぐんだままうなずいた。ランチの上や海の中でのできごとより、いまのほうがよほどつらい。ぼくは千倍も無力で、千倍も子どもじみた気分だった。

ぼくはいった。「ベアトリスがぼくを見守っていてくださったんだよ」

母さんが目をむいて狂ったように笑いだし、ダニエルの服から手を放した。「ベアトリス？　ベアトリスだって？　自分がどんな目にあいかけたかも、わかってないのかい？　おまえは、その男が望みを遂げる相手としては、若すぎたんだ。そいつがどうしても目的を達しようとしたら、ナイフを使う必要があっただろうね」

濡れた服から、冷たさが体にしみこむように感じられた。体がぐらぐらして、必死でまっすぐに立とうとする。そして、断固としてつぶやきつづけた。「ベアトリスがおられたんだ」

父さんが、「着がえてきなさい。そのままだと凍え死ぬ」

ぼくはベッドに横になって、ふたりがダニエルを怒鳴りつけるのをきいていた。ようやくダニエルがはしごをおりてきたとき、ぼくはたまらなく恥ずかしくて、さっき溺れてしまえばよかったと思った。

兄がいった。「だいじょうぶか？」

答えようがない。許してくれなんていえないし。

「マーティン？」ダニエルは明かりのスイッチをいれた。兄の顔は涙で濡れていた。小さく笑って、涙をぬぐう。「馬鹿なやつ、心配させやがって。もう二度とこんな真似をするんじゃないぞ」

「しないよ」

「よし」それで終わりだった。怒鳴られも、責めたてられもしない。「いっしょに祈ろうぼくらは隣りあってひざまずき、両親が心安らかであるようにと祈り、ぼくを襲おうとした男のために祈った。ぼくは身震いをはじめた。いまになって、すべてに実感がわいてきたのだ。すると不意に、ぼくの口から言葉がほとばしった――きいたこともなければ、理解もできない言葉だったけれど、自分が、ダニエルにとってすべてがうまくいくように祈り、両親がぼくのおろかさのせいでダニエルを責めるのをやめるようにと祈っているのはわかった。

不思議な言葉はぼくから流れだしつづけ、ほとばしる言葉は理解不能なのに、なぜかそこにはぼくの感じているなにもかもがしみこんでいる。なにが起きているかはわかっていた。ベアトリスがぼくに、天使たちの言語を授けてくださったのだ。肉をまとったとき、人々はそれに関する知識をすべて手放したのだが、ときおり、彼女からこの言語で祈る能力を授けられる人がいる。なぜなら、天使たちの言語は、いまではぼくらが言葉にできないことがらを表現できるからだ。ダニエルは自分の〈儀式〉以来、この言語を使えたが、これは人に教授できるものでも、望んで手にはいるものでもなかった。

しばらくして言葉が止まったとき、ぼくの心は高ぶっていた。「もしかして、今夜のできごとはなにもかも、ベアトリスが計画されたんじゃないかな？　この瞬間がおとずれるように、すべてを準備されたのかも」

ダニエルは首を横にふって、軽くため息をついた。「舞いあがるんじゃない。おまえは贈り物を授かった。いまはそれをうけとるだけにしておけ」兄は肩でぼくを小突いた。「そろそろベッドに戻らないと、またひと騒動起きるぞ」

ぼくは感きわまるほどの幸福感のあまり、ベッドの中で明けがた近くまで目ざめていた。ダニエルはぼくを許してくれた。ベアトリスはぼくを守り、祝福してくださった。もう恥ずかしいという気分ではなく、ただ謙虚になり、驚いていた。自分がそれに値することをなにひとつしていないのはわかっていたけれど、ぼくの人生は神の愛につつまれているのだ。

3

聖なる書物によると、地球の海には嵐が吹き荒れ、危険な生物で満ちていたという。しかしコヴナントでは、海はおだやかで、天使たちは環境創世の際に、自分たちの死ぬべき定めの化身に害をなすようなものは、なにひとつ創らなかった。四つの大陸と四つの海は等しく快適な環境に改造され、女と男は神の目からごらんになれば区別がないように創られ、海人(うみびと)と陸人(りくびと)も同様だった(これを文字どおりの真実だとする注釈者もいる。神はご自身に、ある人がどこに住んでいるかも、生まれてくるときペニスをもっているかいないかも、見えなくされたのだ。神にどんなお考えがあったのか、ぼくにはまるでわからないが、それはすばらしいことだと思う)。

噂によると、地下で活動している宗派が、こんな教えを広めているという――天使たちの半分は、海中生活や海面下での呼吸が可能な別種の人間として体をもったが、神がそれをベアトリスの死を嘲笑するものだとして、かれらを亡ぼされたのだ、と。だが、正統な教会はこんな説にはとりあわないし、考古学者たちも、人間のいとこである架空の滅びた存在の痕跡は、なにひとつ見つけていない。人間は人間であり、ただひとつの種類しか存在しない。海人と陸人も結婚さえ可能だ――どこに住むかを合意できればだが。

ぼくが十五歳のとき、ダニエルは、祈禱者集団のアグネスと婚約した。それは道理にかなっていた。自分ほどは神に祝福されていない相手と交わさねばならないだろう、〈儀式〉に関する説明や議論は、ふたりのあいだでは不要だからだ。アグネス自身はもちろん海人だが、むこうの家系の大部分と、こちらのいくらかは陸人で、話しあいを重ねた結果、結婚式は海辺の街フェレズでおこなわれることになった。

ぼくと父さんで、ダニエルとアグネスの家船に艤装するための船殻を選びにいった。ブリーダーのダイアナは、六つの成長しきった船殻を一列に船で引いていた。父さんは、船殻の中を歩きまわって、自分の目でひとつずつ欠点がないか検査するといってきかなかった。

四番目の船殻にとりかかる前に、ぼくはがまんできなくなって、文句をいった。「問題なのは底面の皮膚だろ」船殻のだいたいの状態は、たしかに上から見てもわかるとはいえ、水線より上にあるいくつかのささいな欠点を気にしても、たいして意味はない。

父さんは考え深げにうなずいた。「そのとおりだ。おまえは水にはいって、下のようすを調べたほうがいいな」

「ぼくはいやだよ」そんなことをしたら、この女性から健康な船殻を適正価格で売ってもらえるとは信じていない、といっているも同然だ。バツが悪いどころじゃない。

「マーティン！ これはおまえの兄さんと義理の姉さんのためなんだぞ」

ぼくは自分の本心が伝わるよう、ダイアナをちらりと見てから、服を脱ぎ捨てて、飛びこんだ。列の端の船殻の下まで泳いで、底面にとりつく。ぼくはむきになって、度を越した完全主義で作業にとりかかった。船殻の皮膚を一平方ナノラジアンずつ指先で探る。父さんの腹づもりより長い時間をかけて、困らせてやると決心していた――そして、息継ぎで浮上せずに六つの船殻すべてを検査して、ダイアナを感心させることも。

備品が設置されていない船殻は、家具やらなにやらでぎっしりの家船より水から高く浮いているとはいえ、この生き物の陰でも、皮膚がはっきり見えるほどの光があるのに気づいて、ぼくは驚いた。しばらくすると、逆説的な話だが、それは水がいつもより少しにごっていて、正体不明ながらそのこまかい粒子が、日光を船殻の陰に散乱させているからだとわかった。

あたたかく、明るい水の中を動きまわって、ベアトリスの愛をもう長いことなかったほど強く感じていると、父さんに腹をたてつづけることはできなくなった。父さんはダニエルとアグネスのために最高の船殻を選ぼうとしているのだし、それはぼくも同じだ。一方、ダイアナを感心させるという話は……ぼくはなにを馬鹿なことを考えていたのだろう。大人の女性で、少なくともアグネスと同い年のダイアナにとって、ぼくはただの子どもでしかありえない。三番目の船殻を調べ終えたところで息が苦しくなってきたので、ぼくは海面に出て、威勢よく報告した。

「ここまでは傷ひとつなし！」

ダイアナはぼくを見おろして微笑んだ。「すごい肺活量ね」

船殻は六つとも完璧な状態だった。ぼくたちは結局、分離が楽だという理由で、列の端の一艘を買った。

フェレズは河口に面した街だが、船着場はやや上流にあった。それでぼくたちは、心の準備ができた――しだいに波が弱まっていくおかげで、海から陸へじかに移るより、ショックが少なくて済むのだ。それでも、ぼくは甲板から桟橋へ飛びうつったとき、とてつもなく大きくて堅いもの、惑星という岩の塊そのものに激突したように感じた。陸に足をおろしたことは過去二度あるけれど、どちらも一日足らずのことだ。結婚の祝宴は十日間つづくが、少なくとも夜は家船で眠れる。

一家四人で、結婚式そのもの以外のすべての祝宴がおこなわれる式場にむかって、街の人混みの中を歩きながら、ぼくは目にはいる人をだれかれとなく、じろじろ眺めた。ぼくたち一家のようなはだしの人はほとんどいなかったが、敷石の上を二、三百タウも歩くと、理由がわかった――こんなにざらざらした甲板はどこにもない。ぼくたちは服装も違っているし、肌の色も濃いし、アクセントもまぎれもなく異邦のものだ……けれど、だれひとり見つめかえしてはこなかった。ここでは海人はめずらしくないのだ。そう思うと、ぼくはよけい人目が気になった。一方的に好奇心を感じているせいで。

式場で、ぼくは準備作業をする人々を手伝った。といってももっぱら、アグネスのえらぶったおじさんたちのひとりの指示で、調度品を引きずりまわすだけだったが。こんなたくさんの海人がこの異質な環境に集まっているのは、ぼくにとってあらたなショックで、さらに、中に混ざっている陸人をかならずしも見わけられないのが、不思議に思えた。肉体的な外見にも、服装にさえ、明確な境界線はない。ぼくは軽い罪の意識を感じはじめた。神が両者を区別なさらないのに、そこに違いを見つけだそうとするなんて。

正午になったので、ぼくたちはみな外に出て、式場の裏庭で食事をした。芝生はやわらかかったが、ぼくは足がかゆくなった。ダニエルは婚礼衣装をあわせに出かけ、両親は精力的に自分たちの役割をこなしている。ぼくが顔のわかる人は、周囲に数人しかいなかった。ぼくは木陰に腰をおろして、樹の巨大さにも、見たこともないその形状にも、無関心なふりをしていた。昼寝(シエスタ)の時間はあるんだろうか。芝生の上で眠れるとは、とても思えないのだが。

だれかが隣に腰をおろし、ぼくは顔をそちらにむけた。

「あたしはレナ。アグネスのまたいとこ」

「ダニエルの弟のマーティンだ」ぼくはおずおずと片手をさしだした。レナはその手を握って、小さく微笑んだ。午前中に将来の遠い親戚と十人以上、ぎこちないキスをしていたのに、いまはその勇気が出せなかった。

「花婿の弟なのに、あたしたちに混じって雑用をしているんだ」レナは小馬鹿にするようにそういって、頭をふった。

気のきいたことをいい返してやりたくてたまらなかったが、そんな真似をしてしくじるくらいなら、つまらない返事をするだけのほうがよほどましだ。「きみはフェレズに住んでるの？」

「ううん、住んでいるのはミター。ここから内陸にはいったところの街。いまはおじの家に泊まっているの」顔をしかめて、「ほかに十人もいっしょに。プライバシー皆無。たまったものじゃないわ」

「ぼくたちはそんな悩みはないよ。家もいっしょにもってきたから」（この馬鹿。相手がそんなことも知らないと思ってるのか）

レナは笑みを浮かべた。「家船にはもう何年も乗っていないな。いつか乗せて」

「いいよ。喜んで」これは雑談にすぎないんだ。いまの話を実現しろなんていわれることは、絶対にない。

「兄弟はあなたとダニエルだけ？」

「うん」

「じゃあ、仲はいいよね」

ぼくは肩をすくめた。「きみのところは？」

「弟がふたり。八歳と九歳。いい子たちよ、いちおう」レナは顎を片手にのせて、ぼくをひたと見据えた。

その視線の奥になにがあるのか、願望的思考をしたせいでうろたえて、ぼくは目をそらした。レナが両親のよほど若いときの子どもでなければ、もう兄弟が増えることはないだろう。では、家族の人数が奇数なのは、死んだ子がひとりいるからだろうか、それとも、レナの住んでいるところでは、親のそれぞれが同じ数の子どもを身ごもる習慣がないからだろうか？ミターがある地方について学んでから一年とたっていないのに、その方面に関するぼくの記憶力はお粗末きわまりなかった。

レナの声がした。「あなたはここにぽつんとひとりぼっちでいて、とてもさびしそうだった」

ぼくはびっくりして、レナに顔をむけなおした。「さびしくなんか全然ない」

「ほんと？」

レナは本気で興味をもったようだ。ぼくはベアトリスの話をしようと口をひらいたところで、考えを変えた。友人たちに――〈儀式〉を経験していない、ただの友人たちに――その話をしたことが二、三度あるが、そのたびに後悔していたからだ。笑う人ばかりではなかったとはいえ、ぼくの体験をきかされただれもが、ひどく居心地が悪そうになった。

ぼくはこういった。「ミターって、百万人も住んでる都会だろ？」

「そうよ」

「同じ広さの海の人口は、十人くらいだろうな」

レナは眉をひそめた。「いまの言葉、きっと深い意味があるんだろうけど、あたしにはよくわからないみたい」といって、立ちあがる。「でも、あなたは陸人にもわかるいいかたを考えておいてくれるよね」

レナはさよならと手をふって、むこうに歩いていった。

ぼくはつぶやいた。「たぶん」

結婚式場となったフェレズの《深淵教会》の建物は、石とガラスと木でできた宇宙船だった。それは、ぼくがいままで見てきた教会のパロディのようでもあったが、生きた船殻でできたどんなものよりも、天使たちのほんものの宇宙船と似ているのかもしれない。

ダニエルとアグネスは、天蓋の真下で、司祭の前に立った。いちばん近い身内の者がふたりのうしろそれぞれに一列になって、末広がりに並ぶ。父さん（ダニエルにとっては母さん）を先頭に、母さん、そしてぼく。アグネス側の列では、ぼくの位置にはレイチェルがいて、ぼくにしょっちゅう軽蔑の視線を投げかけていた。ぼくの例の災難のあとしばらくして、ダニエルとぼくはまた祈禱者集団の礼拝にかようことを許されたのだが、一年とたたずにぼくは興味を失い、まもなく教会に行くのもやめた。ベアトリスがずっとぼくとともにいてくださるのだから、どんな集会や儀式も、いま以上にぼくを彼女に近づけることはできない。ダニエルがぼくの態度に感心していないのはわかっていたが、その件で説教されたことはなかったし、両親は小言ひとついわずに、ぼくの決意をうけいれた。レイチェルがぼくを背教者のたぐいだと考えるなら、それはレイチェルの問題だ。

司祭がきいた。「この婚姻に橋をさしだすのは、汝らのいずれなりや？」

ダニエルが答えた。「わたくしです」

《移相教》の儀式では、もはやこのやりとりは略される。ほかの答えはありえないのだし――ある意味で、この問いかけは冒瀆的でさえあった。それでも、《深淵教会》の神学者たちはもっと大きな教義上の矛盾にさえ説明をつけてしまうのだから、ぼくごときが異を唱えてもしかたない。

「汝ら、ダニエルとアグネスは、その橋を死ぬまで結婚の契りとし、ほかの何者ともわかちあわぬことを、ここに厳粛に誓うや？」

ふたりは声をあわせて答えた。「誓います」

「汝らは、この橋をわかちあうがゆえに、結婚生活のいかなる喜びも、いかなる責務も、等しくわかちあうことを、ここに厳粛に誓うや？」

「誓います」

このとき、ぼくの心はこの場になかった。レナの両親のことを考えていたのだ。子どものひとりを養子に出したのかもしれない。レナとぼくはすでに三回、夕方早く、ぼくの両親がまだ出かけているあいだに、ぼくの家船にこっそりはいりこんでいた。そしてふたりで、ぼくがそれまでだれともしたことのなかったことをしたのだが、それでも、家族が奇数人である理由のような立ちいったことがらを、レナにきく勇気は出せなかった。

ふと気づくと、司祭が宣言していた。「神の目のもとに、汝らはいま、ひとつになった」

父さんが静かにすすり泣きはじめた。ダニエルとアグネスが口づけを交わしたとき、ぼくは矛盾した感情が高まるのを感じた。ダニエルがいなくなるのはさみしいが、ようやく兄と別々に暮らせるようになるのは、うれしくもあった。そして、ぼくは兄にしあわせになってほしかった――気の早いことに、そのしあわせをうらやんでもいた――が、同時に、アグネスのような人間と結婚することを考えると、閉所恐怖感でいっぱいになった。アグネスはやさしくて、献身的で、心が広い。ダニエルとアグネスはたがいを、そしてふたりのあいだの子どもを、いつくしむだろう。けれどふたりのどちらも、相手のもっとも大切な信念に、わずかばかりの疑問も投げかけることはあるまい。

この調和へのすじ書きに、ぼくはぞっとした。なによりも、ベアトリスが兄とアグネスのような生きかたを賞賛され、ぼくにも同じ道をたどるよう望まれるのがこわかった。

レナはぼくの手に自分の手を重ね、ぼくの指を自分の中深くに押しこんで、あえいだ。ぼくたちはむきあって、ぼくの寝台にすわり、ぼくは足をまっすぐにのばして、レナの足がその上をまたいでいる。

レナはもう一方の手のひらを、ぼくのペニスに這わせた。ぼくは上半身を傾けてレナと唇を重ね、そのあいだもレナが示してくれた場所を親指でさすりつづけ、レナの体の震えが、ぼくたちふたりを貫いた。

「マーティン？」

「なに？」

レナは一本の指先でぼくをなでた。それは、手のひらでつつまれるよりも、ずっとよかった。

「あたしにいれたい？」

ぼくは首を横にふった。

「どうして？」

動きつづけるレナの指は、同じ場所を繰りかえしなでた。ほとんどなにも考えられない。

どうして？「きみが妊娠するかもしれない」

レナは笑った。「馬鹿いわないで。あたしは制御できるもの。あなたも覚えられる。これは単なる経験の問題」

「舌でやってあげるよ。この前のはよかっただろ」

「ええ。でもいまは、それ以上のものがほしいの。それはあなたも同じ。わかっているんだから」哀願するような笑顔。「あたしたちはふたりとも、とてもいい思いをするわ、きっと。あなたがいままで味わったことのないような、いい思い」

「それはどうかな」

レナは疑わしげな声をあげて、親指でぼくのペニスのつけ根をなでまわした。「これをまだ、だれかの中にいれたことがないのね。でも、それは全然恥ずかしいことじゃない」

「だれが恥ずかしがってるって？」

レナはまじめな顔でうなずいて、「そうか。こわいんだ」

寝棚だ。ぼくは手を引き抜いて、その勢いで上の段の寝棚に頭をぶつけた。ダニエルが使っていた

レナは手をのばして、ぼくの頬に触れた。

ぼくはつぶやいた。「できない。結婚してないんだから」

レナは眉をひそめて、「あなたはそんなものは全部捨て去ったときいていたのに」

「そんなもの？」

「信仰」

「嘘をきかされたね」

「天使たちは、これをするために、あたしたちの体を作った。だったら、これが罪深いことのわけはないでしょ」レナの手がぼくの首すじをくだって、胸をなでまわす。

「でも、橋というのは、つまり……」つまり、どういうことだ？　聖なる書物のどこを見ても、それは男と女を等しく結びつけるためのものだと書いてある。そして聖なる書物によれば神は女と男を区別されないのに、《深淵教会》の司祭は、神の目のもとに、ダニエルに優先権を主張させた。なら、司祭がどう思おうと気にする必要はない。

ぼくはいった。「やろう」

「ほんとうにいいの？」

「ああ」ぼくはレナの顔を両手でつつんで、口づけをした。やがて、レナが手をのばして、ぼくを導きいれた。突然の快楽にぼくはいきかけたが、なんとか寸前で止めた。同じことが

起きる心配がなくなってから、ぼくたちはたがいの体に腕をまわして、ゆっくりと前後に揺り動かした。

それは〈儀式〉ほどよくはなかったものの、あのときとよく似ていたから、ベアトリスはこれを祝福なさっているにちがいない。だきあって体を動かしているうちに、レナに結婚を申しこもうという決意が固くなっていく。レナは知的で強い。あらゆることに疑問をいだく。陸人であることは、問題じゃない。ぼくたちは妥協して、フェレズで暮らせるはずだ。

自分が射精したのがわかった。「ごめん」

レナはささやいた。「いいの。気にしないで。もっとつづけて」

ぼくは固いままだった。こんなことははじめてだった。ぼくたちの動きと、レナのゆっくりした呼吸にあわせて、レナの筋肉がリズミカルに締まってはゆるむ。やがてレナは叫び声をあげて、ぼくの背中に爪を立てた。ぼくはいくらか自分を引き抜こうとしたのだが、レナにきつくだきしめられていて、無理だった。こうなったら覚悟を決めるしかない。もうあと戻りはできなかった。

ぼくは急にこわくなった。「ぼくはいちども――」あふれた涙をふり払おうとする。

「わかっている。あたしも自分のときはこわかった」レナはぼくをだきしめる手に力をこめた。「ただ感じていればいいの。すごく気持ちがいいでしょ？」

動かなくなったペニスは、もうほとんど感覚がなかったけれど、股間を炎が流れ、快楽の波が深くしみこんでいった。「ああ。きみも同じように感じてるのかい？」

「同じようにじゃない。でも、同じくらいにいい気持ち。あなたもすぐに、自分で経験することだから」

「そんな先のことまで、考えたことはないんだ」ぼくは白状した。

レナはくすくす笑って、「あなたの前には、まったく新しい生活が広がっているのよ、マーティン。自分がいままでなにを知らずにいたか、想像もつかないはず」

レナはぼくにキスをすると、体を離しはじめた。ぼくは苦痛に悲鳴をあげた。レナは動きを止めて、「ごめん。なるべくゆっくりもらうから」ぼくはふたりが結びついている部分に手をのばした。ペニスのつけ根から血がしたたっている。

レナがいった。「あたしの上で気絶しないでね」

「馬鹿いうな」といいながら、じつはぼくは不安だった。「もしぼくの準備ができてなかったら？　もし、うまくいかなかったら？」

「そのときは、二、三百タウもすれば、あたしのあそこがゆるむようになっている。天使たちはそこまで馬鹿じゃない」

ぼくはこの冒瀆をきかなかったことにした。どのみち、ぼくたちの体を設計したのは、天使たちのだれかではない。ベアトリスご自身だ。「ナイフを使わないことだけは、約束してくれよ」

「それは冗談のつもり？　ほんとうにそうしなくちゃならない人もいるのに」

「わかってるよ」ぼくはレナの肩にキスした。「ただぼくは――」

レナが足をほんの少しのばすと、ぼくの内側で芯が外れるのがわかった。ぼくの股間からあたたかい血が流れだしたが、傷を負うことへのおびえをともなっていた痛みは、単なるうずきに変わっていった。ぼくの神経系は、もうその傷の部分とはつながっていない。ぼくはレナにたずねた。「あれを感じる？　きみの一部になったのか？」

「まだね。結合が形成されるには、しばらくかかるから」レナはぼくの唇を指でなでまわした。「それまであなたの中にいていい？」

ぼくは喜んでうなずいた。もう動揺はしていない。ぼくの体の一部をレナに渡せたという奇跡のすばらしさで、頭はいっぱいだった。ずいぶん前に、栄養の交換から、その器官の独立した免疫系にいたる、この件に関してのあらゆる生理学的知識を習ってはいたが――そして、懐胎に関して用いられたのと同じ技術の多くが、橋にも用いられているのは知っていたが――ベアトリスのたくみな技がぼく自身の肉の中で活動しているのを、こんなに劇的なかたちで目撃するのは、衝撃的であり、きわめて感動的でもあった。これ以上にぼくをベアトリスに近づけさせられるのは、出産だけだろう。

だが、ようやくレナと体が離れたとき、そこにあらわれた光景を、ぼくはまったく予期していなかった。「うわっ、気色悪い！」

レナはかぶりをふりながら、笑った。「新しいその部分は、ちょっと……殻がこびりついているように見えるものなの。その大部分は洗い流せるし、残りは数キロタウではがれおちるから」

ぼくはシーツをかき寄せて、よごれていない部分を見つけ、ぼくの、いやレナのペニスをぬぐった。あらたに形成されたぼくのヴァギナからの出血は止まったものの、ぼくは自分たちがどれほどシーツをよごしていたかに、はたと気づいた。「両親が帰ってくる前に、これをきれいにしなくちゃ。乾かすのは朝になって、ふたりがまた出かけてからでいいとして、いま洗っておかないと、においで気づかれてしまう」

ぼくたちはまず、体のよごれをとって、下着を身につけた。レナに手伝ってもらって、シーツを甲板に運びあげ、洗濯用鉤爪に引っかけて海にひたす。シーツの繊維が海中の養分をエネルギー源にして、自洗プロセスを進めるはずだ。

船着場には人けがなかった。近くの家船のほとんどは、結婚式の出席者のものだ。ぼくは両親に疲れがひどいといって、祝宴を中座してきた。騒ぎは朝までつづくだろうが、ダニエルとアグネスは夜半前には退席したはずだ。レナとぼくがいま終えたのと、同じことをするために。

「マーティン？　震えているの？」

先のばしにしても、得るものはない。手もちのわずかな勇気が逃げ去らないうちに、ぼくはいった。「結婚してくれ」

「こんどの冗談は最高――あ……」レナはぼくの手をとった。「ごめんなさい、冗談か本気か、まちがえてばかりで」

「ぼくたちは橋をやりとりした。その前に結婚してなかったのは、問題じゃない。だがこの先は、しきたりに従ったほうが、なにかと都合がいいと思う」

「マーティン――」

「でなければ、きみがそのほうがいいというなら、いっしょに暮らすだけでもいい。ぼくは気にしない。ベアトリスの目からごらんになれば、ぼくたちはもう結ばれてるんだから」

レナは唇を嚙んだ。「あたしはあなたと暮らしたくはない」

「ぼくがミターに住んでもいい。仕事も見つかるよ」

レナはぼくの手を握ったまま、頭を横にふった。強い調子で、「やめて。さっきまであなたは、これから自分のすることが、なにを意味して、なにを意味しないかを知っていたはず。あなたはあたしと結婚したいと思っていないし、あたしはあなたと結婚したいと思っていない。わかるでしょ」

ぼくはレナから手を放して、甲板にすわりこんだ。いったい、ぼくはなにをしていたんだ？　ぼくは自分がベアトリスの祝福をうけていると思っていて、これはすべて彼女が計画されたことだと考えていて……だがじっさいは、ただ自分をあざむいていたのだ。

レナが隣に腰をおろした。「なにを心配しているの？　両親に気づかれること？」

「ああ」そんなことはとるに足らなかったが、正確に説明しようとするのは、無意味に思えた。ぼくはレナの顔を見て、「次にできるのはいつ――」

「十日ほどは無理。最初のときのあとは、もっと長くかかることもあるみたい」

ぼくの知っているとおりの答えだった。レナの経験が、ぼくの耳学問を否定してくれないかと期待していたのだが。十日間。それまでにはぼくたちはどちらも、この街を発っている。

レナがいった。「もしかしてあなた、もうだれとも結婚できないと思っていない？　結婚するときに、生まれたときからどちらかがもっていた橋をつけているカップルが、どれだけいると思う？」

「十組中九組。女どうしの結婚を除いて」

レナは思いやりとも疑いともつかない顔でぼくを見た。「あたしの意見は、五組にひと組」

ぼくはその話題をふり払うように、「それがどうした。ぼくたちは橋をやりとりしたんだから、いっしょにいなくてはならないんだ」レナの表情が強ばり、それを見てぼくの決心も固くなった。「そうでないなら、ぼくはそれをとり戻さなくてはいけない」

「マーティン、馬鹿いわないで。あなたは別の恋人をすぐに見つけて、そのときには、自分がなにを心配していたかもわからなくなっているはず。もしかすると、《深淵教会》のすてきな少年と恋に落ちたあなたが、余分な橋をとり除く手間がはぶけたといって、相手といっしょに喜ぶということもあるかもでしょ」

「かもな。で、その相手が、橋をとり除くのを、自分と会うまで待ってくれなかったといって、ぼくに愛想を尽かすこともありうるわけだ」

レナはうめいて、天を仰いだ。「あたしはさっき、天使たちはものごとを正しくやった、みたいなことをいったよね？　体をもたずに一万年すごしてから、かれらは自分たちに資格が——」

ぼくはそれを語気鋭くさえぎった。「なんでそう冒瀆的なことばかりいうんだ！　ベアトリスは、ご自分のなさったことをきちんとわかっておられる。もしぼくたちがそれをめちゃくちゃにしてしまったなら、責任はぼくたちにあるんだ」

レナは冷静な口調でいった。「十年以内には、それをのめば橋が移るのを止められるピルや、逆に、ふつうならなにも起きないときに橋を移せるようにするピルができるでしょう。あたしたちは、自分の体の制御を天使たちからとり戻して、体を自分たちの好きなようにあつかいはじめるの」

「吐き気がする。なんてぞっとする話だ」

ぼくは甲板を見つめて、息がつまりそうなほどのみじめさを感じていた。（これはぼくが望んでたことのはずじゃなかったのか？　ダニエルのかわいくて、信心深いアグネスとは正反対の恋人）レナとぼくは、哲学的な意見の相違から一夜で引き裂かれるのではなく、生涯それを議論しつづけるはずだった——ぼくの空想の中では。

いまや、ぼくには失うものはなにもなかった。ぼくはレナに、〈儀式〉の話をきかせた。

レナは笑うことなく、黙ってきいていた。

ぼくはいった。「いまの話を信じるかい？」

「もちろん」レナは口ごもった。「でも、あなたがその夜、海の中で感じたことは、別のかたちで説明がつくかもしれないと考えたことはないの？　酸欠で——」

「酸欠になる人なら、どこにでもいる。海人は子ども時代の半分を、より長く潜っていられるようになろうとしてすごすんだ」

レナはうなずいて、「なるほど。でも、それとは状況が違うでしょ？　あなたは、意志の力だけで可能だった時間を超えて、潜っていることを強制されていた。それに……なにが起こるはずかきかされて、暗示にかけられてもいた」

「それは違う。ダニエルはいちども、あれがどんなものか、きかせてくれなかった。それが起きたとき、ぼくは心底驚いたんだ」ぼくはレナを冷静に見つめかえし、相手がどんなにようくできた仮説をもちだしてきても、反論してやろうと待ちかまえた。罰せられている気分でもあったが、心はほとんど安らかだった。これこそが、橋のやりとりをする前から、ベアトリスがぼくに望んでおられたことなのだ。かたちだけを模した建物での、形骸化した儀式ではなく、どんな人間と愛を交わしたかを、レナに教えてやる誠実さが。

ぼくたちは夜明け近くまで議論した。どちらも相手になにひとつ納得させられなかった。レナは、きれいになったシーツを引きあげて、甲板の下に隠すのを手伝ってくれた。そして立ち去る前に、ミターの友人の家の住所と、ふたりでおちあう場所と時間を書きつけていった。

その約束を守るために、ぼくはそれまでの人生になかったほど骨を折った。ぼくは三昼夜というもの、ミターから来た親戚たち相手に、逆効果になる寸前までこびを売りまくって、結婚式のあとでかれらの家にまねかれるように仕組んだ。ミターに着いたら着いたで、こまかく計画を立て、嘘をつきまくって、問題の日に親戚から遠ざかっていられるよう念をいれる。

赤の他人の家で、まっ昼間に、レナとぼくはなんの喜びもなく、ふたりのあいだであったことを逆に演じた。その行為でぼくのおろかな幻想が再燃しないか不安だったが、その家を出て路上で別れるとき、レナはほとんど他人のように感じられた。

行為のあとの痛みは家船のときよりひどく、股間も触ればわかるほどに腫れた。しかし、二日もたつと、恋人に触られるか、医者に調べられるかしなければ、自分のしたことがバレないにちがいない程度になった。

海辺に戻る列車の中で、ぼくは一連のできごとのすべてを、何度も何度も、心の中で再現した。

(なぜこんなまちがいをおかしてしまったんだろう)

セックスの力は人を惑わせ、あざむくという話をいつも耳にしていたのに、ぼくはそれを、つまらない冷笑癖だと思っていた。それに、ぼくは闇雲にセックスに溺れたわけではない。自分がベアトリスに導かれていると勝手に思いこんでいたのだ。

(だが、それが思いこみでないとしたら——)

ぼくはもっと注意深くならなくてはいけない。ベアトリスはつねに明確に話しておられるのだから、ぼくはいま以上の忍耐と謙虚さをもって、彼女に耳を傾けねばならない。

それが答えだ。ベアトリスはそのことを、ぼくに学ばせようとされたのだ。ようやく楽な気分になって、窓の外を眺めると、環境創世のもうひとつの勝利のしるしである森の木々が、飛ぶようにすぎていった。いつかは次の機会があるという証拠が必要なら、まわりのすべてがそれだった。天使たちは、旅する者に可能なかぎり、神から遠いところまで旅してきたのだが、神はただふりむいて、かれらにコヴナントを授けられたのである。

4

十九歳になって、ぼくはふたたびミターにやってきた。この街の大学で学ぶために。ほんとうは環境創世を研究したかった——そして故郷にもっと近い大学に行くつもりだった——のだが、結局、募集されている中で、地理的にも学問的にも、いちばん近いものでがまんするほかなかった。それは、惑星固有の微小動物を研究対象とする陸人の生物学者、バラトを師とすることだった。

「天使たちのテクノロジーは、それはそれで魅力的な主題だ」とバラトはぼくに話した。「だがわれわれには、天使たちが創ったものからさかのぼって、地球での進化を解明することは望めない。せいぜい可能なのは、人間がここに到着して破壊する以前の、コヴナント本来のバイオスフィアがどんなものだったかを、理解しようとすることだ」

ぼくはなんとかバラトを説得して折衷案をうけいれさせ、ぼくの学位論文のテーマは、『環境創世が惑星固有の微小生物におよぼした影響』に決まった。これでぼくは、過去十億年間コヴナントに棲息してきたつまらない単細胞生物と並んで、天使の発明品を研究する口実ができた。

〝環境創世の影響〟というテーマが大ざっぱすぎるのは、いうまでもない。バラトの助言をうけて、ぼくはそれを、ある特定の未解決問題にしぼりこんだ。ずいぶん前から地質学的な証拠が見つかっていることだが、天使たちの創りだした新種の生物が水に溶けた気体の割合を変えるにつれて、海の表層水はよりアルカリ性が強くなると同時に、酸素が減っていった。惑星固有の種の中には、変化の波を前に逃げだしたものもあれば、跡かたもなく消し去られたものもあったにちがいない。だが、現在の海の上部層には、ズーアイトと総称される種類のプランクトンが大量に存在している。この微生物たちは、ずっとそこを棲み家にして適応を遂げてきたのだろうか、それとも、ほかのどこかから移動してきたのだろうか？

ミターが海岸から離れていることは、海洋研究の上ではとくに障害にならなかった。大学は定期的に調査隊を組織していたし、ぼくは生きた標本を本来の生育地で採取するというような単純作業に着手する前に、図書館と研究室でとりくむべき作業を大量にかかえていた。さらに、川の水や雨水にさえ、類似した種の微生物があふれていて、〝環境を破壊された〟海にそうした種が進出した可能性もあったから、手近にも研究に値する対象はいくらでもあるわけだった。

バラトは高い水準を要求はしたけれど、決して暴君ではなかったし、バラトについているほかの学生たちはぼくを歓迎してくれた。ぼくはホームシックにかかったが、それは深刻なものではなく、むしろあきれたことに、迫真的な海の夢や、つねに潜在する失見当識といった、陸地での生活がまねく症状は楽しくさえあった。ぼくが子どものときにいだいていた、天使たちの秘密を暴くという野心そのものを満足させられたわけではない——期待に反して、本すじを外れて環境創世自体を研究する機会もほとんどなかった——のだが、コヴナント本来の、人の手のはいっていない生化学的性質の細部の探究に着手するや、それがとても複雑でエレガントなものだとわかって、ぼくの関心はそこに釘づけになった。

唯一みじめな気分になるのは、あえてセックスのことを考えるときだ。ダニエルのような結末を迎えたくはなかったから、ぼくは結婚相手として別の〈儀式〉経験者を探しだそうとは、決して思わなかった。かといって、レナとのあやまちを再演する可能性には直面できなかった。ぼくの人生の最重要事を打ちあけられるほどに親しくなるまでは、だれとも肉体的に親密になる気はない。だが、それはここでのものごとの順序ではなかった。その流れに逆らおうと数度試みて恥をかいてから、ぼくはその方面のことを考えるのをすっぱりやめて、そのぶん研究に没頭した。

もちろん、じっさいにだれかと橋をやりとりしなくても、ミター大学の社会に参加することはできる。ぼくは、天使たちの文化に関する非公式の討論グループに加わった。グループは学生会館の小部屋に、十日おきの夜に集まった——まるでなつかしの祈禱者集団のようだが、ぼくは、そこが信仰心をもつ者の集まりだという幻想をいだいたりはしなかった。そんな必然性はどこにもない。天使たちの遺産は、ベアトリスの神性にひとことも触れなくても、非の打ちどころなく分析できる。聖なる書物は、〈渡航〉のはるかあとで、天使たちの知識が失われた時代の人々によって書かれたものであり、その記述が誤謬ひとつないと考える理由は皆無だ。不信心者たちが過去のなんらかの様相に光を当てられるなら、かれらの洞察を退ける根拠は、ぼくにはなかった。

「コヴナントに来たのが、ひとつの党派にすぎないことはあきらかよ!」といったのは、人類学者のセリーヌだ。レナと似たところがあまりに多いセリーヌを目にするたびに、ぼくはこの女性とのあいだでなにかが起きてはいけないと、意識して自分にいいきかせてやる必要があった。「いまこの星に住むわたしたちは、同質の集団というにはほど遠いから、全員で別の惑星へ旅して新しいかたちの肉体をもつということは、ありえない。けれど、なんらかの文化的動機に駆られて、ひとつの小集団がそうすることは、ありうるでしょう。では、なぜ天使たちは一枚岩だったと考えられるの? いまも〈非物質都市〉に、あるいは地球に、あるいはほかの惑星に住んでいる党派が、いくつもあるにちがいないわ」

「じゃあ、なぜかれらは、われわれに連絡してこないんだ? 二万年ものあいだには、いちどか二度はここに立ちよって、あいさつくらいしていきそうなものじゃないか」デイヴィッドは数学者で、南方海出身の海人だ。

セリーヌが答える。「この星に来た天使たちは、訪問をためらわせるような姿勢をとっていたのでしょう。存在する天使たちをベアトリスがひとり残らず説き伏せて、不死を捨て去らせた、という〈渡航〉の物語が――このバージョンは、ほかのあらゆる人々を歴史からあっさり抹消してしまうけれど——わたしたちの手もとにあるすべてだからといって、もとの姿にとどまりたいと思った人がいないとはいえないわ」

ぼくの知らない女性が口をはさんだ。「でも、ことのはじめから、話がそんなに明快だったのではないかもしれない。入植開始時のレベルのテクノロジーは、〈渡航〉後三千年以上たって、環境創世がとっくに終了してからも、存在していた証拠がある。新種の生物が創られつづけ、工学プロジェクトは先進的な物質とエネルギー源を使いつづけた。ところが、それから一世紀としないうちに、それはすべて終わりを迎えた。聖なる書物は、三つの別々の決定をいっしょくたにしている。不死の放棄、コヴナントへの移住、そして、決心を変えた人がいた場合に逃走路を提供しただろうテクノロジーの廃棄。でも、それがそんなふうにいちどに起きたのではないことは、はっきりしている。〈渡航〉の三千年後に、なにかが変化した。実験のすべてが、突然、不可逆なものになってしまった」

この考察をきけば、平均的な信心深い海人は激怒するだろうし、平均的な〈儀式〉経験者はなおさらだろうが、ぼくは冷静にその話をきき、そこにいくらかの真実が含まれているかもしれないという可能性を楽しんでさえいた。ぼくの宇宙観においては、ベアトリスの愛こそが唯一の固定点であり、ほかのあらゆることは議論の対象になりえた。

それでも、ときには議論はがまんしがたいものになる。ある夜、デイヴィッドが物理学セミナーの直後に、討論グループの集会に参加した。セミナーで出たという話も不穏なものだったが、デイヴィッドはその先の、もっと愉快でない結論に考えを進めていた。

「なぜ天使たちは、死ぬべき定めを選んだのか？　死のない一万年をすごしたあとで、なぜ目の前に広がる華々しい可能性を放棄して、この泥の塊の上にけだもののように死にに来たのか？」

ぼくは舌を噛むことで、この修辞疑問に言葉を返すのをこらえた。なぜなら、神は永遠の命の唯一の源であり、ベアトリスが天使たちに、かれらが手にしているのは神のお力の安っぽいパロディにすぎないことを示されたからだ、と。

ディヴィッドはそこで間をとって、自分なりの答えを披露した——それ自体が、ベアトリスの示された真実の、みっともないパロディのようなものだったが。「なぜならかれらは、不死などではまったくなかったからだ。天使たちは、だれも不死にはなれないと気づいた。われわれは、宇宙が空間的にも時間的にも有限だと知っている——かれらもそれを知っていたにちがいない。宇宙はいずれ崩壊する運命にあると。『星々が天から落ちるとき』だ。だが、それを回避する方法を想像するのはたやすい」ディヴィッドは笑った。「われわれの現在の物理学の知識では、どんな可能性も否定できない。ついさっき、ティアから来た非凡な女性の話をきいた。われわれの心を暗号化して波動にし、収縮する宇宙をたいへんな速度で周回させれば、なにもかもが押しつぶされる前に、無限の数の思考ができるというんだ！」

とてつもなく大胆なその概念に、ディヴィッドは楽しそうな笑みを浮かべた。ぼくは生まじめにこう考えていた——なんて冒瀆的なたわごとだ。

ディヴィッドは腕を広げて、話をつづけた。「だが、考えてみてくれ。天使たちがほんとうに、そうした手段——宇宙と運命をともにせずに済む巧妙な細工——に希望を託したとしても、その結果、脱出路がひとつ残らず無効だと判断するだけの知識を手にしたとしたら、そのことはかれらに根本的な影響をおよぼしただろう。そのとき、自分たちが結局は死ぬべき定めなら、その不可避の運命をうけいれ、先祖たちと同じように折りあいをつけよう、と決心した小さな党派があったかもしれない。そして、肉をまとった」

セリーヌが考えついいった。「そして、ベアトリスの神話がすべてに宗教的な見かけをあたえているけれど、じつはそれはまったく宗教と無縁な事実を、あと知恵で再解釈したものにすぎないかもしれないわね」

これはひどすぎる。ぼくは黙っていられなくなった。「コヴナントに入植したのが、絶望のどん底にある無神論者の一団だというなら、なにがかれらを改心させたんだ？　〝あと知恵の再解釈〟をほどこそうなんて欲求が、いったい全体どこからわいてくるというんだ？　天使たちをここへ導いた啓示が〝宗教と無縁〟だったなら、なぜいま惑星全体が無宗教じゃないんだ？」

だれかが横柄に、「文明が崩壊したんだぞ。なにがあっても不思議はないだろ」

ぼくはかっとなって口をひらきかけたが、セリーヌのほうが早かった。「いいえ、マーティンはいいところを突いたわ。もしデイヴィッドのいうとおりなら、宗教の起源を説明することは、これまで以上にさしせまった課題になる。でも、まだだれもそれにとりくんではいないと思う」

その夜ベッドの中で、自分がいうべきだった多くのことがらや、もちだすべきだった多くの反論が頭の中を駆けめぐった(そして、セリーヌのことも)。神学的な面は別にしても、グループの力学すべてに腹がたってきた。研究室で時間を費やして、つまらない無意味な微生物に身をささげていることをバラトに印象づけたほうが、実りは大きいかもしれない。あるいは、故郷に帰ったほうがいいのかもしれない。家船でなら、ぼくは大いに役立つだろう——両親はもう若くないし、ダニエルは自分の家族の面倒を見なくてはならないから。

ぼくはベッドを出て荷造りをはじめたが、途中までやって気が変わった。本気で研究を投げだしたいわけではない。それに、自分の感じている困惑と憤慨の癒しかたなら、いつだってわかっている。

ぼくはリュックサックをしまい、明かりを消し、ベッドにはいって、目を閉じると、ベアトリスに心の平和を願った。

部屋のドアを激しく叩く音で目がさめた。この家のほかの部屋に下宿している、あまりつきあいのない若い男だ。男はひどく疲れていらついているようだったが、なにかがそれをがまんさせていた。

「あんた宛ての伝言が届いた」

母が病に倒れ、原因は正体不明のウィルスだという。病院は故郷より遠い海域にあり、ほとんど三日がかりの旅だった。

旅のあいだ、ぼくはほとんど祈りどおしだったが、祈れば祈るほど気力がくじけた。天使たちの言語のひとことをベアトリスにささげられれば、母の命を救えるのに。しかし、ぼく自身の疑いや、身勝手さや、自己満足が願いの純粋さをけがしてしまい、願いがきき届けられない可能性は増すばかりだった。

天使たちは環境創世の際に、自分たちの死ぬべき定めの化身に害をなすようなものは、なにひとつ創らなかった。惑星固有の生物は、ぼくたちを寄生相手とは見なかった。しかし、数千年をかけて、ぼくたち自身のDNAがウイルスに変貌した。塩基対はひとつ残らずベアトリスご自身が選ばれたものだから、それは彼女が意図なさったことにちがいない。老化や不測の致命傷では、その意図には不足なのだ。警告なしにしのびよる、静かで目に見えない死が必要だった。

聖なる書物に、そう書いてある。

病院は迷路のように連結された船殻だった。ようやく正しい通路を見つけたとき、最初に目にした見知った顔は、通路の先にいるダニエルのものだった。娘のソフィーに高い高いをして、微笑みかけている。その姿がぼくの不安を一瞬にして追いはらい、膝をついて、感謝の祈りをささげそうになった。

そのとき、父の姿が目にはいった。病室の外にすわって、両手で頭をかかえこんでいる。顔は隠れていたが、見なくてもわかった。父は案じているのでも、消耗しているのでもない。打ちのめされているのだ。

ぼくは歩を進めつつ、上の空でいまわのきわの祈りを唱えていたが、それが過去の書きかえを願うことであるのはわかっていた。ダニエルがぼくに声をかけ、なにひとつ悪いことなど起きていないかのように、旅はどうだったかとたずねた——たぶん、ショックをやわらげようとしたのだろう——が、ぼくの表情に気づくと、肩に手をかけた。

兄はいった。「あの人は神のもとに行った」

ぼくは兄の横をすり抜けるように、病室に足を踏みいれた。ベッドに横たえられた母の亡骸は、すでに見場がいいように両腕をのばされ、目を閉じられていた。頬を涙が伝い、怒りがわく。ぼくの愛がじゅうぶんだったなら、これを防げたかもしれないのに。ベアトリスは、ぼくの愛を気にとめてくださっただろうに。

ダニエルがひとりで、ぼくのあとから病室にはいってきた。ふり返るとドアの隙間から、アグネスがソフィーをだいているのが見えた。

「おまえの母さんは神のもとにいるよ、マーティン」兄はなにかすばらしいことが起きたかのように、満面の笑みをぼくにむけた。

「〈儀式〉をうけていないのに？」という言葉が口をついた。母が信仰さえもっていなかったのは、ほぼまちがいない。母は生涯、《移相教》の教会に属していたが、それはもう長いこと、十日のうち九日を家船で働きながら、友人たちとつきあいつづけるための手段でしかなかった。

「あの人が意識を失う前に、おれはいっしょに祈った。最後にはベアトリスを心にうけいれたよ」

ぼくは兄をまじまじと見つめた。九年前の兄はいい切った——人は〈儀式〉をうけるか、永遠に断罪されるかだと。世界は単純明快だった。ぼく自身の考えは、だいぶ前に穏和なものになっていた。ベアトリスがそんなに横暴で無慈悲なかただとは思えない。しかし、母が正式な儀式を拒んだであろうことはたしかだし、それればかりかこの哲学全体を、物理学などと同様に自分には無意味なものだとも思っただろう。

「母さんがそういったのか？　そういうのをきいたのか？」

ダニエルはかぶりをふった。「だが、わかりきったことだ」ベアトリスの愛に満たされた兄は、微笑みを絶やさずにはいられないのだった。

嫌悪感の波が体を駆け抜ける。兄の顔を床に押しつけてやりたくなった。（この男は、母さんがなにを信じていたかなど、気にもかけていないんだ）問題なのは、自分の痛みをやわらげられるもの、自分の疑いを抑えられるものだけ。母が——自分の父が——永遠に断罪されたことを、いや、死んでこの世から消えたことさえうけいれるのは耐えがたい、ということから、すべてがはじまっていた。（この男のいうことにも、信じていることにも、真実はひとかけらもない。それはみな、自分の欲求を表現しているだけだ）

ぼくは通路に出て、父の脇にしゃがみこんだ。父はこちらを見ずに、ぼくの肩に腕をまわして、だきよせた。闇が、無力感が、喪失感が、父の心に浮かぶのが感じとれた。だきしめようとすると、逆にもっと強くだきよせられたので、じっとしているほかはなかった。ぼくは二、三度激しく体を震わせてから、すすり泣くのをやめた。目を閉じて、父の腕に体をあずける。

これからは父のそばにいて、父がむきあうなにもかもにぼくもむきあおうと決心した。だが、しばらくすると、おなじみの炎が後頭部で自然に輝きはじめた。おなじみのあたたかさ、おなじみの平安、おなじみの確信。ダニエルは正しい。母は神のもとにいる。それを疑うなんて、ぼくはいったいどうしたんだろう？ 母が神のもとへ行った経緯を問うても、意味はない。ベアトリスのなさることは、ぼくの理解のおよばぬことなのだから。だが、彼女の愛の強さだけは、ぼくはわれとわが身で知っている。

ぼくはじっとしたまま、父の陰鬱な抱擁をほどかずにいた。だが、そのときのぼくは偽善者だった。ぼくは神の仲介者として、父になぐさめを授けてくださるようにと祈っていたにすぎない。すでにベアトリスの手で、闇から救っていただいていたから、ぼくにはもう、父と痛みをわかちあうことはできなかった。

5

母の死後、ぼくの信念は、その根拠を奪われつづけながらも、わずかばかりも揺らぎはしなかった。教義の大半は否定され、残されたのは信仰の核だけだったが、それを守るほうがはるかにやさしい。聖なる書物が迷信深いたわごとだろうと、教会が馬鹿と偽善者の巣だろうと、問題ではない。空がいまも青いように、ベアトリスはいまもベアトリスなのだ。無神論者と信仰者が交わす議論をきくたびに、自分がどんどん無神論者側に味方していることに気づく。それは、一瞬でも無神論者の結論をうけいれたからではなく、かれらが論争相手よりも、はるかに誠実だからだ。無神論者相手に議論している司祭や神学者は、たぶんぼくと同様のかたちで、直接かつ個人的に神をその身で感じたことがあるのだろう——あるいはそうではなく、どうしても神を信じる必要があるだけかもしれない。だが、この連中は、決して自らの信念の真の源をさらけださなかった。かわりに、歴史上の記録や、生物学や、天文学や、数学を根拠に、神の存在を〝証明〟しようとするお笑いぐさの試みをつづけるばかり。十五歳のダニエルがいったことは正しかった——そんなことは証明のしようがない。そして、この連中が証明のために論理をゆがめるのをきいていると、ぼくは身もだえしたくなった。

父の仕事の手伝いを雇い人にまかせてきたことには、罪の意識を感じたし、一年後に父がダニエルの家船に移り住んだときには、その意識はさらに深くなったが、自分のためにぼくが学問の道をふいにしたと思おうものなら、父がどれほど怒るかは想像がつく。ときには、それがぼくをミタ－にとどまらせる唯一の理由になった。すべてを放りだして、網を引く仕事をしに戻れればそれでいいと本気で思うときでさえ、ぼくの決心の理由を父が誤解するだろう、と考えてしまうのだ。

ぼくは三年がかりで、環境創世による水生ズーアイトの移動に関する学位論文を完成させた。淡水性の種が海の上部層を満たしたという、ぼくが最初にもっていた仮説は、結局まちがいだった。それは、ズーアイトと淡水性プランクトンの遺伝子を分析して得られた結論ではなかったが、遺伝性の分子――細胞分裂後にそれぞれそれを再統合する一群の酵素――を比較することによって、雨が陸地から新しい生命を運んできたのではなく、天使たちの創った生物が水から酸素を奪うにつれ、かなりの深海にいた海洋居住の種が徐々に海面近くへ移動してきたことがわかったのだ。これが驚くべき発見になったのは、同様の手法によって、川の水の中で見つかるいくつかの種が、海面近くに居住する生物と非常に近い種だとわかったからだ。しかも、淡水性の種のほうが、祖先なのではなかった。それらは、海からあらたに移動してきたのである。つまり、ズーアイトは、数十億年を深海に閉じこめられてすごし、それから突然、以前より海面近くで生きられるように（そして生殖し、突然変異できるように）なったのだ。そしてたまたま、酸素のある大気中でも生育できるような突然変異を遂げたとき、それを利用できる場所にいた。惑星固有のほかの生命体を絶滅に追いやった、環境創世という名の地球からの侵略は、太古に海洋底に棲息していた種が、それ自身の遅すぎた侵略をはじめることを可能にした。知ってか知らずか、天使たちは、ズーアイトを海から解放して、惑星じゅうに進出させる一連のできごとの引き金を引いたのだ。

　こうしてぼくは自分がまちがっていたことを証明して学位を取得し、同業者の世界で名前を知られたが、そこはとても狭くて、もともと全員がたがいの名前を知っている世界だった。広大な新天地がぼくの前にひらけたりはしなかった。惑星固有の生物に関する学問は、急速に袋小路にむかいつつある。前からそうではないかと思ってはいたのだが、ぼくはそれ以外の道を探す努力をほとんどしていなかった。

つづく三年間、ぼくはいちばん楽な道にしがみついていた。バラト本人の研究を手伝い、ほかのだれもやろうとしない講義をうけもつ。バラトのほかの学生たちの大半は、もっと有望な分野に移っていて、ぼくは自分が日に日にミターで孤独になっていくのを感じた。だが、そんなことは問題ではない。ぼくにはベアトリスがいらっしゃる。

二十五歳にして、ぼくには自分の未来がはっきりと見えた。ほかの人々が天使たちの遺産を解読し、さらには復活させているのを遠くから眺めながら、天使たちが混入させた物質がすでに徹底して除去された海水のサンプルを、無意味にもてあそんでいる未来。

ついに、ほとんど手遅れになってから、ぼくは船から逃げだす決心をした。バラトはぼくによくしてくれたが、殉教同然の忠節を求められたわけではない。その年の終わり、この種の会議としては最後のものになるだろう、双方の起源（惑星固有と天使産）の微生物に関する学会がティアでひらかれることになっていた。ぼくは発表できるようなあらたな成果をなにもあげていなかったけれど、それらしい出席の口実を見つけるのはむずかしくないだろうし、そこはあらたな勤め口を探すには理想的な場所のはずだ。ズーアイトに関するぼくの大発見は、より広範な生物学者の世界で完全に埋もれたわけではなかったから、再就職にはあの業績を利用しよう。だれかと一夜をともにしても、意味があるとは思えない。倫理的な問題は別にしても、長いこと使っていないぼくの橋は、さびついて固着しているだろうから。

あるいは、ぼくは幸運にめぐまれるかもしれない。同胞たる〈儀式〉経験者の海人と出会い、それが力をもつ立場にいる人物で、ぼくは自分の研究がベアトリスの栄光をいっそう増すものだとうけあえばいい、ということがないとはいえないのだ。

ティアは東海岸にある人口一千万の大都会だ。新しい高層ビルと、天使たちの時代からある空っぽの構造物——環境創世でなんらかの役割を果たしたのだろう巨大な機械の抜け殻——が、隣りあって並んでいる。子どものようにそれに見とれるには、ぼくは大人でありすぎ、プライドもありすぎたが、田舎者なりの洗練をかなぐり捨ててそうしたかった。構造物のドームや柱は、故郷の修道院の天井に彫られた絵より二十倍も古いものだ。そこにはベアトリスの姿は描かれていない。天使たちの手になるものは、みな同様だった。だが、それが当然ではないか？　彼女の死に先立つ時代のものなのだから。

大学はティア郊外にあって、ミターの街自体の三分の一もの広さだった。キャンパス内を走っている地下鉄の環状線に乗りあわせた学生たちは、ぼくのあか抜けない服装に、信じられないものを見る目つきをした。ぼくは宿舎に荷物を置くと、会議場に直行した。バラトはミターに残ることを選んでいた。おそらく、自分の世界がおおやけに葬られるところを、見るにしのびなかったのだろう。ぼくには好都合だった。恩師に気がねすることなく、新しい職探しができる。

会議の最新追加プログラムの一覧が、会場正面入口脇のスクリーンに出ていた。ぼくはその表示の横をさっさと通りすぎかけた。どの講演をきくかは、前もって決めてある。だが、三歩進んだところで、脇を通りがてらにちらりと目にとめた演題が、心の目の中で自然とかたちをとり、ぼくはそれが錯覚でないことを確認するために、あと戻りした。

カーラ・レギア『Z／12／80の排泄物の多幸症効果』

ぼくは信じられない思いで、立ち止まって笑い声をあげた。発表者と共同研究者たちは見覚えのある名前だったが、直接の面識はない。これが悪ふざけでないとしたら……かれらはどんな実験をしたのだろう？　Z／12／80を乾燥させ、いぶして煙を吸い、その結果を研究と称して発表しようとでも？　Z／12／80は、ぼくが研究していたズーアイトのひとつだった。海からの脱走者。それはティアの空気にも水にもうようよいる。その排泄物が多幸症を引きおこすなら、都市全体が至福につつまれているはずだ。

ぼくは一瞬にして、かれらがなにを発見したかがわかった。わかりはしたが、まだそれを認めようとはしなかった。ぼくは置き忘れられた培養フラスコにいっぱいの向精神性分解生成物に関するジョークで頭をぎっしりにして講演をききにいったが、それまでのまる二日間、真実を前に心の防備を固め、そんな真実などとるに足らないという考えかたを模索していた。

Z／12／80が排出する老廃物の中には——とカーラは説明した——天使が造ったわれわれの脳の中の受容体（レセプター）と結合できる、ある種のアミンが含まれている。ほかの研究者が証明したように（ぼくがその場にいることには、だれも気づかなかった。だれもこちらを、ちらりとも見なかった）、Z／12／80は環境創世の時点では存在しておらず、天使たちはこの相互作用を設計もしていないし、予想もしていなかったはずだ。「この物質が環境の中に出現したことが、初期の入植地文化の崩壊になんらかの役割を演じたとして、それがどんなものかを解明するのは、考古学者や神経化学者の仕事です。しかし、過去一万五千ないし一万八千年のあいだ、わたしたちはその物質にひたっていました。いまもわたしたちが非常に激しい感情の振幅を示すことからして、わたしたちは問題のレセプターと結合するように作られた内生的な分子の分泌を制御することで、その物質の影響を補正できるものと思われます。もちろん、いまのは単なる経験からの推測にすぎませんが。物質の影響が、状況や摂取量によって、あるいは個々人の体質でどのように違うかは、いうまでもなく、適切な専門知識をもった研究者にとって大いに興味のある課題となるでしょう」

ぼくは、動揺などしていないと心の中でつぶやいた。ベアトリスは自然の法則を通じて、世界に力をおよぼされる。ぼくはとうの昔に、超自然的な奇跡を信じるのをやめていた。あの夜、海の中で、彼女がぼくに力をおよぼされた方法がいまさら特定されたからといって、なにひとつ変わりはしない。

ぼくは再就職口を探しつづけた。会議の参加者は口々にカーラの発見を話題にし、ぼくが自分を売りこむのをきいていた相手は、その発見とぼくの研究との関連に気づくと、話の途中で目の色を変えた。それからの三日間でぼくは七件のオファーをうけ、それはすべてズーアイトの生化学的研究に関連していた。その話題を避けて通り、天使たちの生物学に関するより広い世界に逃れるのは、いまや問題外だった。いきなり近寄ってきて、こんなことをいった男もいる。

「海人のきみは、Z／12／80の祖先が、いまも海にはきわめて大量に棲息しているのを知っているだろう。だから、じつは海中に体をさらすことが、大気中に棲息しているZ／12／80を理解する鍵になるのだとは思わないか？」男は笑った。「つまり、きみは子どものころ、この物質の中で泳いだだろうってことだ。だがきみは、どうやら無事に海から出てこられた」

「そのようですね」

ティアでの最後の夜、ぼくは寝つけなかった。部屋の暗闇に目をこらし、灰色の閃光が目の前で踊るのを見つめる。（これは眼球の水様液のにごりだろうか？　それとも網膜の電気的ノイズ？　昔説明をきいたことがあるが、もう思いだせない）

ぼくは天使たちの言語でベアトリスに祈った。彼女がおられることは、いまも変わらぬ強さで感じられた。物質の影響が、摂取量や皮膚からの吸収だけの問題でないのはあきらかだった。ある深さまで海中に潜れば、だれもが〈儀式〉を経験できるわけではない。だがぼくの場合、酸欠のストレスと、ダニエルからあたえられた心理的な蓄積の組みあわせによって、わずかばかりのズーアイトの小便が、なんらかの神経内分泌サブシステムを新しい領域に――あるいは、新しい経路で古い領域に――導いたのにちがいなかった。心の平和も、喜びも、充足感も、愛されている気分も、未知の感情などではまったくない。しかし、そうした感情が生じる理由があるときに、通常そうした感情を生みだすのとは別の経路を脳が使うと、ぼくは〝ベアトリスの愛に祝福される〟のだ。ぼくは感じたいときに幸福を感じられたのである。

そして、あいかわらずぼくの頭の中にはその経路がある。それがなにより不気味な点だった。ここで闇の中に横たわり、自分が生涯をささげてきたなにもかもを、いまにも理屈で抹消しようとしていてさえ、その仕組みを作用させるぼくの能力はあまりに根深くて、ぼくはいつもどおりに、愛され、祝福されているのを感じていた。

(もしかすると、これはベアトリスが、まだこの冒瀆をお許しになり、ぼくが戻ってくるのを歓迎している証拠であり、ぼくはいまいちどチャンスを授けられているのではなかろうか)——だが、〝ぼくを許す〟だれかが存在すると、信じられるのはなぜだ？　人が神に対してとる態度は、理屈で説明できるものではない。そこにあるのは信念だけだ。そしていま、ぼくは自分の信念の源が、無意味な偶然、環境創世の予期せざる副産物だと知っている。まだ選択肢は残っていた。ベアトリスの愛はいかなる論理でも不可侵な、理解を超えた力で、どんな証拠が出てこようと関係ないと考えることだ。

(いや、そんなことはできない)ぼくはあまりに長いあいだ、彼女に関することを例外としてあつかってきすぎた。二重標準で生きているのはだれでも同じだが——ぼくの場合は、すでに許容範囲の限界だった。

ぼくは泣き笑いをはじめた。ほとんど想像もつかない話だ——何百万もの人々が、こうして惑わされてきたなんて。すべての原因はズーアイトにあり、そして……そしてなんだ？　遊びで飛びこみをしていたひとりの海人が、たまたま奇妙な新しい体験をしたのが、はじまりだったのだろうか？　それから数万人が、何世代も何世代もそれを追体験し——やがて心の弱いある男だか女だかが、その体験に意味をまとわせた。その人物は、愛され、守られていると感じることを切望していたので、生の感情の背後には神がおられるという幻想に、抵抗できなかったのだろう。あるいはその人物は――天使たちでさえ自分たちが死ぬべき定めだと知っていたにもかかわらず――死を打ち負かせると信じずにはいられなかったのかもしれない。

ぼくは幸運だった。中庸の時代に生まれたのだから。ぼくはベアトリスの名のもとに人を殺しはしなかった。殉教もせずに済んだ。もしあの夜ダニエルに、ロープと重りをぼく抜きで海に放りこめといっていたら、その結果送っていただろう十五年間よりも、じっさいのほうがはるかにしあわせだったことはまちがいない。

だが、だからといって、その核心に存在するなにもかもが偽りだという事実は、変わりはしなかった。

夜明けに目ざめると、数キロタウしか寝ていないせいで頭がずきずきした。目を閉じて、彼女過去何千回もしてきたように、彼女の姿を探した。『朝目ざめて、心の中をのぞくと、彼女はまちがいなくそこにおられて、ぼくに力と導きを授けてくださいます。夜ベッドに横になるとき、彼女が見守っていてくださると知っているから、ぼくはなにもおそれません』

なにも起こらなかった。彼女は消えていた。

ぼくはよろよろとベッドを出た。殺人者のような気分で、これから先、このままどうやって生きていけばいいのだろうと思いながら。

6

ぼくは会議でうけたオファーをひとつ残らず断わって、ミターにとどまった。バラトとふたりで独自の研究グループを組織して、ズーアイトのアミンの影響を調査するのに二年かかり、その脳内でのふるまいを完全に解明するまでには、さらに九年を要した。あらたにグループに加わる研究者は、しっかりした神経化学の知識をもつ者ばかりで、かれらはぼく以上の成果をあげたのだが、バラトが引退したとき、ぼくは自分がグループの対外的な〝顔〟になっているのに気づいた。

はじめのうち、この発見は、科学者以外の世界ではほとんど無視された。大半の人々にとっては、自分たちの脳の化学的性質が、天使たちの本来の設計と一致していようが、一万五千年前に予期せざる汚染物質によって変えられたのだろうが、どうでもよかったのだ。しかし、ぼくたちミターの研究グループが、宗教的体験の生化学的な仕組みの詳細を発表しはじめると、いきなり社会全般がこの問題に過激な反応を示した。

大学は保安措置を強化し、デモ隊の投石といった不愉快なできごとの数々や、殺人の脅迫すらあったものの、研究グループのだれひとり、害はこうむらなかった。放送局からの出演依頼が殺到した――もっともその大半が、ぼくたちのグループは〝批判者と対決する〟道徳的な義務がある、という前提であることはわかりきっていた。むしろ放送局側にこそ、激昂した狂信者に大声で邪魔されることなく、研究結果を冷静かつ明確に説明する機会を、ぼくたちにあたえる道徳的な義務があると思うのだが。

ぼくは狂信者を避けるすべを覚えたが、蒙昧主義者たちからは逃げきれなかった。教会から攻撃されるのは予想がついたが――なんといっても、信仰を守るのがかれらの仕事だ――もっとも知的に意味をなさない反応のいくつかは、他分野の学者からのものだった。あるテレビ討論会で、ぼくは、《深淵教会》の司祭と、《移相教》の神学者と、海の神マーニへの帰依者と、ティア大学の人類学者と対決させられた。

「この発見は、いかなる信仰体系ともなんの関係ももたない」と人類学者が冷静そのものの態度で説明した。「あらゆる真実は地方特有のものだ。フェレズの《深淵教会》ではどこでも、神の娘といえばベアトリスであり、われわれは地球から旅してきた天使たちの、死ぬべき定めの化身とされる。そこから数ラジアン南の沿岸の村では、マーニが至上の創造者であり、彼女がわれわれに、最初からこの星の上で、命を授けたことになる。さらに一歩踏みだして、神の領域から科学のそれに移行することは、ある種の宗教的真実を〝否認〟するものに思えるかもしれない……だが、科学の領域から神のそれへの移行もまた等しく、同様の限界をあきらかにする。われわれは、自分自身に対して語る物語以外のなにものでもなく、どれかの物語がほかより偉大だということはないのだ」男は慈愛深げに微笑んだ。自分の子どもたちがおもちゃをめぐって喧嘩しているのを見て、お気楽にも、仲よく遊びなさいねというしか能のない親が、そんな表情をする。

ぼくはいった。「あなたの〝真実〟の定義に同意する文化が、どれだけあるとお思いですか？　文字どおり自分の信念の産物でしかない神を崇拝することで満足する人が、どれだけいると思います？」ぼくは《深淵教会》の司祭のほうをむいた。「あなたはそれで満足されますか？」

「とんでもありません！」その女性は人類学者をにらみつけた。「わたくしはここにおられる兄弟に最大級の敬意をいだいておりますが」とマーニの帰依者を手で示してから、「あなたは、幸運にも真の信仰によって育てられた人々を線で囲って、ベアトリスの無限の愛と力はその集団にしかおよばない、と示唆することはできません……これは民謡の研究とは違うのです！」

帰依者も慇懃に同意した。マーニはコヴナントの海とともに、もっとも遠い星々も創った。彼女を別の名前で呼ぶ人々もいるようだが、この星に住む人すべてがあした死んだとしても、彼女はやはりマーニなのだ――変わることなく、変わらぬ力をもって。

人類学者は口をひらくと、なだめるように、「なるほど。しかし、このコンテクストにおいて、より広い視野から――」

「わたしは、神がわたしたちの体内に宿られているという話を、非常に喜ばしくきいた」と《移相教》の神学者がいいだした。「それ以上のことを望むのは……不謹慎に思える。だから、このような究極の問題に無意味に悩みつづけるのではなく、わたしたちは等身大の適度な問題に専念すべきなのだ」

　ぼくはその男にむかって、「ではあなたは、無限の力と愛をもつ存在が、あなたのまわりのありとあらゆるものを創造したのかどうかにも、死後にあなたを彼女の腕に迎えいれるつもりかどうかにも、まったく関心がないとおっしゃるのですね……そして、宇宙が量子的ノイズのかけらで、いずれぼくたちすべてを消滅させ、消し去るかどうかにも？」

　それに答えるだけのことが、たいへんな肉体的重労働の強要であるかのように、神学者は深くため息をついた。「その種の問題には、宗教的情熱を呼びおこせないね」

　討論終了後、《深淵教会》の司祭がぼくをスタジオの隅に引っぱっていって、小声でいった。「率直なところ、わたくしたちはあなたがたが、〈儀式〉というあのおそろしいカルトの正体を暴いたことを、とても喜んでおります。あれはファンダメンタリストの田舎者の集団で、かれらがいないほうが、教会にはありがたいですから。けれど、まちがっても、あなたがたの研究が、一般の、文明化された信仰者たちとなにか関係があるなどと、考えてはいけませんよ！」


　ぼくは、潮だまりのそばの浜辺に集まった群衆のうしろに立って、乳白色の水に足首までつかったふたりの老人の話をきいていた。ミターからここまで来るには四日もかかったが、異常発生したズーアイトが、この遠く離れた北の海岸に打ちよせられたというニュースをきいたとき、自分でそのようすを見に来ないわけにはいかなかった。アミン研究グループは、こうした機会のために、人類学者──その人物は客観的現実の存在だとか、人間の思考の生化学的基質だとかいうやっかいな概念にきちんと対応できた——をひとりメンバーに加えていたが、セリーヌ（がその人類学者だった）がグループのもとにいるのは一年のある時期だけで、いまは別の研究をしにいっていた。

「ここは聖なる古き場所である」と老人のひとりが歌うようにいって、潮だまりをかかえるように両腕を広げた。「ここの地形をよく見さえすれば、それがわかろう。ここには、星々と、太陽と、海のエネルギーが集中しているのだ」

「力の焦点はあそこ、入江の脇だ」ともうひとりの男が言葉を継いで、海水がふくらはぎのあたりまで来そうな地点を身ぶりで示した。「かつて、わたしはあそこに近づきすぎた。そして、偉大なる海の夢にのみこまれかけたが、ここにいる友がやってきたおかげで、助かったのだ！」

ふたりの男は、マーニの帰依者でも、ほかのいかなる組織化された宗教の信者でもなかった。昔のニュース記事で調べがついた範囲では、異常発生は八年から十年ごとに起きており、このふたりは五十年以上前から、潮だまりの〝管理者〟だと自称していた。地元の村人たちの中には、いっさいを冗談としか思っていない者もいれば、老人たちをあがめている者もいた。そして、わずかな料金で、観光客も地元の人も区別なく、祈りをあげてもらい、ありがたい水をあびることができる。蒸発作用によって、ズーアイトでいっぱいの潮だまりの水は濃縮される。ズーアイトの栄養が尽き、硫化水素の雲の中で集団で死ぬまでの二、三日間、そこにはミターの実験室の培養槽では決して見られないほど高濃度のアミンが存在するだろう。

儀式をうけようと列に並んだ人々を見ていると、それによって重大な影響をこうむる人がいるという可能性など軽視したくなる。白昼、だれも命の危険を感じておらず、老人たちの汎神論的なもってまわった言葉が感じさせる厳粛さは、道端で客引きをするいんちき商人並みのものだ。老人たちのあるかなしかの誠実さと、手渡されるお金を見れば、ここで起きていることの真相を知るにはじゅうぶんだった。これは観光客が食い物にされているだけで、人生を変える体験などではない。

詠唱が終わり、最初の客が潮だまりの縁にひざまずいた。管理者のひとりが小さな金属のカップに水をくんで、それを女の顔にかけた。一瞬後、女は歓喜の涙をこぼした。ぼくは近づきながら、はらわたがねじれるのを感じていた。（この女性は、自分に期待されていると思ったことをしているだけだ。楽しみを台無しにしたくなくて、演技している――カーニバルで自称霊能者につきあって、心を読まれたふりをするように）

次に、管理者たちは若い男のために詠唱した。男は水をかけられる前から、めまいでも起こしたようにぐらついていて、いざ水をかけられると、全身にあふれた安堵をこらえきれずに、すすり泣いた。

ぼくは列を目でたどった。いま前から三番目にいるのは若い少女で、不安げにあたりを見まわしている。せいぜいで九歳か十歳だろう。少女の父親（たぶん）がうしろに並んでいて、そっと押しだすように、少女の背中に手をあてていた。

ぼくは人類学者役に徹する気をすっかりなくした。群衆をかきわけて潮だまりの縁まで進み、ふりむいて、並んでいる人々に呼びかける。

「この男たちは詐欺師だ！　ここで起きているのはなにひとつ、神秘的なことじゃない。水の中になにがあるか、教えてあげよう。それは麻薬だ。自然界に存在する物質で、波が引いたときにここにとり残された生物が、排出したものだ」

ぼくはしゃがんで、潮だまりに手をひたそうとした。管理者のひとりが駆けよってきて、ぼくの手首をつかんだ。男は年寄りで、ふり払えそうにも思えたけれど、早くも野次を飛ばす者もいたから、ぼくは男と揉みあって暴動を起こすのをおそれた。男から離れて、あらためて口をひらく。

「ぼくはミター大学で、この麻薬を十年以上研究してきた。それは、この惑星じゅうの水の中に存在する。ぼくたちは毎日、それを飲み、風呂でそれにつかり、その中で泳いでいる。しかし、ここではそれが濃縮されているんだ。この麻薬はきちんと理解したうえであつかわないと、その誤解から害をなすこともある！」

さっきぼくの手首をつかんだ管理者が笑い声をあげた。「そう、海の夢は強力なのだ。だが、そんなことはおまえに教えてもらうまでもない！　五十年間、友とわたしはその教えを学び、聖なる水の中に平気で立っていられるほどの力を得たのだ！」男は皮膚が革のように堅そうな自分の足を指した。この男は血行が悪くなって、物質の摂取量が許容範囲内におさまるようになったのにちがいない。

男は細い腕を、ぼくにむかって突きだした。「さあ、とっととミターに帰るのだ、奥地人(びと)

よ！　帰って、本の山と動かない機械でも相手にしているがいい！　おまえは聖なる神秘のなにを知っているというのだ？　海をどれほど知っているのだ？」

ぼくはいった。「あんたには理解できないほど深く」

ぼくは潮だまりに踏みこんだ。男は、ぼくの浄化されていない体が水をけがすといってわめきはじめたが、ぼくはその脇をかすめて進んだ。もうひとりの管理者があとを追ってきた。ぼくの足は何年も靴を履いていたせいでやわらかくなっていたけれど、鋭くとがった石も気にすることなく、入江にむかって歩きつづける。ズーアイトの出すアミンのおかげだ。なつかしい喜びが、なつかしい心の平和が、なつかしい〝愛〟が感じられ、それは強力な麻酔薬として働いた。

肩ごしにふり返る。ぼくを追っていた男は立ち止まり、そこから先に進むのを本気でおそれているらしい。ぼくは上半身裸になり、脱いだ服をひとまとめにして、潮だまりの脇の岩の上に投げた。それから、〝力の焦点〟をめざして一直線に前進した。

水が膝まであがってきた。子どものころ以来なかった激しさで、心臓が鳴るのを感じる。人々が潮だまりの縁からこちらに叫んでいた——いくつかはぼくの神聖冒瀆に憤慨した声だったが、いくつかはあきらかに、制御のおよばぬ力を前にしたぼくの安全を気づかうものだった。ぼくはふりむかないまま、声を限りに叫んだ。

「ここにはなんの〝力〟もない！　〝聖なるもの〟なんてなにもない！　ここには麻薬があるだけ——」

古い習慣というのはやっかいなものだ。ぼくは思わず祈りそうになっていた。（どうか、聖ベアトリスよ、ぼくに信念をとり戻させないでください）

ぼくはその場であおむけに横たわると、水が顔を覆った。視野が白く閉ざされる。体から分離したような気分。ベアトリスの愛がぼくの中に押しよせ、そして、すべてがかつてと同じだった。彼女の存在がかつてのように感じられ、かつてのように否定しがたかった。自分が愛され、うけいれられ、許されるのがわかった。

ぼくは待った。光を見つめながら、幻聴が、幻影が、細部まで鮮明な幻覚がおとずれるのを。〈儀式〉経験者には、ときどきそうしたことが起こる。そのあとで、正気に這いもどれる者など、いるだろうか？

しかし、ぼくをおとずれているのは、圧倒的だけれど、飾りたてられていない、感情そのものだけだった。しかも、その感情は単調なものではなかった。ぼくは日なたぼっこでもするように、その中に何日でもひたっていられただろう。だがいまでは、それが日なたぼっこであびる太陽の温もりと同じ程度にしか、この世界で生きるぼくの姿を教えてくれないのがわかった。ぼくは二度とそれを、神の手に触れられたと思ったりはしない。

ぼくは立ちあがって、目をひらいた。紫色の残像が、目の前で踊っている。息を整え、足もとがしっかりするまで、二、三タウかかった。それからぼくは体をまわして、岸にむかって戻りはじめた。

群衆は静まりかえっていたが、それが嫌悪感のせいか、不本意な敬意のあらわれか、ぼくにはわからなかった。

　ぼくはいった。「麻薬はここにだけあるのではない。水の中にだけあるのでもない。それはいまでは、ぼくたちの一部分だ。それはぼくたちの血の中にある」ぼくはまだ目がよく見えず、きいている人がいるのかどうかもわからなかった。「だが、あなたがそのことを知ってさえいれば、それはあなたが自由だということだ。あなたの心を興奮させるなにもかもが、あなたを高揚させ、心を喜びで満たすなにもかもが、あなたの人生を生きる価値のあるものにしているなにもかもが……偽りであり、堕落であり、無意味であるという可能性に面とむかう気がまえがありさえすれば――あなたは決して、その奴隷になることはない！」

　人々はそこを歩み去るぼくに手を出さなかった。ふりむくと、ふたたび列ができていた。その中に、あの少女の姿はなかった。


　いつものあの夢を見て、飛び起きた。

（ぼくは家船の船尾から、母を海中におろしている。母の手は縛られ、足には重りがつけられている。母はおびえているが、ぼくを信頼している。「無事に引きあげてくれるね、マーティン？」

　ぼくは安心させるようにうなずく。だが、母の姿が波間に消えてしまうと、こんな思いが浮かぶ――ぼくはなにをしているんだ？　もうこんないんちきは信じていないのに？

　ぼくはナイフを手にとって、ロープを切断しはじめ――）

ぼくは膝をかかえて、闇の中で見知らぬベッドにうずくまった。ここは鉄道ぞいの小さな町で、ミターに戻る道程の中ほどだ。そしていまは、真夜中と夜明けの中ほど。

服を着がえて、宿泊所から外に出た。町の中心部に人けはなく、空は星で満ちていた。故郷のように。ミターでは、街から洩れる光にすべてがのみこまれる。

さまざまな文献の中で、地球の太陽とされている三つの星すべてが、地平線の上に出ていた。そのどれかがほんものなら、たぶんぼくは生きているうちに、望遠鏡のとらえた地球そのものの姿を見られるだろう。だが、天使たちと連絡をとる――いまも宇宙のどこかに、別の党派がほんとうに存在するとして――という話には、ぼくは冷淡だった。声をたてずに、星々に叫ぶ。

（おまえたちの子孫は退歩してはいるが、助けは必要ではない！　なぜぼくたちが、もういちどおまえたちといっしょにならなくてはいけないんだ？　ぼくたちは、いずれおまえたちを凌駕するだろう！）

ぼくは広場の端の階段にすわりこんで、顔を覆った。虚勢を張っても救いにはならない。なにも救いになりはしない。たぶん、真実とむきあいながら大人になっていたなら、ぼくはもっと強くなれただろう。だが、夜中に目ざめて、母はただ死んだだけであり、ぼくが愛したただれもかもがいずれ母と同じ道をたどり、ぼく自身も同じ空虚の中に消えていくのだと考えると、生きながらにして埋葬された気分になる。それは、引きあげてくれる人がだれもいないことをはっきり知りながら、縛られ、重りをつけられて、また海に沈められるのと似ていた。

だれかの手が肩にかかった。驚いて顔をあげる。ぼくと同い年くらいの男がいた。危険そうな物腰ではない。むしろ、相手がわずかにぼくを警戒している気配があった。

男が口をひらいた。「屋根のある場所を探してるのかい？　よければ、教会にいれてやれるけど」男のやや後方に、掃除道具を積んだ手押し車が見えた。

ぼくは首を横にふった。「それほど寒くはないから」バツが悪くて、近くの上等な部屋に泊まっているとはいいだせなかった。「ありがとう」

歩き去っていく男に、ぼくは呼びかけた。「あなたは神を信じていますか？」

男は立ち止まって、しばらくじっとぼくを見つめた。その質問になにか裏がないか、疑っているかのように――ぼくがここの教区民に雇われて、男の信仰の深さを調べてでもいるかのように。もしかすると男はただ、深夜に町の広場にすわって、赤の他人に信仰の確証を乞うほど絶望的になっている人間を、如才なくあしらおうとしていただけかもしれない。

男はかぶりをふった。「子どものころは信じてた。だが、いまは違う。神ってのは、なかなかいい思いつきだが……まるで意味をなさん」男はまだぼくの動機をはかりかねるように、疑い深げな目でこちらを見ていた。

ぼくはきいた。「では、生きることがつらすぎはしませんか？」

男は笑って、「四六時中ってわけじゃないさ」

男は手押し車のところに戻ると、それを教会にむかってころがしていった。

ぼくは階段に腰かけたまま、夜明けを待った。

編・訳者あとがき

本書は、『宇宙消失』（創元SF文庫刊／『SFが読みたい！ 2000年版』海外篇第一位）と『順列都市』（ハヤカワ文庫SF刊／同第三位）の二長篇で日本でも一躍おなじみになったグレッグ・イーガンの、日本でオリジナルに編集した短篇集である。

以前、〈SFマガジン〉でイーガンの特集が組まれた際、「〝人から星を見る〟（略）人間とは？ 宇宙とは？ という究極のテーマに真正面から挑んでいる」「〝一九九〇年代型アイデア・ストーリー〟とでもいうべき側面もある」と編集部が後記に書いていたが、このへんがイーガン作品の魅力を端的に語った言葉といえるだろう。

本書の編集にあたっては、イーガンが二〇〇〇年春までに発表した五十篇の中短篇（その後、新作一篇が雑誌掲載された）の中から、題材やスタイルがバラエティに富むようなかたちで作品を選択した。

バラエティといっても、本書の解説で瀬名秀明氏が的確に指摘しているとおり、テーマ面ではイーガン作品はほぼ例外なく、アイデンティティの問題をあつかっている点で共通している。メインとなるアイデアやプロットの焦点が別にある場合でも、主人公は事態を自分の問題としてとらえなおし、その葛藤が物語を引っぱっていく。

イーガンの描くアイデンティティの問題が、主人公の内面だけで成立／完結するのではなく、SF的な——科学・技術や数学の——題材や手法を使うことで、普遍性をもつものになっていることについては、瀬名氏が解説で述べているので、そちらを見ていただきたい。ただ、本書収録作との関連で、イーガンがインタビュウでたびたび、おおよそ次のような趣旨の発言をしていることは、つけ加えておいてもいいかと思う。

〝最新の科学があきらかにする世界観（現実がどう動いているか）は、日常的・常識的なものの見かたとなじまないことが多く、それをドラマチックに仕立てることはむずかしい。だがぼくは、地動説が最初に提唱されたときに人々が感じただろうような驚きを、最新の科学の成果——時空や心の構造といった問題——を追求することで読者にあたえたい〟

本書を読み終えたかたは、ある収録作品の中に（題名は伏せておきます）、この言葉をそのまま小説化したようなくだりがあることにお気づきだろう。その作品では、〝科学があきらかにした、ある事実〟に人々は最初まったく関心を示さない。だが、それが人々の心のよりどころとなっている世界観を根本から否定するものだと指摘されたとたん、社会全体がその問題に過激な反応を示す。

イーガンの作品も、〝量子力学や大脳生理学が描く現実像は、あるいは人工現実や生命工学が示唆する世界像は、あなたがいま生きている世界、あなた自身の姿にほかならない〟ことを読者に語りかけている。それはＳＦでなければ語れない、この上なく切実な物語だ。そして、その物語をインパクトをもって伝える手法が（と同時に、科学的世界像を個人の物語に翻訳する過程で必然的に生まれてくるのが）作品をいろどる奇想の数々なのだと思う。

こうした作風といい、とりあげる題材の傾向といい、ＳＦの〝お約束〟に関心を示さない姿勢といい、やはりイーガンには、スタニスワフ・レムと通じるところが多いといえるのではないだろうか。

グレッグ・イーガンは一九六一年、オーストラリア西海岸の大都市パースに生まれた。大学卒業後の数年間シドニーに住んだ以外は、パースに在住（おそらく「貸金庫」の舞台はこの都市がモデル）。数学の理学士号をもつ。

はじめて小説が活字になったのは一九八三年だが、本格的に作家活動を開始したのは一九八〇年代末からで、そのきっかけは、イギリスのＳＦ雑誌〈インターゾーン〉の編集長、デイヴィッド・プリングルのアドバイスだった。当時イーガンは同誌にホラーを何篇か載せていたが（一方で、〝ウルトラスーパーハードＳＦ〟の長篇を出版社に送って、没になったりもしたらしい）、本書収録の「キューティ」を読んだプリングルがイーガンの適性を見抜いて、ＳＦに専念するよう薦めたのだという。はじめのうちは病院付属の研究所でプログラマーとして働きながらの執筆だったが、一九九〇年代にはいって作家専業になった。

作者自身の作るウェブページ（http://www.gregegan.customer.netspace.net.au/）では、

詳細をきわめるビブリオや、自作に関する科学解説を見ることができる。
以下、本書収録作品の初出と受賞情報（順位のあるものは五位まで）を記す。

「貸金庫」"The Safe-Deposit Box"（〈アシモフ〉一九九〇年九月号）
　＊〈アシモフ〉読者賞第四位、星雲賞候補、〈ＳＦマガジン〉読者賞第二位
「キューティ」"The Cutie"（〈インターゾーン〉一九八九年五＆六月号）
　＊〈インターゾーン〉読者賞第五位、星雲賞候補
「ぼくになることを」"Learning to be Me"（〈インターゾーン〉一九九〇年七月号）
　＊英国ＳＦ協会賞候補、〈インターゾーン〉読者賞受賞、星雲賞候補、〈ＳＦマガジン〉読者賞受賞、年間ＳＦ傑作選収録
「繭」"Cocoon"（〈アシモフ〉一九九四年五月号）
　＊ヒューゴー賞第二位、ローカス賞第四位、〈ＳＦクロニクル〉読者賞受賞、〈アシモフ〉読者賞受賞、スタージョン賞候補、ティプトリー賞候補、ディトマー賞受賞、星雲賞候補、年間ＳＦ傑作選収録
「百光年ダイアリー」"The Hundred Light-Year Diary"（〈インターゾーン〉一九九二年一月号）
「誘拐」"A Kidnapping"（短篇集 Axiomatic［1995］に書き下ろし）
「放浪者の軌道」"Unstable Orbits in the Space of Lies"（〈インターゾーン〉一九九二年七月

号）
＊〈インターゾーン〉読者賞第四位、星雲賞候補、〈ＳＦマガジン〉読者賞第三位
「ミトコンドリア・イヴ」"Mitochondrial Eve"（〈インターゾーン〉一九九五年二月号）
＊星雲賞候補
「無限の暗殺者」"The Infinite Assassin"（〈インターゾーン〉一九九一年六月号）
＊〈インターゾーン〉読者賞受賞
「イェユーカ」"Yeyuka"（〈ミーンジン〉第一号、一九九七年）
＊二種類の年間ＳＦ傑作選に収録
「祈りの海」"Oceanic"（〈アシモフ〉一九九八年八月号）
＊ヒューゴー賞受賞、ローカス賞受賞、〈アシモフ〉読者賞受賞、年間ＳＦ傑作選収録

作中では明確な関係が語られていないが、「誘拐」と『順列都市』は〈コピー〉という設定が共通する姉妹篇と見ていいだろう。第四長篇『ディアスポラ』（ハヤカワ文庫ＳＦ）は、この二作の遠未来の物語と考えられ、〈ＳＦマガジン〉読者賞を受賞した「ワンの絨毯」（ハヤカワ文庫ＳＦ『プランク・ダイヴ』所収）は改稿してこの長篇に組みこまれている。「祈りの海」も「ワンの絨毯」と同一の背景設定をもつ作品だが、内容的な関連はない。

また、二〇〇〇年度ヒューゴー賞候補となった中篇「ボーダー・ガード」（ハヤカワ文庫ＳＦ『しあわせの理由』所収）は、本書収録のある作品（これも題名は伏せます）の超遠未

来の物語。

一九九〇年からの三年間で二十四篇もの中短篇を発表したイーガンだが、ここ五年間に発表した中短篇は七篇しかない。長篇作家に移行しつつあることが理由のひとつだが、一作あたりの執筆時間を増やしているためでもあるようだ。近作の中短篇には百枚（本書で約六十ページ）以上の長いものが多いため、本書にはほとんど収録できなかったが、設定のSF的な凝りかたやドラマの充実ぶりには長篇級のものもある。

今後もそれらの近作を、まだまだ面白いものが残っている一九九〇年代前半の作品ともども、雑誌やアンソロジーで紹介していきたいと思う。そして、そうした作品も、今回収録できなかった既訳作品とあわせて、いずれは一冊（あるいは二冊）にまとめたい――イーガンの作品は、少しでも手軽に読めるかたちにしておく価値がある――と、訳者校を終えて強く感じている。

（二〇〇〇年十一月／邦訳情報のみ二〇一二年一月時点）

解説

作家 瀬名秀明

圧倒されて、すぐに言葉が出てこない。

本書に収められている短篇をすべて読み終えた後、しばらく私は何も手につかなかった。脳組織がキンキンと音を立てながら必死で驚きを処理しようと駆動し続けるのだが、それでもとうてい間に合わない、といった感じだった。全身が活性化され、肉体の芯から細胞のひとつひとつが改変されてゆくような気分にさえなる。ようやく落ち着いてくると、今度は少しでも多くグレッグ・イーガンに関する情報を求めようとして、パソコンのブラウザを操作し、イーガンのウェブページに行き、そこに掲載されているインタビュー記事やエッセイをむさぼり読む、といった有様だった。刺激を鎮めようとしてさらなる刺激を無意識のうちに欲していたのだ。
それにしても、本書に収められている短篇の多くはすでに雑誌で読んでいたとはいえ、改めて作者イーガンの凄まじさに圧倒される。本書『祈りの海』は、おそらくここ数年で刊行されたあらゆるジャンルの本のなかでも、ベスト級の賞賛に値する個人短篇集だろう。私自身、これほど衝撃的な短篇集に出会ったのは久しぶりだ。

とにかく、ただ圧倒されてばかりいるわけにもいかないので、なんとか自分の役目を果たすことにしよう。本書収録作の書誌的な情報については訳者の山岸真氏が詳細に解説してくれるはずなので、私のほうはもっと個人的な感想と分析を書くことにしたい。

グレッグ・イーガンの名を私が意識するようになったのは、「SFマガジン」誌（一九九七年四月号）に掲載された短篇「ミトコンドリア・イヴ」を読んでからである。「ウィルスの夢、遺伝子の誘惑」と題された生物SF特集の巻頭作だった。当時流行していたバイオホラーを意識して組まれた特集だったのだろう。記事の中に拙作『パラサイト・イヴ』への明確な言及はなかったが、同じくミトコンドリアを題材にしているということで、私は特にイーガンに興味を惹かれた。一読して、奇妙な感覚が心に残った。面白いのだが、何かが引っかかる。ミトコンドリアや進化を扱っていながら、作者の主眼はそこにないことは明らかだった。主人公は友人の女性にそそのかされて自分の遺伝子を解析し、己が人類の大家系図のどこに位置するかを調べる。このちょっとした欲求はよくわかる。誰でも自分のルーツに関心はあるものだ。だが物語ではそういった人々のちょっとした個人的興味が集積され、人類の共通祖先をアダムに求めるかイヴに求めるかを巡って抗争が起こり、やがてそれは大規模な狂騒へとエスカレートしてゆく。実に不思議な物語で、初読時は何というか、テーブルマジックを目の前で見せつけられたような気分だった。アダムもイヴも遺伝子解析という科学的手法が作り出した仮の人物であって、そこに実存としての確たる姿はない。アダムやイヴが遺伝子的に見つかろうと見つかるまいと、いまここにいる私たちには何の影響もない。それなのに物語の登場人物たちは、人類の共通祖先を規定することが自己確立の最大要因であるかの如くに振る舞い始める。自分自身は変わらないのに、観測する手法によって「自己」が変わってしまう。

だまし絵のような世界である。だがもちろん私はそのとき、イーガンの作家的資質を充分に理解していなかったのだ。やがて続けざまに邦訳されてゆく彼の短篇を読み進めるうちに、「ミトコンドリア・イヴ」で感じた奇妙なひっかかりの原因が、おぼろげながらわかってきた。そして次第に戦慄さえ覚えるようになってきた。ひょっとするとイーガンという作家は、私と似た方向を目指しているのではないか、と思えてきたのである。

というのは、彼が繰り返し認知の問題をテーマに取り上げているからだ。別の見方をすれば、これは自己のアイデンティティ問題ということにもなる。「ミトコンドリア・イヴ」も、人間のルーツが己のアイデンティティを束縛するが為に、アイデンティティを確立しようとして己のルーツをむりやり規定しようとする、という構図がある。私はそこが気になっていたのだ。

私はハードSFのよい読者ではないが、科学理論や技術そのものに小説の主眼を置くそれらの作品と、イーガンの作品は根本的に異なっているように思う。サイバーパンクでもないだろう。イーガンは常に現代科学を題材に取り上げているので惑わされがちだが、実際は自分を描いているのだ。

イーガンは『宇宙消失』『順列都市』そして*Distress*（創元SF文庫近刊）の長篇三作を「主観的宇宙論（サブジェクティヴ・コスモロジー）」三部作と呼んでいる。このネーミングにイーガンの資質は端的に表現されているように思う。「主観的」という言葉を念頭に置いて本書を読んでみると、すべての作品の焦点が驚くほど一貫していることがわかる。ある特定の個人とそっくりの人工現実が出現したとき、私たちにとってその個人と人工現実を区別しなければならない理由はあるのか。あらかじめ決められた未来の中を生きる人間に自由は存在するのか。性格や信条、感情が脳内の化学物質によって規定されてしまうのなら、自分のアイデンティティはどこにあるのか——。彼は自己について興味があるのだ。もう少し詳しくいうなら、観測される自己について、である。観測という厳密性に、彼は全幅の信頼を置いており、それゆえに観測がもたらす不思議さに魅せられている。観測は科学によってなされ、その結果を判断するのは個人の認知である。従って彼は、自己を探るために文学的なアプローチを採らず、観測手段としての科学に意義を感じ、量子力学や遺伝子工学、人工現実感に関する科学技術やロボット工学などを好んで扱う。

実は私自身もずっとアイデンティティの問題を小説で書き続けている。というより、それ以外に書くものが思い当たらないのだ。生命体である自分という存在が、こうして生きて動き、考えていること、その不思議さを小説で解き明かしたいのである。だが、私がイーガンに対して戦慄を覚えたのは、同じ興味を持ちながら私とはまったく違う方法論でそのテーマを描いているからである。本書収録作を読む限り、イーガンはアイデアをプロットに起こすとき、好んでフラクタル的な構造を採用しているのだ。

イーガンのウェブページには、アプレット（ブラウザ上で動かすプログラム）を用いて作成されたさまざまな図形が掲載されている。その中にはフラクタルな構造を持つものもいくつか含まれており、数式が作り出すそれらの美しい模様は細部と全体が響き合って独特のハーモニーを醸し出している。ぼんやり眺めていると、これらがイーガンの小説の構造とよく似ていることに気づく。

先に示した「ミトコンドリア・イヴ」のねじれた感覚である。『宇宙消失』でも、突然夜空から星が消え失せるという大技が、サイコロを振り続ける主人公と重ね合わされる。まさにエッシャーのだまし絵の世界だ。どこかがおかしいことはわかるのだが、それでもフラクタル的なイメージによって読者はねじ伏せられてしまう。

私自身はどちらかというとホラー的な手法を小説の中では好んで使うほうだ。常に物語の後半でアイデンティティ問題の主体を怪物化させ、暴走させようとする。これもごまかしの一種なのだが、少なくとも短篇で比較した場合、イーガンのほうが私より遥かに小説としてスマートである。イーガンのフラクタル的な手法は、短篇において最大の効果をあげ、読者を圧倒させる。ページ一枚一枚が刃物になっているのではないかと錯覚するくらいの切れ味だ。

自己への好奇心。数学的な枠組みと方法論。このふたつがイーガンの最大の特徴である。自己が宇宙全体へと拡大し、同時に世界が自己の内側へと収斂する、奇妙な高揚感がここにはある。そしてこの特徴は、「普遍」であることと等価なのである。誰もが興味を持つテーマを、誰もが反復し考察することが可能な方法で描き出す。だからこそイーガンの短篇は、ジャンルの枠や時間的・空間的・言語的な枠を超えて普遍性を勝ち得る。本書はおそらく五〇年後でも衝撃度を失わないだろう。

では、翻って、イーガンの長篇はどうか。

本書に収録されている短篇は、一九八九年から一九九八年の約一〇年間にわたって発表されたものである。この間、イーガンは積極的にSF長篇にも取り組んできた。『宇宙消失』は一九九二年、『順列都市』は一九九四年の作品である。本書でいうと、「キューティ」「ぼくになることを」「貸金庫」「無限の暗殺者」が長篇以前の作品、「百光年ダイアリー」「放浪者の軌道」「繭」が『宇宙消失』『順列都市』刊行当時の作品、そして「ミトコンドリア・イヴ」「誘拐」「イェユーカ」「祈りの海」がその後の作品、ということになる。

これは個人的な意見だが、『宇宙消失』や『順列都市』はイーガンの資質が充分に発揮されておらず、それ以前に長篇小説としての基本的な作法に欠け、残念ながら手放しで誉められる出来ではなかったように思う。なぜか。個々のアイデアが並列的、羅列的に用いられていたからだ。長篇というのは短篇と違って時空間的なうねりが必要であり、アイデアは登場人物の行動を理由づけするものでなければならない。アイデアを行動、すなわち物語へとドライヴさせなければ長篇は成り立たない。

だが、イーガンは長篇作家としての己の短所を冷静に自覚していた。「ぼくは、もっとずっと小説のうまい作家になりたい」と『順列都市』発表当時のインタビューで語っている（Eidolon#15, Winter 1994）。長篇と短篇の違いもわきまえていた。別のインタビューでは、「あなたは自分の資質が長篇と短篇どちらにあると思うか？」との問いに対し、いまは短篇作家から長篇作家への過渡期にあると思う、短篇のほうは一時に重要なことをすべて頭の中に入れてもらえるから好きだ、人間のワーキング・メモリーは長篇だとそうはいかないからね、と答えている（Eidolon #11, Summer 1993）。

一方、当時のイーガンは、オーストラリアでSFを書くことのもどかしさも感じていたようだ。「ミラクル含有物Aの起源とその恐るべき効用について」と題する挑発的なエッセイを、地元のSF雑誌に発表している（Eidolon, #17/18, Winter 1995）。ここでイーガンは、オーストラリアのSFが置かれている状況を分析し、いかに英米が自分たちの作品に偏見を持っているかを細かく指摘したのである。何を書いても英米のイミテーションだと思われてしまうこと、ならず者のイメージで括られがちなこと、陽射しが燦々と降り注ぐリゾート、テクノロジーと神話的世界が同居する国、などといったエキゾチズムを求められてしまうこと――これらの問題点を挙げて、イーガンはオーストラリアSF的なもの、つまり「ミラクル含有物A」を無意識のうちに求める英米側のばかげた幻想を強く批判した。そしてエッセイの最後でこう述べたのだ。オーストラリアＳＦ作家がどこで仕事をしようと、あるいは誰から影響を受けようと、そんなことはどうでもいい。これは各作家個人の問題である。オーストラリアの作家は、小説の中の一字も変えることなしに、「オーストラリアＳＦ」を書くことを止め、形容詞を持たないＳＦ、真のＳＦを書くことができる。私自身が本当に要求していることは、オーストラリアについて書くのではなく、自己執着的、自画自賛的、自己神話的なものではなく、もっと理知的で解析的なものを書くことだ。英米がオーストラリアＳＦに求める「ミラクル含有物Ａ」は、本や物語の中にあるのではない、単に、彼らのコメントの中にあるに過ぎず、こんなものはこの国でＳＦを書くことの可能性を狭めるだけだ。私はこの毒物が、最終的にはかつての燃素や精気(エーテル)と同じ道を辿ることを願って止まない——と。

イーガンの強い意志が見て取れるアジテーションである。だが、と私は思う。イーガンは本当にこのようなことを思って書いたのだろうか？　理知的で解析的なものを書けばそれでよしと本当に考えていたのだろうか？　どこかにごまかしがあると自分でも気づいていたのではないか？

なぜなら、イーガンの小説がまさにそうであるように、個の中に全体が含まれることがあるからだ。徹底的に個人にこだわったとき、それは人類全体の象徴にもなりうる。「オーストラリアＳＦ」的であることが、逆にユニヴァーサルな主題と繋がることもあるのだ。

これはもちろん私の詭弁である。日本の小説を海外に売ろうとしたとき、言葉の壁以上に困難な問題が待ち受けていることは、私自身もおぼろげながら知っている。オーストラリアは英語圏ではあるものの、英米のマーケットに参入する際にはやはり理不尽な努力を強いられるのだろう。まず理知的なものを書け、というイーガンの主張は実際的であり、確かに彼は理知的な小説を積極的に発表してきた。だが、先に引用したインタビューの発言からも感じ取れるように、それだけではだめだということも彼は痛いほどわかっていたはずだ。

そして、このエッセイからすでに五年が過ぎた。もっと小説がうまくなりたい、と正直に心情を吐露したイーガンは、その後いくつもの短篇を発表し、また *Distress* や *Diaspora*、*Teranesia* といった長篇も刊行した。

かつて私は、「キューティ」や「ぼくになることを」などの気の利いた短篇が好きだった。しかし本書を読み終えたいまは、シチュエーションや奇想そのもので驚かせようとするそれらの初期作品からイーガンが深化し、「誘拐」を経て「イェユーカ」「祈りの海」という素晴らしい作品へと辿り着いたことを知っている。「イェユーカ」のアフリカ、そして「祈りの海」の海は、どちらも鮮烈に私たちの胸に迫ってくる。だがそれだけではない。これら二作には、単なる知性や解析といったものがもたらす高揚感に加えて、明らかにそれまでの作品には見られなかった清冽な感動がある。確かにこれら二作でも、それまでと同様に科学的な観察が描かれている。だがここでは観察結果の側に感動があるのではない。解析結果を観察する自分という人間――そう、人間の側に感動の主体がある。そして、その主体がテーマそのものを表している。

イーガンは自身のテーマを変えることなく、ついに己の書くべき方法論を見出したのだ。

私はここに、ぞくぞくするほどのよろこびを感じる。なぜなら、イーガンは科学そのものを小説で描くことについに成功したからだ。科学とは常に人間がおこなう行為である。科学の感動とは、科学をおこなう人間が認知する感動なのである。しかもイーガンはその科学を自己の認知問題に向けているのだ。このループ構造は科学そのものの持つ力を限りなく拡大させてゆく。認知としての科学がもたらす感動を、ここまで力強く、自覚的に描き切った作家がこれまでにいただろうか。

私は最新長篇の *Teranesia* をまだ読んでいない。だがそのタイトルからして「イェユーカ」や「祈りの海」の方向に近いことが察せられる。『宇宙消失』や『順列都市』に残されていた問題は、必ずこの長篇で解決されているはずだ。それも圧倒的な筆力によって。グレッグ・イーガンが二一世紀の期待の作家であることは間違いない。今後、さらに彼が切り開いてゆく方向によっては、小説そのものが大きく変わる可能性もある。凄まじい作家だ。そうとしかいいようがない。

小説の未来を考えようとするすべての人に、グレッグ・イーガンはある。

訳者略歴　1962年生，埼玉大学教養学部卒，英米文学翻訳家・研究家　訳書『順列都市』『しあわせの理由』『ディアスポラ』『プランク・ダイヴ』イーガン（以上早川書房刊）他多数

HM=Hayakawa Mystery
SF=Science Fiction
JA=Japanese Author
NV=Novel
NF=Nonfiction
FT=Fantasy

祈り（いの）の海（うみ）

〈SF1337〉

二〇〇〇年十二月三十一日　発行
二〇一六年九月二十五日　八刷

（定価はカバーに表示してあります）

著者　グレッグ・イーガン
編・訳者　山岸（やまぎし）真（まこと）
発行者　早川浩
発行所　株式会社　早川書房

郵便番号　一〇一 - 〇〇四六
東京都千代田区神田多町二ノ二
電話　〇三 - 三二五二 - 三一一一（大代表）
振替　〇〇一六〇 - 三 - 四七七九九
http://www.hayakawa-online.co.jp

乱丁・落丁本は小社制作部宛お送り下さい。
送料小社負担にてお取りかえいたします。

印刷・星野精版印刷株式会社　製本・株式会社フォーネット社
Printed and bound in Japan
ISBN978-4-15-011337-7 C0197

本書は活字が大きく読みやすい〈トールサイズ〉です。